JN198677

Schweig, und tanze, Elektra: Hugo von Hofmannsthals Sprachkrise und Japan

黙って踊れ、エレクトラ

ホフマンスタールの言語危機と日本

Yuko Sekine

関根裕子

春風社

黙って踊れ、エレクトラ——ホフマンスタールの言語危機と日本　目次

凡例

・ホフマンスタールのカタカナ表記については、参考文献の筆者の表記に従った。そのため「ホーフマンスタール」も混在する。
・引用文の漢字に旧字体が用いられている場合も、常用漢字の新字体を使用した。
・引用文中の「よう」「やう」「さう」「そう」などの混用はそのままとし、清濁も明らかな誤り以外は原文通りとした。
・森鷗外については、本文中は原則的に「鷗外」とした。ただし引用文で慣用字体の「鴎外」が使用されている箇所は、引用文通りとした。
・坪内逍遥については、本来は旧字体「逍遙」であるが、本書では慣用字体とした。
・引用文中の送りがなについて、現代と違うものがあるが、できる限り原文通りとした。
・ドイツ語および英語の原文については、考察の流れで必要な時のみ記した。
・(原則として) 二〇世紀の研究者名には、生没年を記さなかった。
・ホフマンスタールの講演用覚書、覚書、遺稿の覚書については、全集によって作品として扱うか否かがさまざまであるが、本書では『　』をつけた。

序論

二通の書簡――「西洋」と「東洋」の交差

人は空間的に遠くに行けば行くほど、時間的に遠い過去にさかのぼり、あるいは未来を瞥見するのである。(1)

この言葉は、ウィーン世紀末転換期の詩人フーゴー・フォン・ホフマンスタール（Hugo von Hofmannsthal, 1874-1929）にとってのオリエント、そしてそのもっとも遠いところに位置する日本について、まさに当てはまるのではないか。

ラフカディオ・ハーン（Lafcadio Hearn, 1850-1904）の愛読者だったホフマンスタールは、ハーンが一九〇四年九月に亡くなったあと、追悼文『ラフカディオ・ハーン Lafcadio Hearn』（1904）のなかで、ハーンの作品を「福音 Botschaft」と呼びながら、ハーンを通じて知った日本や日本人の生活態度に対する、畏敬に近い関心を示している。日本にふれた作品には、ほかにも『架空の対話集 Erfundene Gespräche』として構想された「若きヨーロッパ人と日本人貴族との対話 Gespräch zwischen einem jungen Europäer und einem japanischen Edelmann」（1902）がある。残念ながらこの『架空の対話集』は未完に終わり、断片が残っているだけであるが、日本人の視線を通してのヨーロッパ批判が試みられている。また『パントマイムについて Über die Pantomime』（1911）というエッセイでは、当時ヨーロッパ公演を行い一世を風靡していた川上貞奴の演技が、たった一文だけではあるが、ヴァスラフ・ニジンスキー（Vaslav Fomich Nijinsky, 1890-1950）やエレオノーラ・ドゥーゼ（Eleonora Duse, 1858-1924）と並んで高く評価されている。

ホフマンスタールの膨大な作品全体から見れば、日本への関心が示された作品が占める比重は、けっして大きいとはいえない。しかしこの数少ない日本関連作品のなかからは、ホフマンスタールが日本に対して並々ならぬ高い関心を持ち、当時のヨーロッパにはないものを求めていたことが伝わってくる。

ホフマンスタールと日本についての先行研究は、量的に限られている。たとえばイングリート・シュースター（Ingrid Schuster）の『ドイツ文学における中国と日本　一八九〇－一九二五年　China und Japan in der deutschen Literatur 1890-1925』[2]（1977）や、フレニー・ミストリー（Freny Mistry）の「ホフマンスタールのオリエンタル・ライブラリー Hofmannsthals Oriental Library」[3]（1972）などが挙げられる。ホフマンスタールに多大な影響を及ぼしていることが確実な古代ギリシアとの関係と比べれば、[4]極東の日本との関係の研究が少なかったのは当然である。[5]

しかし、一九七〇年代末から、それまで未発表だったメモ断片や講演のための覚書や書簡が収録された「ホフマンスタール批判版全集 Sämtliche Werke, Kritische Ausgabe」[6]が刊行された。これにより、出版された文学作品だけを対象にして作品解釈（Werkimmanente Interpretation）するだけでは、この作家の全体像は掴めないことがわかってきた。批判版全集の刊行により、ホフマンスタールが生涯を通じて何を模索していたかが見えてきたことは大きい。それ以前「的外れ」だといわれていた東洋哲学との関係、とりわけ日本や中国との関係が、詩人の創作姿勢にかなり重要な影響を与えていると考えられるようになったからである。たとえば、一九〇二年の『（チャンドス卿の）手紙 Ein Brief』執筆とほぼ同時期に『架空の対話集』のために草案が練られていた、前述の「若きヨーロッパ人と日本人貴族との対話」のメモ断片が批判版全集に収録されたことにより、ホフマンスタールが言語不信に起因する認識の危機意識を「チャンドス卿」の名を借りて告白した一方で、「日本人貴族」にヨーロッパを批判させる形をとりながら、ヨーロッパの文化再生の道を探っていたことがおぼろげながらわかってきた。

一九八〇年代に入ると、エドワード・サイード（Edward Wadie Said, 1935-2003）の『オリエンタリズム Orientalism』（1978）の影響で、フックス＝スミヨシ（Andrea Fuchs-Sumiyoshi）の『ドイツ文学におけるオリエンタリズム Orientalismus in der deutschen Literatur』（1984）[7]のように、ドイツ文学におけるオリエンタリズムの系譜をたどり、そのなかでホフマンスタールの作品に現われた「オリエント」表象の意義を問う研究が生まれた。それに伴い、前述のシュースターの研究書や、ヴォルフガング・ケーラー（Wolfgang Koeler）によるホフマンスタールと『千夜一夜物語 Tausendundeine Nacht』（1977）との関係についてなどの先駆的な研究も重要性を帯びてきた[8]。

一九九〇年代以降は、エリカ・フィッシャー＝リヒテ（Erika Fischer-Lichte）やガブリエレ・ブラントシュテッター（Gabriele Brandstetter）による、一九世紀後半の思想界で起きたそれまでの二元論的思考・理性偏重の合理主義を覆すようなパラダイム転換に起因する演劇や舞踊界の変革についての考察のなかで、ホフマンスタールの言語不信や古代ギリシア、オリエントへの関心が引き合いに出されるようになった。これらの研究を受けて、スザンネ・マーシャル（Susanne Marschall）やベッティーナ・ルッチュ（Bettina Rutsch）は、ホフマンスタール作品における身体表現、舞踊に焦点を当てた研究を発表した[9]。山口庸子の『踊る身体の詩学――モデルネの舞踊表象』[10]では、ホフマンスタールの舞踊評論について論じられた。拙論「ホーフマンスタールと非西欧的身体表現――言語危機克服の試み」[11]は、ホフマンスタールが言語危機の脱出の糸口として、新たな表現の可能性を日本も含めた非西欧の身体表現に探っていたことを考察したものである。西村雅樹は、『世紀末ウィーン文化研究――「異」への関わり』などで、このような一九世紀末の思想界で起きたパラダイム転換に起因するジャポニスムの流行が、「若きウィーン派」、特にヘルマン・バール（Hermann Bahr, 1863-1934）やホフマンスタールに与えた影響を明らかにしている[12]。

このように、日本がホフマンスタールの思想に与えた影響についての研究は二〇世紀末に少し進んだが、日本との直接的な関係については、ほとんど手つかずであった。その折、筆者は大正時代に上演されたホフマンスタールの『エレクトラ Elektra』(1903) をめぐる書簡と出会った。二〇〇三年、筆者はフランクフルトの Freies Deutsches Hochstift（以下ＦＤＨと略記）内のホフマンスタール資料室を訪れ、ホフマンスタールと日本との関係の研究を進めたい旨を伝えると、当時の資料室長ヨアヒム・ゼング (Joachim Seng) から、この資料室に保管されていながらまったく手つかずの状態にあった日本人によるホフマンスタール宛ての書簡二通を見せられ、調査を勧められた。その二通は、演出家、翻訳家の松居松葉[13] (1870-1933) と森鷗外 (1862-1922) がホフマンスタールに宛てたものだった。その後、同室研究員コンラート・ホイマン (Konrad Heumann) の協力を得て、二通の書簡のトランスクリプションを作成し、書簡の発見と書簡の書かれた背景について、雑誌『文学』[14]に発表した。この作業を通して、ホフマンスタールと松葉の間では、松葉が少なくとも三回、ホフマンスタールに書簡を送り、ホフマンスタールから一度は返信を受け取っており、また、鷗外とホフマンスタールの間にも少なくとも一回ずつ書簡が交わされていたことがわかった。そして興味深いことに、松葉と鷗外のホフマンスタール宛ての書簡では、一九一三（大正二）年一〇月に松葉が東京帝国劇場で上演した、ホフマンスタールのギリシア翻案劇『エレクトラ』が話題になっていたのである。

大正時代の演劇界で活躍した松居松葉は、ホフマンスタールの『エレクトラ』(1903) を翻訳、みずから指導する公衆劇団[15]の旗揚げ公演での上演を計画し、公演の四ヶ月前、原作者ホフマンスタール宛てに上演許可と演出上の留意点を尋ねる書簡を送った。翌一四年、鷗外は、ホフマンスタールの『オイディプスとスフィンクス Ödipus und die Sphinx』翻訳上演許可を得るために、彼に書簡を送った。それに対しての返信で、ホフマンスタールは前年の『エレクトラ』公演の模様を鷗外に問い合わせたらしく（この書簡は未発見である）、鷗外の書簡には公演の様子や感想が述べられている。

これら松葉や鷗外との書簡のやりとりの全容については本書第V章で詳しく考察するが、ここでは、なぜ筆者がこのテーマにこれほど惹きつけられたかを知っていただくために、本研究の出発点となった書簡の一部を紹介しておく。これは新発見書簡ではなく、すでに松葉自身が翻訳書始め方々で公表し、物議を醸した曰くつきのものである。一九一三年六月二九日付で、ホフマンスタールが松葉宛てに送ったものであるが、『エレクトラ』日本公演に対する高い関心が述べられている。

私は喜んで、公衆劇団に、私の戯曲『エレクトラ』の日本語上演を許可いたします。何度再演なさってもかまいません。

本自体に記されているト書き以外に、演出上特別に申し上げるべきことはないと思います。

題材は永遠に人間的で、遥かなる海溝をも越えて日本の観客の心も直接掴めるような数少ないものの一つだと、私には思われます。なぜなら死者への絶対的な忠誠が扱われているからです。これはもちろん現代のヨーロッパの詩人（古代を土台にしていますが、古代の設計図に従って構築したものではありません）の手から生まれた詩です。東方の感覚からするとおわかりになりにくいかもしれませんが、個人の魂の英雄的な運命を扱ったものです。そして日本の方の考え方からすれば当たり前かもしれないことが、特異なものとして示されています。それは非英雄的な妹のクリゾテミスに代表されるような人間生活の枠組みのなかでは、ほとんど存在しないものであります。いずれにいたしましても、まったく理解できないようなトーンが打ち出されているわけではありません。したがって、あなたの試みが単なる文芸上の実験を超えたものになることを祈ります。

舞台装置に関して、この作品は何百回も上演されたにもかかわらず、何も手元には残っていません。しかし舞台はできる限りシンプルにするべきだと思います。たとえば、柱のない太古のキュプロプスの宮殿の裏壁があり、その中央には入口があり、そこから階段が下に続いている、そして小さな、狭い窓用の開口部があるぐらいでよいでしょう。古代ギリシアの家に窓はありませんでしたが、ここでは歴史的な様式を重視していません。ですから、あなたがこの装置を日本の昔話風の様式にしたり、昔の日本の芝居にあった魔法使いや悪魔の住む城のようにしたとしても、間違いではありません。

また芝居においても、もしあなたが西洋的なものというよりも古代的なものを求めれば、おのずと正鵠を得るでしょう。なぜなら、作者の私はそこで、西洋から見て普遍的に古代的、人間的で、東洋的なものを表現しようとしたからです。したがって、もしあなたが劇が盛り上がる重要な瞬間に、あなた方の悲劇で普段使われているような音楽（ドラやその類のもの）を挿入すれば、作者の真意に適うと思います。また、死にゆくエレクトラの踊りは、きっとどんなヨーロッパの女優よりも日本人女優のほうが（日本人男優でも）上手に表現するでしょう。(16)

この書簡からは、松葉が先だってホフマンスタールに『エレクトラ』上演の許可を願い出て、演出上の留意点を尋ねたことがわかる。書簡の最初のほうで、ホフマンスタールは自作『エレクトラ』が「死者への絶対的な忠誠」という「永遠に人間的」なテーマを扱っているので、「遥かなる海溝をも越えて」極東の日本人にも理解しやすいだろうと述べている。ホフマンスタールは、なぜ日本人が「死者への絶対的な忠誠」を理解できると確信をもっているのだろうか。

また、『エレクトラ』を演出するうえでの助言を松葉に述べている箇所では、「西洋的なもの（das occzidentalische）というよりも古代的なもの（das Altertümliches）を求めれば、おのずと正鵠を得る」と述べ、それは作者が「西洋から見て普遍的に古代的、人間的で、東洋的なもの（ein allgemein Alterthümliches, Menschliches und Orientalisches）を表現しようとしたから」と理由を挙げている。この文面は、翻案劇『エレクトラ』の特殊性や作者の意図を語っている。普通は、ギリシア悲劇というと西洋的なものと考えられがちであるが、この『エレクトラ』にはむしろ西洋から見た古代的、人間的で、オリエンタルなものを表現しようとしたと述べられているからである。ではここで、「西洋的なもの」の対極に、「古代的」「人間的」「オリエンタル」なものが並べて書かれていることは何を意味するのだろうか。

さらに、書簡の最後に書かれた「劇が盛り上がる重要な瞬間に、あなた方の悲劇で普段使われているような音楽（ドラやその類のもの）を挿入すれば、作者（筆者注：私）の真意に適う」や「死にゆくエレクトラの踊りは、きっとどんなヨーロッパの女優よりも日本人女優のほうが（日本人男優でも）上手に表現するでしょう」という日本公演についての具体的な助言や日本人俳優に対する高い期待は、いったいどこから来ているのだろうか。

以上のように、この書簡からは、ホフマンスタールが遥か東の国、日本での『エレクトラ』の上演に、高い関心と期待を寄せていたことが伝わってくる。それはなぜなのか。大正初期の日本のことや演劇界の状況をほとんど知らないはずの彼が、松葉に対してここまで作品の本質的なことを述べているというのも不思議に思える。

これらの疑問を抱えながら『エレクトラ』日本公演の内容を調べてみると、西洋演劇を取り入れたばかりの演劇界らしい、さまざまな事情が明らかになった。たとえば、当時日本で活躍し始めたばかりの女優の技術的な水準が低すぎたという理由から、新派の女形で公衆劇団の創立者であった河合武雄がエレクトラ役を演じたこと、演出・振付は表面的には西洋風が目指されたため、イタリア人舞踊家で振付師のジョヴァンニ・ヴィットーリオ・ローシー（Giovanni Vittorio Rossi, 1867-1940）[17]に演技指導が任され、エレクトラ役の河合が、クラシック・バレエにもとづいた歩き方や動きを叩き込まれたことなどである。さらに『エレクトラ』の日本公演を控えた松葉は、ホフマンスタールとの往復書簡を公表したことで周囲の妬みを買ったうえに、その書簡には既訳に対する松葉の批判も書かれていたので、当時の文学界や演劇界で大きな物議を醸してしまった。

松葉による『エレクトラ』公演は、彼の当時の活躍ぶりや知名度、またこのような上演内容と直接関係しない騒ぎもあいまって、大正時代の文学界、演劇界では大きな事件だったにもかかわらず、その演劇としての技術面の評価が低かったこともあり、現在はあまり知られていない。ホフマンスタールの日本における受容も、大正から昭和期の盛んだった頃と比べて現在では著しく減ったことから、この公演自体が演劇史の片隅に追いやられて、小山内薫（1881-1928）の新劇運動の影に埋もれてしまった。しかしその意義は、前述のホフマンスタールの公演への並々ならぬ関心具合に鑑みて、日墺文化交流史の視点からも再検討されてしかるべきである。

これらのことを考察するに当たり、二一世紀の私たちの特権は、ホフマンスタール側と松葉側、すなわちヨーロッパ側と日本側の双方から、ある程度客観的、中立的に捉えられるということではないだろうか。

ホフマンスタールは、当時の日本の生活や文化水準、日本人のものの考え方についてどの程度の知識を持ち、『エレクトラ』公演に高い期待をかけたのか。一方松葉は、ホフマンスタールの日本公演に対する大きな期待の背後にあった日本像を、どれほど理解していたのか。西洋内部に生じた西洋近代批判と、「文明開化」的な西欧盲従を脱したばかりの日本の西洋認識が、この『エレクトラ』公演をめぐって交差しているようであり、両者が抱いていた互いへの認識がいかなるものであったかを明らかにしていくことも、この研究の目的である。

以上のような視点から、本書は第Ⅰ章から第Ⅳ章までは、ホフマンスタールにとって「オリエント」、とりわけ「日本」がいかなる意味を持っていたのかという点について考察し、それにもとづいて『エレクトラ』を中心に分析、解釈する。また、第Ⅴ章ではそれまでの分析を踏まえたうえで、大正期の日本におけるホフマンスタール受容、そして『エレクトラ』東京公演の公演内容、公演前後の反響をたどり、本公演の意義を検討する。

注

（1）彌永信美『幻想の東洋――オリエンタリズムの系譜』（下）、ちくま学芸文庫、二〇〇五年、一七八頁。

（2）Schuster, Ingrid: China und Japan in der deutschen Literatur 1890-1925. Bern, München 1977.

（3）Mistry, Freny: Hofmannsthals Oriental Library. In: Journal of English and Germanistic Philology. 1972.

（4）たとえば、ヴァルター・イェンスの『ホフマンスタールとギリシア人たち Hofmannsthal und die Griechen』がある（Jens, Walter: Hofmannsthal und die Griechen. Tübingen 1955.）。

（5）個別の作品に絞った文献学的研究が主流を占めていた時期には、ホフマンスタール研究のなかでオリエントとのかかわりを取り上げることそのものが批判され、そうした研究は「ホフマンスタールの作品にまったく不適切な心理学や東洋、文学史の用語を持ち込み、詩人と精神分析や東洋哲学の関係などという〈無意味な思弁〉に迷い込んでいる」と言われたこともあった（Koch, Hans-Albrecht: Hugo von Hofmannsthal, Erträge der Forschung. Bd.265, Darmstadt 1989. S.IX.）。

（6）「ホフマンスタール批判版全集」（Hofmannsthal, Hugo von: Sämtliche Werke, Kritische Ausgabe）は、一九七五年から全四二巻の発刊が予定されており、二〇一八年現在、四一巻までが刊行されている。

（7）Fuchs-Sumiyoshi, Andrea: Orientalismus in der deutschen Literatur. Untersuchungen zu Werken des 19. und 20. Jahrhunderts, von Goethes „West-östlichem Divan“ bis Thomas Mann „Joseph“-Tetralogie. Hildesheim, Zürich 1984.

（8）Koeler, Wolfgang: Hugo von Hofmannsthal und „Tausendundeine Nacht". Frankfurt am Main 1972., Zelinsky, Hartmut: Hugo von Hofmannsthal und Asien. In: Roger Bauer（Hg.）: Fin de siècle. Zu Literatur und Kunst der Jahrhundertwende. Frankfurt am Main 1977.

（9）Marschall, Susanne: Text Tanz Theater. Eine Untersuchung des dramatischen Motivs und theatralen Ereignisses „Tanz" am Beispiel von Frank Wedekinds „Büchse der Pandora" und Hugo von Hofmannsthals „Elektra". Frankfurt am Main 1996., Rutsch, Bettina: Leiblichkeit der Sprache, Sprachlichkeit des Leibes. Wort, Gebärde, Tanz bei Hugo von Hofmannsthal. Frankfurt am Main 1998.

（10）山口庸子『踊る身体の詩学――モデルネの舞踊表象』名古屋大学出版会、二〇〇六年。

（11）関根裕子「ホーフマンスタールと非西欧的身体表現――言語危機克服の試み」『オーストリア文学』第一七号、二〇〇一年。

（12）西村雅樹「ヘルマン・バールが分離派『日本展』に観たもの」『人文知の新たな総合に向けて（21世紀ＣＯＥプログラム「グローバル化時代の多元的人文学の拠点形成」）』第二回報告書Ⅳ［文学篇1］、京都大学大学院文学研究科、二〇〇四年。西村雅樹「若きウィーン派と日本」『文学と言語に見る異文化意識（21世紀ＣＯＥプログラム「グローバル化時代の多元的人文学の拠点形成」）』京都大学大学院文学研究科、二〇〇四年。西村雅樹『世紀末ウィーン文化探究――「異」への関わり』晃洋書房、二〇〇九年。

（13）松居松葉（1870-1933　本名：真玄《まさはる》、一九一四年以降は「松翁」と改名）のプロフィールについては、戸板康二『演芸画報・人物誌』（青蛙房、一九七〇年）に詳しい。一八七〇（明治三）年二月一八日、宮城県塩釜生まれの劇作家、演出家、翻訳家。生家は伊達家の財用方であったが、祖父の代までは禄を食まず、父真房の代から士分に列した。松葉の中学在学中に父が亡くなり、一時商業についたが、上京して国民英学会で英語を学ぶ。その後、坪内逍遥主宰の『早稲田文学』の編集や『中央新聞』『報知新聞』『万朝報』などの記者を経て、劇作家となった。一八九九年には、戯曲『悪源太』が初代市川左團次によって明治座で上演される。一九〇七年、二代目左團次とともに欧米演劇視察に赴く。翌年、明治座正月公演のために『袈裟と盛遠』を書き、舞台監督もしたが、松葉自身の意見にもとづく芝居茶屋の全廃などの明治座の改革が響き、興業は失敗に陥った。心身症となり、静岡県原町在に隠棲。一九一〇年には逍遥の勧誘によって、「文芸協会」で発声法の指導、演出を務め、一一年、帝国劇場開場時には新劇主任になるが一ヶ月で辞任。一九一三年、河合武雄と公衆劇団を組織。一八年以降は松竹の文芸顧問を務めた。一九年から再び外遊、作品は翻案も含めて百編以上ある。ペンネームとして、駿河町人（三越に勤めたため）、大久保二八子（住所のもじり）がある。

（14）関根裕子「新出　鷗外のホーフマンスタール宛書簡（翻訳・解説）」『文学』一・二月号、岩波書店、二〇〇五年、二一四－二三〇頁。

（15）一九一三年、新派の女形の河合武雄が松居松葉を顧問として設立した新劇の劇団。小織桂一郎、武村新などの新派から有志が参加。旗揚げ公演において本書で扱っている『エレクトラ』が上演された。第二回公演は、一四年三月本郷座、松葉の『冨士の麓』『暮れの二十一日』、小山内薫の『名画』を上演したが、舞台の成績は振るわず、一八年に芸術座との合同公演後に解散した。

（16）このホフマンスタールから松葉宛ての書簡は、すでに批判版全集に所収されている。Hofmannsthal, H.v.: SWVII, Dramen 5, S.462.)。また原文ファクシミリ版は、**Faksimile in Zeitschrift für deutsche Sprache, Jg.6, Tokio, 1913** に掲載されている。

（17）ローシーはイタリア人振付師、舞踊家。チェケッティ（バレエの一流派の祖）の高弟といわれる。ロンドンのヒズ・マジェスティ劇場のバレエ・マスターをしていたローシーは、イギリスに旅行していた帝劇の西野恵之助社長に招聘され、一九一二年から一六年まで帝国劇場で歌劇部を指導。歌劇部の解散によって帝劇を去り、赤坂ローヤル館を開設しオペラ興行を行ったが、経営が成り立たず一八年に渡米。「ローシー」という表記は、イタリア語の発音規則に則れば、「ロッシ」がふさわしいと思われるが、松葉を始め実際に接していた同時代人が「ローシー」と表記しているため、本書はそれを踏襲する。

第I章

ホフマンスタールの「オリエント」像

第1節　言語危機と「オリエント」

1. 古代とオリエント

序論で提起したように、ホフマンスタールが松居松葉に『エレクトラ』日本公演の演出上の助言をした一九一三年六月二九日付の手紙には、「古代的」「人間的」「東洋的」という三つの言葉が並べて置かれている。すなわち、『エレクトラ』では、「西洋から見て普遍的に古代的、人間的で、東洋的なものを表現しようとした」ので、松葉が「西洋的」というよりもむしろ「古代的」なものを求めれば「正鵠を得る」と書かれている。したがって、ホフマンスタールがここで「古代的」と「西洋的」とを相対するものと考えていたことが推測される。ここで言う「西洋」とは西洋近代的なものという意味であろう。ホフマンスタールが「古代的」「オリエンタル」なものを「人間的」と並べていることを裏返せば、「西洋近代的」なものは、「非人間的」だと考えていることになる。つまりホフマンスタールは、古代的でオリエンタルなものに人間的なものを求めていた、という仮説が浮かんでくる。そこでここでは、ホフマンスタールのなかで、いかに「古代」と「オリエント」とが結びついていたかを考察していきたい。

ホフマンスタールは、自作解題ともいえる『アド・メ・イプスム（自己自身について）Ad me ipsum』（1916）のなかでも「古代（die Antike）」と「オリエント（der Orient）」という言葉を同じ文章のなかで並列して使っている。

昔のウィーン、もはや存在しない状態の感覚。世界の感覚。古代、オリエント、歴史[1]

古代のウィーンは、現在よりオリエント色が濃かったと言いたいのだろうか。序論の冒頭に引用した一文のように、ホフマンスタールのなかでは、「古代」という時間的に遠い場所と「オリエント」という空間的に遠い場所が結びついていたのではないか。

それは、『ブッダの言葉』を翻訳したカール・オイゲン・ノイマン（Karl Eugen Neumann, 1865-1915）に関するホフマンスタールのエッセイ「K・E・ノイマンの仏教書翻訳について Über K. E. Neumanns Übertragung der buddhistischen heiligen Schriften」[2]（1921）からも読みとれる。

我々を担っている文化の根底は古代ギリシアにある。それがここ千年来で最大級の嵐に見舞われて、古船の厚板のように揺すられている。しかしこの根底自体は、硬直したものでも死んだものでもなく、生きているのだ。私たちは新しい古代を生み出すことで生きのびるだろう。私たちの精神文化が根差すギリシア古代を、大きなオリエントからの新しい視線で見つめ直すことで、私たちの古代は生まれてくる。それにより地中海が消滅したとしても、ヨーロッパとオリエントが結合するという大義に向かって進まなければならない。そのような決定的瞬間に諸国民が招集され、そしてドイツ人は、イェフタの娘のように先頭を歩まねばならないのである。[3]

右記で「ここ千年来で最大級の嵐」と言っているのは、次項で述べる『（チャンドス卿の）手紙』（以下、『手紙』と略記）に表されたような言語不信や、それに起因するヨーロッパ文化の危機のことだろう。つまりホフマンスタールは、文化的危機に瀕するヨーロッパを救うためには、自分たちの文化の根底にあるギリシア古典古代を、もっと広く、「オリエント」として捉え直すことが必要だと考えており、そのことを、ヨーロッパとアジアを隔てている「地中海が消滅」すると表現している。

彼がなぜ、このような考えに至ったのか、その疑問を解決するヒントとなるのが、一九〇五年八月一七日から九月三〇日に書かれた『遺稿のなかの覚書 Aufzeichnungen aus dem Nachlass』にある『エレクトラ』を含めたギリシア悲劇翻案についての件である。

私のギリシア悲劇は三作品とも個の概念の解消と関係がある。『エレクトラ』においては、まるで凍りつつある水が陶器の壺を粉々にするかのように、個人は人生の内側から砕け、みずからの解消を経験する。エレクトラは、エレクトラであり続けようと献身して、エレクトラでなくなっている。個人（das Individuum）とは、全体（das Gemeine）と個（das Invidueㇾle）が妥協したところにのみ、存在しているかのようである。[4]

ホフマンスタールが生涯こだわり続けた事柄の一つに、個と全体の問題がある。それは、一人の人間のなかで精神と身体が分裂し統一体を成していない、という問題意識であると同時に、共同体や国家など社会における個人と全体の問題ともいえる。本書全体を通して扱うギリシア悲劇翻案『エレクトラ』でも、この個と全体の問題が扱われているということを、ホフマンスタール自身がここで述べている。先に引用した「K・E・ノイマンの仏教書翻訳について」の内容と合わせて考えると、ホフマンスタールは、ヨーロッパの文化危機を個と全体の問題として捉え、古代ギリシアに本来あったオリエント的側面から見直したギリシア悲劇翻案を通して、解決の糸口を探っていたのではないかと推測できる。

2. ホフマンスタールの言語不信

ホフマンスタール研究で避けて通れないテーマの一つに、言語に対する懐疑、いわゆる言語不信、言語危機と呼ばれるものがある。

富裕な同化ユダヤ人家系で、銀行頭取の父の一人息子として、文化的にも知的にも洗練された環境で育ったホフマンスタールは、すでにギムナジウム在学中からロリスというペンネームで抒情詩を発表していた。一八九二年、一八歳の時、批評家ヘルマン・バールによって神童として紹介されたのち、[5]「若きウィーン派」の中心的作家として活躍した。そんな唯美性の高い作品を発表してきたホフマンスタールの新たな局面への転身を宣言するものと解釈されるのが、一九〇二年八月に書かれ、[6]一〇月一八日と一九日にベルリンの新聞『デアターク Der Tag』に発表された『手紙』[7]である。この作品は、チャンドス卿なる人物が実在の哲学者フランシス・ベーコン（Francis Bacon, 1561-1626）に宛てた架空の書簡形式で書かれている。そのなかでチャンドス卿は、ルネサンス以来、知覚や認識を構成し、人間の思考を方向づけてきた言語が、その機能を果たせなくなっていると訴えている。

> 私の症状を簡単に言います。何かと何かの関連性について考えたり話したりする能力を完全に喪失してしまったのです。（…）「精神」「魂」または「肉体」といった言葉を口にするだけで、なんとも言いようのない不快感を覚えるのでした。（…）何か日々の判断を表明するために、口にせざるを得ない抽象的な言葉が、

腐った茸のように口のなかで崩れてしまうのでした。(…) すべてが部分に、その部分は再び部分へと解体し、もはや一つの概念で包括できるものがなくなってしまうのです。一つ一つの言葉が私の周りを浮遊し、私をじっと見つめる凝固した眼となるのです。私もまたそれを凝視せざるを得ません。それらは、留まることなく旋回し続ける渦であり、のぞきこむと目が眩み、突き抜けてゆくと、その先は空っぽなのです。(8)

かつてチャンドス卿には、「すべての存在が一つの統一体として見えて」いた。「精神と肉体の世界が対立しているとは思えず」「高貴なものと動物的なもの、芸術と非芸術、個人と社会なども対立しているようには(9)」思えなかった。だが今の自分は認識の道具であった概念言語によって、もはや対象を明確に規定することができなくなっている。「抽象的な言葉」を口にすると、それは「腐った茸のように」「すべてが部分に、その部分は再び部分へと解体」する。言語は精神や身体を併せ持った全体的人間を表現できない。それどころか、日常的な事物すら統一体として捉えることができない。したがって、一個人のなかで、知覚するものの感覚的な具体性と認識するものの概念的な抽象性は乖離し、その両者を統合する全体性が失われている。だから「自我」と「世界」も乖離している。チャンドス卿は、言葉による部分から部分への解体の連鎖の末にある「空っぽ」を見ている。

ホフマンスタールはこの作品において、なぜチャンドス卿なる人物に、哲学者ベーコン宛てに手紙を書かせるという体裁をとったのだろうか。「知は力なり」という格言で知られるベーコンは、ルネサンスと啓蒙主義の間に立ち、知性・合理的なものを重んずる主知主義、経験主義者だった。彼の思想の根底には、論理または認識のための言語によって、世界を理性的に理解しようとする姿勢があった。『手紙』のなかで、ベーコンの親しい友人かつ弟子的存在であるチャンドス卿は、ベーコンと過ごした美しい日々を振り返りながら、箴言集や百科全書的な文学作品を書こうとしたかつての計画が、今の自分には白々しいほど遠く感じると訴える。「箴言集や百科全書的な文学作品」という、まさにベーコンの著作と同種のものを書こうとしていたチャンドス卿が、言語に対する不信感、およびそこに起因する認識の危機にまで陥っているため、ベーコンから離反せざるを得ない心情になっているところが、この作品の核心である。それは、チャンドス卿が、ベーコンの主知主義、合理主義についていけなくなったと解釈できる。

この『手紙』は、チャンドス卿の言語不信の訴えそのものが、ホフマンスタールらしい美しい言葉で優雅に語られるという矛盾を含んでいるが、しかし、それにしては言語不信の内容にまったくのフィクションとも思えぬ深刻さが漂っていることもあり、読者は、チャンドス卿と作者ホフマンスタールの距離はいかなるものなのかと考えざるを得ないだろう。その点の解釈については、ホフマンスタール研究においても大きく二つの流れに分かれている。一つは、チャンドス卿の告白を作者ホフマンスタール自身の創作活動における挫折の告白と捉えるものであり、もう一つは、ホフマンスタール自身の考え、経験とは無関係と捉えるものである。

前者の解釈の代表的なものには、リヒァルト・アレヴィン（Richard Alewyn, 1902-1979）の講演録『ホフマンスタールの変容 Hofmannsthals Wandlung』[10]（1949）がある。アレヴィンによると、ホフマンスタールは、初期の作品『ティチアンの死 Der Tod des Tizian』（1892）や『第六七二夜のメルヒェン Das Märchen der 672. Nacht』（1895）のなかで、若い社会と無縁に生きる美的生活者を断罪しており、一九〇二年、二八歳の時に書いたこの『手紙』において、若い時期の唯美主義的創作態度からきっぱりと離れ、それまで距離ができていた生活と詩作を一致させる決意を、チャンドス卿の口を借りて表明したという。[11]

この解釈に沿って、『手紙』を分岐点とすると、ホフマンスタールの創作活動はおのずと前期と中・後期に分かれ、その転向に納得がいく。すなわち前期では、抒情詩や、実際の上演というよりも朗読用の抒情劇が中心的であったが、『手紙』以後の中・後期には、実際の上演向きのギリシア劇翻案や喜劇を始めとして、音楽や身体表現など、いわゆる言語以外の表現手段と結びついたオペラ、バレエ、パントマイム、映画台本などへと創作ジャンルが拡がっていった。アレヴィンはこの変化をホフマンスタールの変容と捉え、「寺院から街頭へ」[12]と評した。この言葉は本来、象徴主義の代表的詩人で唯美主義者のシュテファン・ゲオルゲ（Stefan George, 1868-1933）が否定的な意味で使ったものである。

糟谷理恵子によると、このような解釈の流れを汲むものに、ブロッホ、レクヴァト、コーベル、キュッパーの研究があり、「言語危機」を「認識の危機」と捉えたヴンベルクの研究もこの流れに属する。[13]彼らは、第Ⅲ章で考察する「前存在 Praeexistenz」と「存在 Existenz」という、ホフマンスタールが『アド・メ・イプスム』で使用した概念も、作品解釈だけでなく作家自身の人生も投影していると考えている。

これに対して、後者のチャンドス卿の告白をあくまでもフィクションとして捉える流れは、一九六一年のH・シュテファン・シュルツ（H. Stefan Schulz）の論文[14]に端を発したもので、エーヴァルト・レッシュ（Ewald Rösch）やロルフ・タロート（Rolf Tarot）、ドーナル・ダヴォー（Donals G. Daviau）は、チャンドス卿の「危機」をホフマンスタール自身の伝記的要素と重ね合わせる姿勢に反対の立場をとっている。

このように『手紙』はさまざまな議論を呼び起こしてきたが、一九九〇年代以後、メディア論や身体論の流行を受けて、さらに多様な解釈が出てきている。たとえばヘルター（Andreas Hörter）[15]は、チャンドス卿が「筆を折る」と宣言しているにもかかわらず、沈黙について雄弁に語っていることに注目している。そこから、これはホフマンスタール自身の沈黙ではなく、一九世紀末の時代の雰囲気としての憂鬱を述べているとし、手紙の最後でチャンドス卿が予感し到達目標とした「単語一つも知らない」「不完全な語り」というのは、ホフマンスタール自身の課題として提示されたものだという、両派の折衷的な解釈をしている。

近年の研究では、エヴァ・ブローメ（Eva Blome）[16]のように、チャンドス卿の不安や恐れをヒステリーの症状として分析するものも出てきた。ブローメは、『手紙』において、世紀転換期ウィーンで盛んに議論されていたヒステリーと主観の崩壊という二つの問題が交差しているとし、チャンドス卿の言語不信に起因するいくつかの症状に、失声症、失語症などの精神医学用語を当てはめて分析し、『手紙』の一年後に執筆され、初演直後からヒステリーと結びつけられてきた『エレクトラ』に直接つながる作品だと捉えている。

これらの『手紙』解釈の流れを考慮したうえで、本書では、ホフマンスタールが人間や精神活動を細分化させる「言葉」というものに不信感を抱きながらも、彼自身がチャンドス卿のように筆を折り、言葉による創作活動を停止したわけではない点に着目し、この作品は、ホフマンスタールの創作活動における大きな転換点であり、彼が一八九〇年代から抱いていた、自己の創作活動のみならずヨーロッパ社会全体の問題意識の提示と解釈する。主知主義、経験主義を提唱し、言語による文学的な百科全書的作品によって世界を理解しようとし、みずからの言語不信を「真の帰納法」という経験的探究によって克服できると主張したベーコン[17]に対して、ホフマンスタールは、過去三〇〇年間のヨーロッパの思想界を支配した合理主義が行きづまった状況を、架空の手紙で訴えたのではないか。

チャンドス卿が『手紙』の最後で告白している、世界と自分との新しい関係の模索および彼が将来使うであろうとしている「単語一つも知らない」「未知の言語」[18]は、ホフマンスタール自身が求めた新たな自己と世界の関係および新たな創作手段を示唆していよう。

これら沈黙した、時には生命のないものが、愛の存在感に満たされて立ち現れてくるので、幸せに輝く私の眼は周囲のどんなところにも命を見出してしまうのです。すべてが、存在するものすべて、思い浮かべるものすべてが、混乱した私の思いにふれるものすべてが、何か意味のあるものであるかのように思えてきたのです。私自身の重苦しさ、常に頭がボーっとしている感じさえも何か意味があるに違いないとさえ思えます。自分のなかでも周囲でも、恍惚とした、無限のせめぎあいが起こっているのを感じます。これら互いに照応し合う物質のどのなかにも、私が流れこんでいけないものはないのです。その時私は、自分の身体が、すべてを解き明かしてくれる暗号でできているような気がします。あるいは、私たちが心で考えるということを始めるならば、全存在に対して新しい、予感に満ちた関係に入っていけるような気がするのです。[19]

（傍線は筆者による）

チャンドス卿＝ホフマンスタールは、言葉による抽象思考の範疇から除外されてきた、それまで気にもとめていなかった身の周りのものに、新しい命を見出し始める。そして「すべてを解き明かしてくれる暗号でできている」「自分の身体」に関心を示す。頭（理性）でなく「心で考える」ことで、「全存在」や「全世界」との「新しい関係」が築けると予感している。

ところで、この「心で考える」というフレーズは、ニーチェ（Friedrich Wilhelm Nietzsche, 1844-1900）の『ツァラトゥストラはかく語りき Also sprach Zarathustra』（1883-85）の「身体の軽蔑者たち Von den Verächtern des Leibes」の章にある「大いなる理性 die große Vernunft」という概念を想起させる。そこで次に、ホフマンスタールの言語不信が、いかにニーチェから影響を与えられているかを考察する。

3. ニーチェの影響

ニーチェは『ツァラトゥストラはかく語りき』の第一部「身体の軽蔑者たち」で、「身体」を「大いなる理性」と呼んでいる。

身体は一つの大いなる理性（eine große Vernunft）である。一つの感覚を持った多様体であり、戦争と平和であり、羊の群れと羊飼いである。私の兄弟よ、君が〈精神 Geist〉と呼ぶ君の小さな理性（deine kleine Vernunft）もまた君の身体の道具であり、君の大いなる理性の小さな道具であり玩具である。君は「自我（Ich）」と言い、この言葉を誇りにしている。しかしもっと大きなものは、君は信じようとしないようだが——君の身体という、その大いなる理性である。（…）感覚と精神とは（筆者注：身体にとっての）道具ないし玩具なのだ。それらの背後には、さらに自己（das Selbst）が横たわっている。[20]

「大いなる理性」とは、ニーチェの身体論を凝縮するキーワードである。清水本裕によると、ニーチェの「大いなる理性」という考え方は次のように要約される。プラトンからキリスト教を経てデカルト（René Descartes, 1596-1650）以後の近代哲学に至るまで、西洋の思想史的伝統は、身体よりも精神に優位を与えてきたが、ニーチェはこれを逆転させて、身体こそが包括的自己であり、精神は身体の働きの一部に過ぎないと捉えた。[21]さらに、近代人の誇る意識主観としての自我さえも、その根源を問うならば、無数の生命単位の個別の意識——個別の力への意志と言い換えてもよい——から抽象され総合されたものというほかはないが、この抽象や総合を行うものは当の自我ではなく、まさに身体としての自己となる。ニーチェはこのような意味で、身体こそ「大いなる理性」だと言っているという。

ホフマンスタールは、ニーチェ信奉者でありニーチェの継承者と呼ばれた、友人のルドルフ・パンヴィッツ（Rudolf Pannwitz, 1881-1969）ほどニーチェの思想に熱狂的に共鳴していたわけではないが、若い頃、特にそのディオニュソス的な世界観には大きな関心を抱いていた。[22] 一八九一年、一七歳の時のメモには「ニーチェは天才だ、彼には僕の考えが凝縮されている」[23]と書かれている。ハンス・シュテフェン（Hans Steffen）によると、彼はその頃、『人間的な、あまりにも人間的な Menschliches, Allzumenschliches』（1878）を読んだり、教師デュブレイ（Dubray）の協力を得て、ニーチェの『善悪の彼岸　将来の哲学への序曲 Jenseits von Gut und Böse. Vorspiel einer Philosophie der Zukunft』（1886）の仏語訳を試みていたという。[24] しかし、だからといってホフマンスタールのニーチェへの高い関心が一生続いたわけではない。一九一七年のパンヴィッツ宛ての手紙では、「ニーチェの『ツァラトゥストラ』は読み通せず、急いでパラパラとめくって放ってしまった」と書き、その理由として「説教者じみて」いて、「読者を叱りつける」ような雰囲気に耐えられないことを挙げている。[25] 年を取るにつれて、ニーチェの極端さ、誇張している部分に共感できなくなったようである。ラースロ・サーボ（László V.Szabó）は、ホフマンスタールがニーチェに批判的になったことについて、ニーチェの個性がホフマンスタールの体質に合わなくなったこと、また、世紀末ウィーンのモデルネの雰囲気も、ニーチェの意志崇拝、徹底的に闘争的な思想とは相いれなかったと分析している。[26] したがって、ホフマンスタールがニーチェの『ツァラトゥストラ』に出てくる「大いなる理性」としての身体像を直接意識していたとは考えにくい。

だがホフマンスタールは、とりわけ二〇歳前後にディオニュソス神話学に惹かれていた。一八九三年四月と九五年一月に書いたとされる『覚書 Aufzeichnungen』には、ディオニュソスへの強い関心が記されている。

悲劇の基礎にある神話：粉々になるまで個体化された世界は統合に憧れる。ディオニュソス・ザグレウスが再生されようとしている。(27)
私たちが人類のなかに探し求めているもの：ディオニュソス・ザグレウスの引き裂かれた部分の再統合、苦痛のない部分的な死。これこそ「死して成れ」（『西東詩集』）だ。(28)

ディオニュソス（ローマ神話ではバッコスと呼ばれている）は、幼い頃、ティターン神の手で八つ裂きにされ貪り食われたが、心臓だけは助かり、のちに再生したといわれる。ホフマンスタールのこれらの『覚書』は『手紙』の五年以上前に書かれたものだが、すでにこの時期に、言語に対する不信感、言語による固体化によって自己がばらばらになっている危機感があったのではないかと推測される。彼は、この「引き裂かれた部分」を、粉々に個体化された世界と考え、それらが再統合されることを望んでいたのではないだろうか。ホフマンスタールは、言語不信、認識の危機、ヨーロッパ文化に対する危機感という点では、ニーチェと同様の問題意識を持っていた。

ではまずその検討の前に、ニーチェの言語不信について確認する。ニーチェは『反時代的考察 Unzeitgemäße Betrachtungen』（1874-1876）のなかで、作曲家リヒァルト・ヴァーグナー（Wilhelm Richard Wagner, 1813-1883）による危機の認識を引き合いに出しながら「言葉が病んでいる」(29)と述べている（左記引用文の太字箇所は原書では強調体となっている）。

ヴァーグナーの念頭にまず浮かんだのは、今日、一般に文明が及んでいる諸民族に拡がる危機の認識だった。このようなところでは、至るところで**言葉が**病気にかかっており、この恐ろしい病気は人類の発展すべてに重くのしかかっている。言葉は、元来それがきわめて単純に対応できた強い感情の動きから可能な限り遠い思想の国、すなわち感情と対極的な領域を把握するために、到達しうる最後の段階へとひたすら昇り詰めなければならなかった。しかし、近代文明の短期間にこのような過度な自己拡張をすることで、言葉はその力を消耗しきってしまった。その結果として今や言葉は、本来の存在理由、すなわちもっとも単純な生きるためにも必要不可欠なことで悩む人たち同士の意志の疎通にも使えなくなっている。人間はもはや困窮した時にも言葉の力で自分の状況を伝えることができない。つまり自分自身について本当のことが伝えられない。この暗闇のような状態で、言葉自身が暴力化している。今やそのような言葉は、幽霊の腕のように人々を掴み、人々が本来欲していない方向へ押しやる。人々が相互に意志の疎通をはかり、協力して一つの仕事をしようとするや否や、ありふれた概念の狂気、それどころか単語の純粋な響きの狂気に彼らは捉えられてしまう[30]（…）

ニーチェによって、言葉というものは、感情を生き生きと包括的に表現し、他者と真の意味で相互理解し合うという本来持っていた機能を失い、病んでいると診断された。そのような言葉は、単に概念や指示内容を伝達するだけの機能に限定され、そのことでかえって、人と人、人と世界、感情と理性を分裂へと追いやってしまう記号言語にまで格下げされてしまう。

ニーチェは、言葉が「自分自身について本当のことが伝えられない」で「幽霊の腕のように人々を掴み、人々が本来欲していない方向へ押しやる」という状況に陥っていること、これは言葉の「個体化の原理 principii individuationis」[31]に起因すると言う。彼によれば、言葉による「個体化」の連鎖によって、人間も社会もばらばらになり病んでいくことになる。これは先に引いたホフマンスタールの『手紙』で表わされた、近代合理主義的世界が生み出した概念言語、道具的言語、伝達言語に対する不信感と、個と全体の矛盾の表明と重なると言えるだろう。

ニーチェとホフマンスタールでは、こうした言語不信に起因する意識、認識の危機感だけでなく、そのような危機からの脱出の糸口の見出し方も似ている。ニーチェは、慣習で使用してきた表現手段は、すべての現実を適切に表現しているわけではないと言う。(32) それに応えるかのように、チャンドス卿＝ホフマンスタールは、「自分の身体が、すべてを解き明かしてくれる暗号（Chiffer）でできている」(33) と予感し、「心で考える」ための「沈黙の言語」の可能性を試そうとしている。ホフマンスタールは、チャンドス卿に「概念を司る言葉」を否定させ、「未知の言語」(34) を模索することを宣言させている。

すなわち、書くだけでなく、何かを考えたりするために私に与えられているように思える言語は、ラテン語や英語でも、イタリア語やスペイン語でもなく、私が単語一つも知らない言語であり、物言わぬ事物が語りかけてくる言葉、もしかすると、将来墓のなかで見知らぬ審判者に対して答える時に使うかもしれない、そのような言葉だからなのです。(35)

では、この「単語一つも知らない言語」「物言わぬ事物が語りかけてくる言葉」とはどういうものなのだろうか。「自分の身体が、すべてを解き明かしてくれる暗号でできている」という表現にヒントを見出せば、具体的な既成の言語ではなく、身体表現などの非言語的表現手段の可能性を探っていたといえるだろう。また詳細は第Ⅳ章で考察するが、チャンドス卿の告白は、そのような非言語表現手段＝身体表現が日常生活のなかで息づき、既成のラテン語や英語などヨーロッパ言語による思考ではない何かによって人々が周囲と調和し生活している非ヨーロッパ世界に、ホフマンスタールがヒントを求めたことの前兆となっている。

チャンドス卿は筆を折ったが、作者のホフマンスタール自身はその後も「言語」による創作活動を続けた。前述したように、ホフマンスタールは、音楽と結びついたオペラ台本、パントマイムやバレエなど身体表現芸術の台本、映画のシナリオを執筆し、言語以外の表現手段と組み合わせることで全的表現を試みている。また個々の人間が全体性を獲得し、個が全体と矛盾することない社会の生成に貢献することが作家としての使命と考えていたようである。

こうした全的表現の追求も、かつてニーチェが考えていたことと近い。ニーチェはこのばらばらになった人や物を再び結び合わせることができるもの、すなわち分裂をもたらす記号言語に取って代わるものは、「舞踊と音と言葉の全体的象徴法（die ganze Symbolik des Tanzes, des Tones und des Wortes）」[36]だと述べている。

象徴の新しい世界が必要なのだ。第一に全体的な身体的象徴法が、口や顔や言葉の象徴法だけではなくて、四肢をリズミカルに動かす豊かな舞踊の身振りが。[37]

言葉による思考は、事物を限定し理性を増強する。それにより精神と肉体が分裂していくだけでなく、「個」が追求されるあまり、人間同士の一体感や周りの世界とのつながりが喪失されていく。それに対してニーチェは、処女作『（音楽の精神からの）悲劇の誕生 Die Geburt der Tragödie aus dem Geiste der Musik』（1872）で、病んだ人間や社会を再統合するものとして、かつてギリシア悲劇にあったコロス（踊唱隊）による舞踊のリズムや歌、音による陶酔のなかでの一体化を前面に持ち出している。身体から直接発され、理性を介さない舞踊のリズムや歌は、他者と融合し「高次の共同体の一員（Mitglied einer höheren Gemeinschaft）」[38]となることを可能にするという。

ニーチェは、ヨーロッパ近代の芸術が、ギリシアの造形芸術の秩序や調和を重視するアポロ的な側面だけを強調し、発展させ、そこにキリスト教の二元論が合流したことで、理性尊重の合理主義が蔓延してしまったと批判している。[39]彼によれば、アッティカ悲劇においては、対照的な二つの芸術衝動、すなわち夢のなかで美しい仮象を画定するアポロ的なものと、東方から侵入してきた野蛮で陶酔的な酒神バッコスと同義のディオニュソス的なものが融和していた。そこで全体の中心にあったのがコロスだという。[40]ニーチェは、コロスを「ディオニュソス的に興奮した大衆全体の象徴（das Symbolik der gesammten dionysosisch erregten Masse）」[41]と捉えている。

コロスの有無は、ホフマンスタールの『エレクトラ』解釈においても重要な視点となるので、少し説明しておかなければならない。ここでいうコロスとは、現代のいわゆる合唱による歌や舞踊とは違う。古代ギリシアの韻文劇においては、詩句を読むことが音楽となった。ギリシア語の韻文の詩句は、それぞれのリズムや固定した実体的な音を備えていたので、言葉を読むだけで音楽的なリズムや音程が生じた。[42]そして、コロスから生じた芸術衝動こそ、悲劇の起源としている。『音楽の精神からの悲劇の誕生』という正式な名称は、このような発想に由来する。

ニーチェはこのコロスの踊唱が、言葉と統一的人間、円形劇場に喩えた宇宙全体を体現していたと考えたのであろう。[43]このようなコロスにおいては、言葉は個体化を進めない。むしろ言葉に内在する音楽的リズムが陶酔を呼び、個が全体へと融解するのを助けていた。コロスの有無には、ニーチェが感じていた言語と人間、個人と社会の乖離の問題を解く鍵が隠されていた。

ニーチェによると、アイスキュロス（Aischylos）で頂点を極めたアッティカ悲劇は、エウリピデス（Euripidēs）で衰退する。というのも、アポロ的なものとディオニュソス的なものの和解が破壊されたのが、「美しくあるためには、すべて理知的でなければならぬ（Alles muss verständig sein, um schön zu sein.）」というソクラテス（Socrates）主義者のエウリピデスの時代だったからである。(44) エウリピデスによってもたらされた夢や陶酔に象徴される、合理的なソクラテス的なものと非合理的なディオニュソス的なものという新たな対立によって悲劇が滅んだ。すなわち、かつての「アポロ的直観」に代わり登場してきた「論理的画一主義」というソクラテス的なものによって、ディオニュソス的なものが消滅へと追いやられてしまった。またニーチェは、アイスキュロスとエウリピデスの中間にいるソフォクレス（Sophoklēs）が、悲劇が衰退と崩壊へと向かう分岐点に立っていたと捉えている。ソフォクレスがコロスの活動領域を狭め、悲劇から音楽を追い払う最初の歩みを進めたことで、「悲劇のディオニュソス的な地盤が崩壊しはじめた」と言う。(45)

これを近代に移し変えて考えれば、この流れは、一七世紀のデカルト以後の二元論的、合理主義的思考の優勢と、それらが行きづまったホフマンスタールの生きた一九世紀末から二〇世紀への転換期の状況と似ている。『手紙』の宛先が、経験にもとづいた演繹主知主義を提唱したフランシス・ベーコンであったことの意味がここでも確認され得る。

また、ホフマンスタールがギリシア悲劇の現代的再生の意味をこめて創作した『エレクトラ』翻案の底本にしたのが、アイスキュロスではなく、ソフォクレスの『エレクトラ』だったということにも着目したい。詳細は第Ⅱ章第1節で述べるが、ソフォクレス版をもととしているということは、ホフマンスタールの『エレクトラ』は、コロスが後退したところから始まる、と解釈できるからである。

4．非ヨーロッパ世界への視線

チャンドス卿＝ホフマンスタールは『手紙』のなかで、世界と自分との新しい関係を構築するために、まったく今まで知らなかった言葉を模索すると書いた。ニーチェとホフマンスタールでは、その未知の表現手段を模索する方向が「オリエント」に向けられているという点でも共通している。

ニーチェは、太陽神アポロに対して、それまで同じ古代ギリシア芸術のもう一方の側面でありながら異教的であるとして排斥されてきた、豊穣と酒の神、東方から来たとされるディオニュソスを、陶酔、解放、激情的芸術を象徴する神、根源的一者（das Ur-Eine）[46]として持ち出している。個体化の連鎖によってばらばらになった個が再び「一体化」し、さらに共同体としての全体性を獲得するために、ギリシア悲劇のディオニュソス的な側面、すなわち古代ギリシアのオリエント的な側面が重視された。

ニーチェのこのような古代ギリシアのオリエント的側面への関心は、[47]ヨーロッパを再生するための「外側」からの視線となって現れる（左記引用文の太字箇所は原書では強調体となっている）。

漂泊者は語る。――我がヨーロッパの道徳性を一度遠くから見て、それをほかの、過去の、もしくは未来の道徳性と比較するためには、ある町の塔がどのくらい高いのかを知りたくなった漂泊者のようにその町を出ていかなければならない。〈道徳的偏見についての考察〉は、それが偏見についての偏見にならないために、道徳の外側に立つことが前提となる。つまりなんらかの善悪の彼岸であって、そこまで我々は上り、攀《よ》じ、天翔けていかなければならない。――いずれにせよ、我々の善悪を超えたところの彼岸、一切の〈ヨーロッパ〉から自由にならなければならない[48]（…）。

このようなニーチェの「外側」からの視線、言い換えればヨーロッパの「相対化」は、のちに「神は死んだ」という断定的な言葉によるキリスト教の神の否定へとつながっていく。[49]「言葉が病んでいる」と訴え、ヨーロッパ文化のなかに個体化の連鎖によって行き着いた「虚無」を見たニーチェが求めたものは、一八世紀古典主義者が見ていたものとは違う、もう一つのギリシアであり、個と個が陶酔のなかで融解し合いながら大きな全体へと合一されるオリエント的古代ギリシアだった。

一方、ホフマンスタールも第Ⅱ章第2節で考察する『恐れ／対話』で、このような始原的ギリシアにおいてリズムによって陶酔しながら個が他者と解け合う瞬間を描き出している。ホフマンスタールは言語による認識の不可能性を近代ヨーロッパ文化の危機と見なし、その危機克服の手がかりを、ヨーロッパの外部、すなわち非ヨーロッパ世界に見出そうとしている点でニーチェの継承者だったといえよう。

ただしホフマンスタールは、かつてヨーロッパにありながらも失われてしまった根源的なものを、ギリシアを経由してさらに東のオリエントに、それもニーチェの考えよりもさらに拡大された、中国や日本までをも含むオリエントに求めていた。このオリエント空間の範囲が広がった理由は、一九世紀後半に急激に発達した交通網による人の交流や物流、ジャポニスムの流行なども影響していると考えられる。このことについては、第Ⅲ章で詳しく考察する。

5. 第二次ギリシア復興

ここまで、ニーチェとホフマンスタールの、言語による個体化の連鎖が引き起こした認識の危機意識について、その両者が危機克服の手がかりを非ヨーロッパ世界に求めていたことも共通していたのではないかという仮説を検討してきた。ここでは、ホフマンスタールの『エレクトラ』を含むギリシア劇の「現代的再生」の根底にある、ギリシアのオリエント的側面からの読み直しがどのようなものだったのかを考察する。そのためにまず、一九世紀後半のオリエントに関する考え方に大きな影響を与えた第二次ギリシア復興について述べておきたい。これは、一八世紀末のゲーテ（Johann Wolfgang von Goethe, 1749-1832）の『タウリス島のイフィゲーニエ Iphigenie auf Tauris』（1790）やヴィンケルマン（Johann Joachim Winckelmann, 1717-1768）の作品から、古典文献学の代表的存在ヴィラモーヴィッツ＝メレンドルフ（Ulrich von Wilamowitz-Moellendorff, 1848-1931）に至る明るく明晰で合理的で人間愛に満ちたギリシアというイメージに対して、ニーチェが先述した処女作『（音楽の精神からの）悲劇の誕生』において異を唱えたことに始まる。これは、それまでの古典主義的ギリシア観に対するラディカルな異議申し立てとも言えるだろう。

ニーチェは『悲劇の誕生』で、ギリシア悲劇によって体現される、情念や情動のような人間精神内部の奔放かつ不透明な衝動が、音楽に内在する力動性を通して芸術的形象へと昇華され結実する過程にこそ、古代ギリシアの本質が存在すると主張する。つまりギリシア悲劇には、典型的な「アポロ的なもの」と「ディオニュソス的なもの」の融合が、「夢」と「陶酔」の結合として現れている。「明るく明晰なギリシア」という伝統的なギリシア像から明らかに逸脱するニーチェのディオニュソス的なものを重視するギリシア像には、古代ギリシア文明のなかに潜在した非ヨーロッパ的な要素、つまり「オリエント的」な要素の復権、再生という意味が含まれていた。バイアーライン（Sonja Bayerlein）によると、ギリシア悲劇の捉え方との関連で用いられているこの「アポロ的なもの」と「ディオニュソス的なもの」という両概念は、一九世紀から二〇世紀転換期における古代ギリシアをめぐる文化政治的な議論へとつながる。(50)

ちなみに、ニーチェの言うディオニュソス的、陶酔的な自己犠牲によって達成された個人の解消という状態は、ホフマンスタールの『恐れ』のライディオンや『エレクトラ』のディオニュソス的な踊りのなかでの自己犠牲的行為と直接関連している。この点については、第Ⅱ章の第2節、第Ⅳ章の第4節で考察する。

またニーチェは、二〇世紀の心理学につながるもう一つの課題を提示した。すなわちそれまでの「美への欲求」に対立するさまざまな欲求の解明、つまり醜いものに対する欲求、より古いヘレネス（古代ギリシアの Hellas の民）の悲観主義への厳しい意志、悲劇的な神話、存在の基礎にあるあらゆる恐ろしいもの、醜いもの、謎めいたもの、絶滅していくもの、悲運等々への欲求の解明である。これらはニーチェにおける「ディオニュソス的なもの」と同義であり、[51] 次項で考察するホフマンスタールによって現代的に再生されたギリシア劇の描写にも、そのような傾向は見られる。

第二次ギリシア復興に寄与し、ホフマンスタールに影響を与えたもう一人の人物は、ヨハン・ヤーコプ・バッハオーフェン（Johann Jakob Bachofen, 1815-1887）である。バッハオーフェンは、ニーチェ同様、それまで支配的だった母権制から父権制への変革が起こったとされるギリシア古典期以前にあったアルカイック前古代期（紀元前六～五世紀）を研究した。ホフマンスタールとの関連でいえば、バイアーラインによると、バッハオーフェンは古代ギリシアの「エレクトラ」素材を母権制から父権制への変革と捉え、古い母権制の克服への神話学的な転換点だと考えているという。[52]

ホフマンスタールはバッハオーフェンの著作を四冊所蔵しており、[53] そのうちの一冊『母権制』は二〇歳頃から読んでいた。新町貢司は、ホフマンスタールの『第六七二夜のメルヒェン Das Märchen der 672. Nacht』（1895）（以下『メルヒェン』と略記）におけるバッハオーフェンの『母権制』からの影響を詳細に考察している。[54] この作品で主人公の「商人の息子」が夢見る「いにしえの偉大な王」には、西洋的父権制の体現者である「アレクサンダー大王」が示唆されている。バッハオーフェンによれば、アレクサンダー大王の東方遠征は、西洋的父権制と東洋的母権制という二つの原理の邂逅を意味するという。新町は、このバッハオーフェンの考えをもとに、『メルヒェン』における女性登場人物への『母権制』の影響を論じている。たしかに、『メルヒェン』で「商人の息子」が東洋的母権制の匂いを感じさせるような女性たちによって破滅していく結末は、東洋的母権制を無視し、そこから父権制への移行を進歩と捉えた西洋的父権制が受けた罰とも解釈できるだろう。

バッハオーフェンの『母権制』がホフマンスタールに与えた影響は、『エレクトラ』でエレクトラが母クリテムネストラのことを「すべてを吐き出し、飲み込んでしまう海」に喩えている箇所にも見受けられる。これについての詳細は第Ⅱ章第1節で述べる。

ホフマンスタールに影響を与えたバッハオーフェンの著作のうちのもう一冊に、一九二〇年代のバッハオーフェン・ルネサンスの火つけ役となったといわれる選集『東洋と西洋の神話 Der Mythus von Orient und Occident』(1926)がある。この本に、アルフレート・ボイムラー(Alfred Baeumler, 1887-1968)は三〇〇頁にもわたる序文を書いており、ホフマンスタールの書き込みや傍線はボイムラーの序文に集中している。トーマス・マン(Paul Thomas Mann, 1875-1955)が「実におもしろい本」で「俗受けする」と評したこの本は、二〇年代の知識人の間で話題を呼んだ。それは「ボイムラーがニーチェを新しいロマン主義的思潮の立役者からひきずり降ろし、その代りにバッハオーフェンの母権制を再評価するものだった」からだといわれる。(55) ホフマンスタールはこの書を、刊行された一九二六年に読み、同年行われた人文ギムナジウム同窓会祝典での「古代の遺産 Vermächtnis der Antike」と題する講演で、次のように、バッハオーフェンを示唆するような内容を述べている。

ギリシア悲劇作家の作品の土台に流れ込んでいる暗い太古の神話は、長い間埋もれていた驚異すべきスイス人のなかに、その解釈者を見出した。彼の著作には、かつて古代の生の領域で、オルフェウスの神話からビザンチンの後裔が伝えた神話的逸話までの、この精神世界「全体」が繰り広げられている。(56)

ホフマンスタールはまた、この講演で「私たちの内なる生を孕んだ精神世界、私たちの内なるオリエント」(57)とも語っている。さらに一九二四年に書かれ、二八年に初演されたオペラ『エジプトのヘレナ Die ägyptische Helena』(台本：ホフマンスタール　音楽：R・シュトラウス)については、「ヨーロッパの代表者としてのメネラス……オリエントとヨーロッパの間の調停者」(58)と書いている。ホフマンスタールが、オリエントに自分たちの原点を見出し、西洋と東洋との融合を理想としていたことは明らかである。(59)

ホフマンスタールがオリエントに求めたのは、キリスト教的ヨーロッパおよび近代合理主義にもとづいた二元論的思考や理性偏重、合理主義がもたらす人間の徹底的な「物質化」が進んだ末、ヨーロッパが喪失してしまったもの、つまり、キリスト教的ヨーロッパや近代合理主義によって排除され隠蔽されてきたヨーロッパ人のもう一つの原点とも言えるだろう。

次節で扱うギリシア悲劇の翻案は、今まで見てきたような第二次ギリシア復興の流れを汲んだものである。

6．ギリシア悲劇の「現代的再生」

ホフマンスタールは、言語危機直後の一九〇三年から〇四年にかけてギリシア悲劇の翻案、すなわち『エレクトラ』(60)『オイディプス王 König Ödipus』『オイディプスとスフィンクス Ödipus und die Sphinx』に集中的に取り組んでいる。これら三作品は、マックス・ラインハルト（Max Reinhardt, 1873-1943）の演出による舞台を想定したものである。ホフマンスタールは、一九〇三年五月初旬に、ラインハルト率いるベルリン小劇場のウィーンでの引っ越し公演でゴーリキー（Maxim Gorki, 1868-1936）の『どん底 Nachtasyl』を見て、ナスチャを演じたゲルトルート・アイゾルト（Gertrud Eysoldt, 1870-1955）の演技に惚れ込み、翌朝、朝食をともにしたラインハルトに、アイゾルト主演を想定した『エレクトラ』翻案劇を彼の劇場のために書くことを約束した。(61) ホフマンスタールとラインハルトには、ギリシア悲劇の現代的再生という共通の理想があった。(62) では、ギリシア悲劇を現代的に再生するとはいかなる意味を持っていたのだろうか。

『手紙』で示唆されたように、現実との生き生きとした接触を失ってしまい、常套句《クリシェー》と化した「言葉」は、物事の核心に迫るには不充分であると考えたホフマンスタールは、存在の根源性、全体性をまるごと表現し得る媒体としての神話に着目する。しかし同時に、神話に本来備わっている普遍的な力を呼び起こすためには、当時流行していた歴史主義の枠組みから神話を解放しなければならないと考えた。ホフマンスタールがラインハルトに、なぜラインハルトのレパートリーにギリシア悲劇がないのかと尋ねたところ、彼から「既存の翻訳や翻案にはギプスで固められたような窮屈さがあり、嫌気がさしている」という答えが返ってきたという。(63) これは、序論で提示した松葉宛ての手紙で、ホフマンスタールが「古代を土台にしていますが、古代の設計図に従っているのではありません」と書いていることの裏づけとなる。『エレクトラ』のサブタイトルが「ソフォクレスからの自由な翻案の一幕悲劇 Tragödie in einem Aufzug frei nach Sophokles」(64) であることが示すように、ホフマンスタールはギリシア悲劇を「自由」に扱いたかった。ホフマンスタールが目指したのは、神話のあらすじを単になぞることではなく、「神話の嵐を新しく作り出し、血液から影を生じさせる」(65) ことだった。そのためには、諸芸術に何度も擦り切れるほど使われることで古びてしまった神話を改めて原型から再構成し、そこに一九世紀から二〇世紀転換期の文化刷新である「モデルネ」の持つ現代性、アクチュアリティを付与する必要があった。[66] 同時にそれは、ゲーテやヴィンケルマンによって推奨された人文主義のもとにあるアポロ的なギリシア観へのアンチテーゼだった。

ホフマンスタールがそのように考えていたことは、一九〇四年七月一七日の日記に、「イフィゲーニエとは対照的なものを作り出してみたい。言葉の及ばないところの何ものかを。この典雅な作品（筆者注：イフィゲーニエのこと）は、改めて読んでみると、私にはおかしいほどの人道臭さを感じる」[67]と書いていることからもわかる。この「イフィゲーニエ」とは、死んだはずのイフィゲーニエがタウリス島で弟オレストと劇的に再会する純真な愛に満ちたゲーテの『タウリス島のイフィゲーニエ』であることは言うまでもない。彼は『エレクトラ』を作るにあたって、古典古代の再生の模範とされてきたゲーテのこの作品に反旗を翻すと表明しているのである。

ホフマンスタールは当時アルトゥール・シュニッツラー（Arthur Schnitzler, 1862-1931）に宛てた手紙で、「本当に残酷な舞台に仕上げたい」[68]とも書いている。これは先述のギリシア悲劇の「現代的再生」に、ニーチェやローデ（Erwin Rohde, 1845-1898）からフロイト（Sigmund Freud, 1856-1939）へと流れた心理学的視点を取り入れようとしていたことを意味する。当時、文学に精神分析を取り入れることが流行しており、心理学領域では、近代的な理性中心主義によって抑圧され隠蔽されてきた、意識下にある欲動や情動の要素への着目が集まっていた。ニーチェは『この人を見よ Ecce homo』（1908）で「ディオニュソス的なもの」を「悲劇作家による心理学への架け橋」と理解している。

> アリストテレスは誤読しているのだが、悲劇詩人が悲劇をものにしたのは、恐怖や同情から自分自身が解放されるためではないし、何らかの烈しい自己発散によって危険な情念から自分を浄化するためでもないので

ある。そうではなくて、恐怖や同情を遥かに超え出て、生成の与える永遠の快楽そのものに、破壊の快楽をさえも内に含んでいるほどのあの快楽に、なり切らんがためにほかならない。[69]

アリストテレス（Aristotelēs）は、ギリシア悲劇にある残酷性や悲劇性を浄化作用（カタルシス）と見なした。一方ニーチェは、人間の心の奥底にある欲動、残酷さ、情動を、抑制するものではなく、人間性の一面として肯定した。ホフマンスタールもそれら二つの要素を現代性をもって表現することで継承したのである。

この点を理解するには、ベルリンとウィーンのモデルネの違いと、ホフマンスタールの『エレクトラ』の位置づけについて考えてみる必要があるだろう。一九世紀末、ベルリン、ミュンヒェン、ウィーンで台頭した文学の刷新運動であるモデルネは、都市によって微妙に違う特徴を呈している。新興ドイツの帝都として技術文明の進歩と社会的矛盾が際立っていたベルリンにおいて、モデルネはもっとも強く自然主義的傾向を示していた。[70]

それに対して、自然主義が開花しなかったウィーンでは、ヘルマン・バールのエッセイ『モデルネ Moderne』（1890）で述べられているように、魂、内面、感覚などに重点が置かれ、自然主義からの離反の傾向が強い。のちにバールが、『自然主義の克服 Die Überwindung des Naturalismus』（1891）を著した一八九〇年代には、モデルネの中心は、ベルリンではなくウィーンに移っていた。問題は、自然主義の洗礼を受けなかった「若きウィーン派」のホフマンスタールの筆致は、『エレクトラ』を一読するとわかるように、繊細な感覚による内面性の表現に満ちていることである。作品の外郭にあるギリシア悲劇の構造、すなわち殺人、監禁、復讐といった行為やそれらの行為に至る人間の心の奥底にある憎しみや愛、残酷な感情などの直視は自然主義的ではあるが、その表現そのものは感覚的、刹那的であり、ウィーン的なのである。このような掲出の仕方が、ウィーンのモデルネの代表的な詩人ホフマンスタールが求めた現代性なのだろう。

ところで、ホフマンスタールが『エレクトラ』を執筆したのと同時期、すなわち一九〇三年に出版されたバールの『悲劇的なものについての対話 Dialog vom Tragischen』は、世紀転換期における古代のイメージの心理学化の頂点に立つ作品とされている。(71) ここでバールは、古代ギリシア文明の均整のとれた明澄性の奥に、衝動の抑圧と噴出というフロイトがヒステリー現象に認めていたのと同種のダイナミックな心の動きを見出すことによって、同時代の心理学視点と古代ギリシアとの類似点を発見している。同時に、すでにニーチェによってアリストテレスとは違った角度から肯定され、心理学的に認められたギリシア悲劇のカタルシス作用を、精神分析的な観点から再度新しく解釈している。

ギリシアの文化全体がヒステリー周辺に忍び寄られ包囲されてしまっていた。私たちには至るところでヒステリーが待ち伏せしているのが見える、至るところでヒステリーが喉を鳴らしているのが聞こえる。神話はヒステリー満載である。夢見がちで明るい言語からもヒステリーが透けて見える（…）だが当時はまだ、国民は自分たちのヒステリーを大々的に「解消」させてくれるような仕掛けを考え出すゆとりがあった。実際のところ悲劇は、あの二人の医者（原注：ブロイアーとフロイトのこと）と同じことをしようとしているのだ。悲劇は、文化で病になった国民に、彼らが思い出したがらないこと、彼らが隠している悪い情動を思い出させる。文化人に成りすましている人のなかに、なお野蛮人が歯を軋ませながら潜んでいることを思い出させる。そして野性を鎖から解き放ち存分に暴れさせる。するとその人は、忍び寄る暗い情動の霧やガスから解放され、興奮したことで鎮められ、柔軟になって良俗の世界に戻っていけるのだ。(72)

「毒をもって毒を制す」といわれるように、悲劇のなかにある恐怖、残酷、怒りなどの「暗い情動」を直視することで、心が解放され静まる。ホフマンスタールもこのような考え方をギリシア悲劇の現代的再生に取り入れようとしたのだろう。

ホフマンスタールにとって古代は自己認識の場所である。つまり、ギリシアの神話学、そのなかの人物たちの世界は、現在の人間が忘れてしまった暗い心の奥底に気づかせてくれる鑑なのである。「老朽化した、蓄積された蘊蓄ではなく、私たちの内なる生を孕んだ精神世界、すなわち真の内なるオリエント、開かれた、変質することのない秘密」(73)である素材を用い、その鑑のように物語が作用することが、彼のギリシア悲劇の現代的再生の意図だった。ホフマンスタールの言語危機以降の社会に発信した創作活動の一つに、ギリシア悲劇翻案があるのは、以上のような意味がある。

第2節　ドイツ語圏のオリエンタリズムとホフマンスタール

1. オリエンタリズム

前節では、『(チャンドス卿の)手紙』で表明された言語不信には、ニーチェの問題意識が継承されていることを考察した。さらに、ホフマンスタールがこのような危機からの脱出のヒントを、古代ギリシアの非ヨーロッパ的側面、オリエント的側面に求めた点も、ニーチェの考えの延長線上にあったことを確認した。

この節では、ホフマンスタールの創作活動にとっての「オリエント」という表象の意味を明らかにする前段階として、まず「オリエント」および「オリエンタリズム」という言葉の持つ意味を明確にし、そのうえでドイツ語圏におけるオリエンタリズムの歴史を概観し、それがホフマンスタールに与えた影響を考察する。

本来「オリエンタリズム Orientalism」という言葉は、近代ヨーロッパにおける文学・芸術上の風潮の一つで、「東洋趣味」の意味のことであった。すなわち非西欧的世界の一括的呼称である「オリエント」に対するヨーロッパ人の好奇心や憧れを指し、「東洋学 Orientalistik」の意味でも使われていた。しかし、エドワード・サイードの『オリエンタリズム』[74]（1978）に代表されるオリエンタリズム批判以後、従来の文学・芸術上のオリエンタリズムも、サイードの言う「西洋の東洋に対する文化支配の様式」という定義から完全には逃れられなくなってしまった。文学作品や芸術作品に「オリエンタリズムの」という修飾語がついた場合、作品そのものの美的価値とは関係ない判断基準で見られ、作品そのものが格下げされることもある。そうなると一八世紀から二〇世紀初頭にかけて生み出された無数のオリエントを題材とする音楽、美術、文学領域の芸術作品、さらには「東洋学」「日本学 Japanologie」などの学術研究の成果も正当な評価を受けることなく、「西洋の東洋に対する文化支配」の例になってしまいかねない。本書で扱うホフマンスタールの創作活動も、その問題を含んでいる。極論を言えば、サイードの言う自民族中心主義（エスノセントリズム）が根底に流れている以上、西洋で発展したディスクールを使用して西洋以外のものを扱ったものはすべて、否定的な意味での「オリエンタリズム」の一言で片づけられてしまう危険性がある。この点に「オリエンタリズム」概念を扱う難しさがある。

そもそも「オリエント」という言葉自体が不思議な概念である。ラテン語の oriens は「起きる、表われる」の意味の動詞 orior の派生語で「日の出の太陽」を表し、occidens「日没の太陽」の対語である。彌永信美の『幻想の東洋』[75]によれば、この対語関係にすでにキリスト教的考え方が反映されている。つまり、キリスト教世界では、「今」は「どちらかというと終末に近い現在」として意識され、自分たちのいる場所を「今」という基準で見れば、自分たちより「東方」が「オリエント」となる。そもそも丸い地球には南北の極があるが、東西の極がないので、東と西を分ける境界線は実際には存在しない。彌永は、世界を「西方」と「東方」に分けて考えるオリエンタリズム的世界観が成立したのは、帝政時代のローマにおいてだろうと推測する。(76)紀元前一～四世紀の帝政時代のローマと一一～一二世紀以後の中世ラテン世界という二つの時代は、「西方」(ヨーロッパ)が、みずからを一つの世界として認識し、他の地域へ拡張していこうとした時代だった。このような状況において、自己である「オクシデント」が他者である「オリエント」を作り出したとすると、そこには最初から他者に対して「見知らぬもの」「異質なもの」といった意識が働いていることになる。この二分法がさらに進めば、自文明に対する野蛮、中心に対する周辺、「真の宗教の信仰者」に対して「異教徒」などの形をとることになるという。(77)

ところで、「オクシデント」側の「オリエント」への対応は、「中近東」に対してと「極東」に対してと、また時代によっても違っている。たとえば、ゲーテやモーツァルト(Wolfgang Amadeus Mozart, 1756-1791)の活躍した古典主義の時代である一八世紀末と、ロマン主義を経たニーチェやホフマンスタールが生きた一九世紀末とでは、オリエントに求めたものや、その姿勢にも変化が生じている。パレスチナ人で少数派キリスト教徒であったサイードのオリエンタリズム批判は、主にアラブ――イスラム世界に対する差別的オリエンタリズムを扱っており、サイードの研究が大きな波紋を及ぼしたからとはいえ、従来のオリエント学やオリエントを扱った無数の芸術作品がすべて彼の定義で片づけられるべきではない。本書では、むしろサイードのオリエンタリズムの定義に対して異議を申し立て、ヨーロッパの芸術を豊かなものにし、オリエントのポジティヴな側面に光を当てたジョン・M・マッケンジー(John M. MacKenzie)の考えを、考察の拠りどころとしたい。すなわち東洋と西洋の「文化的相互参照」(78)や工業化からの文化的解放、東洋からの新たなインスピレーションによる西洋側の芸術の活性化という積極的な側面である。[79] ホフマンスタールにとっての「オリエント」には、マッケンジーが指摘したポジティヴな見方がぴったりと当てはまる。第Ⅱ章で考察するが、ホフマンスタールが「日本」に見ていたものは、近代化の歪みで生じたヨーロッパの文化的危機からの解放のモデルとしてのユートピア世界であり、本書における『エレクトラ』の日本公演をめぐる考察は、まさにホフマンスタールの西洋側と松居松葉の日本側の「文化的相互参照」の比較考察にほかならない。また、オリエントがもたらしたインスピレーションという点では、第Ⅳ章で述べるように、エレクトラの踊りは東洋の踊りに触発されて書かれたものと考えられる。

それでは、ホフマンスタールはサイードの言うオリエンタリズムとはまったく無縁なのかといえば、なんらかの影響を受けていることは否定できないだろう。西洋がオリエントに憧れる気持ち、自分たちのルーツとしてオリエントを称賛する動きの背後には、サイードが言う意味での「疎外」したものへの贖罪意識が働いていると思われるからである。サイードの考え方にもとづくと、オリエントを扱ったもので彼の定義する「オリエンタリズム」から逃れられているものはないということになる。[80] サイードによれば、「真理」への意志としての「東洋」研究の欲求が一連の知識を生み出し、その知識が権威・権力となって「西洋」による「東洋」への植民地主義的コントロールを可能にしている。[81] ドイツ・オーストリアは、東洋との実際の接触をあまり持つことなくオリエント像を形成していったが、東洋に対する優勢意識が潜む知識という権威・権力を備えていたという点では、英仏と共通しているだろう。

また、オリエント側も、オクシデントにおけるオリエント像形成にみずから加担している点は見逃してはいけない。本書第Ⅳ章で扱う川上音二郎、貞奴による川上一座の公演がまさに、「セルフ・オリエンタリズム（Self Orientalism）」[82]の一例であろう。たとえば川上夫妻は、欧米人の求める「日本」を満足させ、喜ばせるために、不自然なまでに「ハラキリ」を舞台に取り入れた。このような意味でも、川上一座の旋風を通じて日本像を形成したと思われるホフマンスタールは、サイードの言う「オリエンタリズム」と無関係ではないだろう。[83]

したがって本書では、ホフマンスタールもサイード的な意味における差別的オリエンタリズムの影響と皆無ではないことを意識しながら、オリエントを扱った作品を異文化理解、文化的相互参照の例として扱い、従来の文化交流史の側面から見直し、ドイツ語圏におけるオリエンタリズムの歴史、ホフマンスタールのオリエンタリズムについて考察する。

2. ドイツ文学におけるオリエント像の変遷

一九二七年一〇月に書かれ、ホフマンスタールの死後発見された『覚書』に、詩人の役割について次のような件がある。

詩人の役割：新しい要素によって国民の精神に、さらに一層大きな力を与えるために、未知の世界を運んでくること。[84]

この文のあとでホフマンスタールは、「新しい要素」の一例として「ゲーテのオリエント趣味（Goethes Orientalism）[85]」を挙げている。ゲーテの「オリエント趣味」といえば、『西東詩集 West-östlicher Divan』（1819）が想起されるが、ゲーテは、『西東詩集』執筆中に出版者コッタに宛てた手紙で、この詩集のことを「私のオリエンタリズム[86]」と呼んでいる。そしてこの詩集の編纂のために、オリエント研究者ハンマー＝プルクシュタル（Joseph von Hammer-

Purgstall, 1774-1856）の『オリエントの宝庫 Fundgruben des Orients』や『ペルシアの修辞学の歴史 Geschichte der schönen Redekünste Persiens』など、手に入る限りのオリエント関連の書物を体系的に研究した。(87) また、やはりコッタに宛てた別の手紙では、『西東詩集』についての考えを以下のように述べている。

私はずっと以前からひそかに〈オリエント文学〉に取り組んでおりまして、もっと慣れ親しむために、東洋の考え方や手法を使って幾編の詩を作りました。そのさいの私の目論みは、楽しい方法で、西洋と東洋、過去と現在、ペルシア的なものとドイツ的なものとを結び、両方の風習と考え方を重層的に絡み合わせることでした。(88)

ゲーテの手紙からは、「西洋と東洋、過去と現在、ペルシア的なものとドイツ的なものとを結び」合わせたいという、オリエントに対する好意的な感情が読み取れる。そしてこれは前述のホフマンスタールが詩人の役割として「新しい要素」を取り入れ、「国民の精神に、さらに一層大きな力を与えるために、未知の世界を運んでくること」と記した『覚書』の内容とも重なる。ホフマンスタールがそう書いた百年前に、彼が尊敬していたゲーテは同じ考えを持って創作していたのである。

しかしこの「オリエント」の内容や意味が、一八世紀末のゲーテと一九世紀末のホフマンスタールでは違っている。ホフマンスタールにとっての「オリエント」はゲーテの生きた時代より拡大され、そこには日本も含まれ重要な役割を担っていた。

ヨーロッパでは後進国だったドイツは、イギリスなどの列強と比較すると植民地への進出が遅れ、オリエンタリズムとの関係も独自の在り方をしていた。(89) ここでは、主にフックス＝スミヨシの『ドイツ文学におけるオリエンタリズム』に依拠し、ドイツ文学史のなかで「オリエント」がどのように描かれてきたかをたどる。

最初に確認しておかなければならないことは、一九世紀初頭までヨーロッパの人々にとってのオリエントは、主にトルコ、ペルシアなどいわゆる「近東」を指していたことである。ドイツ語圏の文学作品でオリエントが扱われたものというと、十字軍の時代まで遡ることができる。フックス＝スミヨシによると、十字軍以後「オリエント」は、「野蛮」の支配する政治的、宗教的、文明的に下等な地域という性格づけとともに、キリスト教世界に対する重大な脅威ないしは挑戦という意味を帯びていた。しかしその一方で、まったく逆に、寛容や礼節が実現されている理想的、模範的な世界として、さらには想像を超える膨大な富を持つ世界としても描かれてきた。つまり、十字軍時代の一一世紀から一三世紀までのドイツ文学において、「オリエント」は、キリスト教に対しての異教という対立の観点から描かれていた。(90) 十字軍の遠征が終わりに近づいた一三世紀中期になると、東洋との直接的な接触が始まる。一四五三年にコンスタンティノープルがオスマン帝国の創始者オスマン一世（Osman I）の後継者であるメフメト二世（Mehmet II）によって征服されると、文学においてはオリエント像の二極化が進む。宗教上の対立関係が描かれる一方で、「不思議で謎めいた」遠い国々への憧憬も描かれるようになる。代表例はヴェネツィアの商人マルコ・ポーロ（Marco Polo, 1254-1324）の『東方見聞録』（1301）があるが、ドイツ文学でも、一三九六年から一四二七年までトルコとペルシアに奴隷として拘束されていたヨハン・シルトベルガー（Johann Schildberger, 1380-1427）が、オリエントの人々の風習や日常生活を観察し、客観的に記録したものがある。(91)

一六世紀から一七世紀には、ようやく東洋の国々の存在が西洋にとって地理的な距離のうえでも現実味を帯び始め、旅行記や資料集の意義が増大する。オリエントへの旅行といえば、ほとんどが商売や政治・外交上の理由からのものであり、その体験が見聞記のような体裁で娯楽文学として発表された。[92] それらは、ハンス・ヤーコプ・クリストッフェル・フォン・グリンメルスハウゼン（Hans Jakob Christoffel von Grimmelshausen, 1622頃-1676）の『阿呆物語 Der abenteuerliche Simplicissimus』（1668）などにも素材として利用され、オリエントへの想像上の旅行に身を任せたい作家たちのイメージの源泉となった。アンドレアス・グリフィウス（Andreas Gryphius, 1621-1664）の『グルジアの女王カタリーナ、または守られた貞節 Catharina von Georgien. Oder Bewehrete Beständigkeit』は、一六一六年にグルジアがオスマン帝国に征服され、それに伴って、支配者アバスのもとに八年間人質として拘束されたグルジアの侯爵未亡人カタリーナが、アバスの寵愛を受けながらも、宗教的、倫理的な理由からその愛を拒否するという話がもとになっている。またこの時期、フランスの東洋学者、アントワーヌ・ギャラン（Antoine Galland, 1646-1715）による『千夜一夜物語 Les mille et une nuits』（1704）の翻訳によって、アラビア世界のメルヒェン的な側面がヨーロッパの人々に紹介されたことも特記したい。

一八世紀末になると、一五世紀から一七世紀に起きた数回のオスマン帝国の来襲に対してヨーロッパの人々が抱いていた不安が小さくなり、トルコに対する恐怖感が消えていく。やがて、トルコは当時の流行の最先端となり、いわゆる「トルコ物」といわれる芝居やオペラ、器楽曲が数多く誕生する。代表例はモーツァルトのジングシュピール『後宮からの逃走 Die Entführung aus dem Serail』[93]（1783）である。この作品では、ヨーロッパの人々のロマンチックな恋愛と貞節が、トルコ人男性の好色性や残虐性と対照的に描かれている一方で、高い徳を持ち合わせたトルコ人という新しいタイプの登場人物も描かれた。すなわち、古典的悪者であるオスミンは、残酷、狂暴、女好き、ヨーロッパ人嫌いという、トルコ人に対してヨーロッパの人々が抱いていたステレオタイプを体現しているのに対し、君主セリムは、コンスタンツェを愛していながらも、彼女がかつての宿敵の息子ベルモンテを愛し、ベルモンテによって救出され故郷に戻ることを許す寛容な支配者として描かれている。オペラだけでなく、器楽作品でもピアノ・ソナタ第十一番イ長調 K.331（1783）の第三楽章「トルコ行進曲」やヴァイオリン協奏曲第五番イ長調 K.219「トルコ風」、ベートーヴェン（Ludwig van Beethoven, 1770-1827）の『アテネの廃墟』Op.113「トルコ行進曲」など、トルコの軍隊音楽のイメージから作られた作品が流行したことも、トルコに好意的な感情が持たれたことを示している。

もう一つ、オリエントに対するヨーロッパの人々の姿勢の変化に重要な役割を果たしたのが、知識層における啓蒙思想の広がりである。笠原賢介によると、「近代の形成期であるヨーロッパ一八世紀は、（…）さまざまな制約をともないながらも、非ヨーロッパ世界に目が開かれてゆく時代でもあった」[94]。この啓蒙の時代は、イスラムに関していえば、「アラビア語学・文学研究が神学的な思考の呪縛や教義的な予断から解放されていくきっかけとなった時代」とアラビア研究史においては評価されているという[95]。人間の理性的かつ合理的な判断能力を尊重しようとする啓蒙思想は、オリエント世界に対して西欧が抱いてきた偏見や誤った想像を修正、除去するのに大きな役割を果たしたようである。

フックス＝スミヨシによると、一七〇五年には、アムステルダムで初めて、イスラム教の創始者ムハンマドに対する偏見を覆そうとする研究が生まれた。オランダ東洋学者アドリアン・レランド（Adriaan Reeland, 1676-1718）の『宗教的なムハンマド De religione Mohammedica』である。さらに、イギリスの東洋学者ジョージ・セール（George Sale, 1697-1736）による公正な立場に立ったコーランの翻訳は、イスラムに対する偏見に満ちた見方を修正するうえで重要な指標となった。ドイツでは、ドイツにおけるアラビア哲学とビザンチン哲学研究の創始者、ヨハン・ヤーコプ・ライスケ（Johann Jakob Reiske, 1716-1774）が一七三七年に『ハーリの二六のマカーメ 26 Makamen des Harri』[96]と、四二年には『タラファトのムアラッカ Muallaka des Tarafat』を出版する。これらのなかで彼は、オリエント世界の文学の独自性を強調することによって、神学的議論とテクストそのものを扱う文献学からの分離を図っている。(97)一八世紀中頃には、それまでキリスト教会の監督下にあったオリエント学が解放され、(98)一七五四年にはウィーンで最初の「オリエント・アカデミー Orientalische Akademie」が設立される。

先述したモーツァルトに代表されるように、一七七〇年頃にトルコを舞台にした芝居やオペラの流行は頂点を迎え、偏見や愛憎の入り交じったイスラム世界の見方が修正されていった。トルコとの政治的、軍事的対立が終息し、それに代わって、ヨハン・ゲオルク・ハーマン（Johann Georg Hamann, 1730-1788）やヨハン・ゴットフリート・ヘルダー（Johann Gottfried von Herder, 1744-1803）のように、オリエントに対して慎重で一定の距離を保ちながらも、友好的に接しようとする人々が現われた。(99)彼らは、あらゆる文化がなんらかの形で関連し合っているという確信をもち、観察者の目で未知なる世界に情熱を傾けている。またオリエントは、帝王学の書物において、その舞台としてたびたび使われた。ヨーロッパから距離的に離れていたオリエントを舞台にすれば、作家たちは検閲を恐れることなく自由に記述でき、読者を啓蒙するための比喩や隠喩を用いることもできたからである。

クリストフ・マルティン・ヴィーラント（Christoph Martin Wieland, 1733-1813）は『千夜一夜物語』から題材を取った短編『黄金の鏡またはシェシアンの王たちの話 Der Goldne Spiegel oder Die Könige von Scheschian』（1772）で、作品全体にオリエント風の魅力的な外観を与えつつ、理想的な支配者像を教訓風に描いている。ヴィーラントの一連のオリエント物として、『東洋の物語集』に収められた『冬の物語 Wintermärchen』（1776）や『ジンニスタン Dschinnnistan』（1786-1789）がある。これらには、啓蒙主義の理念と東洋学の影響から生じた同時代のオリエントに関する想像と願望とが混じり合い、同時代のドイツの人々を苦しめていた政治的、社会的抑圧からの解放への希望が託されている。

この時期、ロマン主義者たちによってインドが全人類の知性と文化の源泉と信じられ、関心の的となったことも重要である。それは、一八一六年、フランツ・ボップ（Franz Bopp, 1791-1867）によって、インド＝ヨーロッパ語族の概念が確立され、インド＝ゲルマン民族神話の理論的根拠を形成したことに起因する。「オリエント」が「インド」にまで拡大されたのである。こうして、オリエント学はロマン主義文学の一部ともなった。サンスクリット語文学の代表的な作品、たとえば宗教教訓詩『バガヴァッド・ギーター（神の詩）』は、アウグスト・ヴィルヘルム・シュレーゲル（August Wilhelm von Schlegel, 1767-1845）によって、一八二三年に原文とラテン語訳との対訳が出版された。[100] 弟のフリードリヒ・フォン・シュレーゲル（Friedrich von Schlegel, 1772-1829）もサンスクリット語に精通し、『インド人の言語と知性について Über die Sprache und Weisheit der Indier』（1808）を刊行する。インド文学史上最高の傑作といわれる五世紀の詩人カーリダーサによる有名な戯曲『シャクンタラー Śakuntalā』は、一七八九年、イギリスの言語学者ウィリアム・ジョーンズ（Sir William Jones, 1746-1794）によって英訳されたが、それは二年後の九一年には、ドイツの博物学者、旅行家のゲオルク・フォルスター（Johann Georg Adam Forster, 1754-1794）によってドイツ語に重訳されている。[101] フォルスターからこの『シャクンタラー』を贈呈されたゲーテはたいへん感動し、詩「シャクンタラー」を書き、さらに『ファウスト』のプロローグの構想にも影響を与えたといわれる。[102] ゲーテはさらに、ペルシアの詩人ハーフィズ（Shirazi Háfiz, 1325 or 26-1389 or 90）にも強く魅せられ、そこからインスピレーションを得て、先述した『西東詩集』を編む。一四世紀にペルシアで、みずからと同じく小王朝の君主に仕えた詩人ハーフィズに対して「双子の兄弟」[103] のような親近感を持ったゲーテは、ハーフィズ風の詩句を用い、過去と未来に「ヘジラ Hegire（逃避）」[104] した。[105] 序論でもふれたように、ゲーテの「オリエント」はこのように、時代と空間を超えたユートピアとなっている。

さらに、この時期のドイツ語圏におけるインド観に大きな影を落としているのが、哲学者ショーペンハウアー（Arthur Schopenhauer, 1788-1860）の存在である。ショーペンハウアーは、「世界の最も奥にある本質を盲目的機械的な「生存の意志」と捉え、その意志があらゆる実存形態の中に顕現し、意味も目的もなく、ただそれ自身存続すると考え」、「美についての観照とすべての生類への共苦は一時の安らぎをもたらしてはくれるが、最終的な解放はただこの生への意志のまったき否定と個我の破壊によってのみ達成される」[106]と考えた。すなわち「世界苦 Weltschmerz」からの解放としての「寂滅（涅槃）Nirwana」である。

しかし、カール・スネソン（Carl Sneson）や橋本智津子は、「ショーペンハウアー自身とその同時代者たちが発見したつもりになっていた「インド思想と彼らのドイツ先見哲学との」一致の多くは、明らかにインド思想、なかんずく仏教思想についての誤解の産物」だったと指摘する。[107] スネソンによれば、ショーペンハウアーは、仏教の現象世界の虚構性を説くヴェーダンタ学派の虚構性の喩え「幻」（マーヤー）をみずからの「個体化の原理」と同一視し、[108] また「空《くう》（シューンヤ）」を虚無主義《ニヒリズム》と誤解しているという。[109] スネソンの『ヴィーグナーとインドの精神世界 Richard Wagner und die indische Geisteswelt』を訳した吉水千鶴子の訳注によると、大乗仏教の中心概念である「空」は、「空っぽ、何かが欠落している状態」を示すが、「すべての現象は原因なくして独立自存に成立する本性を欠いている」[110]「あらゆるものが原因によって起こるという縁起の意味でもあり、有でも無でもないと説かれる」、したがって「空」の概念は虚無主義とは一つにならない。しかし、その一見否定的に思える表現のために、インドでもこの概念は虚無主義との批判を常に受けてきたが、けっして存在の無を説くものではないと繰り返し主張されているという。[111]

第Ⅲ章第5節で述べるが、「空」はホフマンスタールがスカンジナビア講演で使用した概念である。ショーペンハウアーからニーチェへの流れの哲学の影響を受けたホフマンスタールが、さらにハーンの影響を受けて、第一次世界大戦を肯定するために利用した仏教概念が、実は誤解されたものだったということになる。

ところで、スネソンによると、ショーペンハウアーの哲学の背景にある、こうした誤解の産物による「インド思想」から多大な影響を受けた作曲家ヴァーグナーは、キリスト教がユダヤ教と融合したことによって歪められたものになってしまっており、むしろ源をたどれば、キリスト教は仏教の一枝として捉えられるべきであると考え、「仏陀オペラ」を構想した。ヴァーグナーは、初期のキリスト教に、仏教にある生存の意志への否定を目指す傾向、世界の滅却、現存在の停止への憧憬がはっきりと認められると考えたのである。[112]

ヴァーグナーはまた、ハイデルベルク大学のサンスクリット語教授、アドルフ・ホルツマン（Adolf Holtzmann, 1810-1870）の訳した『インド説話集 Indischen Sagen』（1845-47）を通じて、『マハーバーラタ』や『ラーマーヤナ』に親しんだ。特に『ラーマーヤナ』は『パルジファル』の範となったといわれる。[113] また、ニーチェの親友パウル・ドイッセン（Paul Jakob Deussen, 1845-1919）は、『宗教に配慮した総合哲学史 Allgemeine Geschichte der Philosophie mit besonderer Berücksichtigung der Religionen』（1894-1914）で、インド思想とキリスト教の教え、哲学の調和を試みた。

このように一九世紀になると、仏教思想の源であるインドがロマン主義の思想と結びついたことで、ドイツ語圏の人々にとって「オリエント」表象が重要性を帯びてくる。そのような流れにおいて「極東 Fernost」とされる中国や日本は、ドイツ語の形容詞「fern 遠い」が物語るように、オクシデントから遠いところに位置するゆえ、宗教面、政治面での直接的な摩擦が生じないだけでなく、時間的にも遙か古いほうへ遡るような錯覚が働き、大航海時代からユートピア的な地域と見なされていたようである。たとえばモーツァルトの『魔笛 Die

Zauberflöte』のリブレットのト書きには、タミーノが「日本の狩猟服を着た王子」[114]と書かれており、このメルヒェン劇の舞台は、どこか特定されない非ヨーロッパ世界が示唆されている。その後日本については、一九世紀末にハーンによって、仏教の教えが根底に流れていると映った暮らしの様子がヨーロッパに伝えられたため、そのイメージはさらに美化されたものになったのだろう。

ヨーロッパの人々の日本に対するそのような憧れが爆発するのが、日本の開国直後、一九世紀後半に起こった一連のジャポニスムの流行であるが、それについては第Ⅲ章で詳細を考察したい。

3．オリエント関連の蔵書と作品への影響

前項で述べたように、ヨーロッパにおけるオリエント学は一八世紀末に盛んになった。ホフマンスタールの生まれたウィーンは、そのなかでもハンマー＝プルクシュタル[115]などの高名なオリエント学者を生み出し、ヨーロッパにおけるオリエント学の中心地の一つだった。ホフマンスタールの幼少期にあたる一八七〇年代から八〇年代にかけて、ハンガリーとの二重帝国であったハプスブルク帝国は、ボスニア・ヘルツェゴヴィナも支配下に置いていた[116]。この地域は、セルビア、モンテネグロなどの小国を挿んでオスマン帝国と相対している。一六世紀オスマン帝国に支配されていた時代に遡れば、ハンガリーのドナウ河岸領域、ブダペストのブダ地域までがトルコ領だった。ウィーンの人々にとって、トルコに象徴されるオリエントは「目と鼻の先」と感じられる地域だったに違いない。そうした状況に加え、曾祖父がユダヤ人であるホフマンスタールにとって、自分のルーツとしてのオリエントに大きな関心を抱くことは自然の成り行きだろう。彼はウィーンを「オリエントへの玄関口」[117]と呼んでいる。

ホフマンスタールは、一〇代の頃から「オリエント」に関する書物に親しみ、印象に残った文章を手紙に引用したり、作品に応用しているため、それらをいつ、どのように読んでいたかを知ることができる。ゲーテが『西東詩集』でイスラム世界への憧れと関心を表明したように、ホフマンスタールにとっての「オリエント」も、単なるエキゾチスムへの好奇心を超えたものであり、そこからは、キリスト教やヨーロッパの哲学と異なる死生観を学んでいたようである。

（1）インド・中国の仏教思想関連書

ホフマンスタールの「オリエント」への関心は、近東だけでなく極東にも向けられた。以下、ミストリーの論考“Hofmannsthals Oriental Library”に依拠して、ホフマンスタールの極東に関する書物の読書歴をまとめる。

一八九〇年、彼は一六歳の時に宗教・哲学書を読み始めている。前項で述べたように、一九世紀後半のドイツではインドに関する研究が進み、サンスクリット哲学の翻訳書が数多く出版された。ホフマンスタールも、一八九一年に刊行された、インド学者のフリードリヒ・マックス・ミュラー（Friedrich Max Müller, 1823-1900）の『比較宗教史論 Essays zur vergleichenden Religionsgeschichte』によって東洋哲学への興味を喚起されたといわれる。[118]この本では、ヒンズー教の聖典ヴェーダやバラモン教について、さらに涅槃（ニルヴァーナ）など仏教の概念が説明されている。ホフマンスタールは、ヘルマン・バールの『母 Die Mutter』（1891）に関する書評（エッセイ）で、ミュラーの言葉を引用している。[119]

また同じ年には、仏教とキリスト教との共通点が指摘されたショーペンハウアーの『意志と表象としての世界 Die Welt als Wille und Vorstellung』を読んだという報告もある。[120]ドイッセンが初めてサンスクリット語から独訳した『ヴェーダのウパニシャッド六十篇 Sechzig Upanischads des Veda』（1897）というバラモン教の奥義書も、ホフマンスタールの蔵書にある。しかし、この本には何も書き込みがなく、またホフマンスタールが、この作品については一度もふれていないことから、ミストリーは、ホフマンスタールの関心がより本格的なウパニシャッド哲学の専門書に向けられたのではないかと推測している。(121)

ミュラーの紹介したインドのヒンズー教改革者ラーマクリシュナ（Sri Ramakrishna Paramhansa, 1836-1886）に対して、ホフマンスタールはかなり大きな関心を持っていた。ミストリーによると、ホフマンスタールの蔵書の伝記『ラーマクリシュナ――その人生と言葉 Râmakrishna: His Life and Sayings』（1901）の表紙には「二回目に読んだ」と書いてあり、さまざまな書き込みもなされているという。(122) この本は、のちに『帰国者の手紙 Die Briefe des Zurückgekehrten』（1907）の第五番目の手紙でふれたラーマクリシュナの逸話の源となったとされている。

『帰国者の手紙』は、『（チャンドス卿の）手紙』や「若きヨーロッパ人と日本人貴族との対話」と同じように「架空の対話・書簡集」に収められる予定で、一九〇二年頃から草案され、「第一の手紙」から「第三の手紙」は〇七年六月から八月にかけて、「ドイツ文化のための週刊誌」というサブタイトルを持つ雑誌『モルゲン（黎明）Morgen』に連載された。「第四の手紙」および「第五の手紙」は、一九〇八年二月、『芸術と芸術家 Kunst und Künstler』という雑誌に「見ることの体験（Das Erlebnis des Sehens）」というタイトルで「色彩、『帰国者の手紙』より Die Farben. Aus den „Briefen des Zurückgekehrten"」という脚注付きで発表された。この二つの手紙は、一九一一年に再度、同じ題名で、『フィッシャー年鑑』において発表されている。(123) この作品は、非ヨーロッパ世界の旅からドイツに帰国した語り手による一人称の書簡形式のエッセイで、そこには西欧文明に対して抱いていた強い危機感、違和感が描き出されている。『手紙』においては個人の内面的意識の次元に根ざす言語への懐疑、不信の意識が中心であったが『帰国者の手紙』では、西欧文明全体への危機感、違和感が中心になっているばかりか、その危機感が非ヨーロッパ世界との対比を通して表明されている。

前述したように、ホフマンスタールが、一九〇五年八月に再読したミュラーの『ラーマクリシュナ』の三四頁には、以下のような件がある。

彼はまだ十代にならない頃、ある日野原を歩いていた。空はとても澄んで青かった。そのとき白い鶴たちが飛んでいくのが見えた。その青と白という色のコントラストがあまりに美しく、まばゆいほど彼の想像力を刺激し、さまざまな思いに襲われた彼は、失神して倒れた。(124)

ホフマンスタールは、この文章の脇に「ドイツ人の想像力に色彩が入り込むことについてのエッセイの冒頭に」と書き込んでいる。(125)『帰国者の手紙』では、このラーマクリシュナの体験を、一六歳の時に起こったこととしている。なぜなら、ラーマクリシュナはこの年齢でバラモン教に入信しているからである。ホフマンスタールは、彼の信仰への目覚めを、この色彩の体験に起因するとしたかったのだろう。ラーマクリシュナはバラモンの教えに心酔し、彼の師匠たちとは違って日常生活にその教えを応用したと言われる。(126)

この作品の「第五の手紙」では、物の色が不思議な力をふるう特別な瞬間があり、それは言葉による認識が追いつかない瞬間だと述べられた箇所があるが、その例として、ラーマクリシュナが青い空と白い鷺という強烈な色彩コントラストという視覚的印象によってトランス状態に陥ってしまったエピソードが挙げられている。

君はラーマクリシュナ[127]という名を聞いたことがあるかい？　聞いたかどうかはどうでもいいことだ。バラモン教の僧侶で、苦行僧、偉大なインドの聖者の一人であり、その最後の一人でもある。というのは、彼が八〇年代に亡くなったばかりだからだ。彼の名前をまだ至るところで耳にした。彼の人生については僕も多少は知っているが、そのなかでも次の短いエピソードほど僕の心に強烈に入ってきたものはない。彼がどのようにして悟りをひらいたか、あるいはどのようにして覚醒に至ったかについての短い話で、彼が普通の人間から選別されて聖者となるきっかけとなった体験だ。それはつまり、これだけのことなのだ。彼は道を歩き、草原を通り抜けていた。まだ一六歳の少年だった。空を見上げてみると、一列の白鷺が空のものすごく高いところを横切って飛んでいくのが眼に入った。青い空の下に見えたのは、この颯爽と羽を広げて飛んでいく真っ白な鳥の影だけだった。青と白という、この二つの色のコントラスト以外には何もなかった。ほかになんとも名づけようもない二つの色だけだった。その瞬間、それが彼の心に飛び込んできて、何か、それまで結ばれていたものがほどけ、ほどけていたものが結ばれて、彼は死んだようにその場に倒れてしまった。意識が戻り立ち上がった時、彼はもはや倒れる前の彼とは違っていた。

（『帰国者の手紙』「第五の手紙」より）[128]

第Ⅲ章で取り上げる断片「若きヨーロッパ人と日本人貴族との対話」（1902）でも、ラーマクリシュナの名前は出てくる。このことからもホフマンスタールが一九〇二年頃、ミュラーの『ラーマクリシュナ』に傾倒していたことがわかる。

インドのウパニシャッド思想に関する書物として、ホフマンスタールは、そのほかにオーストリアの作家で文化哲学者のルドルフ・カスナー（Rudolf Kassner, 1873-1959）の『インドのイデアリズム Der indische Idealismus』（1903）と『インドの思想 Der indische Gedanke』（1913）を所持していた。ミストリーによれば、前者については、一九〇三年一〇月六日のハリー・ケスラー伯爵（Harry Graf Kessler, 1838-1895）宛ての手紙でふれており、多くの書き込みもあるという。本の一頁目に記されたメモによると、一九〇四年一二月一八日から二一日に三回目、四回目、〇五年三月に五回目を読んだことがわかる。この『インドのイデアリズム』では、『バガヴァッド・ギーター Bhagavad Gita』（紀元前五世紀頃～二世紀頃）で説明されているウパニシャッドの教え、すなわち思想と行動の統一などについての簡潔な説明がなされている。ホフマンスタールが印をつけたのは、この「統一」に関する箇所や、インドの神秘主義、「忠実」や「忠誠」の定義に関する箇所であるという。[129]このことからも、一九〇二年の『手紙』で示された言語危機の認識後のホフマンスタールが、心と体が分断されてばらばらになった人間や分裂にさらされている世界が再び統一感や全体性を獲得するための方向性についての思想的教示を、古代インド思想からも得ようとしていたことがわかる。

また、カスナーの『インドの思想』は、インドのイデアリズムを扱っている。ホフマンスタールはその内容の精緻さについて、のちに『ウィーンからの第二書簡 Wiener Brief [II]』（1922）で、「一人の中欧の人間が、いや一ヨーロッパ人がインドの精神の本質について書いたもののなかで、認識に関してはもっとも精緻にして簡潔なもの」[130]と賞賛している。

さらにドイツのインド学者ヘルマン・オルデンベルク（Hermann Oldenberg, 1854-1920）の『ブッダ、その人生、その教え、その信奉者 Buddha. Sein Leben, seine Lehre, seine Gemeinde』（1903）についても、一九一四年三月六日に読んだことがわかっている。この本は当時、仏教に関連する書物のなかでは信頼できるものと見なされていた。ホフマンスタールは「インドの汎神論とブッダに対するペシミズム」の章の「自我 Atman」の定義に関する箇所に印をつけている。(131)

第Ⅰ章第1節で引用した仏教書の翻訳家カール・ノイマンの著書三冊、すなわち『仏陀の法話選集 Aus den Reden Gotamo Buddhos. Längere Sammlung. Dighanikayo』(1912)、『仏陀の法話 Die Reden Gotamo Buddhos. Mittlere Sammlung. Majjhimanikayo』(1921)、『仏陀の二つの法話 Zwei Reden Gotamo Buddhos』(1919)も蔵書していた。ミストリーによると、ノイマンがオリエントとオクシデントとの間の類似点を世間に示そうとしたことを、ホフマンスタールは評価していたという。(132)

また彼は、インドの宗教家で政治指導者のマハトマ・ガンディー(Mahatma Gandhi, 1869-1948)にも、一時期大きな関心を持ち、ロマン・ロラン(Romain Rolland, 1886-1944)の『マハトマ・ガンディー Mahatma Gandhi』(1924)とルネ・フュレップ＝ミラー(René Fülöp＝Miller, 1891-1963)の『レーニンとガンジー Lenin und Gandhi』(1927)を所持していた。ミストリーは、特にロランの著書で描かれたガンジー像が、ホフマンスタールの『塔 Der Turm』(1925)の主人公シギスムントの性格づけに影響を与えたと述べている。(133)

このようにホフマンスタールは、ミュラーの『ラーマクリシュナ』を読んだ一八九〇年代から一〇年以上にわたって、インドの宗教や哲学に興味を持ち続けている。ミストリーの調査では、ホフマンスタールはその後も断続的にインド関係の本を読んでいたことから、彼のインド哲学への関心は生涯続いたと結論づけられている。(134)

また、中国思想に関する書籍も、ホフマンスタールは多く所持していた。『中国伝説集』や老子に関する本を読み、中国の思想についての知識はインド以上にあったことが作品からも読み取れる。たとえば道教に関しては、第Ⅲ章で考察する「スカンジナビア講演のための覚書」(1916)や『双方の神々 Semiramis Die beiden Götter』(1917-18)、未完の『中国の詩について Über chinesische Gedichte』など、いろいろな箇所でふれられている。しかしインドや日本への関心と比べると、中国への関心が高まったのは後年になってからである。[135] ちなみに、ホフマンスタールの蔵書に含まれる中国の思想関連の書物の翻訳や評論のほとんどが、中国学者リヒァルト・ヴィルヘルム（Richard Wilhelm, 1873-1930）の著作である。

（2）日本文化関連書

日本の文化と伝統に関する蔵書では、ラフカディオ・ハーンと岡倉天心の著書が目立つ。ハーンも天心もその著書を通じて日本の風土、文化、芸術、風俗習慣を紹介しているが、いずれの著書も単なる紹介ではない。日本人の文化や芸術の伝統、あるいは生活スタイルなどの根底に、仏教思想やそれに根ざした「厭離穢土《おんりえど》」「遁世」「無常」などの意識、さらには「侘び」「寂び」の境地につながる美学的態度が潜んでいることを彼らは指摘した。ホフマンスタールが関心を持ったのも、まさにこの点であった。彼は、ハーンや天心の著書に、当時のヨーロッパ世界を支配していた心情や倫理を欠いた悟性中心の合理主義、言い換えれば打算や効率という形をとって現れる功利主義的な論理および価値観、そのもっとも極端な現れである拝金主義（マンモニズム）などとは異なるものを見出し、そうしたことが述べられている箇所に印をつけている。

たとえば天心の『東洋の理想 The ideals of the East』[136]（1903）では、“the unconscious vandalism of mercenary Europe（金銭づくのヨーロッパの無自覚な野蛮性によって）”や、[137]“above all, the grand idea of a universal brotherhood, inalienable heritage of all the pastoral nations who roam between the Amoor and the Danube（とりわけ、アムール川とドナウ川の間を放浪する、あらゆる遊牧民族の奪うことのできない文化遺産、普遍的な兄弟愛の基本理念）”、[138]“The art of living whose secret lies not in antagonisms or criticisms, but in gliding into the interstices that exist everywhere（処世術の秘訣は、敵対したり批判することではなく、至るところに存在するすきまのなかへ滑り込むことだ）"[139]の箇所に、印がつけられているという。[140]

ミストリーは、天心の『東洋の理想』の十五章「展望」の冒頭部は、ホフマンスタールの『ヨーロッパの理念 Die Idee Europas（Über die europäische Idee）』[141]（1917）に対して影響を与えていると推測しているが、詳細は筆者による考察も含めて第Ⅲ章第5節3で述べる。

4．画一的な「オリエント」観と女性に対する正のイメージ

ホフマンスタールは東洋に関する本を熱心に読み、東洋諸国の事情にかなり精通していた。しかし、本節1でもふれたように、彼にも当時のヨーロッパ人の東洋認識に共通する、東洋を分節化することなく無差別に捉え、ステレオタイプ化されたオリエント像にすべての要素を流し込んでしまう傾向があるということは記しておきたい。今日ほど交通網や情報網が発達してなかった一九世紀末から二〇世紀初頭のヨーロッパの文学や芸術作品には、中国を経て日本まで至る広大なアジアが、「オリエント」＝非西欧世界という形で一括りに捉えられているものが多い。たとえばギルバート＆サリヴァン（William Gilbert, 1836-1911 / Sir Arthur Sullivan, 1842-1900）のサヴォイ・オペラ（喜劇的なオペレッタに属する）『ミカド Mikado』（1885）は、秩父をモデルにしたティティプーの村の代官のパワーハラスメントをうまくかわして結婚する若いカップルの物語だが、着物や扇子などの小道具で日本を表現しているものの、全体的にはヨーロッパから見たエキゾチックな日本の風俗がおもしろおかしく描かれているにすぎない。

春風社の本
好評既刊

文学・エッセイ

この目録は2019年2月作成のものです。これ以降、
変更の場合がありますのでご諒承ください。

春風社
〒220-0044　横浜市西区紅葉ヶ丘53　横浜市教育会館3F
TEL (045)261-3168 ／ FAX (045)261-3169
E-MAIL：info@shumpu.com　Web：http://shumpu.com

揺れ動く〈保守〉
現代アメリカ文学と社会

山口和彦・中谷崇 編

トランプ現象に見られる混迷と分裂の時代に、文学はどう対峙するのか？　トニ・モリスンからドン・デリーロまで、現代アメリカ文学に描かれた「保守」（conservative）なるものの諸相を多角的に考察する。

[本体 3500 円＋税・四六判・336 頁]
ISBN978-4-86110-609-5

エミリ・ディキンスンを理詰めで読む
新たな詩人像をもとめて

江田孝臣 著

選りすぐりの 37 篇の原詩に対して、一切の先入見を排し、徹底して字義と文法に焦点を置いてアプローチ。その試みにより、詩の表層下に二層、三層と巧妙に忍ばされた意味の深層と、知られざるディキンスン像に迫る。

[本体 3000 円＋税・四六判・238 頁]
ISBN978-4-86110-605-7

鐘の音が響くカフェで

ポール・ヴァッカ 著／田村奈保子 訳

文学好きの母の望みは《僕》が作家になること。幸せに満ちた少年時代に訪れた悲しい別れまでの日々が、言葉によって瑞々しく蘇る——。『失われた時を求めて』を換骨奪胎しつつ、人生と文学への愛を謳う。マルセル・プルースト賞受賞。

[本体 2500 円＋税・四六判仮フランス装・234 頁]
ISBN978-4-86110-606-4

古英語叙事詩『ベーオウルフ』
クレーバー第 4 版対訳

吉見昭徳 著

最新の校訂を経た原文を底本とし、精密な考証にもとづき翻訳。入念に彫琢された日本語で読む、最新の英和対訳『ベーオウルフ』。「フィン挿話」に関連する断片詩『フィンズブルグの戦い』も併載。

[本体 4000 円＋税・A5 判変型・262 頁]
ISBN978-4-86110-572-2

幻想と怪奇の英文学Ⅲ

転覆の文学編

東雅夫・下楠昌哉 責任編集／下楠昌哉 訳

幻想文学を「ジャンル」（分野）ではなく「モード」（様式）として捉えなおすことを提唱した幻想文学論の古典、ローズマリー・ジャクスン『幻想文学――転覆の文学』本邦初訳。高山宏氏推薦！

[本体 3700 円 + 税・四六判・372 頁]
ISBN978-4-86110-622-4

孤独な殿様

ソーントン不破直子 著

時の経過の意味とは？　天正大地震から 400 年、時代に翻弄されてきた飛騨小村と、花街として栄えた東京渋谷・円山町を往来する、謎の殿様をめぐる物語。時空を超え、多彩なストーリーテラーにより語り紡がれてゆく。

[本体 1500 円 + 税・A5 判・128 頁]
ISBN978-4-86110-617-0

トロイア戦争の三人の英雄たち

アキレウスとアイアスとオデッセウス

川井万里子 著

「足の速い」速攻型のアキレウス、「ギリシャ人の護りの墻（かき）」アイアス、そして「工夫に富む」策略家オデッセウス。ホメロス『イリアス』などをもとに再構成された、一気に読めるトロイア戦争の物語。

[本体 2500 円 + 税・四六判・288 頁]
ISBN978-4-86110-613-2

ウェールズ語の歴史

ジャネット・デイヴィス 著／小池剛史 訳

古代のケルト民族ブリトン人のことばであるウェールズ語は、英語の圧倒的な影響のもとで力強くしなやかに生き抜いてきた。その長い歴史と豊かな文化を分かりやすく解説し、将来を展望する。発音・文法の簡単な紹介も併録。

[本体 2700 円 + 税・四六判・312 頁]
ISBN978-4-86110-608-8

●未完のカミュ
絶えざる生成としての揺らぎ

著者：阿部いそみ
本体三七〇〇円＋税
四六判　四〇〇頁
ISBN978-4-86110-623-1

人間は、完結せず常に現在を生き続ける存在——「生きる」ことに関わる本質的感覚に訴え、人々を魅了し続けるカミュ。「未了性」という視点から作品を分析し、その魅力を改めてひもとく。昔話、ギリシア哲学との関連にも言及。

●アメリカは日本文化をどう読んでいるか
村上春樹、吉本ばなな、宮崎駿、押井守

著者：芳賀理彦
本体三二〇〇円＋税
四六判　三一二頁
ISBN978-4-86110-619-4

村上春樹の小説が「日本的ではない」とはどういうことか？　日本の現代文学やアニメがアメリカでどのように受容され、どのようにそのイメージが形成されているのかを翻訳や批評から分析し、他文化理解の困難さを明らかにする。

話題の本

●イヴの娘

著者：オノレ・ド・バルザック
訳者：宇多直久
本体二一〇〇円＋税
四六判　二六四頁
ISBN978-4-86110-628-6

モダンスタイルで装飾された銀行家の室内、化粧芬々たる女性たちのあらゆる富を動員した貴族社会の大夜会、伯爵夫人にふりかかる野心家の恋……パリ上流社会に「挑戦」する作家の物語。80年ぶりの新訳。

●翻訳とアダプテーションの倫理
ジャンルとメディアを越えて

編著者：今野喜和人
本体三五〇〇円＋税
四六判　四二八頁
ISBN978-4-86110-621-7

ジャンルやメディアの区分が消滅しつつある現代において、オリジナル／ソースに忠実であるという規範は有効なのか。文学や諸芸術における翻訳・アダプテーションの持つ意味を横断的・重層的に考察することで、新たな倫理問題を提起。

ギルバート&サリヴァンや、後述するプッチーニ（Giacomo Puccini, 1858-1924）の作品において、中国や日本を表す表徴になっているのは音楽である。一九世紀後半にヨーロッパでも入手できた日本の歌の旋律集のおかげで、これらの作品には、『宮さん』や『お江戸日本橋』などの日本の旋律、または五音音階が使用され、それによって、日本らしさ、中国らしさが演出されていた。これらのオペラは、一九世紀後半に登場した万国博覧会の舞台版といってもいいかもしれない。実際に行き、自分の目でたしかめることがなかなかできなかった異国の風俗や文化を、現代でいえばテレビやインターネット動画を見るように舞台で体験していたのだろう。

当時のヨーロッパにおける無差別で画一化されたオリエント像の形成は、このようにステレオタイプ化された情報に操作されていたと考えられる。一八世紀末から一九世紀中葉にかけてのヨーロッパにおいて、サイードの言う「オリエント病」[142]ともいうべきオリエント的なものへの熱狂が、詩人、随筆家、哲学者たちを襲うが[143]、その結果として彼らが自分たちの作品で東洋の「神秘性」「異国性」「深淵さ」などをことさら強調したことにより、今度は彼らと読者の間でオリエントへの憧憬が余計に増幅される、というサイクルが繰り返されていた。

「モデルネ」のヨーロッパ人たちは、合理主義の膨張によって、個々人の内部における感性的なものと理性的なものの分裂、さらには個人と個人、個人と社会との間の対立状態に苦しむようになってしまった。その立場でホフマンスタールは、失われてしまった人間の全体性のあり方を、東洋の文化、とりわけオリエンタルな身体表現、身振りのなかに見出していく。第Ⅱ、第Ⅲ章で詳述するが、彼は「人間全体が同時に動かなければならない。Whole man must move at once.」[144]というリチャード・スティールの言葉を作品で使用するようになる。

このオリエントの画一的なイメージがもっともわかりやすい形で現れるのが、女性の表象である。中近東を舞台にした『シェヘラサード Šahrzād』『バヤデール La Bayadère』、インドを扱った『ラクメ Lakmé』などのオペラやバレエには、しばしば性的表現と結びついたエキゾチックな踊りが出てくるが、その身振りや衣装などの表象内容において各国の文化の正確な区別がついていないケースが多々見受けられる。日本を舞台にしたプッチーニ作曲『蝶々夫人 Madama Butterfly』（1904）や、中国を舞台にした同じくプッチーニ作曲『トゥーランドット Turandot』（1925）では、性的表現はあまり見受けられないものの、サイードの言うところの、［西洋］支配――［オリエント］被支配、という関係がそのまま、［男］支配――［オリエントの女］被支配、という関係として描かれており、西洋から見た神秘的、あるいはエキゾチックな国の女性への興味が下敷きにあるのははっきりしている。

しかしその一方で、東洋が表象しているのは、西洋の「男性」の視線に受動的な形でさらされている性的欲望の対象としての「女性」のイメージだけではない。西洋におけるオリエント＝東洋の捉え方には、同じく性的雰囲気を伴った「女性」のイメージを通じてではあるが、受動性とは異質な、むしろ積極的、能動的性格を示す要素も同時に含まれていると考えられる。それは負のイメージとしてのオリエントに対して、正のイメージとしてのオリエントに潜む要素とも言えるだろう。これは次章の第2節で考察する、ホフマンスタールの『恐れ』に出てくるライディオンや、そのモデルとなったセント・デニスの踊りに見られるオリエントの女性像と重なる。たとえばドイツにおいてはそのような正のイメージの女性として、ゲーテの『西東詩集』のズライカが思い浮かぶ。このオリエントの才気と魅力に溢れた女性のイメージは、光と熱に包まれた彼の地の風土のイメージとも結びつきながら、西洋においては到達不可能な、純粋に感覚的、官能的でありながら同時に高度な精神性をも帯び得る世界の存在を示唆している。

また、このズライカのイメージを継承しているものに、ニーチェの『ツァラトゥストラ』第四部に登場する「砂漠の娘たち」[145]があるだろう。灼熱の太陽の下、オリエントの砂漠で風にさらされる「椰子の木」から腰を振る少女を連想する件で、無邪気に踊り続ける椰子の木に「曇って、湿っぽく、憂鬱に充ちた年老いたヨーロッパから」流れてきた「漂泊者」は「ズライカ」と呼びかけている。彼女たちの存在が示しているのは、西洋の暗鬱な「まともな人間」たちが作り出す形而上学的世界の対極にある生命の直接的な輝きであり、まさに「生成の無垢」の現われといってよい。

同時にそれはニーチェが、エウリピデスの『バッコスの信女たち』[146]の女たちをディオニュソス的陶酔を持つ生の力の直接的発現を伴う表象であると捉えていることにもつながっているはずである。彼女たちはたしかに性的、官能性の象徴として存在する。[147]しかし、それよりも重要なのは、このズライカ・砂漠の娘たち・バッコスの信女という「オリエンタルな女性」たちの系譜によって、ニーチェの西洋批判に現われているように、感覚や身体の存在を忘却してしまった西洋の貧困な世界観の対極にある豊饒な世界が、「オリエント＝東洋」の積極的なイメージとなっていることである。それは、ソクラテスとキリスト教以降の西洋文明の歴史において忘れられてしまった生の力の根源と直接結びつく世界であった。

ニーチェの説くディオニュソス的なものに関心を持っていたホフマンスタールは、『バッコスの信女たち』の翻案を、一八九二年から一九一八年という長期間にわたって断続的に草案している。[148]また『恐れ』の最後でライディオンが陶酔してトランス状態に陥って踊るシーンは、このディオニュソス的な世界の再現と考えられる。このことはホフマンスタールもこのバッコスに仕える女たちの非論理的で情熱的、恍惚とした感覚世界に、ヨーロッパが失ってしまった根源的なものを求めていたことを示唆している。

以上のように、言語不信に発した認識の危機からの脱出のヒントを非ヨーロッパ世界に見出した全体的表現に求めていたホフマンスタールには、ニーチェの大きな影響が見られるものの、そのオリエント像はドイツ文学におけるオリエント像の変遷上にあることがわかった。ゲーテのように、詩人の役割を「未知の世界」から「新しい要素」を持ち込むことと意識していたホフマンスタールは、未知の世界としてのオリエントに惹かれ、中国、インド、日本の書物を読んでいたのである。

次章では、ニーチェやバッハオーフェンによって大きくイメージの変わったギリシア像、すなわち古典主義者たちが模範とした均整のとれたアポロ的なものとは違い、古代ギリシアのオリエント的な、いわばディオニュソス的側面が強調されたギリシア像が、ホフマンスタールのギリシア関連作品にどのような影響を与えているかを考察する。

注

（1）Hofmannsthal, Hugo von: Ad me ipsum. GWRA III, S.616.

（2）このエッセイのタイトルは旧全集第三巻（Gesammelte Werke Bd.3, 1924）では „Das Werk von K. E. Neumann“ となっている。

（3）Hofmannsthal: K. E. Neumanns Übertragung. HGW Prosa IV, S.73f.

（4）Hofmannsthal: Aufzeichnungen aus dem Nachlass 1905. GWRAIII, S.461.

（5）「若きウィーン派」の溜まり場であったカフェ・グリーン・シェタイドルでのバールとホフマンスタールの出会いのエピソードは有名である。ホフマンスタールの文章を読んで、てっきり大成した中年男性だと思い込んでいたバールは、自分の前に初々しい少年ホフマンスタールが現れて驚いたという。

（6）批判版全集では、ホフマンスタールが『エレクトラ』を執筆中の一九〇三年八月七日の日記に「昨年私はこのプールに通う時期に、シェイクスピアの王様物語類やベーコンのエッセイを読み、そこから『チャンドス卿の手紙』が生まれた」と書いていることから、『手紙』の成立期を一九〇二年八月と推定している（Hofmannsthal: Ein Brief. SWXXXI, S.290.）。

（7）Hofmannsthal: Ein Brief. SWXXXI, 45ff.

（8）Hofmannsthal: a.a.O.,S.48-49.

（9）Hofmannsthal: a.a.O.,S.47.

（10）Alewyn, Richard: Hofmannsthals Wandlung. In: Über Hugo von Hofmannsthal. Göttingen 1958.

（11）Alewyn: a.a.O., S.181.

（12）Alewyn: a.a.O., S.186.

（13）糟谷理恵子「『チャンドス卿の手紙』受容に見るホフマンスタール解釈の揺れ」『上智大学ドイツ文学論集』（32）、上智大学ドイツ文学会、一九九五年。

（14）Schultz, H. Stefan: Hofmannsthal and Bacon. The sources of the Chandos Letter. In: Comparative Literature 13, 1961.

（15）Hörter, Andreas: Der Anstand des Schweigens. Bedingungen des Redens in Hofmannsthals Brief. Bonn 1989.

（16）Blome, Eva: „Schweigen und tanzen". Hysterie und Sprachskepsis in Hofmannsthals Chandos „Brief" und „Elektra". In:（Hg.v. Gerhard Neumann, Ursula Renner, Günter Schnitzler und Gotthard Wunberg）: Hofmannsthal-Jahrbuch, Zur Europäischen Moderne. 19/2011, Freiburg 2011, S.255-290.

（17）古田徹也が指摘するように、ベーコンにも言語不信があったことを忘れてはいけない。古田によると、ベーコンは世界や自然をありのままに理解しようとする人間の思考を歪ませているさまざまな「イドラ（幻像・幻影）」のなかで「もっとも厄介なもの」が「言葉を通じて知性に負わされるイドラ」すなわち「市場のイドラ」だとしている。「言葉は知性に無理を加え、すべてを混乱させて、人々を空虚で数知れぬ論争や虚構へと連れ去るものだ」（フランシス・ベーコン〈桂寿一訳〉『ノヴム・オルガヌム』岩波文庫、一九七八年、八五頁）。古田は、ベーコンの主張を、言葉でより正確に、自然を歪めずに把握するためには、①観察や実験を通して事例を網羅し、②それらを適切に吟味して秩序づけたうえで、③諸事例を貫く概念を取り出すという「真の帰納法」に従事することだと要約している。言語と思考の癒着を引き剥がすために、「真の帰納法」と呼ぶ経験的探究によって、また、透明な思考をすることによって不完全な言葉を改良することができると考えた（古田徹也『言葉と魂の哲学』講談社メチエ、二〇一八年、五三－五五頁）。

（18）Hofmannsthal: Ein Brief. SWXXXI, S.54.

（19）Hofmannsthal: a.a.O., S.52.

（20）Nietzsche, Friedrich: Also sprach Zarathustra. KSA4, S.39.

（21）清水本裕「大いなる理性」『ニーチェ事典』（大石紀一郎他編）弘文堂、一九九五年、七〇頁。

（22）Szabó, László V.: „--eine so gespannte Seele wie Nietzsche" Zu Hugo von Hofmannsthals Nietzsche-Rezeption. In:（Hg.v. Dirk Hohnsträter, András Masát）: Jahrbuch der ungarischen Germanistik 2006, Budapest und Bonn 2007, S.76.

（23）Hofmannsthal: Aufzeichnungen aus dem Nachlass 1891. GWRAIII, S.335.

Beyerlein, Sonja: Musikalische Psychologie der drei Frauengestalten in der Oper Elektra von Richard Strauss. Tutzing 1996, S.35.

（24）Steffen, Hans: Hofmannsthal und Nietzsche. In: Bruno Hillebrand（Hg.）: Nietzsche und die deutsche Literatur. Tübingen 1978, S.5.

（25）Schuster, Georg（Hg.）: Hugo von Hofmannsthal Rudolf-Panwitz: Briefwechsel. Frankfurt a.M.1993, S.22.

（26）Szabó, László V.: a.a.O.,S.72.

（27）Hofmannsthal: Aufzeichnungen aus dem Nachlass 1893. GWRAIII, S.359.

（28）Hofmannsthal: Aufzeichnungen aus dem Nachlass 1895. GWRAIII, S.395.

（29）Nietzsche, Friedrich: Unzeitgemäße Betrachtungen. KSA1, S.455.

（30）Nietzsche: a.a.O., S.455.

（31）Nietzsche: Die Geburt der Tragödie. KSA1, S.103. ニーチェの「個体化」の理解には、ショーペンハウアーの影響があることが指摘されている。さらに、ショーペンハウアーの個体化をもたらす原理は、カントにおける直観の形式とされた時間と空間であるという。世界の根底の原—意志が時間と空間において個体化され、我々一人の欲望となり、その欲望は、原—意志の表象が現象界であるのと同じに、さまざまな幻影を表象する。『悲劇の誕生』では、このようなショーペンハウアーの思想構成がギリシア悲劇の構造の説明に用いられている（三島憲一「個体化」『ニーチェ事典』〈大石紀一郎他編〉弘文堂、一九九五年、一九〇頁）。

（32）Nietzsche: Über Wahrheit und Lüge im außermoralischen Sinne 1, KSA 1, S.878.

（33）Hofmannsthal: Ein Brief. SWXXXI, S.52.

（34）Hofmannsthal: Ein Brief. a.a.O., S.54.

（35）Hofmannsthal: Ein Brief. a.a.O., S.54.

（36）Nietzsche: Die Geburt der Tragödie. KSA1, S.63.　山口庸子『踊る身体の詩学――モデルネの舞踊表象』名古屋大学出版会、二〇〇六年、五八頁。

（37）Nietzsche: Die Geburt der Tragödie.KSA1, S.33.

（38）Nietzsche: KSA1, S.30.

（39）この用語は、ショーペンハウアーが『意志と表象としての世界』で使用したものをニーチェが『悲劇の誕生』で引用し使ったものである。

（40）ここでいう「中心」とは、円形劇場における舞台を取り囲む合唱・器楽隊の土間（オルケストラ）のことであり、舞台の中心といった空間上の中心ではない。

（41）ニーチェは『悲劇の誕生』で以下のように述べている。「ギリシァ悲劇のコーラス（筆者注：本書では「コロス」と表記）は、ディオニュソス的に興奮した大衆全体の象徴なのである。（…）このコーラスが幻影の中に見るものは、自分たちの主であり師であるディオニュソス神である。したがってこのコーラスは、永遠に奉仕するコーラスである。ディオニュソス神がいかに苦悩し、いかに栄光に飾られるかをコーラスは眺めているだけである。コーラス自体は絶対に行動しない。神に対するあくまで奉仕的な立場であるにもかかわらず、コーラスは自然の最高の表現、自然のディオニュソス的な表現である。したがって自然がそうであるように、神託と英知の言葉を語るときには、神に対する感激のうちにある。コーラスはまた神とともに苦悩するものとして、自然の心臓部から真理を告げる賢者でもあるのだ。」（Nietzsche: KSA1, S.62. フリードリヒ・ニーチェ〈西尾幹二訳〉『悲劇の誕生』中公新書、二〇〇四年、七〇頁参照）。

（42）G・トラシュブロス・ゲオルギアーデス（木村敏訳）『音楽と言語』講談社学術文庫、一九九四年、一五‐一六頁。また中村雄二郎によると以下のように述べられている。「ドイツ語の韻文においては、アクセントが固定されていて、それによって言語の側から音楽を拘束する。しかしギリシア語のように音楽そのものが内在しているわけではない。ドイツ語の場合、アクセントの位置を音楽の強拍に合わせることさえ守れば、詩句を様々に音楽化することができる。その半面、言語と音楽は離れていくとも言える」（中村雄二郎『精神のフーガ──音楽の相のもとに』小学館、二〇〇〇年、三七頁）。

（43）コロスによる音楽を「ディオニュソス的」と捉えるニーチェの思想には、「個体化の原理」がもたらす意志の否定としての生の悲惨と苦悩を、唯一救うことができるのが芸術、とりわけ音楽であるとしたショーペンハウアーの音楽論からの影響があったといわれる（木前利秋「『悲劇の誕生』」『ニーチェ事典』〈大石紀一郎他編〉弘文堂、一九九五年、五一四頁）。

（44）Nietzsche: KSA1, S.85.

（45）このようなニーチェのソフォクレスに対する見方には偏見があったことが、中村雄二郎によって指摘されている（中村、前掲書、三三―三九頁以下参照）。しかし、一九世紀後半の音楽史や古代ギリシアに関する知識の状況から考えればニーチェの偏見、誤解も致し方ないと考えられる。

（46）この用語は、三島憲一によれば、本来ショーペンハウアーがカントの物自体とのアナロジーで考えた世界の究極的な根拠を指す言葉である（三島憲一「根源的一者」『ニーチェ事典』〈大石紀一郎他編〉弘文堂、一九九五年、二〇四頁）。

（47）大石紀一郎によれば、ニーチェはショーペンハウアーを通じてインドの仏教思想にも関心を傾けることになったという。ただしニーチェは中国には否定的な意見しか持っていなかった。また日本については、熱狂的な日本趣味の画家、ラインハルト・フォン・ザイトリッツから情報を得ている。ニーチェは、「悲劇へつめかける今日の日本人」という表現を使っている。概してニーチェは、当時の一般的な美術品収集に代表される日本趣味とは違い、「過酷な生を素朴に肯定する高貴な民族」として日本人を捉えていたという（大石紀一郎「日本」『ニーチェ事典』〈大石紀一郎他編〉弘文堂、一九九五年、四六一頁）。

（48）Nietzsche: Die fröhliche Wissenschaft. KSA3, S.632ff. なお太字強調は、原文に倣っている。

（49）氷上英廣『ニーチェの顔』岩波書店、一九七六年、七六頁。

（50）Bayerlein, Sonja: a.a.O., S.47.

（51）ニーチェは『ギリシア悲劇の根源』で、「これまでの人類の中で最も優等生で、最も美しく、誰もがうらやむような、生きることへの誘惑を最も強く感じさせる人々、つまりギリシア人が──よりにもよってギリシア人が何故に悲劇を必要としたのだろうか?」と述べ、さらにギリシア精神の「ギリシア的明朗さ」は単なる黄昏の輝きにすぎなかったのではないかと問うている（Nietzsche: KSA1, S.12.）。

（52）Bayerlein, Sonja: a.a.O., S.49.

（53）筆者の調査によると、ホフマンスタールが所持していたバッハオーフェンの著書で、現在フランクフルトの Freies Deutsches Hochstift（以下ＦＤＨと略記）内ホフマンスタール資料室に保管してあるものは、以下の通りである。

①Bachofen, Johann Jakob: Autobiographische Aufzeichnungen.（Hg. von und mit einem Vorwort von Hermann Brocher）, Sonderabdruck aus derm Basler Jahrbuch 1917.

②Bachofen, Johann Jakob: Das lykischeVolk und seine Bedeutung für die Entwicklung des Altertums.（Hg.v. Manfred Schräter）, Leipzig 1924.

③Bachofen, Johann Jakob: Das Mutterrecht. Eine Untersuchung über die Gynaikokratie der alten Welt nach ihrer religiösen und rechtlichen Natur. 2. unveränderte Auflage. Mit 9 Steindruck Tafeln und einem ausführlichen Sachregister. Basel 1897.

④Bachofen, Johann Jakob: Der Mythus von Orient und Occident. Eine Metaphysik der alten Welt. Aus den Werken von J.J. Bachofen. Mit einer Einleitung von Alfred Baeumler. Manfred Schroeter（Hg.）, München 1926.

（54）新町貢司「『第六七二夜のメルヘン』におけるアレクサンダー大王のモチーフと『母権制』」『オーストリア文学』第一六号、オーストリア文学研究会、二〇〇〇年、三四－四〇頁。

（55）上山安敏『神話と科学――ヨーロッパの知識社会　世紀末～二〇世紀』岩波書店、二〇〇一年、三三二頁。

（56）Hofmannsthal: Vermächtnis der Antike. GWRAIII, S.16.

（57）Hofmannsthal: a.a.O., S.16.

（58）Hofmannsthal: Ad me ipsum. GWRAIII, S.623.

（59）さらにニーチェと親交のあった古典文献学者で宗教学者であったエルヴィン・ローデは、『プシケー Psyche』（1925）で古代ギリシアにおける「魂の礼拝と不死への信仰」を研究している。ローデの視点もまたホフマンスタールの『エレクトラ』に示唆を与えたといわれる（Bayerlein: a.a.O., S.49.）。

（60）『エレクトラ』は、一九〇三年一〇月三〇日ベルリンで初演（本書のジャケットおよび表紙に使用されている写真は、エレクトラ役のアイゾルトと舞台面の様子）。

（61）Hofmannsthal: SWVII: S.307. その後ヘルマン・バール宅で、バールからホフマンスタールはアイゾルトを紹介された。その時のホフマンスタールが、アイゾルトに対して情熱的に彼女の芝居のことを語った様子は、アイゾルトの「詩人と女優」という文章から読み取ることができる（Der Dichter und die Schauspielerin. Der Sturm Elektra, Gertrud Eysoldt Hugo von Hofmannsthal Briefe.（Hg.）Leonhard M.Fiedler München 1996.）。

（62）ホフマンスタールとラインハルトとの共同作業の全容については、Heininger, Konstanze:》Ein Traum von großer Magie《 Die Zusammenarbeit von Hugo von Hofmannsthal und Max Reinhardt. Die Zusammenarbeit von Hugo von Hofmannsthal und Max Reinhardt. München 2015. に詳しい。

（63）Worbs, Michael: Nervenkunst. Literatur und Psychoanalyse in Wien der Jahrhundertwende. Frankfurt am Main 1983, S.274.

（64）『エレクトラ』の正式な題名は „Elektra. Tragödie in einem Aufzug frei nach Sophokles“ である。

（65）Hofmannsthal: SWVII: S.368.

（66）Vgl. Brittnacher, Hans-Richard: Hofmannsthals Elektra. Rückblick auf den Mythos als Vorgriff auf die Moderne. In: Janz, Rolf-Peter（Hg.）: Faszination und Schrecken des Fremden. Frankfurt a.M. 2001, S.160.

（67）Hofmannsthal: SWVII, S.400.

（68）Hofmannsthal, Hugo von / Schnitzler, Arthur: Briefwechsel.（Hg.v. Therese Nickl, Heinrich Schnitzler）, Frankfurt am Main 1964, S.23.

（69）Nietzsche: Eccehomo, KSA6, S.312. フリードリヒ・ニーチェ（西尾幹二訳）『この人を見よ』新潮文庫、一九九〇年、九七頁。

（70）鍛治哲郎「モデルネ」『オーストリア文学小百科』（鈴木隆雄編集主幹）水声社、二〇〇四年、四九四頁。

（71）Bayerlein, Sonja: a.a.O., S.50.

（72）Bahr, Hermann: Dialog vom Tragischen. Berlin 1904, S.21.

（73）Hofmannsthal: Vermächtnis der Antike. GWIII, S.16.

（74）Said, Edward W.: Orientalism. New York 1979. ドイツ語訳、日本語訳は以下の通り。Said, Edward W.:（Übers. v. Liliane Weissberg）: Orientalismus. Frankfurt am Main, Berlin und Wien 1981. エドワード・W・サイード（板垣雄三・杉田英明監修、今沢紀子訳）

『オリエンタリズム』上・下巻、平凡社、一九九三年。
（75）彌永信美『幻想の東洋――オリエンタリズムの系譜』（下）、ちくま学芸文庫、二〇〇五年。
（76）彌永、前掲書、三四頁。
（77）彌永、前掲書、三三頁。
（78）ジョン・M・マッケンジー（平田雅弘訳）『大英帝国のオリエンタリズム』ミネルヴァ書房、二〇〇一年、三四五頁。平田雅弘による解説より引用。
（79）マッケンジー、前掲書、三四五頁。
（80）サイード、前掲書（上巻）、五七頁。
（81）小暮修三『アメリカ雑誌に映る〈日本人〉――オリエンタリズムへのメディア論的接近』青弓社、二〇〇八年、一九頁。
（82）小暮修三によれば、ガヤトリ・C・スピヴァク（Gayatri C. Spivak）は「自己他者化 Self othering」という概念を使って、セルフ・オリエンタリズムを説明している。スピヴァクによると被植民者はオリエンタリズムの視線にさらされることで、その意味作用システムのなかでの言説行為を通してみずからを表現せざるを得ず、したがって自分を「他者」として（再）構築しているという。
（83）小暮修三の前掲書によれば、サイードの「東洋（オリエント）」は単なる地理的区分を示す言葉ではなく、西洋による政治的・文化的構築物である。そしてヨーロッパ文化は、「一種の代理物であり隠された自己でさえあるオリエントからみずからを疎外することによって、みずからの力とアイデンティティを獲得した」。サイードは、オリエンタリズムを、「東洋についての記述を行い、その見解を権威化することによって（略）東洋を取り扱う集団機構、すなわち東洋を支配し、再編し、自らの権威をもつための西洋的様式」とみなす。オリエンタリズムの本質は、西洋と東洋（オリエント）の間を、西洋の優越性と東洋（オリエント）の劣弱性との間への強い確信にもとづいて区別することであると指摘している。この意味で、サイード自身が言っているように、オリエンタリズムとは、ミシェル・フーコーのいう、知識／権力（サヴォワール Savoir ＝プヴォワール Pouvoir）によって、ある特定の真理の付置（エピステーメー）を構成するために生み出された言説装置（ディスクール）の例として位置づけることができるという。そのように考えると、東洋学やオリエントを題材にした文学作品が、学問や芸術という形を取りながら、西洋による東洋の帝国主義的支配を正当化しようとする言説装置として現われることも、これに当てはまるだろう。

(84) Hofmannsthal: Aufzeichnungen aus dem Nachlass 1927. GWRA III, S.590.

(85) ここでホフマンスタールはドイツ語の Orientalismus ではなく、Orientalism という英語を使っている。Orientalism の言葉の定義とその変遷については、第2節で詳しく述べる。

(86) Fuchs-Sumiyoshi: a.a.O., S.3.

(87) ジークフリート・ウンゼルト（西山力也、坂巻隆裕、関根裕子訳）『ゲーテと出版者――一つの書籍出版文化史』法政大学出版局、二〇〇五年、四一二頁。

(88) この手紙は、ゲーテがコッタに宛てて送ろうとして秘書クロイターに口述筆記させたが、実際には発信されなかったという（ウンゼルト、前掲書、四〇〇頁）。

(89) フックス＝スミヨシによると、ドイツ語圏では「オリエンタリズム」の定義は、つい最近まで「継子扱い」だったといわれる。一九八四年の時点では『ブロックハウス』『ヘルダー』『マイヤー』などの百科事典やグリムの『ドイツ語辞典』においても、「オリエンタリズム」という項目は存在しないという。例外として、ケーライン Kehrein（1876）やハイゼ Heyse（1879）の『外国語辞典』の「オリエンタリズム」の項目に、「オリエントの人々の特徴と本質、オリエント的でオリエント化する手法」、あるいは「東方諸国の言語の特徴」と説明されている。また、一八三四年版の『ブロックハウス』百科事典には、「オリエンタリズム」という項目はないが、「Orientalische Studien, Literatur, Hülfsmittel オリエント研究、文学、参考文献」という項目がある。グスタフ・フリューゲル（Gustav Flügel）によるこの項目全体は五〇頁にもおよび、ヨーロッパにおける一九世紀前半までのオリエント交流における研究の歴史、文学や文化史の概説になっている。このような大きな項目が存在することからも、ドイツ語圏では政治的なオリエントとの関わりではなく、「オリエント」の文学・芸術・文化への関心が高かったことがわかる（Fuchs-Sumiyoshi, Andrea: Orientalismus in der deutschen Literatur. Untersuchungen zu Werken des 19. und 20. Jahrhunderts, von Goethes „West-östlichem Divan“ bis Thomas Mann „Joseph“-Tetralogie. Hildesheim, Zürich, New York 1984, S.3.)。

(90) フックス＝スミヨシによれば、細かく見てみるとそこには微妙な差異が含まれているという。たとえば、一一七〇年頃の僧侶ランプレヒト（Pfaffe Lamprecht）による『ローラントの歌 Das Rolandslied』では、異教者は「獣同然」でけっして西洋のキリスト教社会と和解することのできない敵として描かれている。それに対してヴォルフラム（Wolfram von Eschenbach, 1170-1220頃）の『パルツィーヴァール Parzival』（一二〇〇年頃）や『ヴィレハルム Willehalm』（一二一五年頃）では、異教者に対する理解が表れてくる。特に『ヴィレハルム』のもとにもなったヴェルデッケ（Heinrich von Veldeke）の『エナイト Eneit』で「野蛮な異教者」と書かれていた非キリスト教者が変更されて、「神の創造物」である「高貴な異教者」と表現されている（Fuchs-Sumiyoshi: a.a.O. S.19.）。

（91）Fuchs-Sumiyoshi: a.a.O., S.20.

（92）そのほかの例としてはヨハネス・プレトリウス（Johannes Praetorius,1630-1680）によって書かれた『トルコ帝国のモハメットの災い、または最後の挨拶と恥ずべく運命 Catastorophe Muhammetica oder Das endliche Valet und schändliche Nativität des Türkischen Reiches』（1664）が挙げられる。

（93）当時、同様の後宮の誘拐物語を題材にとったオペラは、少なくとも一四本あったという。

（94）笠原賢介『ドイツ啓蒙と非ヨーロッパ世界──クニッゲ、レッシング、ヘルダー』未來社、二〇一六年、九〇頁。

（95）笠原、前掲書、九〇頁。

（96）マカーメ（Makame）とは、アラビアの古い即興詩形、イスラム音楽の基本旋律のこと。

（97）ライスケは一七六九年以後ゴットホルト・エフライム・レッシング（Gotthold Ephraim Lessing, 1729-1781）と書簡を通して接触し、一七七一年には、アラビア語の古い写本の調査のためにヴォルフェンビュッテルのアウグスタ図書館を訪ねた際に短期間ながらレッシングと実際に交流している。この点については、ドイツを代表する啓蒙主義文学者とオリエント文献学者の出会いとして特記する。しかし、二人のオリエントに関する興味は異なった方向に向けられていた。レッシングはベルリン時代の一七五三年から五四年にかけて『マリニー修道院院長によるカリフ統治下のアラビア人の話 Des Abts von Marigny Geschichte der Araber unter der Regierung der Kalifen』の翻訳を完成させている。また、フックス＝スミヨシによると『賢者ナータン Nathan der Weise』（1779）でレッシングは、ユダヤ人高利貸ナータンがイスラム教スルタンのサラディンに「三つの指輪の喩え」を話すシーンで、歴史的宗教の真理性は客観的には証明され得ないことを主張している。また、アナパイトスに代わって五脚韻のヤンブスを使用することによって、言葉の響き、リズム面で通常とは違った雰囲気を表そうとし、登場人物の地位や肩書きを示す言葉、あるいは風景描写にもオリエントのエキゾチックさが漂っている。レッシングは、彼の目指す民族や宗教による対立の止揚が可能となる寛容な世界の実現を、オリエントという場に求めたという（Fuchs-Sumiyoshi: a.a.O., S.34.）。また笠原賢介によると、ピエール・ベールの『歴史批評辞典』を精読し、大きな影響を受けたレッシングは、「世界の三分の二を〈異教徒〉が占める」というベールの視点を踏まえながら、初期作品『カルダーヌス弁護』（1754）、そして『賢者ナータン』（1779）を通して、「非ヨーロッパの声（またはその不在）、および、ヨーロッパ・非ヨーロッパの境を越えて〈交際〉する人間が造形され、ヨーロッパのなかの非ヨーロッパともいうべきユダヤ教の声と交錯しながら、ヨーロッパの読者と観客に作品として提示されている」という（笠原、前掲書、一五二頁）。

(98) フックス＝スミヨシによると、それまでの約六〇〇年間というもの、キリスト教諸国において、「オリエント」空間は、クリニュー修道院長のペトルス・ヴェネラビス（Petrus Venerabilis, 1092 または 1094-1156）によって一一四一年に規定されたコーラン解釈がもとになっていた。ヴェネラビスを受け継ぎ拡大されたものが、一六九四年のヒンケルマン（Abraham Hinkelmann）、一七〇三年のネレッター（David Neretter, 1649-1726）のコーラン解釈においても規定されている。それらのなかでモハメットは相変わらず「大衆を煽動した教祖」として描かれていた。メガーリンがドイツ語に翻訳した『トルコ聖典またはコーラン』（1772）のなかでも、このようなモハメットへの偏見の名残は見られるという（Fuchs-Sumiyoshi: a.a.O., S.27.）。

(99) Fuchs-Sumiyoshi: a.a.O., S.43.

(100) カール・スネソン（吉水千鶴子訳）『ヴァーグナーとインドの精神世界 Richard Wagner und die indische Geisteswelt』（法政大学出版局、二〇〇一年）四頁によると、この本はチャールズ・ウィルキンスによって一七八五年に英訳され、一八〇一年には独訳が出されていた。

(101) スネソン、前掲書、四頁。

(102) スネソン、前掲書、一九〇頁。

(103) ウンゼルト、前掲書、四〇三頁。

(104) アラビア語でマホメットの逃走を意味する語 Hidschra が、フランス語化されたもの。『西東詩集』の冒頭の詩の題名。
(105) ウンゼルト、前掲書、四〇五頁。
(106) スネソン、前掲書、五頁。
(107) スネソン、前掲書、一四頁、および橋本智津子『ニヒリズムと無――ショーペンハウアー／ニーチェとインド思想の間文化的解明』京都大学学術出版会、二〇〇四年、七六 - 八〇頁。
(108) スネソン、前掲書、四一頁。吉水千鶴子による訳注参照。
(109) スネソン、前掲書、四一頁。吉水による訳注参照。
(110) スネソン、前掲書、二〇七頁、吉水による訳注参照。
(111) スネソン、前掲書、二〇七頁、吉水による訳注参照、および橋本、前掲書、七八頁。
(112) スネソン、前掲書、一五頁。
(113) スネソン、前掲書、二五頁。
(114) Mozart, Wolfgang Amadeus: Sämtliche Opernlibretti. Angermüller, Rudolph（Hg.）.Stuttgart 1990.
(115) ゲーテにも影響を与えたこのオリエント学者を、ホフマンスタールは架空の対話『小説と戯曲における性格』（1902）においてバルザックの会話の相手として登場させている。
(116) ボスニア・ヘルツェゴヴィナは一八七八年にオーストリア＝ハンガリー帝国の占領下、行政下に置かれ、さらに一九〇八年に帝国に併合された。
(117) Hofmannsthal: Bemerkungen. HGWPIV, S.103.
(118) Vgl. Mistry, Freny: Hofmannsthals Oriental Library. a.a.O., S.178.
(119) Vgl. Mistry: a.a.O., Hofmannsthal: Die Mutter. GWRAI, S.102.
(120) Mistry. a.a.O., S.178.
(121) Mistry. a.a.O., S.178.
(122) 表紙に「一九〇五年八月、グルンドゥルゼーで二回目に読んだ　zum zweiten Mal gelesen, Grundlsee. August 1905」と書かれている（Vgl. Mistry: a.a.O., S.178.）。
（123）Hofmannsthal: SWXXXI, S.416f.
（124）Hofmannsthal: SWXXXI, S.452.
（125）Mistry: a.a.O., S.178.
（126）Hofmannsthal: SWXXXI, S. 452.
（127）ホフマンスタールの『帰国者の手紙』では、Rama Krishna と綴られているが、本書では、通常の日本語表記に従って「Râmakrishna. ラーマクリシュナ」で統一する。
（128）Hofmannsthal: Die Briefe des Zurückgelehrten. SWXXXI, S.172.
（129）Mistry: a.a.O., S.180.
（130）Hofmannsthal: Wiener Brief［II］. GWRAII, S.191.
（131）Mistry: a.a.O., S.181.
（132）Mistry: a.a.O., S.182.
（133）Mistry: a.a.O., S.186.
（134）Mistry: a.a.O., S.183.
（135）Mistry: a.a.O., S.183.
（136）Okakura, Kakasu: The Ideals of the East. With Special Referance to the Art of Japan. London 1903. この原書の著者名には、覚三が Kakasu と綴られている。この点については、小林英美の論文「ジョン・マリーによる『東洋の理想』出版の意義」『五浦論叢』（茨城大学五浦美術文化研究所紀要 第25号、二〇一八年）に詳しい。天心は、『東洋の理想』が再版される旨の知らせを受けて、マリー宛ての書簡（一九〇四年一月二四日付）で、「私の名前を、誤りである Kakasu Okakura の代わりに、Kakuzo Okakura と綴って頂きたく存じます」と書いている。
（137）Okakura, Kakasu: a.a.O., S.6.
（138）Okakura, Kakasu: a.a.O., S.26.

(139) Okakura, Kakasu: a.a.O., S.46.
(140) Mistry: a.a.O., S.184.
(141) 『ヨーロッパの理念』のタイトルは、二〇一一年に刊行された批判版全集第三四巻では、これまでのメモ断片を成立順に構成し直して「Über die europäische Idee」(ヨーロッパの理念について)としている(Hofmannsthal: Sämtliche Weke, Kritische Ausgabe. XXXIV, Reden und Aufsätze 3, (Hg.von Klaus E. Bohnenkamp, Klaus Dieter Krabiel, Katja Kaluga), Frankfurt a.M.2011.)。
(142) サイード、前掲書、一二三頁。サイードは、レイモン・シュワブの『オリエンタル・ルネッサンス』を、オリエンタリズムに関する百科全書的書物として挙げている。
(143) サイード、前掲書、一二三頁。サイードはオリエンタリズムの影響を受けた著作を持つ作者例として、ユゴー、ゲーテ、ネルヴァル、フローベール、フィッツジェラルドなどの名を挙げている。
(144) この言葉は、イギリスの作家リチャード・スティールがアディソンと協同で発行した日刊紙『スペクテイター』のなかで、一七一一年に掲載された記事にある。原文には、at once ではなく together と書かれていたという(西村雅樹『世紀末ウィーン文化探究――「異」への関わり』晃洋書房、二〇〇九年、一四頁)。
(145) フリードリヒ・ニーチェ(吉沢伝三郎訳)『ツァラトゥストラ』下巻、ちくま学芸文庫、一九九三年、三〇六－三〇八頁。
(146) エウリピデスの『バッコスの信女たち』は、ディオニュソス崇拝のギリシアへの渡来を題材としている。ディオニュソスは東方を遍歴したあと、テーバイにやってくる。テーバイのペンテウスは、この神の崇拝に反対し、狂乱の様子を探りに山中に入ったところを、バッコスの信女となった母親たちに八つ裂きにされる。
(147) 「漂泊者」は、少女たちが一本足で立っているのを見て、理性と感性のうち、理性を失ってしまっていると気づき、感性だけには溺れることができない自分が「ヨーロッパ人であるほかない」ことを認識し、ヨーロッパの人々たちに対して激励の言葉「あな、立ち現れよ！　威厳よ！　徳の威厳よ！　ヨーロッパの威厳よ！」を発する(ニーチェ、前掲書、三一六頁)。
(148) Hofmannsthal: SWVIII: S.479ff.

第Ⅱ章

ギリシア関連作品に表われたオリエント性

前章で見てきた通り、ホフマンスタールは、ギリシア悲劇の翻案や古代ギリシアを舞台にした作品やエッセイのなかで、古代ギリシアのオリエント的側面を強調することで、二〇世紀初頭のヨーロッパを文化危機から救う手がかりを探っていたと考えられる。イェンスが言うように、「ホフマンスタールにとって古典古代の遺産とオリエントの魔法は結びついていた」(1)。ホフマンスタールは、ヴィンケルマンやゲーテが提唱した理想化された古典主義的ギリシア像とは対極的な、暗い野性味をたたえた古代ギリシアに目を向け、そこにヨーロッパ人の原点を見ることでヨーロッパの再生を図ろうとした。本章では、ホフマンスタールが古代ギリシア像をどのように捉え直しているかを、ギリシア悲劇の翻案『エレクトラ』、架空の対話『恐れ／対話』、そしてエッセイ『ギリシア』という、ジャンルは違うが、それぞれ古代ギリシアを題材にした作品を取り上げ考察する。

第1節 『エレクトラ』

1．エレクトラの不可避の死

ホフマンスタールのギリシア悲劇の翻案物の一作目である『エレクトラ』は、一九〇三年六月頃から草案され、八月から九月にかけての二ヶ月という短期間で書き上げられた。しかし、ホフマンスタールは若い頃からずっと、この素材を温めていた。批判版全集内の成立史によると、ホフマンスタールは一八九二年、一八歳の時に、五幕のルネサンス悲劇『アスカニオとジョコンダ Ascanio und Gioconda』（未完）を書くためにソフォクレスの『エレクトラ』のモノローグを熱心に研究した。『アスカニオとジョコンダ』のための初期のメモには、ソフォクレスの『エレクトラ』からの長い引用が書かれているという(2)。

さらに一九〇一年から〇二年にかけて『ポムピリア伯爵夫人 Die Gräfin Pompilia』（未完）を創作した際にも、ソフォクレスの『エレクトラ』を参考にしている。(3) そして、遺稿である一九〇四年七月一七日の『覚書』では、『エレクトラ』を草案した頃のことをこのように回顧している。

最初に思いついたのは一九〇一年九月初旬。『ポムピリア』について正確な知識を得るために、『リチャード三世』とソフォクレスの『エレクトラ』を読んだ。するとたちまちこのエレクトラという女性が私のなかで別の女性へと変容していき、結末もすぐに思い浮かんだ。すなわち、エレクトラはそれ以後生きてゆけないのだ。運命の仕打ちが彼女自身に降りかかれば、命もはらわたも抜け落ちていく。ちょうど、蜜蜂が女王蜂を胎ませると、蜜蜂の体内から針と一緒に内蔵も命も抜け落ちていくのと同じである。(4)

ホフマンスタールは翻案を思いついた時から、ソフォクレスの『エレクトラ』とは「別の女性」を描こうとし、彼女の悲劇的な運命を準備していた。彼はまた、『エレクトラ』に対して晩年まで特別な思いを持っていた。戯曲版（1903）に続くオペラ版（1909）の発表後も、一九一二年のリヒャルト・シュトラウス（Richard Georg Strauss, 1864-1949）との往復書簡で、エレクトラという女性をアリアドネと対比させて論じたり（第Ⅲ章第6節に詳述）、『アドメ・イプスム』（1916）や『スカンジナビア講演のための覚書』（1916）においてもエレクトラを引き合いに出している。ホフマンスタールにとって、エレクトラは常にアクチュアルな問題を含んだ対象だったのだろう。

ホメロスの叙事詩『オデュッセイア』や『イリアス』に描かれたアトレウス一族のその後の悲劇を題材にした作品には、アイスキュロスの『オレステイア』三部作、ソフォクレスとエウリピデスの『エレクトラ』がある。

ホフマンスタールの『エレクトラ』には、「ソフォクレスからの自由な翻案の一幕悲劇 Tragödie in einem Aufzug frei nach Sophokles」とサブタイトルが明記されているように、ソフォクレス版の翻案である。なおホフマンスタールが底本とした翻訳は、批判版全集によるとゲオルク・テューディフム（Georg Thudichum, 1794-1873）によるレクラム版第三版（1876）である。(5)

ホフマンスタールの『エレクトラ』の考察に入る前に、ギリシア悲劇における『エレクトラ』の概要を確認しておこう。アイスキュロス、ソフォクレス、エウリピデスに共通する基本的な筋書きは以下の通りである。

アガメムノンの妻クリテムネストラは、(6)夫がトロイア戦争へ出征中にエギストと不義を働く。夫が帰還するとになると彼女はエギストと共謀し、夫を殺害する。それを知った息子オレストは、「一人で復讐せよ」というアポロンの神託を受けて帰国し、父アガメムノンの墓に供養の髪の毛を捧げ、母クリテムネストラによってひどい扱いを受けている姉エレクトラと再会する。オレストは自分が死んだという嘘を流して相手を油断させ、エギストとクリテムネストラを殺害し復讐を果たす。

上記の基本的な流れに他の要素が加わり、三詩人による悲劇の展開は少しずつ違っている。そのなかでソフォクレスの『エレクトラ』がほかの二人のものと違う点は、大芝芳弘の指摘を借りれば、以下の五点である。

（1）エレクトラに大きな比重が置かれている。特にアイスキュロスでは、オレストが主役であり、彼が計画し、行動する。エレクトラは前面には出てこない。ソフォクレスでは、エレクトラを中心とした母娘関係に重心が置かれている。

（2）妹クリゾテミスが登場する。

（3）エレクトラはオレストが死んだという嘘の知らせに一度はだまされる。
（4）クリテムネストラ殺害がエギスト殺害に先行する。
（5）オレストが母親殺害に際して躊躇しない。[7]

これらソフォクレス版の特徴はすべて、ホフマンスタールの『エレクトラ』の特徴と重なるが、特に（1）と（2）は、ホフマンスタールがソフォクレスの『エレクトラ』を底本にした理由の一つと推測できる。第Ⅰ章第1節5で述べたように、バッハオーフェンの『母権制』に関心を抱いていたホフマンスタールは、クリテムネストラとエレクトラとの母子関係に興味を持ち、また序論で提示した、一九一三年六月二九日付の松居松葉への書簡にあるように、「英雄的な姉」エレクトラと「非英雄的な妹」クリゾテミスとの対比を表面に出すことが念頭にあったのであろう。この二つのタイプの女性の対比には、束縛から解放され自立を目指す、一九世紀末に出てきた女性像の影響がある。また、ヒロインのエレクトラには、当時話題になっていたヒステリー的な症状が見られることが初演当時から指摘され、そうした心理学的な視点も盛り込んだ舞台となっている。

ただし、ホフマンスタール自身がサブタイトルに記している通り、ソフォクレス版を底本にしているとはいえ、そこからもかなり離れた自由な翻案劇といえる。[8] 第Ⅰ章第1節の4、5で考察したように、ホフマンスタールが創作しようとしたものは、ゲーテやヴィンケルマンら一八世紀古典主義者たちのアポロ的なギリシア劇の翻案とは違い、ニーチェやバッハオーフェン、ローデらによって形成された、オリエント起源のディオニュソス的なギリシア像に基づく『エレクトラ』の現代的な翻案劇だった。

ホフマンスタールのディオニュソス的なギリシア像が顕著に表れているのは、アガメムノンの復讐がオレストによって果たされたあと、エレクトラが「名前の無い踊り」というディオニュソス的な踊りを踊って死んでいくことである。前述したように、「運命の仕打ち」として「命もはらわたも抜け落ちて」いかなければならないというエレクトラの不可避の死を、ホフマンスタールは一九〇一年の草案時から構想していたようである。その死の瞬間にディオニュソス的な舞を踊るという発想には、二〇世紀初頭の演劇やダンス界の状況の影響がある。この点については、第Ⅳ章第4節で詳しく述べる。

2．抽象化された舞台装置

現代的なギリシア悲劇翻案は、視覚的には、まず「洗練された抽象化」を望んだホフマンスタールが指示した舞台装置に表われている。彼は、リアリズム演出に反旗を翻したオットー・ブラーム（Otto Brahm, 1856-1912）やゴルドン・クレイグ（Edward Gordon Craig, 1872-1966）、マックス・ラインハルトの新しい演出を支持していた。彼は、『エレクトラ』の初演直前に書いた「夢の情景としての舞台 Die Bühne als Traumbild」（1903）というエッセイで、[9] 舞台を「夢の夢」と表し、演出家、舞台美術家の想像力、創造力の必要性を説いている。

舞台は想像力に満ちたものでなければ、無に等しい。それどころか、何もないよりお粗末だということを我々は忘れてはならない。舞台は、諸々の夢の夢でなければならない。さもなければ、詩人の夢の産物が露わに曝け出される木の晒し台でしかない。
舞台面を造る者は、この世には絶対的なことや互いに無関係なこと、個々にばらばらに存在することなど何もないということを、熟知していなければならない。[10]

そして、リアリティを求めた写実的な舞台装置を無意味と考え、それら無意味な装置を極力減らした一見殺風景な飾り気のない書割だけの舞台を「夢の経済的節約」(11)と呼び、劇の内容の本質的な雰囲気を醸し出す光の戯れなどの照明の「魔法」によって、観客の想像力が喚起される理想の舞台作りの在り方を述べている。

魔法がなければならない。魂がじかに見開く眼に与えられる魔法が。すなわち舞台面を造る者は、その眼をもって暗い舞台を上から照らすことになる照明を想像できなければならない。外界の光を帯びて、闇夜の壁のわずかな亀裂を通して上方から降り注ぐ光線を、神の玉座からほとばしるように輝き、囚われ人を包み込む衣となる、あの金色の光線を、たった一筋の光の遣いである照明を、その眼で思い描けなければならない。その一筋の光は夜の闇を突き抜け、数十年もの長い間、真っ暗な地下牢の苦しみを味わってきた者を、耐えがたいほどの恍惚とした夢のなかへ誘《いざな》い、夢に溺れた我々は喜びのあまり覚醒する。(12)

この「夢」とは、フロイトの言う、無意識下において現れる深層心理的なものであると同時に、想像力を掻き立てられるような憧れ、幻想的、不確実なものと同じ意味である。その夢を舞台で表現するための「魔法」を想像する能力が、照明家や舞台美術家に求められている。(13)

『エレクトラ』日本初演に際し、松葉が手紙で舞台装置について問い合わせたのに対して、「芝居においても、もしあなたが西洋的なものというよりも古代的なものを求めれば、おのずと正鵠を得るでしょう。なぜなら、作者の私はそこで、西洋から見て普遍的に古代的、人間的で、東洋的なものを表現しようとしたからです」(14)と答えたホフマンスタールが、『エレクトラ』の舞台に西洋的なギリシア神殿を模した装置が並ぶ定番の「古代」ではなく、「夢の経済的節約」を体現したようなシンプルな舞台によって、オリエント的で普遍的な「古代」を望んでいたことは明らかである。

ホフマンスタールの初期の詩「大きな魔法の夢 Ein Traum von großer Magie」(15)(1895)では、古代と現代、宇宙と自己の内部を縦横無尽に往来し存在する、時間や空間を超越した「夢」が綴られているが、彼は、シンプルな舞台でこそ、そのような普遍的な「夢」が表現できると考えたのであろう。

ホフマンスタールのこうした理念は、「夢の情景としての舞台」とほぼ同時期(一九〇三年一〇月頃)に書かれた舞台面や照明、衣装に関する具体的な指示からも読み取れる。

舞台面には、古代風を作るといえば必ず出てくる、例の柱やあの陳腐な幅広い階段がない。むしろ暗示的に作用するものとして冷めた感じにしたほうがよい。この舞台面は、狭く、逃れられない雰囲気、閉塞感を特徴とする。(16)

堂々とした幅広階段を持つアテネのギリシア神殿のような豪華なものではなく「暗示的」で「冷めた感じ」で、「狭く」「逃れられない雰囲気」を表現することで何を表そうとしたのだろうか。ホフマンスタールは別の箇所でも似たような言葉を使い、舞台装置について指示をしている。

画家は、夏の夜の都会の家のごみごみした雰囲気を――暗示的に――出せばよいだろう(…)。王宮の裏庭――奴隷の住まいや作業所などの増築された建物に囲まれている。王宮の裏壁には、オリエントにある大きな家が醸し出すような、秘密めいて不気味な雰囲気がある。（…）上階のあちこちに屋根裏窓がある。画家はその窓に、オリエントの何かが潜み、待ち伏せしているようなものを描くとよい（…）。家の低い屋根の上方には、右側に重くたわんだいちじくの木、その幹は見えないが、たわわになる実は夕日を浴びて不気味な形となり、まるでなかば身を起こした獣が平らな屋根に覆い被さるように見える（…）ドアと窓は、不気味な、真っ暗な地獄のようである（…）外の世界はもっと明るいのに対して、この悲しげな裏庭は暗いということが、情調を醸し出している。ミケーネ風の王宮の裏庭、狭く、逃げられない感じ、閉塞感、オリエント、秘密めいて、何かが隠されていて立ち現われてきそうな気配。(17)

次に照明についての指示を見てみよう。

舞台面の指示の冒頭同様、いちじくの木の大きな梢、濃い黒のストライプを赤いしみで覆う手法。家の内部は最初暗く、ドアや窓は、不気味な黒っぽい穴に見えるように。エレクトラのモノローグの間、照明はもっとも強く、壁や地面に大きな血痕がギラギラするように。(18)

これらの指示を総合すると、ホフマンスタールは『エレクトラ』の舞台面にオリエント風の、「秘密めいた」ような「何か隠されて」「不気味な」「秘密めいい」た雰囲気を求めていることがわかる。『エレクトラ』の舞台面や照明に関するこうした指示は、ホフマンスタールが、「夢の情景としての舞台」で述べた舞台美術や照明の「魔法」についての具体的な助言となっている。これらのことが実現すれば、観客は、これから舞台上で起きる残酷な殺人や、恐怖、不安、自責の念など、人間の奥底にある暗い衝動と向き合う覚悟をせざるを得ない。

これは明らかに、明晰で均整のとれたアポロ的な古典主義的なギリシアではなく、ディオニュソス的なギリシアが表現されようとしている。

3. コロスの不在

次に、ドラマの流れを確認する。ラースロ・サーボは、ニーチェの『悲劇の誕生』がホフマンスタールの『エレクトラ』に対して及ぼした影響を指摘し、『エレクトラ』をニーチェの『悲劇の誕生』のヴァリエーションだと解釈している。[19] ティーモ・ギュンター（Timo Günter）も、ホフマンスタールの『エレクトラ』はエウリピデスとソフォクレスのものを下敷きにしているが、いわば「悲劇の終わりからの悲劇」として読むこともできるとしている。つまりホフマンスタールは『エレクトラ』において、ニーチェが指摘した、特にエウリピデスとともに始まる悲劇時代の終焉とギリシア社会の世俗化、言い換えれば、ポリスという都市化、民主化の状況を扱っているというのである。[20] ブリットナッハーは、この『エレクトラ』というよく知られたギリシア悲劇のホフマンスタールによる異化の特徴を、テクスト面、モティーフ面、そしてドラマ展開から分析し、以下の三点に絞っている。

1. ［テクスト面］アッティカ悲劇のあらすじは、前へレニズム期のオリエントに置き換えられ、登場人物の動機づけは変更されている。つまり、嘆き悲しむエレクトラは、復讐の女神フーリエという、違った解釈がなされている。

2. ［モティーフ面］ソフォクレスの悲劇とは対照的に、同時代人に対するホフマンスタールの挑発として、ここでは正義の実現ではなく、野蛮でサディスティックな復讐＝生贄の儀式という「悪」の面が打ち出されている。

3．［ドラマ展開］現代性を目指したレトリックや舞台作りの革新は、ホフマンスタールの美への挑戦に一役買っている。悲劇の慣例を避けて、このドラマは言語の拒絶、すなわちエレクトラの謎の踊りで終わる。(21)

ブリットナッハーの分析によるこの神話異化の三点の特徴は、ホフマンスタールによるギリシア悲劇の現代的再生の柱となっているといえよう。つまり、一般にギリシア古代といわれている時代よりさらに遡ったオリエント性の強い前古代、むしろオクシデントやオリエントの区別もなかった、特定されない時代や空間を超越した舞台作品を作り出すことによって、人間の本質に迫ろうとしたのではなかろうか。

ここではこれらの意見を参考にしながら、内容について考察する。

最初に、ホフマンスタールの『エレクトラ』における配役を見てみよう。すぐに気がつくのは、「コロス（舞唱隊）」が存在せず、代わりに五人の召使の女たちが登場することである。第Ⅰ章第1節3で述べたように、ニーチェはコロスをギリシア悲劇の中心的存在と見なしている。ソフォクレスの『エレクトラ』では、アイスキュロスの時代に比べれば、コロスの重要度は低くなっていたといわれるものの、コロスが一般民衆の代弁者としてエレクトラに話しかけたり、主要登場人物の様子を観察し、その行動や心理を解釈している。ニーチェはコロスという存在を「悲劇の原型」ともいうべき初期の段階において「ディオニュソス的人間の自己反映」と捉えている。(22)コロスが、さまざまな性質、感情を併せ持つ人間が集まった大衆＝全体の体験を言葉にするという意味で悲劇の重要な要素だとするなら、ニーチェの言うエウリピデスにおけるコロスの一体性の解体は、「悲劇の死」を意味する。

それをニーチェはギリシア悲劇の「自殺」と見なした。サーボによれば、ホフマンスタールは『エレクトラ』で、こうした解体が終わったところから出発することで、悲劇の再構築を試みているという。[23] つまり、ホフマンスタールの『エレクトラ』におけるコロスの不在とそれに代わる五人のばらばらな召使いの存在は、それが悲劇の「解体」状態から始まっていることを示していることになる。

このように、ホフマンスタールの『エレクトラ』は、コロスの解体という「悲劇の死」によって人間の生が標準化され、悲劇の主人公だった英雄たちの持つ普遍的全体性が失われてしまっている状態から始まる。シラーが「現実とドラマの間の境界に立つ壁」と呼んだコロスは、[24] ホフマンスタールの『エレクトラ』ではもはや「壁」としての役割を担っていない。彼らは幕開けと同時に「名前のない個人たち」として、すなわちクリテムネストラの召使いとして登場するだけである。[25]

ではその幕開けのシーンを、ソフォクレスとホフマンスタールで比較してみよう。ソフォクレス版では、コロスはエレクトラの窮状を語り、一人嘆く彼女に積極的に話しかける。

コロス：ああ、この上もなく無情な母の
　娘に生まれたエーレークトラー、
　何という悲しみに、あなたはこうまでも
　身を細らせて、飽かず嘆き続けるの、
　その昔、あなたの母親が非道にも仕組んだ
　罠に陥れられて、邪悪な手に掛けられた

お父上アガメムノーンのために。
こんな仕業を為す者こそ滅び去るがいい
もしこう言うことが許されるものなら。(26)

ソフォクレスのコロスは、「こんな仕業を為す者こそ滅び去るがいい」と歌っている。ただエレクトラに話しかけるだけでなく、彼らはエレクトラの気持ちになり、彼女と一体化している。それに対して、ホフマンスタールの『エレクトラ』では、名前のない五人の召使いの女たちはエレクトラのことを噂しているが、けっして彼女に話しかけはしない。

第1の召使い：（水瓶を持ち上げながら）エレクトラはどこにいるの？
第2の召使い：また彼女の時間よ、父親に向かって、壁という壁に響き渡るほど唸り声をあげる例の時間よ。
（エレクトラは暗くなりかけている建物の入口から走り出てくる。全員が彼女のほうを振り向く。エレクトラは片腕を顔の前にかざして、獣のようにはねて戻っていく）
第1の召使い：ねえ見た？　彼女が私たちを見る目つきといったら。
第2の召使い：山猫みたいに毒のある目つきだわ。
第3の召使い：この前も地面に寝そべって、うめき声をあげていたわ。
第1の召使い：いつものことよ、お日様が沈むと寝転がってうめくの。
第3の召使い：私たちが二人で行って、彼女に近づいた時なんか……。

第1の召使い：誰かに見られるのが耐えられないのよ。
第3の召使い：そう、私たちが彼女に近寄った時、猫のように荒い鼻息を立てて、「あっちへ行け！　蝿ども！　あっちへ行け！」だって。
第4の召使い：「大黒蝿ども、出ていけ！」ですって。
第3の召使い：「私の傷にたからないでおくれ！」と叫んで、わら箒を私たちに向かって振り下ろしてきたわ。（…）
第1の召使い：王妃様はなんであんな悪魔みたいなのをお城で放し飼いにしているんだろうね。
第2の召使い：だってご自分のお子さんですもの。
第1の召使い：私の子どもだったら、間違いなく、お城に閂をかけて閉じ込めておくわ。
第4の召使い：でも王妃様たちちったら相当ひどい仕打ちをしているんでしょ？　食べ物なんて犬と同じような鉢に入れて与えているようよ。
（ひそひそ声で）ご主人様が彼女を叩くのを見たことない？
第5の召使い：（まだ少女、震えて興奮した声で）私は彼女の前に膝をついて、あの御足に接吻したい。お姫様ともあろうお方があんな辱めを受けているなんて！　私はあの御足に香油を塗ってさしあげて、私の髪で拭き取ってあげたい。[27]

当然のことだが、ソフォクレスのコロスでは全員が声を揃えて朗唱していたが、ホフマンスタールの召使いたちは、個別の台詞を発している。名前を持たず、第1から第5という番号化された召使いの女たちは、それぞれが別々の思いで噂をし、エレクトラに心から同情しているのはたった一人、第5の召使いだけである。その召使いでさえも、エレクトラに直接話しかけて慰めることはしない。個人個人がばらばらになり、共同体意識もなくなった様が描かれている。孤独なエレクトラを囲むこうした状況は、都市化され世俗化されたギリシア社会の象徴であると同時に、第Ⅰ章第1節1で考察した『(チャンドス卿の)手紙』(以下、『手紙』と略記)と同様、言語による個体化により人ももののもばらばらになった一九世紀末から二〇世紀初頭のヨーロッパの人々の姿とも重なる。

4.『母権制』の影響

ホフマンスタールの『エレクトラ』の配役面でのもう一つの特徴として、オレストの存在感が薄いことがあげられる。ソフォクレス版では、最初にオレストと養育係(Pfleger)が登場する。批判版全集によると、一九〇一年の草案時点では、このオレストと養育係の最初の登場場面は存在したが、のちに削除された。『エレクトラ』のための草案メモ1には、次のような件がある。

メモ1.
エレクトラ
養育係とオレスト
年老いた奴隷と若い奴隷
養育係とオレストはうめき嘆いているエレクトラを横目で見ながら退場
エレクトラと水場に行く女たち。彼女たちは犠牲者の返り血を洗うために水が必要なのだ

そのうちの一人が苦労を嘆く
エレクトラとクリゾテミス、クリゾテミスは夢を語る(28)

このメモによると、幕が開いてすぐに、養育係とオレストを登場させようとしていたことがわかる。養育係とオレストが登場しエレクトラの嘆き声を聞くシーンは、ホフマンスタールが底本としたソフォクレスの『エレクトラ』(テューディフム独訳版)では七十七行目以降に出てくる。

エレクトラ：(隠れて)
　ああ、つらい、なんてつらいのだろう。
養育係：ほら、なかから召し使いか何かの嘆き声が聞こえるようですが、王子よ。
オレスト：つらい仕打ちを受けているエレクトラではないだろうか？　どうだ？
　黙って耳を傾けて、しばし彼女の嘆きを聞いてみよう。(29)

また、ソフォクレス版では、養育係が最初に出てきてオレストの復讐を予告するが、ホフマンスタール版ではこの役がないため、観客にはオレストは最初から脇役でしかないように映り、またオレストがエギストやクリテムネストラを殺害するシーンはあるものの、オレスト自身の台詞は少ない。あくまでもこのドラマの主役はエレクトラであることを強調するために、オレストは極力目立たなくされている。
それに対して、エレクトラの妹クリゾテミスの存在は、かなり大きくなっている。クリゾテミスは、姉と対照的で凡庸な妹である。エレクトラとクリゾテミスとの対話では、過去を忘れることができないエレクトラと違って、過去を忘れて結婚し、子どもを生みたいと願う平凡な女性の典型としてのクリゾテミス像が浮かび上がってくる。

ホフマンスタールの翻案には、エレクトラ悲劇の前史であるイフィゲーニエの犠牲の逸話が出てこず、このことは登場人物たちの性格づけに影響を与えている。ソフォクレス版では、クリテムネストラが、アガメムノン殺害を、アガメムノンが自分と前夫との間に生まれた娘イフィゲーニエを海神アルテミスの怒りを鎮めるために生贄として捧げたからだと正当化する台詞がある。ホフマンスタール版では、このような台詞はない。それによって、クリテムネストラがアガメムノンに抱いていた不満や恨みの説明がなく、ギリシア神話にあったアトレウスの家系全体の悲劇としての性格が薄れている。したがって、クリテムネストラが愛人エギストとともにアガメムノンを殺害した事実だけが観客に伝わり、その結果、父親を母親によって殺された娘エレクトラの母親に対する憎悪のみに焦点が絞られてくる。

このような登場人物の関係を見ていくと、総じてホフマンスタールの『エレクトラ』では、女性キャラクターが前面に押し出され、男性キャラクターの影が薄いことに気がつく。エレクトラ対クリテムネストラという憎しみ合う娘と母の関係や、エレクトラとクリゾテミスという姉妹の対比が強調され、召使い女たちはコロスに代わって登場する。それに対し、ソフォクレス版では主役級であったオレストや養育係の出番は少ない。クリテムネストラの愛人でアガメムノンを彼女と一緒に殺害したエギストに至っては、殺されるためにだけ登場すると言ってよいほど存在感がない(30)。

このことは、ホフマンスタールがブロイアー（Josef Breuer, 1842-1925）／フロイトの『ヒステリー研究 Studien über Hysterie』（1895）を熟読し、前章でふれたようにバッハオーフェンの『母権制』などの思想から影響を受けていたことと無関係ではないだろう。ホフマンスタールの『エレクトラ』では、父権制社会で抑圧されてきた女性の主体性が描き出されていると同時に、生の連鎖の担い手である女性側に焦点を当て、父権制社会、キリスト教、合理主義が行き着いた末の精神文化の危機をエレクトラが体現していると考えられる。それに対して、母権制社会、異教、非合理的なオリエント世界を体現するクリテムネストラの存在を強調し、最後にエレクトラの犠牲によって二つの世界が融合する姿を試みているといえよう。

5．エレクトラのモノローグ

ではここで、エレクトラとクリテムネストラに象徴されるヨーロッパとオリエントの対立と融合を、あらすじに沿って見てみる。[31]

先述した幕開けの五人の召し使いの女たちがエレクトラの噂をしているシーンのあと、エレクトラが、「一人ぼっち、ああ、まったく一人ぼっち」という台詞を言いながら登場する。この孤独な様子は、彼女の存在の本質を示すもので、共同体＝全体の表象であったコロスが主体だったギリシア悲劇には無縁のものである。[32] しかし、エレクトラは、最初から共同体に帰属し得ない孤立した個別存在として現れる。

彼女が登場する際のト書きで指示された背景が、この舞台ならではの雰囲気を醸し出している。

彼女だけが、いちじくの枝ごしに、地上と壁の上に血痕のように降りかかっている赤い光に照らされている。[33]

これは、前述の「夢の情景としての舞台」の照明についての指示と対応する。いちじくは承知の通り、キリスト教においては『創世記』にあるように、禁断の実を食べて自分たちが裸であることを知ってしまったアダムとイヴが性を隠すために使用した植物で、罪の象徴である。(34) ここではいちじくが、「血痕」や「赤い光」という血や殺害を連想させる言葉と結びついており、エレクトラが両親の性にまつわる血腥い罪に苦しめられていることが象徴されている。

エレクトラのモノローグが始まる。

エレクトラ：一人ぼっち！　ああ、まったく一人ぼっち。お父様は逝ってしまわれた。
冷たい墓穴に落とされてしまわれた。
（大地に向かって）
どこにいるの、お父様？　こちらに顔を向けてくださる力もないのですか？
今があの時刻です。私たちのあの時刻です。
あの二人が、あなたの妻と、あの男が、
王であるあなたの閨をあなたの妻とともにした
あの男があなたを打ち殺した時刻です。
あの二人はあなたを浴室で殺しました。あなたの目から、
血が溢れ出て、浴室のなかは、
血の湯気がたちこめました。

それからあの男、あの卑怯者は、あなたの肩を掴み、頭のほうを前に、足を後ろに、浴室から引きずり出した。あなたの両目は、家のなかをじっと見据えていました。

だからあなたはもう一度その足で用心深く、一歩一歩歩みながら来てくださる。

両目を大きく見開き、額には傷口の血で染まり続ける深紫（Purpur）の王冠をつけ、立つことでしょう。[35]

このように、最初にエレクトラが登場する際のモノローグは、亡き父親を慕う言葉から始まる。そしてドラマ全体には血の匂いが立ちこめている。
エレクトラは、母クリテムネストラとその愛人エギストによって殺害された父アガメムノンの復讐を果たすためにのみ存在している。すなわち亡父との絆だけにすがって生きており、母との絆を否定している。こうしたエレクトラの母への激しい憎悪と復讐の感情は、父の愛をめぐって母と抗争する娘、いわゆる「エレクトラ・コンプレックス」という精神分析学的な図式に当てはまる。この図式は、父の死という異常な事態により、父と母という、みずからの自我の確立のための二つのイマーゴ（形象）の間で宙吊りにされたまま脱出できなくなってしまった娘の危機的状況を示唆している。ここでは父への愛情が、父の死によって過剰で逸脱したものへと変容し、そのぶん、父を裏切り、愛人と殺害した母への憎悪も激しいものとなり、「殺意」という残忍な感情にまで変質している。エレクトラの存在には、「近親相姦のタブー」という文明社会の規範の彼方に存在する、始原的社会の欲望と暴力の世界が垣間見られる。[36]
イェンスが解釈しているように、エレクトラには「現在の時間」がない。過去のためだけに生きている。[37] 彼女の時間は、父を喪失した瞬間から止まっており、母との絆を否定していることから「現在」はないのである。毎日、父親が殺された時刻になると、忌まわしい殺害の現場を回顧し、復讐を誓う。彼女に未来があるとしたら、復讐を果たしたそのあとで、父親の墓の周りで一族とともに勝利の舞踏を踊ることだけである。(38)

エレクトラ：お父様、あなたの日がまた来るでしょう！
星からあらゆる時間が降りそそぐように、百人もの喉から流れた血があなたのお墓に注がれます。
（…）すべてやり遂げて、血しぶきで染められた深紫の天幕が張られ、
太陽がそれを照らす時に
私たち、あなたの血縁が
あなたのお墓の周りを、踊りながら回るのです。(39)

マーシャルは、ホフマンスタールは『エレクトラ』で、ギリシア神話学とキリスト教の図像学を合わせて一つの混合物を作っていると述べている。(40)この「あなたの日がまた来るでしょう！」という台詞は、前頁で引用した「両目を大きく見開き、額には傷口の血で染まり続ける深紫の王冠をつけ」ているという件と同様に、父を神や磔刑のイエス・キリストと同一視しているのではないかと思わせる。ギリシア悲劇の主人公でありながら、エレクトラにはキリスト教的ヨーロッパ社会が象徴されていることが、ここからも読み取れる。
だが他方で、父の復讐がなされた時の祝いとして墓の周りを回る輪舞というイメージは、始原的世界における共同体の象徴の表象と考えられる。こうした情景がエレクトラの台詞から紡ぎ出されることによって、作品自体に古代ギリシアのオリエント的な雰囲気が付与される。ちなみに、ソフォクレスの『エレクトラ』には、エレク

トラが父親の復讐をやり遂げたあとに輪舞を夢見る台詞はない。この点については、第Ⅳ章第４節のエレクトラの踊りの分析でさらに詳しく述べる。

６.「現在」がない女

さて、エレクトラのモノローグのあと、妹クリゾテミスが現れる。クリゾテミスは、過去を忘れられず妥協できないエレクトラとは対照的に、過去を忘れるために、忌まわしい思い出のつまった家を出て、相手がたとえ百姓男であろうと結婚して子どもをもうけたいと願っている。つまり、クリゾテミスは「現在」に生きているのである。[41] エレクトラは、妹の手を上げる所作一つにも父親を思い出しつつ、同時に憎悪する母親の面影をも見出し、「母の娘さん！」[42] と呼びかける。ここでエレクトラは、妹を独立した個人として見ていない。彼女は、母という自分が憎悪する母性とつながったものとしてしか妹を認知することができない。妹が結婚したいと言うと、「獣のような楽しみごとを、もう一匹のもっと性悪の獣とやりたいというの？」[43] と言い、さらに母が愛人と「楽しみごと」をしたあとで父を殺害したことを持ち出して非難する。そのようなエレクトラを、クリゾテミスは哀れむ。

クリゾテミス：お姉様は忘れるということができないの？（…）

エレクトラ：忘れるだって？ 何を言ってるの？ 私を獣だとでも思っているの？ 忘れるだって？ 畜生は食べかけのえさを口にほおばったまま寝てしまい、そのまますっかり忘れて、死神が自分の上に馬乗りになって首を締め始めようという時になってようやく噛み始める。畜生は自分の子を自分の胎内から這い出たものであることを忘れて食べ、飢えをしのぐ――でも私は畜生ではない。私は忘れることがで

きない。(44)

エレクトラにとって、過去を忘れるということは、過去とのつながりを断つことであり、獣同然の行為である。もちろん性行為も獣同然の行為だと考えているので、愛人との性行為と、父の殺害をほぼ同時にやってのけた母親は、獣そのものである。それは、自分を邪魔者扱いしている母親クリテムネストラが「自分の子を自分の胎内から這い出たものであることを忘れて食べ(45)」る、という台詞に表れていよう。

右記に引用した場面で、クリゾテミスは、母たちがエレクトラを塔に監禁する計画を立てていることや、母がオレストによる復讐を恐れるあまり夢にうなされていることを知らせにきたのだが、そんな警告は姉には無駄だと知って宮殿に入る。

そこにクリテムネストラが数人の腰元を引き連れて現れる。この場の彼女の様相についての細かいト書きからは、彼女の性格づけが読み取れる。

クリテムネストラ登場の際のト書き

青ざめてむくんだその顔は、松明のぎらぎらと輝く光に照らされ、緋色（scharlachrot）の衣の上でいっそう青白く見える。彼女は、黒紫の衣装の腰元と宝石がちりばめられた象牙の杖に寄りかかっている。黄色い衣に身を包み、エジプト女性のように黒髪を後ろに束ね、つるっとした顔は鎌首をもたげた蛇のような女が、王妃の裾を持っている。王妃は、宝石や護符を幾重にも身につけている。彼女の腕には、たくさん腕輪が巻かれ、指には曲がらなくなるほどの指輪がはめられている。彼女の瞼は、異常に腫れぼっ

たく見え、それを開いていることが恐ろしくつらそうである。(46)

宝石や護符は、まじないや身を守るために使われる。夫を殺害した自責の念に苦しむと同時に、エレクトラの復讐を恐れ、不安な精神状態でいるクリテムネストラは、それらをたくさん身につけることで気を紛らわせているが、むくんだ顔は不安を隠しきれていない。クリテムネストラや腰元たちの、緋色や紫、黄色といったどぎつい色遣いの衣装は、新約聖書の「バビロンの淫婦」(47)やサロメを連想させ、「エジプト女性」(48)のような黒髪というエキゾチックな描写からも、ホフマンスタールがクリテムネストラや彼女の宮廷生活にオリエント的な雰囲気を醸し出そうとしていたことがわかる。

ここから、原書で二〇頁も続くクリテムネストラとエレクトラの長い対話が始まる。イェンスは、この対話を古代ギリシアのアゴン（発話と反論）に喩えて分析している。(49)この母娘間の肚の探り合いや当てこすりのなかで、どちらが有利な状況かを示す「雲行き」や、二人が病的とも言えるほどの神経過敏の状態にある様子が、オーロラの光と色が刻々と変化するように描写される。情調（Stimmung）の世紀転換期詩人ホフマンスタールらしい描き方である。

クリテムネストラの台詞からは、彼女が愛人とともに夫を殺害したとはいえ、彼女自身が斧を振り下ろしたのではなく、エギストが手を下したという事実がわかる。そして忌まわしい過去を忘れようとしても、その出来事と結びついたエギストを見るたび、記憶は甦り、同時に息子オレストによって復讐されるという恐れのあまり、精神が不安定になっている。とはいえ、彼女はエレクトラに対して、母としての愛情を完全に失ったわけではない。しかし、愛人の指示で娘を何年も家畜のように扱っているため、娘は遠い存在でもあり、また自分を恨んでいることから、復讐を企んでいるかもしれないとの警戒心も働き、非常に複雑な気持ちでエレクトラと向きあっている。
クリテムネストラは、夢にうなされて夜も眠れないという不安定な精神状態で対話を切り出す。エレクトラはいつになく優しい「医者のような」(50)言い方で、母を「女神」(51)と褒めるので、クリテムネストラは、懐かしい娘の言葉に、一瞬母親の心を取り戻す。するとエレクトラは、母のその心のゆるみに突っ込むように、獣や怪物のような母性を非難する。

エレクトラ：何がこの世で私を身震いさせるかというと、
私がその体の暗い門を通り抜けて、
この世の光に出会ったということほど、嫌なものはほかにはない。
（…）あなたは私をその鉄の手からけっして逃さない巨像のようなもの。
私には手綱がつけられている。あなたは思うままに、私を結わえつける。
あなたは海のように、一つの命と、一人の父親と妹と弟を、
私にはき出した。
そしてあなたは海のように、一つの命と、一人の父親と妹と弟を
飲み込んでしまった。
あなたの死を見ない限り、
私はどうやって死んでいいのかもわからない。(52)

妹クリゾテミスとの会話で、母を「畜生」と重ね合わせていたエレクトラは、ここでは「海」という比喩を用い、広い海のようにすべてを吐き出し飲み込む偉大な怪物のような母性を恨んでいる。この母親像は、ブリットナッハーが指摘するように、バッハオーフェンの『母権制』により打ち出された「生み出し、破壊する、オリエントの恐ろしい **magna mater**（太母）」のイメージと重なる。(53) エレクトラは同時に、自分もまたそのような計り知れない理不尽な母親と同じ性に属していることを嫌悪している。

一方クリテムネストラは、この言葉によって、娘エレクトラが母である自分の支配下にいまだあると勘違いする。するとエレクトラは、すかさずそれを逆手にとってエギストに関する皮肉を言うが、何かにすがりたいクリテムネストラは、それも都合よく解釈して、エレクトラに自分の不安な心情を打ち明ける。

クリテムネストラ：おまえは賢いからね。おまえの頭のなかでは、すべてがきちんとしている。おまえはずっと昔のことでも昨日あったことのように話す。だけど私はもうぼけてしまった。考えごとをしても、すぐごちゃごちゃになってしまう。口を開けばエギストがどなる。エギストがどなるのに耐えられないから、それを打ち消そうとして、もっと強いことを言ってやろうとする。でもだめ、何も出てこない、私は何も言葉が見つからない。すると途端に、エギストがそれを言って、身を震わせるほど私を怒らせたのは今日のことなのか、果たして今日だったのかずっと前だったのかさえわからなくなる。そしてめまいがして、もう自分が誰なのかさえわからなくなる。エギストは私をあざ笑う。生きながらにして地獄に突き落とされているようだよ。そんな時エギストといったら！　エギストは私の口からは何も出てこない。エギストを黙りこませて、私みたいな真っ青な顔で火をのぞきこむほかなくさせるような、恐ろしい言葉が出てこない。でも、おまえにはその言葉がわかっているだろう。おまえは私の役に立つ言葉をいろいろと言ってくれる、言葉なんてもともとはそれっきりのものだけれどもね。(54)

ここでのクリテムネストラの台詞に含まれた「言葉」や「時間」に関する表現は、『手紙』で表された言語による認識の不可能性の問題と関連している。「考えごとをしてもすぐごちゃごちゃになってしまう」非合理的で認知症気味なクリテムネストラにとっては、時間は刻々と過ぎ去るもので、それと同様に自分自身も常に過去の自分とは変わっていく、あるいは変わりたいと願っている。しかし、それは彼女の願望にすぎず、やはりクリテムネストラもエレクトラ同様に、過去に支配されているといえるのではないだろうか。彼女は過去のことを正確に思い出そうとすると、その過去の一部を否定しようとするあまり、めまいに襲われるというヒステリー症状に見舞われる。父権制が発展する以前の母権制時代を体現している彼女は、言葉で論理的に物事を組み立てて考えたり表現することができない。そして、クリテムネストラから見れば「頭のなかでは、すべてがきちんとしている」エレクトラも、遠い昔も少し前も一つの過去として大差はなく、過去が彼女のすべてであり、母と同じくヒステリー症状が出ている。ブローメによると、エレクトラに出てくる三人の女性は皆ヒステリー症状に犯されており、クリテムネストラとクリゾテミスは、過去の体験を排除するあまり、意志に反して身体が痙攣したりする通常のヒステリー症であり、対するエレクトラは、むしろ過去のトラウマに縛られ、時の経過を受け入れられない、いわば催眠状態に陥っているのだという。(55) つまり、彼女たちは皆、「現在」においてみずからのアイデンティティを確立することができずにいる。

しかしエレクトラは、父親の復讐が実行された時にやっとその苦しみから解放される。彼女は歓びの声を上げ、狂喜する人々の輪舞に対して反応する。エレクトラの体から発せられる音楽や「幸福の重み」[56]を持つ「名前のない踊り」[57]は、ディオニュソスの祭典を想起させ、オルギア的な要素を含んでいる。[58]エレクトラにむごたらしい孤独を強いて、他者を隔ててきた壁が、ディオニュソスの存在の根源のなかで解体される。狂喜の形姿でさえ「達成された完全性の姿」として呼び出されるのである。[59]この「名前のない踊り」については、第Ⅳ章で詳しく考察する。

このようにギリシア悲劇翻案『エレクトラ』は、「ギリシア文化の最盛期であるペリクレス時代を志向する、ゲーテ時代の人文主義的で平面的な古典像」[60]ではない。具体的な場所ではないが「オリエント」風の宮殿を舞台にしながら、さらに遡ったミケーネ文化の暗いアルカイック期における、闇のなかのようにコントロールのきかない、混沌とした人間の情熱、つまりニーチェの言うディオニュソス的世界で、エレクトラが自己犠牲によって外部世界と融合帰一するまでが描かれている。その意味で、ホフマンスタールの生きた一九世紀末から二〇世紀初頭時点での、ギリシア悲劇の現代的再生の一例なのである。

第2節　『恐れ／対話』

1．二人の対照的な踊り子

古代ギリシアのオリエント的側面に西洋近代の危機克服へのヒントを見出しているという点では、一九〇六年から〇七年に架空の対話という形式で書かれた『恐れ／対話 Furcht/Ein Dialog』という作品も同じである。『恐れ／対話』は、ホフマンスタールがアメリカ人舞踊家ルース・セント・デニスと知り合い、彼女から得たインスピレーションをもとに書いたものである（第Ⅳ章第3節1で詳しく述べる）。ここでは文明社会の強いる「女性性」に馴致されているヒュムニスと、未開社会へ憧れを抱き、ニーチェの言うディオニュソス的な陶酔を通してあらゆる二項対立や分裂を超える全体性を獲得しようとするライディオンという二人の踊り子が対照的に描かれている。

ライディオン：一度だけ、そのようにして踊るの、年に一度ね。若者たちが地面に跪いて、島の娘たちがその前に立つの、娘たちは一緒になって。まるで一つの体のように、じっと身じろぎもせずに立っているのよ。それから娘たちは踊るの。踊りが終る時になると、娘たちは、若者たちに身を任せる、相手を選ばず――誰かが一人の女を掴むと、その女はその男のものになるの。神様のご意志でそうするの、神様がそれを祝福するの。

ヒュムニス：まあ、なんてなんて恥知らずな！(61)

文明社会での女性としてのジェンダーに馴らされたヒュムニスは、ライディオンが話した土着の男女の乱交的な舞踊祭の光景に驚愕する。ライディオンは、語り続ける。

ライディオン：わからないの？（…）私は母に育てられて大きくなった。なんの役にも立たない子どもで、何かを願っても、願いが叶ったことは一度もなかった。毎日朝から晩までそうだったの。一四歳になった時、憧れが目覚めて――そうすると、私はお金持ちのカリアスのところへ連れていかれた、そこで私は寝たり、あちこち歩いた。驚き呆れるばかり、自分のこの身が恐ろしいようで、苛立って指を噛んだりしていたわ。それから私は恋した男に身を任せた。でもその男は、心の内は憎しみでいっぱいで、腸が煮えたぎっていたの、私がそれまでほかの男の持ちものだったからということで。それでこの恋は終わり。(62)

金持ちの愛妾だったライディオンは、真剣に恋をした男には、女の体に対する独占欲からくる嫉妬によって軽蔑され捨てられた。ライディオンは一人の人間でありながら、自分の「身体」と「精神」が自分のものにならないという惨めさを経験している。金持ちのカリアスも、ライディオンを捨てた男も、女を一人で所有しようとする。ライディオンが求めるのは、自分自身の内部における「からだ」と「こころ」の統一であり、自他の区別を超えた合一である。自分の「からだ」と「こころ」は誰のものでもあり、誰のものでもない。ライディオンは、自己が自己と本当の意味で重なりながら同時に、自己の外側にある世界と一つに融けあっていくような全体性の実現を求めている。彼女は、分裂した自己を克服して全体的な人間になるために、さらには外の世界＝全体と真に融和する自己となるために、いったん自己を捨てようとして男たちに身を任せる。そこに投影されているのは、「マリオネット」をめぐる考え方である。

ライディオン：でもまあ、恐ろしくないものといったら何があるのかしら？　私たちを踊らせるのが恐れでないとしたら、いったい何があるのかしら？　恐れが高いところから糸を垂らしていて、その糸が私たちの胴体の真ん中にしっかりと結びつけられているの。その糸が私たちをあちらこちらと引きずり回し、私たちの手足を宙に舞わせるのよ。私がマイナス（バッコスの巫女）に扮して、足を蹴り上げたり、腕や髪を星空に向かって振り上げたりする時、それが楽しいとでも思ってるの？　私を跳ねさせているのは恐れだということがわからないの？[63]

このマリオネットの喩えは、ハインリヒ・フォン・クライスト（Heinrich von Kleist, 1777-1811）の『マリオネット劇場について Über das Marionettentheater』（1810）を踏まえたものであることは山口庸子によって指摘されている。[64]クライストにおいては、マリオネットの持つ「優雅さ」が、「意識」を持たない「獣」や、逆に無限の意識を持つ「神」とともに、個の狭い意識にとらわれた人間のぎこちなさと対比されている。ホフマンスタールがデニスと出会い、彼女との会話を重ねながらクライストを想起したことは、やはり「架空の対話」の体裁で草案された『踊り子の会話 Die Gespräche der Tänzerin（断片メモ集）』（1907）にクライストからの引用が使用されていることからもわかる。

踊りは、（未開の人々とは逆に）目標の一つになっている。どのように私たちは、統一に回帰できるのだろうか。デニスには、神の内部のように、獣と同じような統一がある。（クライスト：マリオネット）[65]

2．ディオニュソス的陶酔

『恐れ／対話』の対話の最後で、ライディオンは、踊りながらトランス状態に陥る。その後に以下のような情景描写が続く。

彼女は腰をゆすり始める。なんとなく、自分が一人ではないことが感じられる。同じような人たちがたくさん周りにいるのだということが、彼らの神々が見守るなかで、みんな一緒に踊っているのだということが感じられる。娘たちは輪になって踊る。あたりはもう薄暗くなっている。木々から影が落ち、踊り狂っている群のなかに沈み込む。木々の梢からは、死者の霊を宿した大きな鳥が舞い立ち、踊りと一緒に輪を描く。踊っている女たちはこの瞬間、神々と同じくらい強い力を持っている。神々の腕や腰や肩が、踊りのなかに乗り移る。神々の青い死の網や赤珊瑚のような剣は、彼女たちの上には落ちないようになっている。彼女たちこそ、この島を生み出し、島から生まれ、死と生命を担う女だ。ライディオンはこの時、もはやいつもの彼女とは違っている。彼女の張りつめた顔には、何か恐ろしげな、脅かすような、永遠なものが窺われる。それは蛮族の神の顔だ。彼女の腕は恐るべきリズムとともに上下に打ち振られ、棍棒のように死の恐ろしさに満ちている。そして彼女の目は、耐え難いほどに張りつめた幸福に満ち溢れているようだ。その時彼女は、荒く小刻みな呼吸をして、ベッドに横になる。彼女の周りには小さな誰もいない部屋がある。そこには、現実と、ライディオンに小さな赤い毛布をかけてやっているヒュムニスがいるのみ。(66)

恍惚となって踊るライディオンの顔は、蛮族の神(67)、すなわち、ディオニュソス的な異教の神のものになる。彼女は恐れから踊り始め、踊りのさなかに個としての自我を失った瞬間、自己の内部にある他者との隔たりを克服し他者を含む外部の世界と一つに解け合う全体性を経験する。このような自我の喪失による全体性の獲得は、『エレクトラ』の最後のシーンと同種のものであるが、同時にこの件は、ニーチェが『悲劇の誕生』で表した蛮族の祭の描写も想起させる。ニーチェはショーペンハウアーの表現を借りて、アポロを「個体化の原理」の神と呼ぶ。(68)

なんらかの瞬間に、その「個体化の原理」の現れとしての「根拠の原理」からの逸脱が始まる時、現象認識の形式に迷走や錯乱が生じ、それが心に恐怖をもたらすという。(69)この恐怖と歓喜溢れる恍惚感との一体性が、ニーチェの言うディオニュソス的なものの本質にほかならない。ニーチェの言葉を引用する。

さらに陶酔というものの譬えを借りてくれば、これはもっとわれわれにわかりやすくなる。あらゆる原始人や原始民族が讃歌のなかで讃えている麻酔の飲み物の作用によってか、あるいはまた、全自然を歓喜をもってみたす春の力強い訪れに際してか、あのディオニュソス的な興奮が目ざめ、興奮が高まるにつれて、主観的なものは完全な自己忘却へと消え去っていく。たとえばドイツ中世において、やはり同じようなディオニュソス的な強烈な力にとらえられた群衆がしだいにその数を増しつつ、歌いながら、踊りながら、村から村へと波うっていった。聖ヨハネ祭や聖ファイト祭のたびに乱舞するこの群衆に、われわれはギリシア人のバッカス祭合唱隊（コロス）の面影を見る。このコーラスはすでに小アジアにその前史をもち、バビロンにさかのぼり、さらに狂躁乱舞するサカイエン族にまでさかのぼることができる。（…）ディオニュソス的なものの魔力のもとでは、人間と人間とのあいだの結びつきがふたたび回復されるばかりではない。人間から隔てられてきた自然も、敵視され、あるいは押さえられてきた自然も、あらためて、その家出息子である人間と和解の祭典を祝うことになる。（…）ベートーヴェンの『歓喜』の頌歌を一幅の画に変えてみるがよい。幾百万の人々がわななきにみちて塵にひれ伏す時、ひるむことなくおのれの想像力を翔けさせてみよ。そうすれば、ディオニュソス的なものの正体に接近することができるだろう。(70)

第Ⅰ章第2節4でも述べたように、ホフマンスタールがいかにニーチェのギリシア観にあるディオニュソス的なもの、バッコス信仰に関心を持っていたかは、彼が特にニーチェを熱心に読んでいた一八九二年から一九一八年までという長期間にわたって断続的に、『エウリピデスによる「バッコスの神女たち」』(71)を草案していたことにも現われている。ディオニュソス的陶酔のさなかにいるライディオンが経験するのは、一切の区別や対立が消えていく恍惚とした全体性の発現の瞬間である。ライディオンのこうした描き方には、ニーチェの『悲劇の誕生』の影響が見られるのである。

第3節　『ギリシア』

1．精神的な原点を探る旅

ホフマンスタールの精神的な原点ともいうべきギリシアへの旅について書かれたエッセイには、『ギリシアの瞬間 Augenblicke in Griechenland』（1908, 1917）があり、そこでは彼の教養の礎となっているアポロ的ギリシア観にもとづいた古典主義への懐疑、失望、そして新たに非合理主義的なギリシア像を見出そうとする姿勢が見られる。しかし、彼のギリシア関連作品のなかで最後に書かれた『ギリシア Griechenland』（1922）では、『ギリシアの瞬間』で提示された疑問に対応するかのように確信をもって、ディオニュソス的なギリシアの側面が語られている。

ギリシアへの旅は私たちが企てた旅のうちでもっとも精神的な旅だ。旅に出る時のひそかな下心には、たいがい官能めいた好奇心があり、実際いつもそうだった。だから、ギリシアの土地にまだ足を踏み入れるか入れないかのうちに私たちを出迎えたのは、夢にも思っていなかったもの、オレンジの花、アカシア、月桂樹、タイムの香りなどが入り交じったひどく東方的で眩惑的な空気だった。私たちはそこでほとんど異様な気分に襲われた。(72)

一九世紀以降、ドイツ語圏の教養市民文化の伝統において、古典ないしは規範と見なされてきたギリシアへの精神的紀行を企画したはずの「私」は、ギリシアに足を踏み入れた途端、東洋風のエキゾチシズムを湛えたギリシアの空気や香りに包まれ戸惑う。ここから実際の旅の行程と並行する形で、ギリシアをめぐる「私」の精神の内部における紀行が始まる。

ちょっと前まで、船がシチリアの「大ギリシア」の海を走っている時までは、ゲーテが私たちに同行していた。イタリアの岸辺が私たちの背後に遠のいた時、ゲーテはあとに残った。不意にゲーテはローマ人だったのかと思えてくる。(…)ゲーテが一度も実際の古代を、紀元前五世紀の彫刻を見たことがなかったことを、私たちは思い出す。彼がヴィンケルマンとともに、これが古代であると当てはめていたあの明朗さは、私たちにとってはドイツ精神の特定の瞬間状態を言い表したものであって、それ以上のことではない。しかし私たちにより暗く、より野性的な古代を見せてくれた、前世紀の偉大な知識人たち――彼らの直観もまた突然、昔日の光芒を放たなくなってしまった。ブルクハルト、その同郷人バッハオーフェン、またローデ、フュステル・ドゥ・クーランジュ。(73)ギリシア人の魂の深淵を比類なく解き明かしてくれたこれらの解釈者、墓穴のなかの世界を照らし出した煌々たる炬火――しかしここにあるのはそれとも少し違うものだ。こここには墓穴などない。あるのは燦々たる光だ。あの人たちはこの明るい光のなかで呼吸したことはなかった。彼らの幻想さえ、この輝きのなかでは鉛のように色あせて見える。私たちは彼らを置いていく。（…）人は私に言う。これは小アジアの光、パレスチナの、ペルシアの、エジプトの光なのだ、と。そして私は理解する。数千年来、私たちの内的な運命を決めてきた歴史が一つの統一体だということを。暗い墓穴に象徴される過去の世界にあるのは、燦燦たる光だった。ギリシアにあったのは、ヨーロッパの「墓穴」ではない。「小アジアの光」だった。(74)

自分たちの世界とは違い、外の世界として区別してきた「小アジア」＝オリエントが、このギリシアの地で、「私たちの内的な運命」となり、「数千年の隔たりを飛び越して」「唯一無二の旋律の一部のように統一ある一連の流れとして見えて(75)」くると「私」は感じているのである。

ここにはオクシデントだけがあるのでも、オリエントだけがあるのでもない。私たちは二つの世界に属しているのだ。(76)

と、このように、かつてギリシアにおいては西洋と東洋が融合していたことが明言される。

2. 西洋と東洋の融合

次に「私」は大理石像の前に立ち、これらの作品に対して、西洋がギリシアというものを、あまりにも均衡と調和からなる古典主義的ギリシア像の源泉という観点からのみ見すぎているのではないかと反省する。

あるいは私たちはこの像に、あまりに多く私たち西欧人の意識を、私たち西欧人の「魂」を、付与しすぎているのかもしれない。[77]

古典主義的ギリシア像は、ひょっとすると西洋の主観的な感情移入の産物にすぎないのかもしれない。「私」は、西洋人が精神性だけを読み取ってきた大理石像から、精神の下位に置かれ「道具」と見なされてきた「身体器官」にも、言語にひけをとらない表現能力が備わっていることを看取する。

手は器官であり、道具であるには違いない。しかし言葉と比べて、より曖昧で、精神性に欠けた器官というわけではない。(…)本当に、ここでは精神の軌跡と肉体の軌跡とが、同じ一つの道を通っている。[78]

この箇所は、『ギリシアの瞬間』の、「3. 立像たち Die Statuen」で、表面的なエロスを超えた身体美を見出す瞬間を描いた箇所と呼応し、さらにそこに精神と肉体の統一を見ている。これはまさに、ニーチェの「大いなる理性」としての身体観に対応しているといえよう。

ホフマンスタールの非西洋的身体表現への関心については、第Ⅳ章で詳しく考察するが、ここでは、それまで東洋にはあるが西洋にはないと考えられていた豊かな身体表現が、もっとも西洋的とされてきた古典ギリシアの古典的な彫像にも見出された驚きと同時に、古代ギリシアの世界に古典主義的な精神性だけを読み取ろうとする姿勢に対する反省が述べられていることを確認したい。

さらにこのエッセイの最後で「私」は、「東方《オリエント》」キリスト教会であるビザンチン教会の祈りの姿と聖歌のメロディーに、西洋と東洋の融合を感じ取っている。

私たちは、現在の真っ只中にいた。私たちを取り囲んでいたのは、東方のキリスト教会の神聖な伝統だった。しかし、お辞儀の独特の身振り、尊厳さ、言葉の響き、リズム、つまり跪拝はビザンチンのものでもあり、ビザンチンより古いものであった。(…)私たちは、こんなにもあの没落した異教の世界から遠くにいたことはなかった。そして実際あの世界がこんなにも近くに感じられたこともなかった。(79)

遠い古代という過去に思いを馳せていた「私」は、突然、自分が現在の時間にいることに戸惑いに近い驚きを感じる。遠いと思っていた「過去」=「異教的な世界」=「オリエント」が、自分たちの「現在」=「キリスト教世界」=「オクシデント」に意外にも近いことを悟るのである。このようにして、「私」のなかで「オクシデント」と「オリエント」の間の境界線が薄らいでいく。第Ⅳ章で述べるように、ホフマンスタールは非西欧的身体表現への関心のなかでも、東方のキリスト教会の修道僧のお辞儀の際の跪く身振りに関心を寄せている。このようにホフマンスタールのギリシア物では最後となったエッセイ『ギリシア』では、西洋的なものと東洋的なもの、精神的なものと身体的なものが融合した理想の古代ギリシアが描き出されている。

以上考察してきたように、ホフマンスタールのギリシア関連作品には、ニーチェ、バッハオーフェンの流れを汲む古代ギリシアのオリエント的側面、ディオニュソス的な世界が描かれている。これはヨーロッパの文化的閉塞状態からの脱却を目指しての試みと捉えられる。

しかし、ホフマンスタールにとっての「未知の世界」オリエントへの関心は、その東端にある日本にまで及んでいる。次章では、ヨーロッパにおける日本像の変遷を確認し、ジャポニスムの流行したウィーンにおいて、ホフマンスタールの創作活動に影響を与えた日本のイメージとはいかなるものであったかを考察する。

注

（1）Jens, Walter: Hofmannsthal und die Griechen. Tübingen 1955., S.125.

（2）Hofmannsthal: SWVII, S.303ff.

（3）Hofmannsthal: SWVII, a.a.O. 批判版集の成立史解説、ならびに HGWIII, S.452.

（4）Hofmannsthal: a.a.O., S.304.

（5）Hofmannsthal: a.a.O., S.304. しかし、ホフマンスタールが所持していたテューディフム訳ドイツ語版は所在不明である。

（6）本書では、クリュタイムネストラ、オレステス、アイギストスをドイツ語表記の発音で表記する。

（7）大芝芳弘「エーレクトラ」解説『ギリシア悲劇全集』4、岩波書店、一九九〇年、四三〇頁。

（8）『エレクトラ』の場合、最初は舞台用の「翻訳」をするつもりでいたが、その後「翻案」に変わった。それは、一九〇一年九月初頭のシュレジンガー宛ての手紙には Übersetzung という言葉を使っているのに対し、一九〇一年一〇月四日の父親宛の手紙では Bearbeitung に変化していることからわかる（Hofmannsthal: SWVII, S.305.）。

（9）Hofmannsthal: Die Bühne als Traumbild. GWRAI, S.490-493.

（10）Hofmannsthal: a.a.O., S.490-493.

（11）Hofmannsthal: a.a.O., S.490.

(12) Hofmannsthal: a.a.O., S.491.

(13) Heininger, Konstanze: »Ein Traum von großer Magie« Die Zusammenarbeit von Hugo von Hofmannsthal und Max Reinhardt. München 2015.

(14) Hofmannsthal: SWVII, S.462.

(15) Hofmannsthal: Ein Traum von großer Magie, SWI, S.52f.

(16) Hofmannsthal: Authentische Vorschriften zu „Elektra". SWVII, S.379-380.

(17) Hofmannsthal: a.a.O., S.379-380.

(18) Hofmannsthal: a.a.O., S.380.

(19) Szabó, László V.: „--eine so gespannte Seele wie Nietzsche" Zu Hugo von Hofmannsthals Nietzsche Rezeption. a.a.O., S.69ff.

(20) Günter, Timo: Vom Tod der Tragädie zur Geburt des tragischen. Hugo von Hofmannsthals „Elektra". In: Deutsche Vierteljahresschrift für Literaturwissenschaft und Geistesgeschichte 79, 2005, S.96-130.

(21) Brittnacher, Hans-Richard: Hofmannsthals Elektra. Rückblick auf den Mythos als Vorgriff auf die Moderne, S.161.

(22) 「ギリシア人は、今日のわれわれが知っているような観客や観衆を知らなかった。ギリシアの劇場においては、観客席が舞台の中心に向かって半円形をなし、外側に向かって階段状に高くなっているので、だれでもが周囲の文明世界全体を文字通り無視して、心ゆくまで舞台を見つめながら、自分自身をコロスの一員であるかのように錯覚することができたのである。このように解すれば、コロスは、悲劇の原型ともいうべきごく初期の段階においては、ディオニュソス的人間の自己反映であったということができよう。自己反映という現象は、俳優の心理過程を考えれば、もっとも明瞭に説明がつく。（…）サティロス・コロスは、なによりもまずディオニュソス的大衆の幻影であり、ひるがえって舞台の世界はこのサティロス・コロスの幻影である。この幻影の力はきわめて強力であり、「現実」の印象にたいして、すなわち周囲の見物席にぐるりと陣取っている教養人にたいして、その視力をにぶらせ、麻痺させるに十分である。」西尾訳では「コーラス」となっているが、本書の表記に合わせコロスとした（フリードリヒ・ニーチェ〈西尾幹二訳〉『悲劇の誕生』中公クラシックス、二〇〇四年、六六頁）。

（23）Szabó: a.a.O., S.87.
（24）Nietzsche, Friedrich: Die Geburt der Tragödie. KSA1, S.54. ニーチェ、前掲書、五七頁。
（25）Szabó: a.a.O. S.87.
（26）ソフォクレス（大芝芳弘訳）「エーレクトラ」『ギリシア悲劇全集』4、岩波書店、一九九〇年、四三〇頁。
（27）Hofmannsthal: Elektra. SWVII, S.63ff.
（28）Hofmannsthal: SWVII, S.325.
（29）Hofmannsthal: SWVII, S.305.
（30）ホフマンスタールの『ばらの騎士』『ナクソス島のアリアドネ』『影のない女』などのオペラ作品では、主役または複数の主役級の役柄が女性になっていることが多く、男性の存在感の薄さが目立つ。しかしこれは、R・シュトラウスが、ギャラが高いなどの理由からテノール歌手を避ける傾向にあったことも影響している。
（31）Brittnacher, Hans-Richard: Hofmannsthals Elektra. Rückblick auf den Mythos als Vorgriff auf die Moderne. S.161.
（32）Jens, Walter: Hofmannsthal und die Griechen, S.56. イェンスは、エディプスと比較して、苦悩深きエディプスでさえ、エレクトラのように孤独ではないと指摘する。
（33）Hofmannsthal: SWVII, S.66.
（34）Fuhrich-Leisler, Edda: Zur Bühnengeschichte der Dramen Hofmannsthals. In: Mauser, Wolfram（Hg.）: Hofmannsthal-Forschungen 6. Wien 1981, S.13ff. また、キリストは実がならないいちじくの木を切り倒すのではなく、実がなるように世話をし、肥料を与え、育てたことから、いちじくは、イスラエル、または再臨・終末の喩えとされている。
（35）Hofmannsthal: SWVII, S.66.
（36）ヴォルプスは、ホフマンスタールがフロイトとブロイアーの『ヒステリー研究』を熟読していたことから、ホフマンスタールのエレクトラのモデルが、この研究書の症例モデル、アンナ O嬢（Berta Poppenheim）であったとしている。父を溺愛していたアンナ Oは、父が不治の病に倒れた時、自分の体調を崩すほど献身的に看病した。ところがその後、母は父が死んだことを、アンナ Oに内緒にしたため、彼女の精神は分裂し、母を憎むようになったと言われる（Wolbs, Michael: a.a.O., S.

280.)。

（37）Jens: a.a.O., S.57.

（38）Jens: a.a.O., S.58.

（39）Hofmannsthal: Elektra. SWVII, S.66.

（40）Marschall, Susanne: a.a.O., S. 46.

（41）Jens: a.a.O., S. 58.

（42）Hofmannsthal: SWVII, S.68.

（43）Hofmannsthal: a.a.O., S.71.

（44）Hofmannsthal: a.a.O., S.71.

（45）Hofmannsthal: a.a.O., S.71.

（46）Hofmannsthal: a.a.O., S.74.

（47）「女は紫と赤の衣を着て、金と宝石と真珠で身を飾り、忌まわしいものや、自分のみだらな行いの汚れで満ちた金の杯を手に持っていた。」（『ヨハネの黙示録』第17章4節）。フランソワーズ・メルツァーは、ユイマンスが言葉で説明したモロー画の「サロメ」の描写と新約聖書のバビロンの淫婦についての表現の親近性を指摘している（フランソワーズ・メルツァー〈富島美子訳〉『サロメと踊るエクリチュール――文学におけるミメーシスの肖像』ありな書房、一九九六年、四一頁）。

（48）サイードによると、エジプトは一七九八年のナポレオンのエジプト遠征以来、『エジプト誌』の刊行で知識が普及したことにより、オリエンタリズムの中心的舞台となっていた。したがって、エジプト女性はオリエント的なエキゾチックな魅力の代名詞だったと考えられる。たとえば、エドワード・ウイリアム・レインの『現代エジプト人の風俗習慣』は、ネルヴァル、フローベールなどの著作家によって読まれ引用されていたという。エジプトについてでなくとも、オリエントについて書いたり考えたりする時には、誰もがレインを引用しなければならなかった。フローベールがエジプト人娼婦クチュク・ハネムの肉体を所有するだけでなく、彼女の代わりに語り、彼女がどれほど「典型的にオリエンタル」であるかを紹介＝表象させることでオリエントを支配したとしている（エドワード・W・サイード〈板垣雄三・杉田英明監修、今沢紀子訳〉

『オリエンタリズム』上巻、平凡社、一九九三年、二七、六三、一〇五頁）。
（49）Jens: a.a.O., S. 60.
（50）Hofmannsthal: Elektra. SWVII, S.75.
（51）Hofmannsthal: Elektra. SWVII, S.76.
（52）Hofmannsthal: Elektra. SWVII, S.76.
（53）Brittnacher: a.a.O., S.167.
（54）Hofmannsthal: Elektra. SWVII, S.78.
（55）Blome,Eva: a.a.O., S.281ff.
（56）Hofmannsthal: Elektra.SWVII, S.109.
（57）Hofmannsthal: a.a.O., S.109.
（58）古代ギリシアのディオニュソスの密議における欄淫・乱舞を伴う忘我的陶酔状態のこと。
（59）Szabó: a.a.O., S.87. および Hofmannsthal: Ad me ipsum. GWRAIII, S.608
（60）ヴェルナー・フォン・シュテークマン（Stegmann, Werner von）「世界の文学に登場するエレクトラ像」［文化庁芸術祭執行委員会主催オペラ『エレクトラ』（R・シュトラウス作曲）プログラム］新国立劇場、二〇〇四年一一月、一九頁。
（61）Hofmannsthal: Furcht. SWXXXI, S.121.
（62）Hofmannsthal: Furcht. SWXXXI, S.122.
（63）Hofmannsthal: Furcht. SWXXXI, S.123.
（64）山口庸子『踊る身体の詩学――モデルネの舞踊表象』名古屋大学出版会、二〇〇六年、一〇頁。
（65）Hofmannsthal: Gespräche der Tänzerin. SWXXXI, S.175.
（66）Hofmannsthal: Furcht. SWXXXI, S.125.
（67）古代ギリシアでは、ギリシア以外の民族は蛮族（Barbar）と呼ばれていた。
（68）Nietzsche: KSAI, S.28. ニーチェ、前掲書、一〇頁

(69) 西尾幹二によると、根拠の原理 der Satz vom Grunde は、ショーペンハウアーの「充足根拠の原理」を指す。ショーペンハウアーによれば、現象界を支配する原理は、1.「生成の充足根拠の原理」すなわち「因果律」、2.「認識の充足根拠の原理」すなわち「論理法則」、3.「存在の充足根拠の原理」すなわち「時間、空間の純粋直感」、4.「行為の充足根拠の原理」すなわち「動機づけの法則」の四つに分けられるという（ニーチェ、前掲書、西尾による訳注参照、一五頁）。

(70) Nietzsche: KSA, S.29. ニーチェ、前掲書、一一～一二頁。

(71) Hofmannsthal: Die Bacchen nach Euripides. SWXVIII, S.47ff.

(72) Hofmannsthal: Griechenland. HGW. Prosa IV, S.152.

(73) Numa Denis Fustel de Coulanges（1830-1889）、フランスの中世研究者。

(74) Hofmannsthal: Griechenland. HGW. Prosa IV, S.152ff.

(75) Hofmannsthal: a.a.O., S.152ff.

(76) Hofmannsthal: a.a.O., S.160.

(77) Hofmannsthal: a.a.O., S.161.

(78) Hofmannsthal: a.a.O., S.161. なお太字強調は、原文に倣っている。

(79) Hofmannsthal: a.a.O., S.66.

第III章 ホフマンスタールの日本像とその変遷

この章では、ホフマンスタールにとっての「日本」という表象の意義とその変化を考察する。ウィーンではパリに遅れて、美術のみならず工芸分野でジャポニスムが流行した。ラフカディオ・ハーンの愛読者だったホフマンスタールは、ハーンや岡倉天心の著書から日本の風習や文化についての情報を得ていた。彼は、その知識をどのようにイメージとして膨らませ、ヨーロッパの文化危機脱出のヒントになるような形で作品に反映させていったのだろうか。それらを考察するにあたって、まず一九世紀末のジャポニスムの流行以前に、日本がどのような形でヨーロッパに紹介され、そのイメージを形成させるに至ったかを概観する。

第1節　ジャポニスム以前の日本への関心

1．ヨーロッパにおける日本学

マルコ・ポーロの『東方見聞録』によって、ヨーロッパに日本の存在が知られることになったが、その後一六世紀には、長崎で布教活動をしていたイエズス会の宣教師たちによって、多くの日本の気候、文化、日本人の生活などに関する記録が残された。また、これらの膨大な記録については、ペーター・カピッツァー（Peter Kapitza）の『ヨーロッパ人の眼に映じた日本 Japan in Europa』（1990）[1]という資料集に詳しい。しかし、カピッツァー自身も述べているように、このなかに収められたおびただしい数の貴重な資料が、ヨーロッパにおける東洋学（Orientalistik）および日本学（Japanologie）で研究対象として重要視され始めたのは、一九八〇年代以降である。したがって、ホフマンスタールの精神的フィールドに焦点を置いた本節では、一九世紀に一般的に手に取ることができた百科事典を手がかりにして、ジャポニスムが流行するまでの日本についての情報を検討することから始める。

一八三四年版ブロックハウスの『総合学術芸術百科事典 Allgemeine Encyklopädie der Wissenschaft und Künste』[2]の「オリエント研究 Orientalische Studien」という項目には、ヨーロッパの人々が開国前の日本についてどのような経路で知識を得ていたかについての記述がある。フリューゲル（Gustav Flügel, 1802-1870）によるこの項目全体は五〇頁にもおよび、ヨーロッパにおける一九世紀前半までのオリエント研究史の概説になっているが、その最終部分に、中国に続いて日本についての記述が約一頁ある。[3] ここには、ヨーロッパにおいては、中国研究とほぼ同じ一六世紀に、イエズス会の宣教師たちによる日本（語）研究が始まっていたことが記されている。一七世紀になると宣教師たちが日本に移住することで日本国内のキリスト教徒は増えたが、彼らは幕府による迫害を受け、死刑によって根絶された。しかし、長崎港だけはオランダと中国との船舶貿易が許可されており、そこにポルトガルのイエズス会が創設され、その印刷所と、のちに設置された天草の印刷所から出版された六冊の書籍についての情報が記されている。[4]

日本史についての研究書では、ベルンハルト・ファーレン（Bernhard Varen(ivs), 1622-1650）の『日本王国およびシャム王国案内記 Descriptio Regni Japoniae et Siam』が挙げられている。さらに、日本でも名の知られている医師エンゲルベルト・ケンペル（Engelbert Kaempfer, 1651-1716）にふれ、「この島国についての詳細な知識に関しては、死後出版され、ヨハン・カスパール・ショイヒツァー（Johann Caspar Scheuchzer, 1702-1729）によって英語に翻訳された、『日本誌 History of Japan』の著書の右に出るものはいない」と記されている。[5]

また一七二〇年頃には、シャルルヴォワ（P. de Charlevoir, 1682-1761）によって、その後一八世紀末に日本の研究書が数冊書かれ、それらが日本の生活や宗教体制、文学についてヨーロッパへ紹介した意義はたいへん大きいとしている。その理由として、日本においては、学問や美術、教育が盛んで、それは当時アジア全体で中国と並んで最高水準、いやおそらく中国よりも高い水準にあり、手工芸品に至っては日本のものに勝るものはないからだとある。(6)

概してドイツ語圏の百科事典には、日本は学術、美術、工芸において非常に優れた国だという記述が目立つ。このような情報がヨーロッパの人々に日本に関する肯定的なイメージを植えつけ、一九世紀後半のジャポニスムの基礎を作ったと考えられる。

現在、ドイツ語圏の大学には二十の日本学(Japanologie)科があり、日本研究の拠点となっている。ドイツ語圏で初めてハンブルク大学に日本学講座が創設されたのは、一九一四年である。「お雇い外国人」として来日し、東京大学でドイツ語やドイツ文学、比較言語学などを講じたあとドイツに帰国したカール・フローレンツ(Karl Adolf Florenz, 1865-1939)が、ハンブルク大学の「植民地研究所 Kolonialinstitut」内の「日本の言語と文化」というゼミナールを担当した。

2. ウィーンにおける日本学

ウィーンのジャポニスムが引き起こされた直接的な契機になったのは、ウィーン万国博覧会(1873)である。日本は、一八六一年にプロイセンと修好通商条約、六九年にはオーストリアと修好通商航海条約を締結した。しかしこれらは、外国人裁判権、日本に居住するオーストリア＝ハンガリー帝国民に対する治外法権、低税率の関税規定など、日本側にとっては極めて不平等な内容を有していた。だが、日本側としては国際政治面で列強と肩を並べるために、その前提条件として産業を発展させ、経済力をつけることが必要不可欠だった。そのような折、一八七三年に向けて企画されたウィーン万博は、日本が国際社会で自国の産業をアピールするための願ってもない機会であった。前年の七二年一月、日本がウィーン万博に正式に招待されることが発表されると、すぐに東京に万博委員会が発足された。全国各地から最上の物品を展示品として集められ、湯島大聖堂で周到に展示リハーサルまで行われ、それら展示品は送られた。[7] ウィーン万博では、日本部門のシンボルとなった名古屋城の金の鯱を始め、日本から出展されたものの人気は高く、とりわけ工芸品がたいへんな売れゆきで、賞やメダルを獲得したという。[8] この万博がウィーンにおけるジャポニスムの火つけ役となるのだが、ウィーンでジャポニスムが流行するまでの流れや、パリのジャポニスムとの本質的な違いについては次節で詳しく述べるとして、ここではウィーンにおける日本学の発展についてふれておく。

　日本研究の先駆者としては、先述した一七世紀のケンペルがいるが、東インド会社から日本に派遣されたシーボルト（Philipp Franz von Siebold, 1796-1866）が膨大な日本の研究資料を携えてドイツに帰国、そのうち約六〇冊が帝室図書館に寄贈されたことも、ドイツ語圏、とりわけウィーンにおける日本研究の黎明期に貢献している。[9] この六〇冊のなかには、一六世紀にポルトガル人イエズス会宣教師ロドリゲス（João Rodriguez, 1561-1634）が編纂した日本語の文法書（Arte da lingua de Iapam）が含まれており、それがウィーンの東洋学者アウグスト・プフィッツマイアー（August Pfizmaier, 1808-1887）の日本に関する翻訳・研究書の基礎となっている。一八四七年には柳亭種彦の『浮世形六枚屛風』のドイツ語翻訳が『無常の世間の形をした六枚の屛風 Sechs Wandschirme in Gestalten der vergänglichen Welt』という表題で出版されている。これは日本文学としては初めてのドイツ語訳書籍である。この翻訳によってプフィッツマイアーは、ウィーンにおけるウィーン研究の礎を築いたとされる。これを契機にプフィッツマイアーは、日本に関する膨大な数の翻訳（『万葉集 Manyoshû』『古事記 Kojiki』『伊勢物語 Isemonogatari』『枕草子 Makura no

Sōshi』『和泉式部日記 Izumi Shikibu no Nikki』）や研究書を発表した。プフィッツマイアーの功績は非常に大きいが、残念なことにその後しばらく彼の後継者が育つような条件は整わなかった。その理由として、プフィッツマイアーの翻訳が文法面、語彙面において、あまりに日本語に忠実すぎ、原語に引きずられすぎていて、読解が困難で文章の美しさにも欠けたので、次世代の研究者のやる気を喚起しなかったことが挙げられる。[10]

プフィッツマイアーに並ぶウィーンにおける日本研究黎明期の学者として、言語学者のアントン・ボラー（Anton Boller, 1811-1869）がいる。一八五七年、彼は現在完全に否定されている「日本語の起源はウラル・アルタイ語族に属する」という仮説を、[11]『帝室学術アカデミー　哲学・歴史教室学会報告集 Sitzungsberichte der philosophisch-historischen Klasse der kaiserlichen Akademie der Wissenschaften』に発表した。[12]

このように日本の開国直前には、ドイツ語圏、とりわけウィーンで少しずつ学術的な日本研究の萌芽が見られた。普通に考えればそれが、開国、オーストリア＝ハンガリー帝国東アジア使節団による日本訪問、そこからの修好通商航海条約締結という政治的な交流の開始によって弾みがつき、大学における日本学科の創設に結びつきそうである。しかし、三井男爵財団の支援を受けて初めてウィーン大学に日本学科が創設されたのは一九三九年だった。このようなタイムラグの原因は、一八六九年の日墺修好通商航海条約の締結そのものが、オーストリア＝ハンガリー帝国としてみれば、他の植民地保有国が植民地と交わした条約の模倣にすぎず、自国の権力圏外にある極東の国々には、実際にはあまり関心がなかったからだといわれる。[13]列強から見れば、日本のような新興国は研究対象にはならないほど小さな存在だった。サイードのオリエンタリズム概念との関連でいえば、知識／権威による支配が作用するような研究価値も見出されないほど、遠くにあったということだろうか。国際政治レベルでの日本の存在感の小ささが、学術界にも影響を及ぼしていたのだろう。

ただしこの間に、日本研究がまったく進まなかったわけではない。ゼップ・リンハルト（Sepp Linhart）が指摘するように、[14]一八六九年から一九三九年までの七〇年間に、オーストリアも日本も国際関係面での位置づけが大きく変化していることは考慮しなければならない。ハプスブルク帝国が崩壊した一九一八年を境に、それ以前のオーストリア＝ハンガリー帝国と日本との関係と、継承国オーストリア共和国と日本との関係は、分けて考えなければならず、特に本章第2節以降でホフマンスタールの人生における日本像の変化を考察するためには、その前提を把握しておく必要がある。

前述したように、帝国崩壊前に大学に日本学科を創設するような動きが起きなかったのは無理もない。しかし、学術面での個人的な成果としては、オーストリア＝ハンガリー帝国東アジア使節団の学術委員長を務めたカール・リッター・フォン・シェルツァー（Karl Ritter von Scherzer, 1821-1903）による日本の農業、運輸、交通、経済領域についての最初の地誌学的なハンドブックの編纂が挙げられる。この時期、芸術界ではジャポニスムの流行が起こっている。それは、次節で述べるように、単にオリエンタリズム的な興味に起因する学術権威が主体になったのではなく、歴史主義という借用様式に甘んじていたウィーンの芸術家たちが、自分たちの様式を求めて、そのヒントを日本の文化・芸術に探していたからであろう。

帝国崩壊後、一九一八年から三八年の間、つまり大戦間のオーストリア第一共和国対日本の関係になると、小国になってしまったオーストリア側は、駐日オーストリア大使を駐在させず、[15]駐米オーストリア大使が日本も管轄していたのに対して、日本側は一九二〇年にオーストリアに公使館を再び開館している。リンハルトは、このような両国の外交代表部の在り方の変化に、帝国崩壊後の経済状態の悪化したオーストリアと、日露戦争および第一次世界大戦の戦勝国として経済的に躍進した日本との力関係の逆転を見ている。[16]

このように、民間レベルでは、開国後まもなく始まった文化・学術交流や、ウィーン万博を契機としたジャポニスムという芸術的潮流がウィーンで大流行したが、国立大学という公的機関で、日本文化や文学を対象とした日本学科が創設されるには、国際社会における日本とオーストリアの位置づけや経済力の変化が大きく影響し、年月を要した。

第2節　「若きウィーン派」とジャポニスム

1．「ジャポニスム」の概念の変遷

本節では一九世紀末ウィーンのジャポニスムの特徴を押さえるとともに、ホフマンスタールもその一員だった、「若きウィーン派 Jung-Wien」が、当時流行していたジャポニスムにどのように関わっていたかを分析する。

周知の通り、ジャポニスムは一九世紀半ばにパリで生まれた芸術潮流である。ジャポニスムという概念の創始者は、パリの美術蒐集家かつ美術評論家のフィリップ・ビュルティ（Philippe Burty, 1830-1890）である。[17] その後、サミュエル・ビング（Samuel Bing, 1838-1905）や林忠正（1853-1906）ら美術商の働きによって、ジャポニスムは普及していったといわれる。

ところで、デランク（Claudia Delank, 1853-1906）によれば、ジャポニスムという語の意味も時の流れとともに変化した。一八七〇年代には、

①日本のあらゆる芸術的な産物とそのイミテーションへの偏愛

②日本に由来するエキゾチックなモティーフへの偏愛
③日本の浮世絵から様式および構成の上で刺激を受けた画家たち、特にフランス人画家への「影響」[18]

という複数の意味を持っていた。その後、ジャポニスムの概念は、もっぱら芸術における日本の「影響」という意味で用いられたが、一八九九年、ヴォルデマール・フォン・ザイドリッツ（Woldemar von Seidlitz, 1850-1922）が、「ヤパニスムス Japanismus」というドイツ語に変え、一八七〇年代とはさらに違った複数の意味で次のように使った。

この語はさまざまな意味で用いられている。ある者はそれを日本の芸術的な産物とのアカデミックな取り組みと解しているし、他の者は自国の芸術による日本の芸術作品の模倣であると、さらに他の者は日本の作品の観察から引き出されるところの、特定の美的な信仰告白とみなしている。[19]

ここからドイツ語圏では、フランス語の「ジャポニスム le japonisme」とザイドリッツの「ヤパニスムス Japanismus」が混ざった、「ヤポニスムス der Japonismus」という名称が一般的になったという。[20]

ドイツ語圏の芸術領域におけるジャポニスムは、ウィーンでもっとも早く開始した。英仏での印象派を中心とした第一波が過ぎた一八九〇年代から、ドイツのジャポニスムが主にユーゲントシュティールのグラフィック、工芸デザインを中心に始まったのに対して、[21]オーストリアのウィーンでは一八七三年のウィーン万博の開催が契機となって、ジャポニスムが始まる。さらに国家としてオーストリアが日本に抱いた関心の一例として、前節でも述べたように、一八六八年から七一年にかけてのカール・リッター・フォン・シェルツァー（Karl Ritter von

Scherzer, 1821-1903）のオーストリア＝ハンガリー帝国東アジア使節団の旅行がある。

ところで、一口に「ジャポニスム」とはいっても、一八七〇年代にウィーンで起こった初期ジャポニスムとフランスのジャポニスムには相違があり、その違いにふれておかなければならない。パリではゴンクール（Edmond de Goncourt, 1822-1896）、ブラックモン（Félix Bracquemond, 1833-1914）など、印象主義の理論の枠内でジャポニスムを把握していた人々や、一八五〇年代からすでに日本の浮世絵に関心を持っていたシャルル・ボードレール（Charles-Pierre Baudelaire, 1821-1867）やエルネスト・シェノー（Ernest-Alfred Chesneau, 1833-1890）など、日本美術を世界の美術史のなかに位置づけた芸術家や美術史家がいた。(22) それに対してウィーンでは当時、リングシュトラーセ沿いの建築物に代表される、過去の様式を借用する歴史主義が主流であったため、「日本風」という外国の様式も、一借用様式として歴史主義に組み込まれて認識されただけであった。(23)

ところが、一八七三年のウィーン万博に日本が出品したことで、状況は大きく変わる。万博で展示された品々が芸術産業博物館（das k.k.Österreichische Museum für Kunst und Industrie）のコレクションとして保存され、展覧会のたびに人々に紹介された。ちょうどその時期、芸術産業博物館に隣接する付属工芸美術学校に、グスタフ・クリムト（Gustav Klimt, 1862-1918）が通っていた。写実的な技法で歴史主義的な絵画を制作していたクリムトの芸術が、いつどのように日本美術に接近していったのか詳細な経緯はわかっていないが、(24) やがて日本の文様のモティーフなどを自分の絵画のエロスの表現などに応用するようになり、(25) それはこの時期、同博物館で日本の美術工芸品を見て多大な影響を受けたのではないだろうか。このようにして、パリにかなり遅れてではあるが、一九〇〇年頃に、ウィーンのジャポニスムは起こった。さらにそこに文学者の介在があり、ジャポニスムについての議論が活発に交された。

2. バールと日本文化

一九世紀から二〇世紀への転換期のウィーンには、「若きウィーン派」と呼ばれた一群の文学者たちがいた。彼らは、批評家ヘルマン・バールを中心に、「モデルネ」を合言葉に活動していた。ホフマンスタールもこの「若きウィーン派」の一員であった。彼らの父親世代は、教養市民階級と呼ばれた上層ミドルクラスが多く、彼らは幼少の頃からリングシュトラーセを中心とした劇場、美術館、博物館、オペラハウス、コンサートホールに通い、教養芸術のなかで育ったため、たいへん繊細な感性を身につけていた。

ところでバールは、芸術アカデミーから離反したクリムトなど若手の造形芸術家たちが一八九七年に結成した「分離派（ゼツェシオン Secession）」運動も支援していた。[26] 分離派は、第六回展覧会として一九〇〇年一月二〇日から約二〇日間、「日本美術特集展」を開催する。この時、分離派の機関誌『ヴェル・サクルム（聖なる春）』では、二度にわたって日本特集が組まれた。一回目の第二巻第四号には、文学者エルンスト・シューア（Ernst Schur, 1876-1912）の「日本美術の精神」という評論が載せられている。西村雅樹によると、この評論の「基調をなすのは、西洋近代合理主義への懐疑であり、それと裏表の東洋文化、ことに日本文化への憧憬[27]」がみられるという。

自然に対する日本人のこの帰依は、宗教的な深みを帯びている。日本美術は世界観を内に擁している。（…）そこには汎神論的な要素がある。人間という存在は、そこから完全に消え去ってしまう。[28]

また、展覧会実行委員長のヨーゼフ・エンゲルハルト（Josef Engelhart, 1864-1941）は、「日本美術特集展」の趣旨として、自然の単なる再現ではない、自然主義を超える様式が求められているとして、それが日本の芸術に見出されたと述べているという。[29]

自然を単純化し、本質そのものに還元するということが唱えられた。芸術の領域の開拓者たちは、自分たちを形成し直し、内から変革するにあたって、手本を探し求めた。探していたものは、東方のごく古い文化に、日本の芸術に見出された。[30]

西村の報告によると、主催者も認めるように日本美術の紹介は、パリを始め各地で行われており、けっして目新しいものではないが、ウィーン分離派では造形芸術の領域でも日本を介した自然主義の克服が問題にされていることが特徴として挙げられるという。[31] この自然主義の克服というのは、文学領域においてはバールの主張と重なることに西村は着目している。

一八九七年の分離派設立時から、分離派を支持してきたバールは、この「日本展」について二回に分けて『オーストリア国民新聞 Österreichische Volks-Zeitung』に批評文を掲載している。バールはここで、一八六七年のパリ万博以降のジャポニスムは、一八世紀の異国趣味とは違い、芸術の本質に関わるものだと述べ、[32] 日本絵画がヨーロッパ絵画に与えた影響として次の三点を挙げている。

①ヨーロッパ絵画の技法（影や遠近法による幻惑、幻影）の否定
②新しい色彩感覚
③鑑賞者の想像力に働きかける力[33]

西村も注目するように、バールはこれら日本絵画から学んだことがヨーロッパにとって初めてのものではなく、ただ忘れていたことであり、日本の浮世絵などよりさらに古い古代ギリシアの壺絵に当てはまると言っているのが興味深い。

ではここで、古代ギリシアの壺絵が、一九世紀末のダンス界に与えた影響について述べておこう。古代ギリシアの壺絵は、従来のクラシック・バレエとは違った身体の動きを求めた世紀転換期のモダン・ダンスの先駆者たちが、貞奴の舞踊などと並んでヒントにした重要な素材の一つである。[34] 第Ⅳ章で考察するが、ホフマンスタールは、貞奴の舞踊に古代ギリシアの儀式に共通するものを見ている。[35] このことからバールやホフマンスタールにとって、第Ⅰ章第2節4でふれたように、ギリシアも日本も一つの広大な「オリエント」に属し、彼らは「オリエント」＝古い＝根源的なものという図式から逃れられていないことが確認できる。

さらにバールは、ペーター・アルテンベルク（Peter Altenberg, 1859-1919）の「日本人は花盛りの枝を一本書く。するとそこには春のすべてがある。我々の方では春全体が描かれる。そしてそこには花盛りの枝が一本あるかどうか。賢明な節約こそすべてだ」[36] という言葉を引用し、これを日本の美術の本質だとしている。バールが惹きつけられたのも、技法的なことだけではなく、むしろ日本人の絵画にある直観的な精神性である。バールは日本展についての批評文で、日本画家、鈴木松年（1848-1918）の言葉を次のように捉えているという。[37]

> 人間も一個の自然にすぎず、自然にあるものには皆同じ一つの情趣を奏で、すべてはある同じ精神のさまざまな現れにすぎないという芸術全般に通ずる奥義が、これら一連の言葉には含まれている。[38]

あらゆる事物の連関に関して日本人が持ち合わせている強い感性、花も動物も山も雲も愛する人もすべて、同じものが姿形を変えたのだという世界のあの原感覚とでもいうべき感性がもちろんここでは関わっている。[39]

西村は、バールの説「ヨーロッパ人もそういうことを頭（概念）ではよくわかっている。しかし生き生きとした直接的なものとして感じ取られることは我々の場合まずめったにない」を引き、[40]このことから彼は、日本人が概念によって捉えられないものを感性によって捉えていることへの強い関心があった、としている。[41]また、バールの右記の文章からは、彼が、日本人が人間と自然の関係について、人間は自然の一部であると日本人が考えていることに興味を示しているのがわかる。これは次節以降で述べるように、ハーンの著作を通してホフマンスタールが考えた日本人の個と全体の関係についての捉え方とも関連していると考えられる。

さらに、バールの日本の精神性への関心は、西洋の理性重視批判とつながっていく。戯曲『マイスター』（1903）では、日本人の医師「心博士」の口を借りて、理性重視を批判している。みずからを「博士」や「教授」ではなく、「マイスター」（親方・師匠）と呼ばせている主人公ドゥーアは、あらゆる情熱を抑え、理性で物事を制御しようと努めている。彼が理性について助手の心博士と話す場面で、心博士は「確かにこんなにたくさんすばらしい発明をあなたがたはなさってこられました。（…）ただし、それで人が幸せになるかというと」と疑問を呈し、「あなたがたが理性に重きを置きすぎているがためなんです。そうなんです。まちがっているんです」とドゥーアを批判する。西村も述べているように、バールはこの場面で、理性を重要視する西洋文明への疑問を、日本人の口を通して語らせている。またこの心博士という人物は、ラフカディオ・ハーンの『心』からヒントを得て着想されたことがバールの備忘録からわかるという。[42]この作品は、次節で検討するホフマンスタールの「若きヨーロッパ人と日本人貴族との対話」（1902）の一年後に書かれているが、両者がこのテーマをほとんど同時に着想していることが興味深い。

ところがこの直後、日露戦争（1904-05）が起こり、日本の勝利はヨーロッパの人々に、近代国家日本、軍国主義国家日本という、まったく違ったイメージを与えることになる。それまで日本に対し、ジャポニスムやハーンの紹介した「古き良き」という印象しか持っていなかったヨーロッパ人にとって、この衝撃は大きかった。日露戦争中から戦後にかけて、欧米では「黄禍論」がメディアを賑わした。平間洋一によると、「黄禍論」は、本来膨大な人口と資源を持つ「眠れる大国」中国の覚醒、すなわち近代化に対する欧米の恐怖心の表れであった。また中国だけではなく、日露戦争中には日本をも「文明化」された強国とみなし、日本がアジアを支配しようとする野望を批判する意見もみられる。こうして日露戦争後は、相反する二つの日本観が出てくる。一つは、日本を賞賛し、世界列強として認知し、西洋に日本から学ぶ必要を説く見方であり、もう一つは、新たな黄色人種の列強の登場を懸念するものであった。[43] 一九一一年に発行された『ハーン選集 Das Japanbuch』の序文で、シュテファン・ツヴァイク（Stefan Zweig, 1881-1942）は、後者のような視点から日本に対する脅威を述べている。

もちろんすでに当時、ハーンにとっての日本の傍らで、別の日本が育ってきていた。戦争の準備をし、ダイナマイトを生産し、魚雷を製造する日本、あまりにも急激にヨーロッパになろうとしたあの貪欲な日本が。[44]

ツヴァイクの言葉には、自分たちが失ったものを投影してきたユートピア的な日本、という幻影が崩壊した、ヨーロッパ人のショックが表われている。しかし、批判的な態度になったツヴァイクとは違って、ホフマンスタールは次節で考察するように、独自の思考で、古き良き日本と、近代的、軍国主義国家日本のイメージのギャップを埋め、辻褄を合わせ、みずからを納得させようとする。そこでも利用されたのは、ハーンなどから知識を得た仏教思想的全体論であった。

第3節　ホフマンスタールとハーン

1．愛読書『心』

ホフマンスタールはバールとほぼ同時期に、ラフカディオ・ハーンを愛読し、大きな影響を受けている。バールが『マイスター』で「心博士」という人物を描くことになる一年前に、ホフマンスタールは「日本人貴族」という登場人物を使って、バールの心博士と対応するかのように、日本からの視線によるヨーロッパ批判という体裁をとった作品の構想を練っていた。そしてバール同様、ヨーロッパの文化危機からの脱出のヒントを、ハーンの日本関連書に求めていた。この節では、ホフマンスタールが受けたハーンからの影響を、時系列に沿って考察していく。

ギリシア生まれのラフカディオ・ハーンは、(45) 一八九〇年から一九〇四年九月に亡くなるまでの一四年間、日本で生活し、日本に関する著書を一三冊も出版した。九一年、松江の中学校の英語教師から熊本の旧制第五高等学校に転任したあと、ハーンは『アトランティック・マンスリー The Atlantic Monthly』などの雑誌への日本印象記の連載を始め、一八九四年、『知られざる日本の面影 Glimpses of unfamiliar Japan』、翌年には『東の国から Out of the East』を出版した。九六年には出世作となる『心 Kokoro』を発表し、彼の名はヨーロッパでも知られるよ

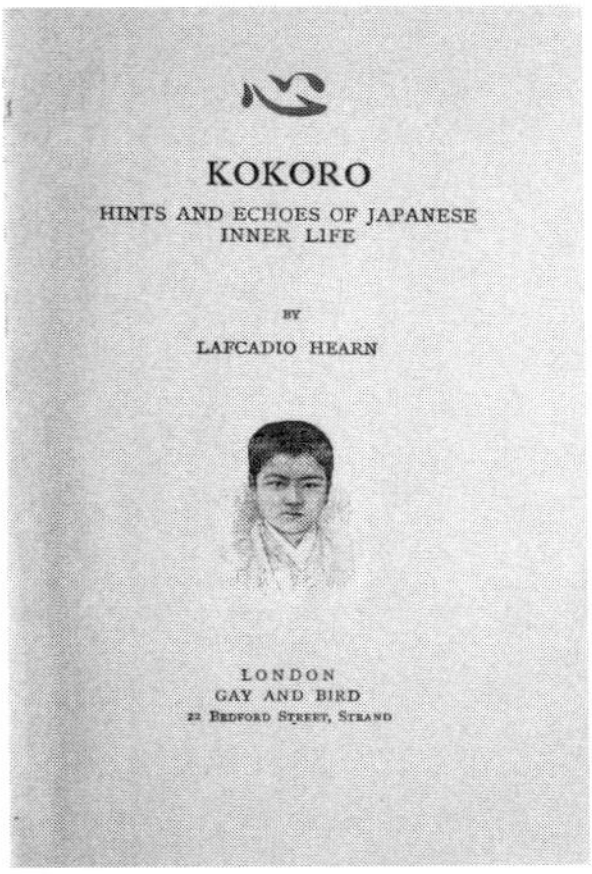

図版1　ホフマンスタールの蔵書『心』
(Freies Deutsches Hochstift, Frankfurt am Main, HvH-Bibl.)[47]

うになる。ハーンによって伝えられた、仏教にもとづいた精神性と神秘性が強調された日本像は、文化的に行きづまり、出口を探っていたヨーロッパの知識人たちの非ヨーロッパ世界への関心をますます刺激したといえよう。

筆者が、ホフマンスタールの蔵書が保管されているホフマンスタール図書室を調査したところ、ホフマンスタールはハーンの全著作一三冊のうち、九冊所持していたことがわかった。[46] かなりの熱心な愛読者だったことが伝わる。そのなかで彼がもっとも愛読していたのは『心』である。『心』は、一五の小品から成り立つ随筆集で、仏教思想を基盤とした日本人の生活の精神性を扱ったものである。ホフマンスタールは、そのなかでも特に、「前世の観念」と「ある保守主義者」を何度も読み返していたらしく、この二作品は他章と比べて頁の痛み方が激しく、書き込みや傍線も極端に多い。

ホフマンスタールが『心』に集中した時期は、一九〇二年と〇四年だとされる。[48] 一九〇二年七月二七日付のゲオルク・フォン・フランケンシュタイン男爵（Georg Freiherr von und zu Franckenstein, 1878-1953）宛ての手紙で彼は『心』を推薦し、「この冬、この本を楽しく読みながら、たいへん多くのことを考えさせられました。それと同時に、感情や認識、あるいは共感によって、私たちの暮らす世界がさらに外に開かれ得るのだという確信を持ちました」[49] と伝えている。

一九〇四年一月の日記には「『心』を再読」と記されており、エレン・リッター（Ellen Ritter, 1943-2011）は、ホフマンスタールがこの時期に、『心』の冒頭のエッセイ「停車場にて」の翻訳に取り組んでいたのではないかと推測している。[50] 批判版全集によると、この「停車場にて」の翻訳は「逸話 Anekdote」というタイトルで、左記のような、ホフマンスタールによる短いあとがきとともに発表される予定だった。[51]

ここに「停車場にて」という見出しを持つ章がある。小さな逸話だ。ほとんど通俗的といってよい逸話、センチメンタリズムから逃れられていない逸話だ。ただし、書くことのできる人間によってのみ書かれ、感じることのできる人間によって前もって感じられた作品である。[52]

「停車場にて」を出版する計画は、出版社 Rütten & Loening 側の事情で頓挫した。[53] しかしこのあとがきのなかで、ホフマンスタールはハーンの本質を見事に見抜いているといえよう。右の引用文のなかでも特に、「センチメンタルから逃れられていない逸話」「前もって感じられた」という表現に意味がある。「停車場にて」のどこが「前もって感じられた」なのかについては後述するが、ホフマンスタールは、ハーンが、以前から自身が望んでいたことを日本のなかに再発見して著したことを看取していた。

2. 追悼文から見えるハーンへの評価

やがて、一九〇四年九月二六日にハーンが亡くなる。ホフマンスタールはハーンの追悼文を、[54] 同年一二月二日付けの『ツァイト（時間）Zeit』誌に発表している。

この追悼文でホフマンスタールは、ハーンの『心』を絶賛し、[55] 日本語の「心」という言葉に含まれる意味を「感覚」「精神」「心意気」「決心」「感情」「愛情」、そして「物の心」と定義している。

Die Blätter, aus denen sich dieser Band zusammensetzt, handeln mehr von dem inneren als dem äußeren Leben Japans ——dies ist der Grund, weshalb sie unter dem Titel „Kokoro“（„Herz“）verbunden wurden. Mit japanischen Charakteren geschrieben, bedeutet das Wort zugleich „Sinn“, „Geist“, „Mut“, „Entschluß“, „Gefühl“, „Neigung“und„innere Bedeutung“ ——so wie wir im Deutschen sagen: „Das Herz der Dinge“.(56)

この巻を構成している諸篇は、日本の外面生活よりも内面の生活を扱っている。「心」という題の下にまとめられたのは、このような理由からだ。日本の文字で書かれたこの言葉は、同時に「感覚」「精神」「心意気」「決心」「感情」「愛情」——それから私たちがドイツ語でも das Herz der Dinge「物の心」と言うように——「内なる意味」とも理解される。

これは、彼が愛読していた英語版『心』のハーンによる序文をドイツ語に訳し、追悼文としてその一部に組み入れたものだと考えられる。ハーンの原文は次の通りである。

一八九六年刊英語版『心』の序文

The papers composing this volume treat of the inner rather than of the outer life of Japan, —for which reason they have been grouped under the title Kokoro（heart）. Written with the above character, this word signifies also mind, in the emotional sense; spirit; courage; resolve; sentiment; affection; and inner meaning, —just as we say in English, “the heart of things".

KOBE, September 15, 1895 (57)

ハーンの英語版の「英語でいう物の心」という表現が「ドイツ語でいう物の心」に言い換えられている以外は、ほとんど逐語訳になっている。したがって、この段落が英語版『心』の序文から抜粋され、ドイツ語に翻訳されて書かれたことは間違いないだろう。「物の心」という言い方は、第I章第1節2で引用した、『(チャンドス卿の)手紙』(以下、『手紙』と略記)の「これら沈黙した、時には生命のないものが、愛の存在感に満たされて立ち現れてくるので、幸せに輝く私の眼は周囲のどんなところにも命を見出してしまうのです」(58)という表現を想起させる。ホフマンスタールは、『手紙』で投げかけた、言語による認識の危機の解決のヒントを、ハーンの紹介した日本の「心」に見出しているようである。

もう少し、この追悼文の内容を検討してみよう。ここでは、ただハーンの業績や人柄が紹介されているだけではない。仏教思想に根ざした日本人の精神生活に魅了され、それを紹介したハーンを、行きづまったヨーロッパ文化を出口に導いてくれる福音(Botschaft)として、ホフマンスタールがいかに評価していたかが伝わってくる。

私はそれを福音、一人の魂から別の魂に伝わる心優しい福音と名づけたい。あらゆる新聞の外にあるジャーナリズム。誇張や作りごとのない芸術作品、仰々しさがなく生命に溢れた学問、未知の友人宛てに書かれた手紙である。(59)

ホフマンスタールの目にハーンは、外面から観察することによって、内奥にある核心を見通せる才能を持った人間だと映ったようである。

だが、ホフマンスタールは、ハーンがもたらした日本についての情報を「誇張や作りごとのない」芸術作品と呼んでいるが、実はこの点には問題がある。ハーンの伝えた日本像については、その偏見に満ちた思い込み、受けを狙った「作りごと」の多さが太田雄三によって指摘されているが、太田によると、このような「作りごと」は、東洋や東洋人に神秘的知恵などを連想する一部の欧米の読者に歓迎されるような質のものであった。[60]

たとえば『心』の冒頭に置かれ、ホフマンスタールも翻訳した逸話「停車場にて」については、その事実の書き換えが指摘されている。「停車場にて」は、熊本で巡査を殺害したにもかかわらず、それが発覚せず別件で福岡の刑務所で服役していた男が、巡査殺人も露見して熊本に護送されてきた時に、殺された巡査の未亡人と息子に対面させられ、その息子の前で罪を悔いる場面を、語り手の「私」が語るという形をとった話である。太田によると、この逸話の核心となる部分で、ハーンはいくつかの「作りごと」を加えている。

ハーンは作品中、「もっとも東洋的という点で、もっとも意味深い事実は、改悛への訴えが、犯人の父親としての感覚、すなわちすべての日本人の魂のなかで実に大きな部分を占める子どもに対する潜在的な愛を通してなされたことであった[61]」と、このエピソードに解説をつけている。このテーマこそハーンがあらかじめ書きたかったことであり、ホフマンスタールが「前もって感じられた」と見抜いていた点であろう。また同作品では、殺人犯を護送してきた巡査が、殺された巡査の未亡人を無視して、彼女の背負った息子だけに「坊や、四年前に坊やのお父さんを殺したのはこの男なんだよ」と言葉をかけているが、太田によれば、ハーンがそこから素材を得たと推察される新聞記事では、巡査はまず大人の遺族に言葉を向け、それから事情がわからず不審そうな顔をしている子どもにも言葉をかけたと報道されたというのである。[62] このような「作りごと」の例はいくつか挙げられているが、どれも文学的効果と欧米の知識人の「受け」を狙ったものだと考えられる。

前述した通り、ホフマンスタールはこの「停車場にて」について、「通俗的な逸話、センチメンタリズムから逃れられていない逸話」だと条件つきで紹介しながらも、「書くことのできる人間によってのみ書かれ、感じることのできる人間によって前もって感じられた」ものだと述べている。[63] つまり、ホフマンスタールは、ハーンの書く物語を賞賛しつつも、そこには多分に「作りごと」が含まれていることを察知していたといえよう。

ヴァルター・パッヘ（Walter Pache）は、ホフマンスタールが翻訳の際に、ハーンの文章の飾り立てた部分、冗長さ、押しつけがましさ、教訓じみた部分などを削除したと指摘している。[64]「停車場にて」では、たとえば、原作には子どもが犯罪者の顔を泣きながら睨みつけたシーンのあとに、「見物人は、皆、息の根が止まったようであった」[65]という状況描写があるが、ホフマンスタールはこの一文を省略している。この一段落前に「あたりは死のごとく、しんとして静まりかえっている」[66]という文があるので、重複と説明のくどさを避けたのであろう。また、後半でハーンが語り手の口を借りて事件を解説し意見を述べる部分があるが、ここはすべて削除されている。これらの省略によってハーンの押しつけがましいテキストが、現代の散文の模範例に変えられているため、この改変は特に効果的である。文学者ホフマンスタールとしては、ハーンの文章からは「センチメンタリズムから逃れられていない」部分を取り除いたうえで、自分の思想形成に有益なものだけを取捨選択したほうがいいと判断したのだろう。

さて、追悼文を読むと、ハーンの伝えた「日本」のなかで、ホフマンスタールがもっとも興味を惹かれたものは、日本人の死生観だったことがわかる。これは個と全体についての思想と深いところで関わってくる。一九〇四年という時勢を反映してか、この追悼文では日露戦争下での日本の状況を想像し、戦死者を仏教的な慣習で弔う日本人の姿が描かれている。

日本は、その養子（筆者注：ハーンのこと）を失った。今その何千という息子を毎日々々亡くしている。次から次へと重なった屍は、海底で堰となり、水につかって硬ばった眼をして横たわっている。そして一万もの家では、誇り高く、敬虔深いお勤めが黙々と行われ、泣いたりわめいたりすることもなく、戦死者のために小さなお供え物がそなえられ、優しい灯がともされる。(67)

この時期ヨーロッパでは、極東の小国である日本が大国ロシアを相手に奮闘していることが報道され、日本軍の組織や規律、軍事力が紹介された本まで出版されている。(68)右記の文章からは、ホフマンスタールが、以前の美化された「日本」と、それとはかけ離れた新しい軍国主義国家「日本」との齟齬を、彼の論理で埋めようとしているような気配が感じられる。彼は、国家のために戦死した兵士や戦争の犠牲者について悲しむのではなく、むしろ誇りに思う日本人の姿を美化し、強調しているようである。このような日本人の態度に、「生」は個人的なものではなく、前世からの集合体にすぎないと考える、ハーンの紹介した日本人の超個人的な死生観が現れていると、ホフマンスタールは考えていたのではないだろうか。この点については次節でさらに考察する。

第4節　『心』のホフマンスタール作品への影響

1.「人間全体が同時に動かなければならない」

ホフマンスタールは、ハーンの『心』を読んでいた一九〇二年六月頃、「若きヨーロッパ人と日本人貴族との対話」という二人の架空の人物が対話を行う形式の作品の構想を練っていた。残念ながらこの作品は完成されず、一二のメモ断片が残されているにすぎないが、ホフマンスタールが「日本人貴族」の口を借りて何を主張しようとしていたかは、およそ推測できる。

この作品の概要は、遺された一九〇二年六月の『覚書』からわかる。

ロダウン、六月――日本人士官の物語。モットー：人間全体が同時に動かなければならない（The wohle man move at once.）

彼は次のようなコントラストを見ている。日本的な性格：貴族、教師、乞食、手工業者。そして日本の状況：お稽古事、造園、茶室、死人の床、すべてが賞牌のように、整然として、かつ洗練されている。ヨーロッパの状態はごちゃごちゃして、統一がなく――ガタガタで、すべてがこんがらがっているネズミのようだ：体の一部は恋人に寄りかかっているが、別の部位ではお金を数えながら、死の想念に囚われている。(69)

ホフマンスタールは、日本人の調和のとれた文化的生活を模範として、それと対照的なヨーロッパ人の分裂気味な状況を批判しようとしていたようである。このように、非ヨーロッパ世界からの視点でヨーロッパ文化を批判するという体裁の作品が当時は流行していた。第2節で引用したヘルマン・バールの『マイスター』もその一例であるが、[70]ホフマンスタールも同様の作品を『架空の対話集』に所収するため構想していたとみられる。

彼は、九月二〇日オスカー・ビー（Oscar Bie, 1864-1938）宛ての手紙で、この架空の「対話」を『新評論 Neue Rundschau』誌に発表するつもりだと伝えている。

たくさんの構想を練りましたが、そのうち少なくとも一つをすぐにローマからお送りできると思います。これは現代生活の倫理的・政治的な話題や富について、東洋の文化と私たちの文化を比較しているものです。[71]

ホフマンスタールは、この作品に登場する二人の架空の人物のうちの一人、「若きヨーロッパ人」のモデルが、友人で日本に外交官として滞在したゲオルク・フォン・フランケンシュタインであることを、友人レオポルト・フォン・アンドリアン（Leopold von Andrian, 1875-1951）宛ての手紙（一九〇三年一月一六日付）で記している。[72]

一方、「日本人貴族」に特定のモデルが存在するか否かについては言及していない。しかし平川祐弘は、間接的なモデルとして、明治の自由思想家で、ハーンの松江時代以来の友人であり、ハーンの「影の人」として執筆を手伝った雨森信成《あめのもりのぶしげ》（1858-1906）を挙げている。[73]雨森信成は、『心』のなかの一章「ある保守主義者」のモデルである。

ハーンの「ある保守主義者」は次のような話である。厳格な武士として儒教思想のもとに育てられた主人公は、明治維新をきっかけに日本の愛国者としての義務感から、西洋文明の根底にあると思われたキリスト教に改宗、さらに全国民をキリスト教に改宗させるべきだと考え布教活動に専念するが、やがて宣教師の中途半端な知識への不信感から教会を離れ、キリスト教に対しても信仰というよりも聖書研究という立場をとるようになる。彼は自由思想家として意図的に国外退去を命じられるように仕組み、アメリカやヨーロッパ各地で放浪生活を数十年送る。パリで放浪生活をしているうちに、物質文明に侵され、個人主義・資本主義が行き着いた末の退廃的なヨーロッパの文化に失望し、欧化主義に躍らされていた自己への憤りと挫折の感情を抱く。帰国後、彼はヨーロッパに批判的な態度をとり、「洋行帰りの保守主義者」となった。

このようにハーンの「ある保守主義者」は、明治の激動期の歴史に翻弄された人物の半生が描かれた作品で、洋行帰りの日本人の祖国回帰をテーマとした作品である。しかし平川が指摘するように、この作品では、主人公の性格づけや個性化が行われていないので、(74) 明治初期に成人した日本人知識人の西洋文明との対決の一般論として読むこともできる。言語危機、認識の危機からの出口を探っていたホフマンスタールは、ハーンの「ある保守主義者」に、東洋から見た西洋に対する批判を読み取った。そして自作のなかで、精神と肉体、外面と内面などが調和のとれた日本文化のイメージをヨーロッパに提示することで、文化危機からの脱出のヒントにしようとしたようである。

「若きヨーロッパ人と日本人貴族との対話」のために書かれた一二のメモ断片は、士官である「日本人貴族」と「若きヨーロッパ人」との会話、ないしは手紙を想定した断片であり、日本人貴族がヨーロッパ人に向かってヨーロッパの現状を批判し、それに対して自国の調和のとれた文化を賛じている点が、すべてのメモ断片に共通している。特に批判の対象となっているのは、二元論的思考にもとづく知識偏重の文化や、個人主義が行きづまり物質主義に侵され、統一感やバランスを失いばらばらになっているヨーロッパ人の精神状態である。

このことは第一のメモ断片の最初にモットーとして掲げられている「人間全体が同時に動かなければならない The whole man must move at once.」が示唆している。[75] このモットーは元来、イギリスの作家リチャード・スティール（Richard Steele, 1672-1729）がジョセフ・アディソン（Joseph Addison, 1672-1719）と共同創刊した日刊紙『スペクテイター Spectator』（一七一一年三月七日号）に掲げたものであるが、[76] 第Ⅰ章第2節3（1）で考察した、一九〇七年作の『帰国者の手紙』にも何度も使われている。心身の統一のとれた人間全体による表現に強い憧れを抱いていたホフマンスタールは、よほどこの言葉が気に入っていたようである。

第九メモ断片では次のような描写がある。

ヨーロッパ人は軟体動物のような感覚にある。自分自身の肉体から締め出されてしまった幽霊のようにふらついている。この人間は確固たる統一体ではない。彼は今にもばらばらになってしまいそうだ。まるで火事場で見る焼死体の足指が引き攣れて一本一本になっているように。[77]

『（チャンドス卿の）手紙』（以下、『手紙』と略記）で告白された、精神と肉体の間に統一を見出せない認識の危機は、この「若きヨーロッパ人と日本人貴族との対話」において、ヨーロッパと対照的に心身の調和、人間と自然の調和のとれた文化を持つ日本人によって、つまり外からの批判として警告されている。

2. 具体的な影響箇所

ここで、この「若きヨーロッパ人と日本人貴族との対話」における「ある保守主義者」からの影響を具体的に見てみよう。たとえば第二メモ断片では、「日本人貴族」は次のようにヨーロッパを批判する。

私たちのなかには聖なる炎が燃えている。君たちのなかには悪魔的（不気味）な火がゆらめいている。君たちは自分たちがどこに向かって突き進んでいるのかわかっていない。我々の木版画は君たちを悪魔の群れのように描いているが、それはけっして的外れなことではない。(78)

日本の木版画にはヨーロッパ人が悪魔のように描かれていると述べられているが、批判版全集では、これは「ある保守主義者」の以下の部分がヒントになっていると指摘している。(79)

国民のだれもがいだいたこの好奇心は、夷狄《いてき》の風俗・習慣や居留地の異様な街路のさまを絵に描いた、安い色ずり版画のおびただしい板行と弘布によって、どうやら一時は満たされたようなぐあいであった。これらのけばけばしい、俗悪な木版画は、外国人の目には、一種の風刺画としか見えなかったが、しかし、それを描いた画工の目的は、けっして風刺画を描こうと目ざしたものではなかったのである。画工は、じっさいに、自分の目に映ったとおりの外人を描こうとしたのであるが、その画工の目に映った外人というのは、猩々のような赤い髪の毛をはやした、天狗のように鼻の高い、妙な形と色あいの服を着た、牢屋か土蔵のような建物のなかに住んでいる、青い目玉をした化物だったのである。国内だけで、何千何万と売れたこれらの版画は、ずいぶん津々浦々にまで、奇怪な、薄気味わるい思いを植えつけたものにちがいない。しかし、いままで見られなかったものを、何とかして絵に描きあらわそうとした試みとしては、これはけっして悪意をもったものではなかった。(80)

「日本人貴族」によるヨーロッパ批判はかなり厳しい。次の第七メモ断片では、ヨーロッパ人が「観念」を「神々」と仰ぎすぎたため、その「観念」によって、生きている人間の証とも言える「血」が吸い取られて空っぽになっているヨーロッパ人が批判されている。これは『手紙』で告白した、概念言語による認識の限界の告白と重なるといえるだろう。

日本人は言う。君たちのヨーロッパは危険な組織だ。たくさんの神々を考え出した。まるでどんよりと蒸し暑い日に延びた昆虫のように。これらの神々とは観念にすぎないのだ。だが、君たちの血を吸い取ってしまう。神々は君たちの誰一人に対しても、本来の生き方をさせてはくれない。君たちは恐ろしく大きく伸びきった軟体動物だ。君たちは、人を愛そうと何をしようと、結局のところ何も体験していないのだ。(81)

神々はヨーロッパ人が考え出した観念にすぎないという考え方は、第Ⅰ章第1節3で考察したようなニーチェからの影響だと考えられる。また、どのメモ断片を見ても、ホフマンスタールがヨーロッパ人の文化危機を警告しながら、危機脱出のヒントとして、日本の全体的で、統一感のある文化を持ちだそうとしているのが伝わる。

さらに着目したい点が二つある。第一には、ホフマンスタールの日本人の描写には、日本に関する常套句《クリシェー》がつなぎ合わされていること、第二には、ホフマンスタールが、とりわけ日本人の身ぶりに着目し、そこにヨーロッパ人にはない精神性を見出そうとしていることである。

第六メモ断片には次のような件がある。

ヨーロッパ人にはないこと：たとえば、まるで連なってしゃがんでいるキツネのように、日本人が期待して座っている様子。たとえば、芸者が深くおじぎをするような慇懃さ。あるいは、誰も一言も発することができなくなってしまうほど息を飲むような緊張感で突撃するサムライの誇り高い戦列。あるいは修行僧のように、完全に忘我の境地で沈思する姿。日本人は道徳的に純潔な点で花や動物と似ている。几帳面な猿たち、気持ちよさそうに、真剣に戯れるヒキガエルたち、敏捷な猫たち。日本人は、細くとがった刀の先のように鋭敏なのだ。(82)

「芸者」「サムライ」「刀」といった日本に関する常套句を用い、日本人をひどく美化した文章である。日本人の身ぶりに対してのホフマンスタールの関心については第Ⅳ章で詳しく考察するが、その所作に、人間の内なるものと外にあるものが一つになった、つまり一人の人間全体、人格全体が表出されるような身体言語を見ようとしており、また、日本人の精神性に純潔なもの、その感性に鋭敏なものを感じている。

これを図式化すると、以下のようになり、ホフマンスタールが、ヨーロッパ文化に欠けてしまっているものすべてを、日本に見出そうとしていたことがわかる。

ヨーロッパ	⟷ 日本
理性	感覚
精神	精神と身体の統一
言語	身振り・身体表現
分裂・個体化	統一・和合
個	全体

断片「若きヨーロッパ人と日本人貴族の対話」には、「日本人貴族」は「若きヨーロッパ人」に対して、「それぞれの人間が自分の本当の世界を見つけなければならない。これは情緒よりももっと深いところにある。本来の世界を見つける道は、すでに一度死んだ時にある」[83]と述べている箇所がある。こうした視点も、ハーンからヒントを得たと考えられる。これに対応するハーンの文章は、『心』の「前世の観念」の次のような件である。

> いったい、われわれは、いわゆる原素というもの、その原素そのものでさえ、進化しつつあることは知っているくせに、どんなものでも、完全に死滅してしまうという証拠は、何ももっていない。われわれが、現在ここに存在しているということは、かつて存在していたということ、そして将来もまた存在するであろうということの保証である。[84]

これは魂というものが一回限りのものではなく、過去に存在したものの合成体であるという日本の考え方の一例としてハーンが紹介した話である。ホフマンスタールは、個の魂は永遠と考えるキリスト教とは矛盾するこの考え方を、「日本人貴族」に語らせた。

このように、『心』を熱心に読んでいた時期に構想された「若きヨーロッパ人と日本人貴族の対話」には、ハーンの影響が多数あり、また「日本人貴族」によるヨーロッパ批判や、それと対照的な「日本」は、同年発表された『手紙』で語られた言語不信、認識の危機解決のヒントとして提示しようとした跡がみられる。

この作品が未完で終ったことはまことに残念であり、未完の理由もいまだ定かではない。わかっているのは、ホフマンスタールが一九〇二年六月から九月まで、この作品の構想を練っていたこと、先述したように完成後は『新評論』に発表するつもりでいたことだけである。『新評論』への発表の見込みがつかなかったからまとめる気がなくなったのか、あるいはホフマンスタールのなかで、日本に関する正確な情報が少なすぎて、はっきりとした「日本」を描き出せなかったからだろうか。

第5節　人間存在の超個人性

1. 『アド・メ・イプスム』

ホフマンスタールの作品を理解するための一つのキーワードとして「プレエクシステンツ（Praeexistenz）」と「エクシステンツ（Existenz）」という言葉がある。これは一九一六年、（マックス・メルのために）ホフマンスタール自身が、『影のない女』を中心にした自作解題『アド・メ・イプスム Ad me ipsum（自己自身について）』で使ったキーワードである。ホフマンスタールは人間の生を「プレエクシステンツ（前存在）」と「エクシステンツ（真の存在）」という二つの段階に分けて表現し、「前存在」を「輝かしいが危険な状態」だとしている。[85] 通常「プレエクシステンツ」という言葉は、哲学・神学用語で、「霊魂が肉体の出生前に霊界に存在する」という意味であるが、ホフマンスタールの「プレエクシステンツ」の考え方には、これに加えて、ハーンの「前世の観念」の影響があることが、リッターやパッへによってすでに指摘されている。[86]

しかし、我々日本人から見ると、ホフマンスタールが使う「プレエクシステンツ」と日本語の「前世」は、意味合いが違うように感じられる。ホフマンスタールは、社会性を身につけていない個人の殻に閉じこもった生き方を「プレエクシステンツ（前存在）」と呼んだが、神学用語の「プレエクシステンツ」は、あくまでも個としての霊魂を扱い、それがこの世に出生する前に霊界に存在していたことを表わす用語である。

そこでこの節では、ホフマンスタールの考える「プレエクシステンツ」から「エクシステンツ」への移行が、ハーンの「前世の観念」の影響をどのように受けているかについて検討する。

「前世の観念」でハーンは、仏教の教えでは、現在この世に存在する一人の人間の魂は、かつて存在した先祖の無数の魂の集合体だと考えられていると強調し、そしてこのことが一人の人間の存在を「超個人的（superindividual）」なものとして捉える日本人の思考の基盤にあると次のように述べている。

仏教の解釈力とその諸説が、近代科学のいろいろな事実とふしぎに一致している点は、とりわけ、ハーバート・スペンサーを領袖とする心理学の領域によくあらわれている。われわれ人間の心理生活の大部分は、西洋神学ではちょっと説明のつかない、さまざまな感性から成り立っているものである。まだろくに口もきけないような赤ん坊に、ある顔を見せるとわっと泣き出し、ある顔を見せるとにこにこ笑う。そういうことを

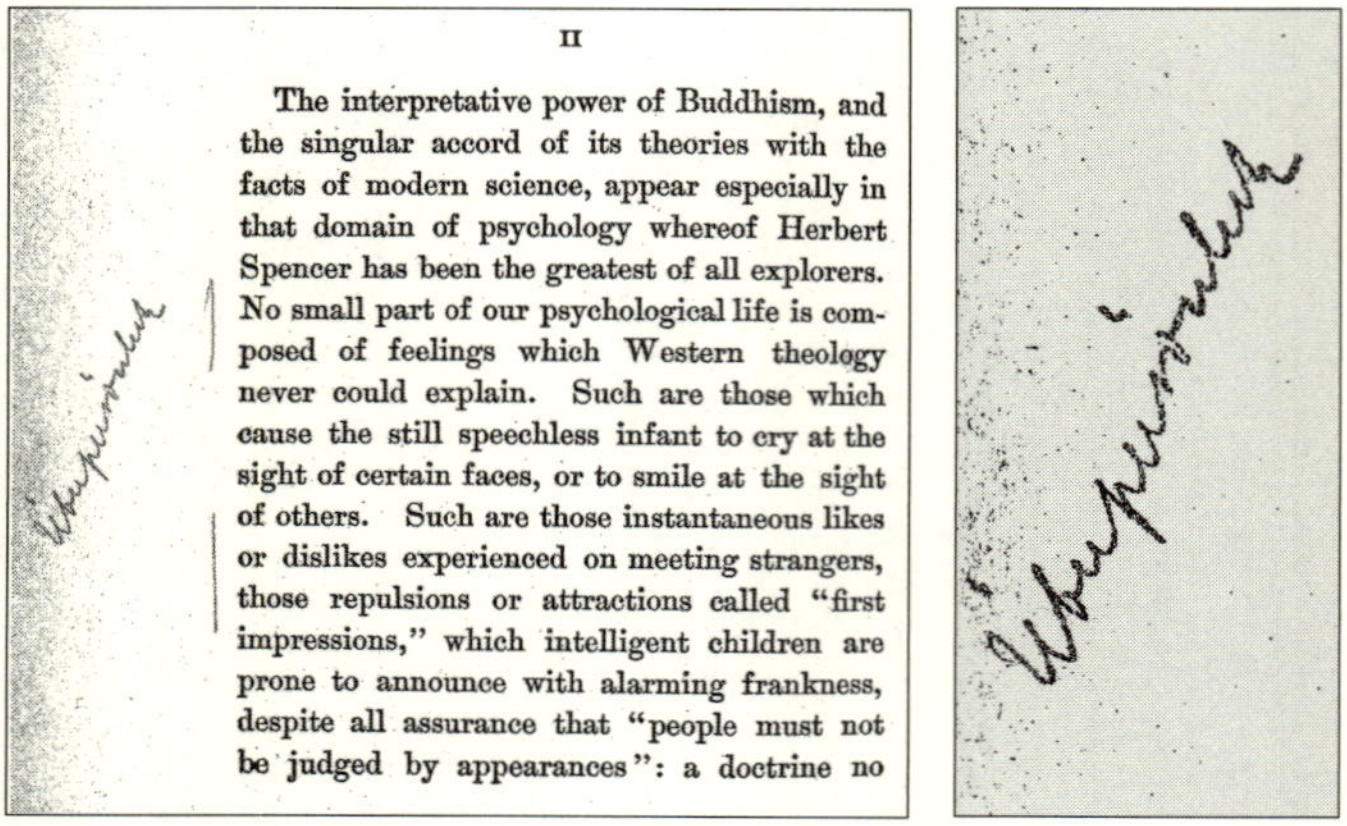

II

The interpretative power of Buddhism, and the singular accord of its theories with the facts of modern science, appear especially in that domain of psychology whereof Herbert Spencer has been the greatest of all explorers. No small part of our psychological life is composed of feelings which Western theology never could explain. Such are those which cause the still speechless infant to cry at the sight of certain faces, or to smile at the sight of others. Such are those instantaneous likes or dislikes experienced on meeting strangers, those repulsions or attractions called "first impressions," which intelligent children are prone to announce with alarming frankness, despite all assurance that "people must not be judged by appearances": a doctrine no

図版2　ホフマンスタールの書き込み（Freies Deutsches Hochstift, Frankfurt am Main, HvH-Bibl.）

起こさせる感情なども、そのひとつである。はじめて顔を合わせる人に、会ったその場で、すぐに感じる「好き嫌い」の気持ちなども、やはりそれである。いわゆる「第一印象」と呼ぶ、この反撥と牽引とは、智恵ざかりの子どもほど、驚くばかりの率直さで、ずばりと言ってのけるものだ。「人さまのことは、顔やかたちできめてはいけませんよ」などと、子どもは教えられても、そんなことではてんで納まりはしない。こういう感情を、神学の方でいう本能や直観の意味をそのまま使って、やれ、本能的だことの、直観的だことのといってみたところで、なんの説明にもならない。……しかし人間の深い感情の大部分が***超個人的な***ものだということは、今日すでに確定的なものになっている。(87)

＊傍線部は、ホフマンスタールの蔵書では傍線が施されている部分である。また太字斜体の部分は、ホフマンスタールの蔵書で下線が施されている部分である。

ハーンは、前世の記憶の例として、赤ん坊の人見知りやその反対の態度、第一印象による相性などを例に、魂がキリスト教社会のように個人的なものではなく、過去に存在した生の合成体であることを主張している。

ホフマンスタールはハーンの紹介したこの仏教的思想が印象に残ったらしく、「超個人的（superindividual）」に下線を引き、前頁にドイツ語でÜberpersönlichという書き込みをしている(88)（図版2）。

この書き込みの近辺では、「われわれ人間の心理生活の大部分は、西洋神学ではちょっと説明のつかない、さまざまな感性から成り立っているものである」という箇所にも傍線が施され、さらに別の箇所では、以下の表現にも下線が引かれている。

日本では、目に一丁字もない大衆、仏教哲学など覗いたこともないような貧しい土百姓でも、自分というものが、いろいろなものから集まり成った合成体であるということを、信じているのである。(89)

ホフマンスタールは、現在の生に前世があり、日本人の子どもから老人まで、教養の有無に関係なくこの「前世」や「因果応報」の考え方が浸透していることに興味を持ったようである。また「超個人的」な霊魂について、これまでの「過去」につながる時間軸上の、垂直的な「超個人的」なものだけでなく、現世における空間的な水平方向に広がる「超個人的」な霊魂をも、日本人が信じていることにホフマンスタールは関心を示した。

第Ⅰ章で考察したようにニーチェの「個体化した人間が再び全体的人間になり、さらに隣人と一つに溶け合うことで高次の共同体の一員となる」という考えに共鳴したホフマンスタールとしては、さぞかし右記引用箇所は興味深かっただろう。ホフマンスタールの「プレエクシステンツ」から「エクシステンツ」への移行には、この水平方向の「超個人的」な魂の考え方も影響を与えているようである。

さらにホフマンスタールの考えた「プレエクシステンツ」から「エクシステンツ」への移行に特に影響を及ぼしたものに、仏教の「因果応報」の考え方がある。因果応報とは、前世および過去における業《カルマ》が、現世および現在の幸不幸に影響を及ぼすという意味で使われる。ハーンは、仏教においては、西洋でいう自己は、「ほんのつかの間のまぼろしが寄り集まったものとされ」[90]、その自己を作るものが「業《ごう》」であり、「この業のうちから、再び人間に生まれ変わってくるものは、すなわち無量無数の前世の行為と思念との総計なのであって、生まれかわったそのひとつひとつは、心霊上のある大きな加減法則によるひとつの整数として、あらゆる他のものに影響するのである」[91]としている。ホフマンスタールは、この箇所にも傍線を引いている。[92]

ここで着目したいのは、ホフマンスタールがこの「業」という言葉を"Karma"と綴り、『アド・メ・イプスム』と同年の一九一六年一一月と一二月、第一次世界大戦中の文化政治的使命感から行った『スカンジナビア講演のための覚書』で使用していることである。

ハーンの紹介した超個人的な魂に関する説は、肉体は滅びても、魂としての個は永遠であると教えるキリスト教の考え方とは矛盾する。しかし、個と全体に矛盾がない社会像を求めていたホフマンスタールは、これを文化政治的思想に借用したのであろう。

ハーンは「前世の観念」で、極東の哲学が、人間の霊魂は個人に属するというキリスト教のコンセプトを否定している理由を強調している。仏教では、「我というのは、じつに想像もできないような複雑怪奇な統計と合成による数」[93]とされ、個人その人が生まれる以前の世代の集合体であり、精神生活も含む個人の経験も遺伝によって子孫に伝わるものである。したがって、現在この世に生きている個人というのは、先祖代々の経験や感情が貯めこまれた蔵のようなものであり、個としての人間は滅びゆく定めであるのに対して、前世から定められた宿命ともいえる業は生き続け、次の世代に受け継がれるという。つまり、個という概念がキリスト教と仏教ではまったく異なっている。

ハーンは、この思想の正当性を裏づけるために、このような自我の考え方は東洋哲学だけではなく、自然科学の新たな発展によって、ダーウィンの進化論と対をなすハーバート・スペンサー（Herbert Spencer, 1820-1903）などの心理学的な進化理論によっても証明される真理だと主張している。スペンサーは、個人の意識というものは生まれた時に、けっして「タブラーラーサ（白紙）」[94]などではなく、かつてこの世に存在した時の記憶が受け継がれているものだとしている。スペンサーの影響を受けたハーンのこの考え方は、当時センセーションを巻き起こしたが、進化論としては亜流だともいわれている。[95]

個人主義の行きづまりからヨーロッパ全体の危機を感じ取っていたホフマンスタールは、ハーンの紹介した仏教の超個人主義的な考え方に惹きつけられたのだろう。そもそもこのような感覚はホフマンスタールにとってけっして新しくも、遠いものでもない。彼の初期の詩、「世界の秘密 Weltgeheimnis」「もとよりなかには……Manche freilich……」「人生の歌 Lebenslied」「無常について Über die Vergänglichkeit」などにはすでにこのような前世の記憶、生命の連鎖に関する表現が見られる。

愛の与える知識の深さよ――

おぼろげに予感されていたさまざまのものが

接吻の中で深く思い出される

「世界の秘密」より[96]

遠く忘れ去られた民族《たみ》の疲れを
わたしは瞼からぬぐい取ることができない
「もとよりなかには……」より[97]

そしてそのぼくは一〇〇年前にも生きていたのに
屍衣をまとうたぼくの父祖たちは
ぼくに身近なのだ
このぼくの髪の毛のように
ぼくと一つなのだ
このぼくの髪の毛のように
「無常について」より[98]

また宇宙的な統一感、知識や経験によって満たされていく魂や思考の多層性というのも、ホフマンスタールには無縁ではない。

人、物、夢

ぼくらは夢と同じ生地で織られている……そして三者は一体だ
「僕らは夢と同じ生地で織られている Wir sind aus solchem Zeug wie das zu Träumen」より[99]

さらにリッターによると、一八九四年のホフマンスタールの日記には「私たちは、今あるもの、かつて存在したものと一体だ、無関係のものなど一つもない」と書かれた箇所があるという。[100]ホフマンスタールは自分自身が以前から感じていた、この世界は個人を超えて全体が垂直にも水平にもつながっているという感覚を、日本人の「前世」の考え方に見出したのだろう。つまり、個々の魂の要素は不滅であり、常に新しく他の要素と結びつくことができるというハーンの説明に共感したのである。

ただしリッターが指摘しているように、ハーンが、「前世」から「現世」への移行を生命の自然的発展、いわば生物学上の発展と理解しているのに対し、ホフマンスタールは、自己が前世からの集合体であるという認識もせずに生きている状態を「プレエクシステンツ」とし、そこから「エクシステンツ」に到る道徳的プロセスをみずから作った、ということが注目すべき点である。[101]繰り返しになるが、ホフマンスタールが『アド・メ・イプスム』で使った「プレエクシステンツ」と「エクシステンツ」という二つの段階の意味は、日本人の考える「前世」「現世」とは一致しない。『アド・メ・イプスム』では、「プレエクシステンツ」の状態では、自我は自己と完全に調和しているが、自己中心的な状態であり、行動の許容範囲から外れていると書かれていることから、[102]日本人の考える「前世」とは違う意味で「プレエクシステンツ」を捉えていることがわかる。ホフマンスタールの考える「プレエクシステンツ」の状態というのは、「前世」を受け継いだ自己を意識せず、自我だけに留まっている状態である。つまり「あるがままの自己（das Ich als Sein）」である「プレエクシステンツ」に対して、「エクシステンツ」は、「成るべき自己（das Ich als werden）」と解釈され得る。この移行の瞬間、人は無意識的な行動に駆り立てられ、個としての内的バランスは失うものの、自分を取り囲む「世界」に近づくのである。すなわち「エクシステンツ」に到達することとは、社会性の獲得とほとんど同義である。その意味でも「エクシステンツ」とは、「プレエクシステンツ」が水平に拡がり、自分を取り巻く人々とつながった状態と理解できよう。そして、そこへの到達手段として、仕事、行動、子どもという三つが挙げられている。[103]

魂は、孤立した状態に留まっていてはいけない。現世の自分の周りにある別の生と積極的に結びついて、「エクシステンツ」につき進まなければならない。この考えは一見、「自己」を放棄するように映るかもしれない。しかし、ホフマンスタールのなかでそれは、他者と融合して変容・成長していくことなのである。

このように考えると、リッターやパッへの指摘には、部分的な修正が必要となる。たしかにホフマンスタールの「プレエクシステンツ」から「エクシステンツ」への移行の考えには、ハーンの「前世の観念」からの影響があるとはいえ、「プレエクシステンツ」＝「前世」ではない。ホフマンスタールが考える「プレエクシステンツ」は「輝かしいが危険な状態」[104]とされているように、社会性が発達していない未熟な状態である。したがって、ホフマンスタールは、「プレエクシステンツ」の状態の個の霊魂が、日本人の考える総体的な「前世」の感覚を得て、業《カルマ》を意識し、個人を超えた社会全体に自己を融和させることで真の「エクシステンツ」に到達する、という構造を組み立てたと考えるべきであろう。

プレエクシステンツ＋「前世」の考え方、業を意識して行動　↓　エクシステンツ

別の言い方をすれば、

西洋の個の考え方＋ハーンの言う前世の集合体としての業を背負った個↓個＝総体

となり、「個」が「全体」と矛盾しないという思想が成り立つ。ホフマンスタールは、ハーンの「前世の観念」

のなかで以下の部分にも傍線を引いている。

自己は複合体であるというはっきりした信念、これは一見、逆説的な言い方に思われるけれども、この信念こそ、多は一であり、生は渾一であり、有限なるものはなく、あるものはただ、無限のみという、もうひとつ上の、大乗的な信念に到達する絶対必須の段階なのである。(105)

この後ホフマンスタールは、第一次世界大戦中に、ハーンが紹介した日本の仏教思想にもとづいた考え方を、みずからの保守革命的、全体主義的な思想に利用していく。すなわち、ホフマンスタールは、この「プレエクシステンツ」から「エクシステンツ」への生の移行を、自身の作品のみならず、政治的発言に反映させ、滅びゆくハプスブルク帝国に代わり、かつてのローマ帝国や神聖ローマ帝国といったヨーロッパ共同体再来の夢を発展させ、その全体のための犠牲として戦争肯定論を展開する。そのことについては、次項で考察する。

2.『スカンジナビア講演のための覚書』

本項では、ホフマンスタールの文化政治的思想にハーンが与えた影響について検討するため、遺稿集『スカンジナビア講演のための覚書 Aufzeichnungen zu Reden in Skandinavien』(1916)を分析する。これは、一九一六年一一月中旬から一二月初旬にかけて、ホフマンスタールがノルウェー、スウェーデンで講演するために用意したメモ断片の総称であり、完成した作品ではない。

前項で述べたように、ハーンの「前世の観念」に感銘を受けたホフマンスタールは、神学用語の「プレエクシステンツ」という言葉の概念に、仏教の「前世」の概念を加えて倫理的な用語とし、社会性を獲得することで人間は「プレエクシステンツ」から「エクシステンツ」に到達できると考えた。折しも一九一四年、第一次世界大戦が勃発すると、ホフマンスタールは知識人の代表として、ヨーロッパ各地でこの戦争に対する意見を求められた。詩人としての自己の社会的責任を意識したホフマンスタールは、ヨーロッパ再生のため、現在では信じがたいような戦争肯定論を展開する。それは、ヨーロッパ各国や人々は一時的破壊、すなわち個の犠牲を覚悟することでヨーロッパ全体が蘇生するという内容であった。

ホフマンスタールは、各地で大勢の人々を説得する段階になり、キリスト教との折り合いをどのようにつけるかを考えたのであろう。彼は、「プレエクシステンツ」と「エクシステンツ」との間の過程を、「浄化のプロセス(Läuterungsprozess)」と呼ぶようになる。この言葉もハーンからの影響であろう。

ハーンは日本人に個性がないことを、前世から引き継いだ悪い部分を浄化するための意識的な自己犠牲だと見ている。それをホフマンスタールは、エゴをあきらめることで前世から受け継いだ悪い部分も含む霊魂が浄化され、本来の自我を獲得し、自己を確立することができる、つまり、「エクシステンツ」に到達できると考えた。

ハーンは、「前世の観念」で、「今後、おそらく西洋の宗教観念に、過去にかつてなかったような全面的な修正を加え、西洋流の自己の概念を東洋流の自己の概念に近いものに円熟させ、たんに人格とか個性とかいうようなものだけで、世に存在するものと思っている、ケチ臭い今日の哲学的観念を、一掃するものだという推定を許すものこそ、こういう信仰をひろくひろげ、宇宙の感情を大きくひろげてゆく[106]」ことが、科学の使命だと述べている。ホフマンスタールの蔵書には、この部分にも傍線が見られる。

彼は、個と全体は矛盾しないという考え方から、キリスト教も仏教も対立していないという解釈をハーンの思想に見出し、それをいかにヨーロッパの人々に伝えるか試行錯誤したと思われる。そのことがはっきりと読み取れるのが、『スカンジナビア講演のための覚書』である。

この講演の概要を述べておく。[107] ホフマンスタールは一九一六年の一一月と一二月にスウェーデンのストックホルムの学生連合の招待を受けて、ストックホルムやノルウェーのクリスティアニア（現オスロ）で戦時中のオーストリア＝ハンガリー二重帝国の状況について、および今後のヨーロッパの動向について講演を行った。主な行程は以下の通りである。一一月九日にホフマンスタールはウィーンを出発し、一〇日から一五日の間にベルリンに滞在、その後、コペンハーゲン経由でノルウェーのクリスティアニアに到着する。一七日には「自由と法 Freiheit und Gesetz」というテーマで同地の歓迎会で講演、二一日には同地の大学講堂で開催された正式な講演会で「ヨーロッパの理念について」というテーマで講演した。なお、この時の講演内容は、翌年にスイスで行った同名「ヨーロッパの理念」の講演の基礎となる。

戦時中において、政治、文化、哲学的議論を求められていたホフマンスタールは、この二つの講演によって大学生世代を中心に高い支持を得た。その後スウェーデンへ移動し、二三日にはゲーテボルクの大学で「自由と法」について講演、二四日には『スウェーデン日刊新聞 Svenska Dagbladet』のインタビューを受け、ストックホルムに到着する。二七日、歓迎会で『エレクトラ』と『イエーダーマン Jedermann』（1911）の自己解釈を披露し、たいへんな好評を博す。[108] 二八日にはウプサラの美学連合で講演したが、ここではあまり好待遇されなかった。一二月一日にはストックホルムに戻り、「キリスト教青年同盟」の講堂で改訂版「自由と法」を講演、この時は再び『エレクトラ』と『イエーダーマン』についての自己解釈を講演に取り入れ好評を得、臨席していたオーストリア＝ハンガリー二重帝国大使、およびドイツ大使も満足させたという。一二月六日にはルント大学のアカデミー連合で「自由と法」について講演し、一二月七日にウィーンに向けて出発、ベルリンを経由してクリスマス前にウィーンに戻った。

批判版全集の編集者のエレン・リッターは、全集第三四巻が刊行される以前の編集段階に、当時未公開資料だった『スカンジナビア講演のための覚書』断片のなかに、ハーンの「前世の観念」から決定的な影響を受けている箇所を指摘している。[109] それは、次のような内容である。

Es bestehe nämlich kein wirkliche Antagonismus zwischen der oestl‹ichen› u. westlichen bezüglich Praeexistenz und Vielfalt der Seele. Auch das christliche Bewusstsein strebt einen Läuterungsprocess an, durch welchen Teile der seelischen Zusammensetzung (Tendenzen, Impulse, Wähnen, Illusionen, Zwangscomplexe) abgetan werden sollen: und doch sind alle diese Elemente ererbte Bestandtheile der Seele, des wahren Selbst, deren Tod gewünscht wird. Unser Hoffen geht darauf, dass die besten Elemente unseres Selbst immer höhere Verbindungen eingehen -bis zum Gewahrwerden der-und Einswerden mit der Absoluten Realität. -Gesetzliche Bindung jedes, physischen oder psychischen, Atoms.

結局、東洋と西洋のプレエクシステンツと霊魂の多様性の間には、本格的な対立など存在しない。キリスト教もまた、霊全体の様々な部分（性癖、衝動、妄想、自己欺瞞、強迫観念）などが取り除かれるべき浄化のプロセスを目指している。しかしそれらすべては、魂や真の自己の要素を受けついだものであるが、消滅が望まれる。一方、私たちは自己の最高の要素が、さらに高い結合へと、つまり精神的ないしは肉体的な原子すべてと法的に結合し、絶対的な現実と一体となることを認識したいと望むのである。[110]

右に引用した箇所の直前には、「ラフカディオ・ハーン：西洋の自己の概念が東洋的なものに移行するという予測。Lafcadio Hearn: Vermutung die occident<ale> conception des Self werde in die orientalische Übergehen.」[111]と書いてある。したがって、この文章が、ハーンの考えを踏まえたうえで書かれた可能性は非常に高い。リッターは、このメモとハーンの「前世の観念」に類似点を見出し、ハーンからの影響だとしている。[112]ハーンの該当箇所は次の通りである。

前世の観念と、霊魂が合成体であるという観念とが、西洋の宗教心にじっさいに悖《もと》るものなら、これは満足な解答があたえられるはずがないだろう。しかし、はたしてそれは相悖るものであろうか？ いや、前世の観念は、けっして相悖るものではない。西欧の精神は、すでにそれを取り入れる準備ができている。自己というものが合成体であり、それが、いずれは滅び消える運命を持っているという考え方は、すくなくとも、旧い考え方を捨てきれないものにとっては、物質は滅するものだという観念に比べて、大してまさった考えではないと思われるかも知れない。しかし公平な立場に立って、よくよく反省してみると、なにも「我《エゴー》」が消滅してしまうことを恐れる感情的な理由は、どこにもないことがわかるだろう。じっさいにおいては、こんなことは無意識ではあるけれども、キリスト教徒にしても、仏教徒にしても、常住不断に祈祷をささげるのは、なんのためかといえば、つまりは、この「我」の消滅ということがあるためであろう。愚かで邪《よこしま》な傾向があれば、これは除いてしまいたい。多少でも、自分のなかにある、高尚なものにからみついているりっぱな望みを、卑しいものに引き下げるような下劣な性情は、なんとかして棄ててしまいたい。これは人情だ。ところが、われわれがこうして一心不乱に棄てようと願ったり、取り除こうと願ったり、なくしてしまおうと願ったりするところのものは、貴い理想を実現する助けになる後天的に持った大きな能力ではなくて、じつは、心霊的に受け就いてきているものの一部分、つまり自己そのものの一部分なのである。(113)

ホフマンスタールはハーンの英語版『心』のこの頁の Who was not often wished to rid himself…から and weighs down his finestaspirations? の六行に傍線を引き、脇に「浄化のプロセス Läuterungsprozess」と書き込んでいる(114)（図版3）。そして、この言葉を『スカンジナビア講演のための覚書』に使ったうえ、内容も酷似しているので、この文章がハーンから影響を受けたものであることは間違いないだろう。

『スカンジナビア講演のための覚書』のＮ56で引用した文章の直後には、もう一つハーンからの影響と思われる箇所がある。それはハーンの紹介した仏教の「空」の概念である。『（チャンドス卿の）手紙』で告白した、言葉による個別化の連鎖の末行き着いた虚無への恐怖は、一五年後、東洋思想によって解消されたようである。

Durchdringung von Europa u. Amerika mit orient‹alischen› Gedanken. Neue Betrachtung des Ich- problems. Multiplicität des Ich ist das Correlat der Kosmischen Einheit. ——Das hypothetische Atom mag ein Kraftcentrum sein, oder auch ein Wirbel, eine Leere. 〈»〉 Form is emptiness and emptiness is form. Perception and conception, name and knowledge, all these are emptiness.«

ヨーロッパとアメリカへの東洋思想の浸透。「自我」の問題の新しい考察。自己が複合体であることは、宇宙的な統一の相関概念である。——原子が存在するとなると力の中心なのかもしれない。あるいは渦であるかもしれないし、空であるかもしれない。形は空である、空は形である。知覚と概念、名声と知識、これら

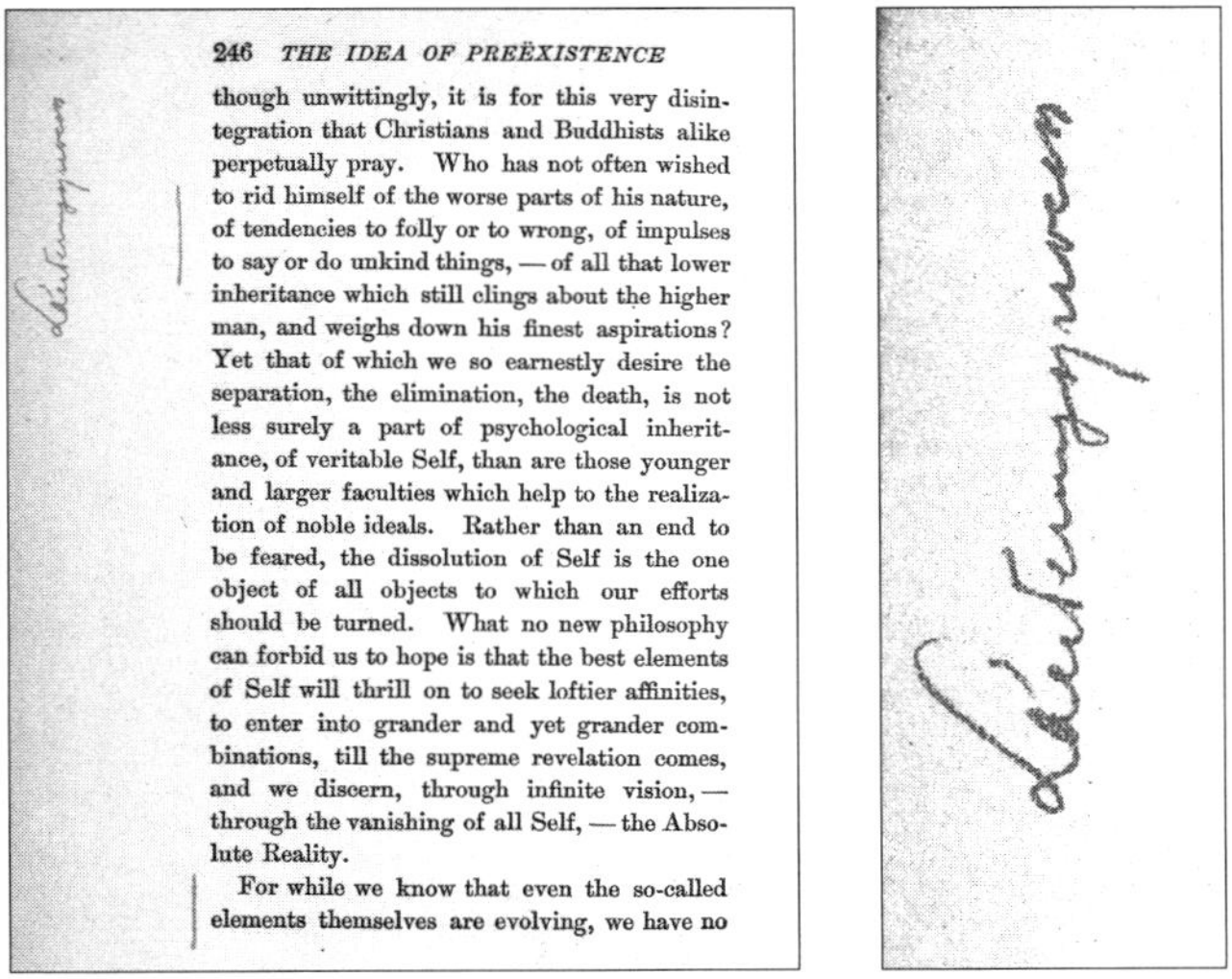

246 THE IDEA OF PREËXISTENCE

though unwittingly, it is for this very disintegration that Christians and Buddhists alike perpetually pray. Who has not often wished to rid himself of the worse parts of his nature, of tendencies to folly or to wrong, of impulses to say or do unkind things, — of all that lower inheritance which still clings about the higher man, and weighs down his finest aspirations? Yet that of which we so earnestly desire the separation, the elimination, the death, is not less surely a part of psychological inheritance, of veritable Self, than are those younger and larger faculties which help to the realization of noble ideals. Rather than an end to be feared, the dissolution of Self is the one object of all objects to which our efforts should be turned. What no new philosophy can forbid us to hope is that the best elements of Self will thrill on to seek loftier affinities, to enter into grander and yet grander combinations, till the supreme revelation comes, and we discern, through infinite vision, — through the vanishing of all Self, — the Absolute Reality.

For while we know that even the so-called elements themselves are evolving, we have no

図版3　ホフマンスタールの書き込み（Freies Deutsches Hochstift, Frankfurt am Main, HvH-Bibl.）

すべては空である。[115]

ホフマンスタールは『覚書』の最後の二行を英文にしており、その文末には二重括弧の綴じる印が書かれている。これは前項で述べたハーンの「前世の観念」の、次に挙げる第七章の末尾二行からの引用である。

The clear conviction that the self is multiple, howerver paradoxical the statement seem, is the absolutely necessary step to the vaster conviction that the many are One, that life is unity, that there is no finite, but only infinite. Until that blind pride which imagines Self unique shall have been broken down, and the *feeling* of self and selfishness shall have been utterly decomposed, the knowledge of the Ego as infinite,—— as the very Cosmos,—— never can be reached（…）. The chemist, for working purposes, must imagine an ultimate atom; but the fact of which the imagined atom is the symbol may be a force centre only,　—nay, a void, a vortex, an emptiness, as in Buddhist concept. "*Form is emptiness, and emptiness is form. What is form, that is emptiness; what is emptiness, that is form. Perception and conception, name and knowledge,—— all these are emptiness.*"

自己は複合体であるというはっきりした信念、これは一見、逆説的な言い方に思われるけれども、この信念こそ、多は一であり、生は渾一であり、有限なるものはなく、あるものはただ、無限のみという、もうひとつ上の、大乗的な信念に到達する絶対必須の段階なのである。自己は唯一無二の単一体だと思っているような、盲目的な驕慢心がたたきくだかれて、自我の念、我執の念が、まったく解体しきってしまうまでは、大宇宙とおなじき無辺無窮なる「自我」というものを知る境地までは、なかなか行きつけるものではない。(…)科学者は研究の目的のためには、微粒の原子を、想像のうちに描かなければならないが、その想像に描いた原子が象徴する事実は、あるいは、ただ力の中心にすぎないかもしれない。いや、それは、仏教の概念と同じように、無であり、渦動であり、空であるかもしれない。「形は空なり、空は形なり。形なるものは空にして、空なるもの、すなわち形なり。知覚と概念、名声と知識——すべてこれ、空なり[116]。」

仏教にある魂と思考の多層性、すなわち魂の因子は知識や経験に満たされて遺伝し、さらに次世代の知識や経験によって次々世代の魂の因子となる——このハーンが紹介した仏教思想の影響を、ホフマンスタールは確実に受けている。そして、前世から受け継いだ因子だけにつながれている状態を『アド・メ・イプスム』で「プレエクシステンツ」と名づけた。この「プレエクシステンツ」が、前世の集合体である自己の業《カルマ》を意識して、「浄化過程」を経て宇宙全体を「空」と体感した時に「エクシステンツ」＝真の存在に達するという考え方を組み立てた。この浄化過程では、個としての「自我」を断念し、放棄しなければならないこともある。なぜなら、これら無数の「個」が集まった科学でいう想像上の「原子」が所属する「全体」の「形」は、「無」や「空」であるからだ。この図式が組み立てられたことにより、ホフマンスタールは「個」と「全体」は矛盾しないという考え方の真理を発見したのであろう。

ホフマンスタールは、このように個人主義を否定し、「個」の複合体である「全体」の再生のための一時破壊という考えを、個人と国家との関係の次元にまで発展させた戦争肯定論に応用する。『スカンジナビア講演のための覚書』には次のような表現がある。

Wird das Gesetz ins Individuum, das Individuum ins Gesetz hineingenommen, so ist wahrhaft das Causalreich überwunden, und eine neue Bindung löst den Contrat social ab: denn es ist kein Contrast zwischen Individuum und Gesammtheit. [Ein Wort schwebt auf Lippen: Karma In der Tat: wir sind Asien, dem Urquell der Religionen nahe:][117] Und dies sollte durch dieses Grauen, durch Stickgase u. Minen, durch Luftkämpfe u Hungerkampf sich verwirklichen?

法が個人へと、個人が法へと組み込まれれば、因果界は真に克服され、新しい結びつきが社会契約（Contrat social）と交代する。なぜなら個と全体との間には対立はないからだ。［一つの言葉が口に出かかっている。カルマ。実際私たちはアジアに、すなわち宗教の源泉の近くにいる。］そしてそれは、こんな恐ろしいもの、窒素ガスや地雷、空中戦、飢えとの戦いを通して実現されるものだろうか。

引用部分の最後には、化学兵器を使用したり、空中戦となった第一次世界大戦の展開への不安も見られる。しかしそれでもホフマンスタールは、ヨーロッパの再生という全体の目的のために、個の犠牲を正当化している。個と全体の関係がもっとも深刻に問われるのは戦争である。N19のメモ断片には、次のような記述がある。

Der geläuterte Freiheitsbegriff: in der Nation: Ordnung; im Individuum: Gesetz Karma.(118)

(:と;の混在は原文のママ)

浄化された自由の概念。国家において、秩序であり、個人においては、法、カルマ。

『スカンジナビア講演のための覚書』には、このほかにも、『エレクトラ』の自己解釈やエレクトラとハムレットとを比較した日本の批評文にふれたり、岡倉天心の『東洋の理想』から引用した箇所もある。岡倉天心については、次の項で考察するので、ここでは『エレクトラ』に関する箇所を検討する。

『エレクトラ』はスウェーデンで一九〇九/一〇年に初めて翻訳上演され、一六年にホフマンスタールが訪れたのを機に再演されたばかりだったので講演に取り入れたのだろうが、内容は講演全体の基調や主旨と無関係ではない。

人格の概念の分析、最初は豊かでその後貧しくなった。

エレクトラのなかで:この人の人格は自分自身を救うために滅びた。彼女は父であり、(この父は彼女のなかだけに存在する)、彼女は母である(本人以上の母である)彼女は家全体である。そして彼女自身を見出せない。私は子どもでなく、子どもを持っている。兄弟でなく、兄弟を持っていない。出産していない産婦——もないのに、処女ではない。予言なしの予言者　私は犬死にしたアガメムノン王の血筋、彼女はこの父親と母親の結晶、運命が彼女で、彼女が運命。[119]

講演用のメモ書きなので、文が途切れ途切れでホフマンスタールの意図がよくわからない部分もあるが、本節1と2で考察してきた「プレエクシステンツ」と「エクシステンツ」についての思考と関係があると思われる。さらに、同じN42メモ断片にある日本における批評を引き合いに出している部分も引用しておく。

人々はエレクトラとハムレットとを比較した。私はそれについて機知に富んだ日本の批評を読んだ。彼はエレクトラのほうに軍配を上げた。なぜならエレクトラは思案することなく子どもの義務を果したからだ。[120]

ホフマンスタールが読んだという日本の批評文については、第V章第3節でふれるが、『エレクトラ』を『女はむれっと』の題で翻訳した二宮行雄となんらかの関係があるかもしれない。

第一次世界大戦中に、ホフマンスタールがヨーロッパ各地で行った、戦争を肯定、推進する政治的講演に、『エレクトラ』や日本の『エレクトラ』批評が使われていたことは意外である。しかしここで、個と全体は矛盾しないということをヨーロッパの人々に伝えるために、「プレエクシステンツ」から「エクシステンツ」への移行がテーマの一つとなった『エレクトラ』や、個人を犠牲にしても国家のために忠誠を尽くすという考えにつながる仏教思想の浸透した日本を引き合いに出していることから、いかにホフマンスタールがハーンを介して知った日本像から大きな影響を受けていたかがわかる。

パッヘによると、一連のスカンジナビア講演は期待されたほどの反響はなかった。(121)それどころか、次項で考察する『ヨーロッパの理念』も含めて、ヨーロッパの再生のために、日本を中心とした非ヨーロッパ世界の精神生活、思想を持ち出すこと自体が、時代遅れになっていく。

3. 『ヨーロッパの理念』

一九一七年三月三一日、ホフマンスタールは、中立国スイスのベルンで「ヨーロッパの理念 Die europäische Idee」(122)というテーマで講演を行い、その内容が原稿にまとめられた。前項で述べたように、これは、前年ノルウェーで同テーマで講演した際の内容がもとになっている。ホフマンスタールのこの講演は、ヨーロッパ再生のために、物質主義と理念的な国家主義の終焉としての戦争を肯定しており、ホフマンスタールの保守革命的思想の一端をうかがわせるものである。前項で考察した『スカンジナビア講演のための覚書』同様、現代から見ると疑問もあるが、当時トーマス・マンなど他の知識人も同様な見解を持っていたことを考えると、ホフマンスタールだけを批判することはできない。ホフマンスタールは、このなかでヨーロッパ再生のヒントを、ハーンや岡倉天心の紹介した「東洋」に見出している。

このヨーロッパに対して抱き始めた嫌悪感、とりわけヨーロッパの協議の対象となっている古代世界の残滓。いわゆる「オリエント」(123)。

ここでホフマンスタールは、戦争を「物質や観念に対する信用の終焉 Ende der materiellen und ideellen Kredite」(124)

とみなしている。金銭至上主義が横行し、自我も金銭欲の奴隷になってしまっている。実利重視のなかで現実的なものの概念が誤解され、「超個人的なものの現実性が失われてしまっていたWirklichkeit des Überpersönlichen war verloren」[125]と主張している。そして当時、このような風潮に危機感を抱いた知識人によるアジア志向として、トルストイのヨーロッパ嫌悪と中国志向、ロマン・ロランの金融に対する嫌悪が挙げられ、その流れでハーンの「ある保守主義者」が引き合いに出されている。

危機感の鈍い感情。時代の徴としてのアジア志向、一八世紀とは違う。(…)ラフカディオ・ハーン。一人のヨーロッパ人の完璧な移住。越境。「居住地の越境は太平洋を渡るのとほぼ等しい、――太平洋も民族間の相違に比べればはるかに狭い。」「ある保守主義者」における別な岸辺からの彼の視線。ヨーロッパに対する嫌悪。個人主義、機械主義、重商主義に対する嫌悪。アジアへの視線。[126]

こうしたヨーロッパの危機からの脱出の糸口をアジアに見出し克服しようという考え方は、これまで考察してきたように、ロマン派を経て一九世紀後半以降、ヨーロッパで流行した。ホフマンスタールがこの『ヨーロッパの理念』で援用した東洋の思想は、ハーンからの影響だけではなく、岡倉天心の『東洋の理想』からの影響もあり、それは次のようにみずから示唆している。[127]

楽園――いまだなお存在する、始原的、「無時間的」楽園。市場――物々交換――小舟――行商人、大臣が足を止め、召使いたちとともに食事をする。哲学者たちが進んで鍛冶仕事につき、高官たちがそのそばで仕事が終るのを待つ。若い学生が高官に自分のために横笛を吹いてくれるようにと頼む。旅行文化、巡礼、遍歴僧。その場限りのお役所的などではない人間関係。工業と工芸。事物の美。一期一会の考え方と数世代にわたって受け継いでいく匠の技。

感動した視線で凝視されるこのアジアにヨーロッパは象徴的な意味で棕櫚《シュロ》の葉を渡した。このアジアの自意識。それは岡倉覚三の『アジアの栄光』『東洋の理想』において千回も見出される。(128)

ホフマンスタールは、一九〇四年に親友のケスラー伯から『東洋の理想』を贈られていたにもかかわらず、当初はあまり興味がなかったようで、この講演以前まで同書についての言及はまったく見られなかったが、第一次世界大戦中になって、改めてこの本に共感したようである。シュースターが指摘するように、戦争という現象がホフマンスタールに、あらゆる存在が対立し合っている「社会」に直面させ、「互いに関連させ」ることで「世界の統一」を図ることが自分の使命だと考えさせたのであろう。(129)

右記で引用した文章には、「市場」「物々交換」「行商人」「旅行文化」「巡礼」「遍歴僧」「工業と工芸」「事物の美」などの単語が並べてあるが、これらは次に引用する天心がアジアの美しさについて描いた文章からの影響だと思われる。

アジアの簡素な生活は、蒸気と電気とのために今日それが置かれたヨーロッパとの鋭い対照を、毫も毫も恥とする必要はないのである。古い交易の世界、職人と行商人の、村の市場と聖者の縁日の世界、そこでは小舟が国の産物を積んで大きな河を上下し、どこのお邸にも内庭があって、そこに旅商人が布地や宝石を並べ、美しい深窓の婦人たちがそれを見て買うといった世界、そういう世界は、まだまったくは死んでいないのである。そして、その形態はいかに変化しようとも、ただ大いなる損失においてのみアジアはその精神の死滅を許すことができる。なぜならば、幾時代にもわたる父祖伝来の財宝であるところの工芸的、装飾的芸術は、それによって保存されてきたものであり、アジアはそれを失うとともに、ただ事物の美のみでならず、制作者の喜び、彼の幻想の個性、および長年月にわたるその労働の人間化のことごとくを、失わなければならないからである。けだし、みずからの手で織った織物でみずからの身を包むことは、みずからの家にみずからを住まわせることであり、精神のためにそれ自身の領域を創り出してやることだからである。

たしかにアジアは、時間を貪り食らう交通機関のはげしい喜びはなにも知らない。だがしかし、アジアは、いまなお、巡礼や行脚僧という、はるかにいっそう深い旅の文化を持っているのである。すなわち、村の主婦にその糧を乞い、あるいは夕暮の樹下に坐して土地の農夫と談笑喫煙するインドの行者こそは、真の旅人だからである。[130]

天心の『東洋の理想』は、「The Ideals of The East with special reference to the art of Japan」とサブタイトルにもあるように、日本の美術について書かれた書である。天心は、東洋の精神は日本の美術史に表れている、したがって、日本の美術史を説くことが東洋の理想を明らかにすることになると考えた。「アジアは一つだ」という断定的な文句から始まることで、のちの太平洋戦争時に国粋主義者に利用されたこの書では、分裂し、複雑な集合体である広大なアジアを統一することが、日本の偉大な特権であると説かれている。なぜなら日本は、アジア文明の博物館、いやそれ以上であり、古いものを失うことなしに、新しいものを迎え入れられるからだ、と論じられている。天心は、日本がなぜ東洋を突き抜け、西洋まで進出し、西洋を受け入れ、西洋に受け入れられたか、なぜ仏教が日本においてのみその偉大さを発揮したか、また儒教がなぜ日本において仏教思想と融合できたかについての答えを、日本人の感性の鋭敏さゆえの優越性に求めている。日本美術史の専門書というよりも、アジアにおける日本人の精神の優位性を美術を例にとって説いた本であり、天心の過去へのノスタルジーが感じられる一冊でもある。

左記の引用文は、そうした天心の時代錯誤性が指摘されている箇所である。しかし、ホフマンスタールは天心の提示した古き良き日本像を疑うことなく受け入れ、みずからの思想の展開に利用している。

彼はハーンや天心の本から、日本の精神文化のなかに「個人主義、機械主義、重商主義」(131)が蔓延して危機に陥ったヨーロッパが学ぶものがあると考えたのだろう。シュースターは、この本を読んだことでホフマンスタールが錯覚した点を二つ挙げている。一点目は、天心が書いた「アジアは一つ」という言葉の解釈についてである。次に引用するのは、天心が、統一されたアジア、共同体的な伝統、日本の優位性といった理想を説いている箇所である。(132)

しかしながら、この複雑の中なる統一をとくに明白に実現することは、日本の偉大な特権であった。この民族のインド・韃靼的な血は、それ自身において、この民族を、これら二つの源泉から汲み取り、かくしてアジアの意識の全体を映すものとなるにふさわしいものとするところの遺伝であった。万世一系の天皇をいただくという比類なき祝福、征服されたことのない民族の誇らかな自恃、膨張発展を犠牲として、祖先伝来の観念と本能とを守った島国的孤立などが、日本を、アジアの思想と文化と託す真の貯蔵庫たらしめた。[133]

この本がロンドンで発表されたのは一九〇三年二月、[134] 日本政府がさらに欧化政策と近代化を推進することを決定し、西欧に対する自己主張は、当時世界に認められた軍事力によってのみ可能だと、日本が意識し始めた時期である。つまり、日露戦争開戦直前の両国間の緊張が高まっていた時期ということに注意しなければならない。[135] 政治的に反動派と見られていた天心は、軍事力を増強して世界に立ち向かおうとした政府に対して、むしろ「膨張発展を犠牲として、祖先伝来の観念と本能とを守った島国的孤立」を守ることを主張していた。

つまり、ホフマンスタールを魅了した、天心の言う「アジアの簡素な生活」[136] は、当時のアジア、特に日本にはすでになくなっていた。木下長宏が指摘しているように、むしろこの表現は、「アジア古代文化への喪失感」すなわち「アジア文化はすでに遠く喪われて取り戻すことができないことを眼のあたりにした実感からくる感慨と自覚」[137] であり、天心の古き良き日本へのノスタルジーでしかなかったのだろう。松本三之介も『東洋の理想』が執筆されたのは、天心が美術学校内の地位をめぐる争いに巻き込まれて敗者の苦汁を味わい、同時に恋愛問題による家庭の紛糾などに巻き込まれており、さらに年来目指していた芸術運動も挫折した時期とも重なっていたことを指摘し、八方塞がりに追い込まれた天心の世界に向けての発信、訴えだったと推測している。[138] ホフマンスタールは、軍事政策を進める明治政府に対して反対していた天心が、非現実的な願望として書いていたものを、現実の日本の姿だと勘違いしていたのである。

ホフマンスタールの二点目の錯覚は、老子の生きていた紀元前五～六世紀の中国の様子について、天心が三世紀の出来事のように語った部分を、ほとんどそのまま利用していることだという。ホフマンスタールの『ヨーロッパの理念』の箇所で「哲学者たちが進んで鍛冶仕事につき」や「若い学生が高官に自分のために横笛を吹いてくれるように頼む」などの表現は、天心の『東洋の理念』からの借用だと推測されており、[139]たしかに同書の第四章「老荘思想と道教——南方中国」には、同様の表現箇所が確認できる。しかし、おそらくホフマンスタールにとっては、歴史的事項の正確な把握はあまり重要ではなかった。彼はヨーロッパの文化危機の克服のため、また戦争肯定論を展開するために、東洋の思想を引き合いに出すことで論理的な裏づけをしようとしていたからである。『ヨーロッパの理念』の終結部では、個人主義の行きづまりに対して、再び「超個人的」なものが肯定される。個人が尊重され金銭至上主義が横行するなかで、利己心や自己保存願望が強くなり、人生の一回性に対する苦悩はますます大きくなっている。ホフマンスタールは、その克服手段として「超個人的なものの現実化」を訴え、「社会化された国家の集合体としてのヨーロッパ」を打ち出した。

ここまでホフマンスタールの日本像を考察してきた。その特徴は、日本をまるで、ギリシアに発する広大なオリエント空間の果ての理想郷のように見ていたことにある。しかしそれは、彼が実際に日本に来て、自分の目で日本や日本人をたしかめて形成したイメージではなく、ハーンや天心などの著作から好都合な部分を取捨選択し、創作のヒントとして、また自分の思想を展開するために利用したといえるだろう。

ホフマンスタールだけでなく、ほかのドイツ人もギリシア的な日本に自分たちの故郷を見ていたという点で、興味深い研究がある。ヴァルター・ループレヒター（Walter Ruprechter）は、"Griechisches Japan. Haimat konstruktionen der Japan Exilanten Bruno Taut und Kurt Singer" でホフマンスタールと同世代で第二次世界大戦中に日本に数年間滞在した建築家ブルーノ・タウト（Bruno Julius Florian Taut, 1880-1938　日本滞在は 1933-36）や経済学者クルト・ジンガー（Kurt Singer,1886-1962　日本滞在は 1931-35）の日本像を考察している。ループレヒターは、この二人のドイツ人が一九世紀末にドイツのギムナジウムで、人文主義的なギリシア像を理想とする教育を受けたという共通点に着目し、彼らが日本においても美の基準をギリシアに求め続けたことを指摘している。特にタウトは、ギリシア人の血を引くハーンの日本関連書を読み、その過剰に美化された日本像の危うさに気づきながらも、日本建築、とりわけ桂離宮に、ギリシア美術にある古典主義の理念を見出し、ドイツ古典主義の理想としたギリシアの理念が、桂離宮の単純さ、極度に装飾を控えた洗練などに反映されていると考えていたのだという。[140] その前提には、ヘーゲル（Georg Wilhelm Friedrich Hegel, 1770-1831）が述べたように「教養あるヨーロッパの人々には、ギリシアの名は故郷のように懐かしく響く」という概念があり、ドイツ人にとってのギリシアは、精神的、文化的故郷であった。ナチスドイツに追われて亡命してきたタウトは、精神性と結びついた日本の文化を通して、精神的な故郷のギリシア、その向こうに故郷ドイツを見ていた。タウトは、『日本美の再発見』の最後に、「近代的な発展や近代的な力の赴く方向」に対して、「何かおそろしい禍に脅かされているような気がしてならない」と警鐘を鳴らしている。[141] ユダヤの血を引くホフマンスタールももし長生きしていたら、タウト同様、第二次世界大戦中に亡命を余儀なくされ、そこでもし現実の日本を見たら、タウトと同じように感じたかもしれない。しかし、ホフマンスタールは現実の日本を見られなかったからこそ、美化された時代錯誤的な日本像を自分の思想に利用できたのではなかろうか。

第6節　『エレクトラ』のなかの「プレエクシステンツ」と「エクシステンツ」

1．「行動」できないエレクトラ

第4節で考察したように、ホフマンスタールは、自分の作品の解釈へのヒントとして提示した覚書『アド・メ・

イプスム』のなかで、自己の多様な作品の登場人物の人生を、「プレエクシステンツ」から「エクシステンツ」への移行のモデルとしてさまざまに解釈している。意味深長なキーワードが羅列された『アド・メ・イプスム』は、謎めいた部分が多くあり、パズルを解くようにおもしろい側面がある一方、読者を迷路に迷い込ませることもある。

また、第5節で述べたように「プレエクシステンツ」から「エクシステンツ」への移行過程は、一人の人間が社会性を獲得して真実の生を獲得するまでのプロセスと捉えられる。ホフマンスタールは、『アド・メ・イプスム』でそのことを、「存在としての自己と生成としての自己」[142]と言い換え、仕事や子どもを通して社会性を獲得することで「エクシステンツ」に到ると何度も書いている。

この節では、ギリシアまたは「オリエント」を舞台にしたホフマンスタールのオペラ台本である『エレクトラ』（戯曲版：1903　オペラ版：1909）、『ナクソス島のアリアドネ Ariadne auf Naxos』（初版：1912　ウィーン版：1916）、『影のない女 Die Frau ohne Schatten』（1919）を取り上げ、ホフマンスタール自身がこれらの作品のなかでそれぞれの登場人物に、「プレエクシステンツ」と「エクシステンツ」の移行をどのように当てはめているかを、『アド・メ・イプスム』を手がかりにしながら比較検討し、『エレクトラ』から『影のない女』に到る過程でのホフマンスタールの個人と社会についての考え方の変化を探る。そうすることで、個と全体の関係性を扱った作品に、「日本」が間接的に影響を与えていることが見えてくるのではないか。

まず『アド・メ・イプスム』から『エレクトラ』に関する事項を抜き出してみよう（①〜⑤の分類は筆者による）。

① sich wandeln ＝ sein Schicksal suchen im Tun（Tun ist sich aufgeben）——Elektra Opfer.[143]

変容すること＝行為のなかで自分の運命を探すこと（行動は自己放棄である）——エレクトラ　犠牲

②Die Schwierigkeit der Tat für Elektra.(144)

エレクトラにとっての行動の困難さ

③die Verwandlung im Tun. Tun ist sich aufgeben

Das Alkestis——und Ödipus Thema sublimiert in der Elektra. (Das Verhältnis der Elektra zur Tat freilich mit Ironie behandelt. Elektra Hamlet)

Das Entscheide liegt nicht in der Tat sondern in der Treue. Identität von Treue und Schicksal.

Innerste: die Unbegreiflichkeit des Tuns. Die Unbegreiflichket der Zeit: eigentliche Antinomie von Sein und Werden.(145)

Elektra——Chrysothemis

Variation: Ariadne——Zerbinetta(146)

行動しながらの変容、そうした行為は自己を放棄すること。アルケスティスとオイディプスのテーマは、『エレクトラ』のなかで昇華されている。（エレクトラの行動への姿勢は、もちろん皮肉をもって扱われている。エレクトラ　ハムレット）決定的なことは行動のなかにではなく、忠実さのなかにある。忠実さと運命の同一性。……

深奥にあるもの：行為の不可解さ。時間の不可解さ：存在と生成との本質的な二律背反

エレクトラ——クリゾテミス

ヴァリエーション：アリアドネ——ツェルビネッタ

④ Die Wiedergeburt eines neuen genießen aus der Höhle der Schmerzen
Ariadne——Elektra[147]
苦しみの洞窟から新しいものの蘇生を受け入れること
アリアドネ——エレクトラ

⑤ Der Weg zum Sozialen als Weg zu sich selbst
«ich will die Treue lernen»
Elektra——Ariadne
Der Weg zum Sozialen durch das Werk und das Kind.[148]
自分自身への道としての社会性への道
「私は忠実さを学びたい」
エレクトラ——アリアドネ
仕事と子どもを通しての社会性への道

次に、『ヨーロッパの理念』から、『エレクトラ』についての記述を見てみよう。

言葉によって世界の内実について何かを把握できるという可能性への懐疑。世界に氾濫する絶望の波としての言語批判。真理ではなく技術が学問的成果であったために生じた、あの魂の状態。『エレクトラ』の「行動」

をめぐる苦闘は――詩人は象徴的な夢見る人である――この世界のなかに突き進んでいく。我々がそのなかに事物を求める時には単なる響きにすぎないあらゆる言葉は、我々がそれを生きる時に明確になる。行動のなかで、さまざまな行動をしながら、言葉の謎は解けていく。(149)

ホフマンスタールは、『アド・メ・イプスム』と『ヨーロッパの理念』の両書で、「行動」できないエレクトラを言語不信と結びつけている。

母のように愛人と睦み合うこと、妹のように過去を忘れて妻になり母になること、これらは、エレクトラの忌み嫌う動物的な行為である。彼女は、父に対して「忠実」に生きるあまり、「行動」できない。

エレクトラの二律背反は、父に忠実であることによって、母を否定しなければならないところである。本来、父と母の合一の結果であるはずの娘エレクトラは、それを否定することで、自分の存在価値の危機に陥る。前世から受け継いだ因果に呪縛されたままで、そこからさらに外側の世界である社会に自分を融和させることができない彼女は、「プレエクシステンツ」に留まり続ける。弟オレストによる復讐の達成によって、エレクトラの心は一見解放されたように見えるが、復讐のみを原動力にして「過去」を生きてきたエレクトラには、「現在」を生き抜き「エクシステンツ」に到達する能力がない。共同体を象徴する輪舞に入れない彼女は、一人で「名前のない踊り」というディオニュソス的な踊りを踊って息絶える。

『アド・メ・イプスム』では、このエレクトラに対して、オペラ『ナクソス島のアリアドネ』のアリアドネが重ねられている。

2.「エクシステンツ」への到達

R・シュトラウスとの共同製作である『ナクソス島のアリアドネ』の台本において、序幕（Vorspiel）におけるオペラのプリマ・ドンナとコメーディア・デ・ラルテの歌手、第一幕（オペラ）におけるアリアドネとツェルビネッタという対照的な二人のヒロインの対決を通して、言語危機以降のホフマンスタール自身が当時抱えていた課題の解決を試みていると考えられよう。これは、貴族的なものと大衆的なもの、精神的なものと身体的なもの、保守的なものと革新的なものなど、相対する要素の対決である。有名な「アリアドネ書簡」[150]のもととなった、一九一二年七月中旬の書簡で、ホフマンスタールは、この対立について次のように述べている。

ここで問題となっておりますのは、単純にしてかつきわめて重要な人生の問題、すなわち「誠実・貞節」の問題なのです。失われたものに執着し、死に至るまで永遠に固執するか、あるいは生きようとする、生き続けようとする、なんとか切り抜け、自己を変えようとする、魂の統一を捨てながら、しかもこの変容の中で自己を守ろうとする、一人の人間であり続ける、記憶を失った獣に自己を堕とさない、これこそ《エレクトラ》の基本テーマであり、エレクトラの声に対するクリソテミスの声、英雄的な声に対する人間的な声の対立なのです。そのように、ここでは古代英雄たち、半神たち、神々のグループ——すなわちアリアドネ——バッカス——（テーセウス）——が、人間的、まさに人間的以外の何者でもない、浮気者のツェルビネッタと彼女の取り巻きたち、あの生の仮面をかぶった下品な男たちと対置されているのです。ツェルビネッタは、その本質から言って、一人の男から別の男へと移り歩くのですが、アリアドネはただ一人の男の妻、あるいは恋人にしかなれず、アリアドネはただ一人の男に置き去りにされた女、捨てられた女でしかあり得ないのです。しかしもちろん彼女には一つだけ残されたものがあります。すなわち、奇跡であり神がそれです。彼女は神に身を委ねます。なぜなら彼女は神を死だと思ったからです。神は死であると同時に生でもあったのです。彼は彼女に自己の本性の驚くべき深みを示します。そして彼女自身を、この哀れなか弱いアリアドネを変身させた魔術師、秘儀師として、彼女のためこの現世に彼岸を現出させ、彼女をこの世に引きとめると同時に、彼女を変身させるのです。しかし神々しい魂たちにとってまさに真の奇跡であったものも、ツェルビネッタの世俗的な魂にとっては、全く日常的なものでしかないのです。彼女はアリアドネのこの体験の中に、まさに彼女が見ることのできるものしか見ていません。つまり古い恋人を新しい恋人と取り替えるということしか見ていないのです。このようにして、この二つの魂の世界は、幕切れで皮肉な形で結びあわされます。唯一可能な方法で、つまり相互に何も理解せぬまま結びあわされるのです。[151]

この書簡でホフマンスタールは、はっきりとエレクトラに対してクリゾテミスを、アリアドネに対してツェルビネッタを対置している。おそらくホフマンスタールは、自分自身をエレクトラ、アリアドネ側に重ねて見ていた。孤高な彼女ら対、「獣」「妥協」であるクリゾテミスやツェルビネッタ側という大衆、すなわち社会との融合もテーマになっているが、ここでは、アリアドネが、ツィルツェとの体験を経て傷ついた神バッコスを「死神」だと思い身を任せる、つまり、アリアドネが体現している、「失われたものに執着」して苦しむヨーロッパが、オリエントの神バッコス（ディオニュソス）と融合することで生まれ変わるという図式も隠されている。この融合は、ホフマンスタールが好んで使ったアロマーティッシュ（allomatisch）という言葉に当てはめられるだろう。[152]

次に、ハーンの「前世の観念」の影響が指摘されている[153]『影のない女』の皇妃とその行動の解釈について考える。

『影のない女』小説版の第四章では、皇帝が生まれることのできなかった子どもたちと出会ったことが、皇妃に影響を及ぼし、皇妃が自己犠牲を覚悟した行動を起こす。ホフマンスタールはこのような無意識の自己犠牲的行動によって「エクシステンツ」に到達することを、『アド・メ・イプスム』で「生まれなかった子どもたちによる救済 die Erlösung durch die Ungeborene」と書き、ここでもその解決を「アロマーティシュなものの勝利 Trimph des Allomatischen」(154)と呼んでいる。彼らは生まれなかった子どもたちとの邂逅を通して、「あり得なかった未来」、すなわち時空を超えた次元において、生の連鎖という全体に一瞬身を任せるからである。皇帝夫妻は、皇妃の無意識のうちに行われた咄嗟の行動により「プレエクシステンツ」の状態から「エクシステンツ」へと移行したといえる。

この『影のない女』の皇帝夫妻、染物屋バラク夫妻の描写に、日本的なイメージが感じられることに注目したい。ホフマンスタールは、それまで個として利己的に生きてきて本当の「エクシステンツ」に到達できなかった皇帝や、もともと人間ではない精霊の皇后を真の人間として存在させるために、生の連鎖を象徴する「生まれなかった子どもたち」との邂逅を体験させている。ハーンの「前世の観念」により、日本人は生を超個人的なものと捉えていると知ったホフマンスタールは、このような体験を抵抗なく受け入れる主人公たちに、メルヒェンであるため特定はしなかったものの、日本人のイメージを付与したのではないかと思われる。バイエルン歌劇場のメンバーにより、一九九二年に愛知県立芸術劇場で、九三年にバイエルン歌劇場において上演された、(155)三代目市川猿之助(現猿翁)による新演出の『影のない女』は、そのような意味でこの作品の本質を理解するのに役立つ。また、染物屋夫婦のバラクという名前は、イランやイラクなどの中近東に現在でもある名前であり、日本と中近東がここでも「オリエント」という一つの空間で扱われていることがわかる。

このようにギリシア、「オリエント」を舞台にした『エレクトラ』『ナクソス島のアリアドネ』『影のない女』という三つのオペラ作品において、「プレエクシステンツ」の状態にあったヒロイン三人のうち、アリアドネと皇后は決定的な瞬間に社会性を獲得する行動をとったことにより自身が変身し「エクシステンツ」に到るが、他者＝社会と融合することのできないエレクトラだけが「エクシステンツ」に到達することができないで死んでいく。この点で、『エレクトラ』は悲劇といえるだろう。

しかし、復讐後の歓喜の陶酔のなか、彼女がマイナスのように上半身をのけぞって踊る「名前のない踊り」は、ヒステリー的、ディオニュソス的なものである。これは、彼女の無意識下で抑圧されていた欲望がこのような身体表現として現れてきたとも解釈できる。あるいは、エレクトラがオリエント由来のディオニュソスに捧げられる犠牲（Opfer）となり、自分自身が変身したことで見た幻のなかで他者に融和し、死の間際のその一瞬のみ「エクシステンツ」に達したとも考えられるのではないか。

このことも踏まえて、次章では、ホフマンスタールが求めたオリエント的＝ディオニュソス的身体性について考えていきたい。

注

（1）Kapitza, Peter（Hg.）: Japan in Europa, Texte und Bilddokumente zur europäischen Japankenntnis von Marco Polo bis Wilhelm von Humboldt.Bd.1,2, München 1990.

（2）Meier, M.H. Ch. und Kämtz, L. F.（Hg.）: Allgemeine Encyklopädie der Wissenschaft und Künste, Dritte Section OZ, Unveränderter

Nachdruck der 1834 bei F.A. Brockhaus in Leipzig erschienenen Ausgabe, 1987.

（３）Meier, M.H. Ch. und Kämtz, L. F.（Hg.）: a.a.O., S.220.

（４）この印刷所から一六〇三年には、“Vocabulario da lingoa de Japam com a declaração em portugues, feito por alguns padres e irmaos da companhia de Jesu in 4.”、一六〇四年には P. Joao Rodriguez による“Arte da lingoa de Japam, composta pello”が出版され、それらはフランス語などに訳されたという。さらに、すでに一五九五年に天草のイエズス会で印刷された“dictionarium latio-lustinanicum ac japonicum ex Ambrosii Calepini volumine depromtum”に“vocabulario de Japon declarado primeroen porutugues por los padre der C. de J.y agora en acastellano en el colegio de Santo Thomas de Manila”という一六三〇年にマニラで第４版として出版されたものが続くとの記述がある。当時ドイツでよく目にするのは、一六三二年にローマで宣教用に作られた訳 Ars grammatica japonicae linguae , composita a Fr.Didaco Collado と同年出版された同著者による訳 Dictionarium sive thesauri linguae japonicae compendium だとされている。

（５）Meier, M.H. Ch. und Kämtz, L. F.（Hg.）: a. a. O., S.220.

（６）Meier, M.H. Ch. und Kämtz, L. F.（Hg.）: a. a. O., S.220. さらに「最近」ではレムサート（Rémusat）とクラプロート（Klaproth）の名がすぐれた日本通として挙げられ、特に前者は Titsingh によって日本語の原稿から翻案された Mémoires et anecdotes sur la dznastie régnante de Djogouns souverains du Japon（Paris, 1820）に注釈をつけていると紹介されている。

（７）P・F・v・シーボルトの二人の息子のうちの一人、ハインリヒ・シーボルトは、一八六九年、兄のアレクサンダーを追って来日、オーストリアの通訳になり、ウィーン万博の派遣団にも同行した（仙波玲子「明治日本とオーストリア――一九世紀後半の日墺交渉史」『Ｔｈｅハプスブルク家――華麗なる王朝の７００年史』新人物往来社、二〇〇九年）。

（８）ペーター・パンツァー「特別友国、不平等条約でスタートした一四〇年間のオーストリアと日本の関係」『修交一四〇周年記念　日本とオーストリアの友好関係をふりかえって』（オーストリア大使館編）、二〇〇九年、一九四－二〇四頁。

（９）Geschichte der Japan-Forschung in Österreich. このサイトが現在は消失してしまっているので、以下に同様のサイトを挙げる。http://japan.univie.ac.at/ueber-die-wiener-japanforschung/geschichte-der-japanforschung-in-wien/ なお、注７でふれたシーボルトの二人の息子も日本からの大量の品々を携えて帰国し、その一部はウィーンの国立図書館や博物館に日本コレクションとして寄贈され、オーストリアに日本を紹介するのに一役買ったといわれる（仙波、前掲書）。

（10）Geschichte der Japan-Forschung in Österreich.

（11）この説は二〇世紀には否定され、現在、日本語は孤立語だとされる。またウラル語族、アルタイ語族という言葉もすでに使われず、ウラル諸語、アルタイ諸語と呼ばれることが多い。

（12）Geschichte der Japan- Forschung in Österreich.

（13）a.a.O.

（14）ゼップ・リンハルト「一九一八年～一九三八年の日墺関係」『修交一四〇周年記念　日本と墺太利の友好関係をふりかえって』（オーストリア大使館編）、二〇〇九年、二〇五頁。

（15）一九二〇年以降、オーストリアは領事を東京に駐在させている。

（16）リンハルト、前掲書、二〇五頁。

（17）クラウディア・デランク（水藤龍彦、池田祐子訳）『ドイツにおける〈日本＝像〉』思文閣出版、二〇〇四年、五頁。

（18）デランク、前掲書、六頁。

（19）デランク、前掲書、六頁。

（20）これ以降、何語が使われているかにかかわらず、本書では「ジャポニスム」で表記を統一する。

（21）桑原節子「ドイツ――ユーゲントシュティールのグラフィックと工芸」『ジャポニスム入門』（ジャポニスム学会編）思文閣出版、二〇〇〇年、一三一頁。

（22）デランク、前掲書、七－八頁。

（23）馬渕明子「オーストリア――綜合的ジャポニスムの一例」『ジャポニスム入門』（ジャポニスム学会編）、思文閣出版、二〇〇〇年、一四〇頁。

（24）馬渕、前掲書、一四五頁。

（25）クリムトのジャポニスムについては、以下の資料に詳しい。馬渕明子『ジャポニスム――幻想の日本』ブリュッケ、一九九七年、一八九－二二五頁。

（26）分離派は、カール・モル（アルマ・マーラーの義父）やヨーゼフ・M・オルブリヒ、グスタフ・クリムトらを中心に一八九七年に結成された。
（27）西村雅樹「ヘルマン・バールが分離派『日本展』に観たもの」『人文知の新たな総合に向けて（21世紀ＣＯＥプログラム「グローバル化時代の多元的人文学の拠点形成」）』第二回報告書Ⅳ［文学篇1］、京都大学大学院文学研究科、二〇〇四年、一四六頁。
（28）Schur, Ernst: Der Geist der japanischen Kunst. In: Ver Sacrum, 2. Jg. Heft4,1899, S. 11. 西村、前掲書、一四六頁。引用文も西村による訳。
（29）西村、前掲書、一四七頁。
（30）Vorwort zur VI. Ausstellung der Vereinigung bildender Künstler Österreichs, Secession. In: Katalog der VI. Ausstellung der Vereinigung bildender Künstler Österreichs, Secession. Wien 1900, S. 3. 西村、前掲書、一四七頁。引用文も西村による訳。
（31）西村、前掲書、一四七頁。
（32）西村、前掲書、一五三頁。
（33）西村、前掲書、一五四頁
（34）Brandstetter, Gabriele: Tanz-Lektüren. Körperbilder und Raumfiguren der Avantgarde. Frankfurt am Main 1995, S.55ff.
（35）Hofmannsthal: Über die Pantomime. GWRAI, S. 503f.
（36）Bahr, Hermann: Japanische Ausstellung. In: Secession. Wien（Wiener Verlag）1900, S.220f. 西村雅樹「若きウィーン派と日本」『『文学と言語に見る異文化意識（21世紀ＣＯＥプログラム「グローバル化時代の多元的人文学の拠点形成」）』京都大学大学院文学研究科、二〇〇四年、五〇頁。
（37）鈴木松年の言葉は以下の通りである。「絵の中で人物が一個のもう一つの自然より以上のものであるとするならば、それはもはや風景ではなく、季節の姿ではなくなってしまいます。」「人物には固有の心情があってはいけません。人物はおそらくは一個の喜ばしい春であり、秋のある物悲しい風情なのです。」（西村、前掲書、五一頁）。
（38）Bahr, Hermann: a.a.O., S.220f. 西村、前掲書、五一頁。
（39）Bahr, Hermann: Ebd., S.219. 西村、前掲書、五二頁。
（40）Bahr, Hermann: Ebd., S.220. 西村、前掲書、五二頁。

（41）西村、前掲書、五二頁。

（42）西村、前掲書、五二－五三頁。

（43）平間洋一『日露戦争を世界はどう報じたか』芙蓉書房出版、二〇一〇年、一四九－一五一頁。

（44）Zweig, Stefan: Lafcadio Hearn. In: Hearn, Lafcadio: Das Japanbuch,（Übers. von Berta Franzos.）Frankfurt am Main 1911, S. 9.

（45）ラフカディオ・ハーンの父は、ギリシアに駐在していたイギリス第四五ノッティガム歩兵連隊に所属する軍医のアイルランド人、母はキティラ出身のギリシア人である。ラフカディオが七歳の時に両親は離婚、大叔母に養育される。その後、英仏の神学校に進学するが、大叔母が破産したため中退。一九歳でアメリカに渡り、新聞記者になる。ニューオリンズでは新聞社の文芸部長にまでなったが退職。三七歳から作家になり、西インド諸島で著作活動。四〇歳で来日。

（46）フランクフルトの Goethehaus 内 Hofmannsthal —Bibliothek には、ホフマンスタール自身が所蔵していたハーンの著書が九冊（『心』『九州』『怪談』『東の国より』『仏陀の国の落穂』『霊の国にて』や書簡集）保管されている。

①Hearn, Lafcadio: Japan. An attempt at interpretation. New York 1905.

②Hearn, Lafcadio: Kokoro, hints and echos of Japanese inner life. London 1895.

③Hearn, Lafcadio: Kokoro. Mit Vorwort von Hofmannsthal. Frankfurt am Main 1907.

④Hearn, Lafcadio: Glimpses of unfamiliar Japan. Vol.1, Vol.2.1903.

⑤Hearn, Lafcadio: Out of the East. Reveries and Studies in New Japan. London 1903.

⑥Hearn, Lafcadio: Gleanings in Buddha Fields. Studies of hand and soul in the Far east. Boston and New York, Houghton 1900.

⑦Hearn, Lafcadio: Kyushu. Träume und Studien aus dem neuen Japan. Frankfurt am Main 1908.

⑧Hearn, Lafcadio: Kwaidan. Seltsame Geschichte und Studien aus Japan. Frankfurt am Main 1909.

⑨Bisland,Elizabeth: The life and letters of Lafcadio Hearn. Vol.1, Vol.2.London, Boston and New York, Houghton 1906.

（47）ＦＤＨ内 Hofmannsthal-Bibliothek 所蔵。

（48）Ritter, Ellen: Über den Begriff der Praeexistenz bei Hugo von Hofmannsthal. In: Germanisch-Romanische Monatsschrift, Neue Folge. Bd.XXII, Heft 2, 1972, S.197.

（49）Hofmannsthal: Briefe 1900-1909, Wien 1937, S.78.

（50）Ritter: a.a.O., S.197.

（51）Hofmannsthal: SWXXIX, S.407.

（52）Hofmannsthal: a.a.O., S.407.

（53）批判版全集では、出版企画が頓挫した理由について、その直後にラフカディオ・ハーンが亡くなったことと関係があるのか、もしくは、フランクフルトのリュッテン・アンド・レーニング社が『心』の全編をドイツ語訳で刊行するつもりであることをホフマンスタールが知ったからかは不明だとしている（Hofmannsthal: SWXXIX, a.a.O.）。

（54）この追悼文は、一九〇七年に出版されたドイツ語版『心 KOKORO』に序文として収められた。このドイツ語版の装丁にはエミール・オルリックによる和紙に金と黒の装飾模様が施されている。

ドイツ語版『KOKORO』（著者撮影）。Freies Deutsches Hochstift, Frankfurt am Main, HvH-Bibl.

（55）この追悼文でホフマンスタールは、ハーンのいくつかの作品を具体的に挙げ、私見を述べている。そのなかの一つで『心』に収められた「ある保守主義者」については、「政治的洞察」という言葉を用い、「芸術作品のように濃縮され逸話のように語られているが、私見では要するにジャーナリズムの一産物、最高度に教養のある真面目で内実のあるジャーナリズム活動の所産」（平川祐弘訳）と高く評価している。

（56）Hofmannsthal: Lafcadio Hearn. GWRAI, S.332.

（57）Hearn, Lafcadio: Kokoro, hints and echos of Japanese inner life.（英語版序文には頁数がない）

（58）Hofmannsthal: Ein Brief. SWXXXI, S.52.

（59）Hofmannsthal: Lafcadio Hearn. GWRAI, S.333.

（60）太田雄三『ラフカディオ・ハーン――虚像と実像』岩波書店、一九九四年、一四七頁。

（61）Hearn, Lafcadio: Kokoro, hints and echos of Japanese inner life, S.6.

（62）太田、前掲書、一四七頁。

（63）Hofmannsthal: Lafcadio Hearn. GWRAI, S.333.

（64）Pache, Walter: Das alte und das neue Japan. Lafcadio Hearn und Hugo von Hofmannsthal. In: Deutsche Vierteljahresschrift für Literaturwissenschaft und Geistesgeschichte, Stuttgart 1993/3. S. 456.

（65）Hearn, Lafcadio: Kokoro, hints and echos of Japanese inner life, S.4.

（66）Hearn: a.a.O., S.3.

（67）Hofmannsthal: Lafcadio Hearn. GWRAI, S.331.

（68）たとえば以下の資料がある。Die japanische Armee im Felde. Felddienstvorschrift vom Jahre 1907. Übersetzt von Ritter von Ursyn-Prusyński. Wien 1910.

（69）Hofmannsthal: GWRAIII, S.435.

（70）一九〇〇年、バールの日記には以下の記述がある。「ついでに言えば、今日新聞で読んだが、中国人はヨーロッパの人々のマナーの悪さ、大声で笑う、感じの悪さ、行儀の悪さ、人によって接し方を変えるなどといったことを嘆いているという。東洋人は極度に自制して、どんな人にも同じように接し、常に道徳的に、上品にダヌンツィオの『スヴェニール』からの名文句を引用するなどして、教養を会話ににじませているというのに。」（Hermann Bahr: Prophet der Moderne. Tagebücher 1888-1904. Ausgewählt und kommentiert von Reinhard Farkas. Wien, Graz, Köln 1987, S.104, z.n.Hofmannsthal: SWXXXI, S.275.）。

（71）Fischer-Almanach87. S.66, z.n.Hofmannsthal: SWXXXI, S.274.

（72）Hofmannsthal: SWXXXI, S.275.

（73）雨森信成とハーンの関係については、平川祐弘『破られた友情——ハーンとチェンバレンの日本理解』（新潮社、一九八七年）に詳細が論じられている。

（74）平川、前掲書、二一〇頁。

（75）Hofmannsthal: Gespräch zwischen einem jungen Europäer und einem japanischen Edelmann. SWXXXI, S. 40.

（76）Hofmannsthal: SWXXXI, S.273.

（77）Hofmannsthal: a.a.O., S.43.

（78）Hofmannsthal: a.a.O., S.41.

（79）Hofmannsthal: a.a.O., S.276.

（80）Hearn, Lafcadio: Kokoro, hints and echos of Japanese inner life. S. 179. 小泉八雲（平井呈一訳）「ある保守主義者」『全訳　小泉八雲作品集』第七巻、恒文社、一九六四年、五二一頁。

（81）Hofmannsthal: a.a.O., S.42.

（82）Hofmannsthal: a.a.O., S.42.

（83）Hofmannsthal: a.a.O., S.42.

（84）Hearn, a.a.O., S.246. 小泉、「前世の観念」（前掲書）、五八五頁。

（85）Hofmannsthal: Ad me ipsum. GWRAIII, S. 599.

（86）Ritter, Ellen: Über den Begriff der Praeexistenz bei Hugo von Hofmannsthal. In: Germanisch-Romanische Monatsschrift, Neue Folge. BdXXII, Heft,2,1972, S.200.
Pache, Walter: Das alte und das neue Japan. Lafcadio Hearn und Hugo von Hofmannsthal. In: Deutsche Vierteljahresschrift für Literaturwissenschaft und Geistesgeschichte 67. Stuttgart 1993, S.218-233.

（87）小泉八雲、前掲書、五六八頁。

（88）Freies Deutsches Hochstift内 Hofmannsthal Bibliothek所蔵資料、Hearn, Lafcadio: Kokoro, hints and echos of Japanese inner life, S.226.

（89）Hearn, a.a.O., S.232. 小泉、前掲書、五七三頁。

(90) Hearn, a.a.O., S.239. 小泉、前掲書、五七九頁。

(91) Hearn, a.a.O., S.239. 小泉、前掲書、五七九頁。

(92) Hearn, a.a.O., S.239.

(93) Hearn, a.a.O., S.226. 小泉、前掲書、五六七頁。

(94) Hearn, a.a.O., S.229. 小泉、前掲書、五七〇頁。

(95) 太田、前掲書、一三九頁以下。

(96) Hofmannsthal: Weltgeheimnis. SWI, S.43. 『ホーフマンスタール選集』（川村二郎他訳）第一巻、河出書房新社、一九八〇年、一三頁。

(97) Hofmannsthal: Manche freilich. SWI, S.54. 日本語訳は、『ホーフマンスタール選集』、前掲書、一六頁。

(98) Hofmannsthal: Über die Vergänglichkeit. SWI, S.45. 日本語訳は、『ホーフマンスタール選集』、前掲書、一五頁。

(99) Hofmannsthal: 〈Wir sind aus solchem Zeug...〉 SWI, S.48. この詩は従来三韻詩（Terzinen）と呼ばれてきたが、批判版全集では無題で最初の一行が目次では引用されている。日本語訳は、『ホーフマンスタール選集』、前掲書、一五頁。

(100) Ritter: a.a.O., S.200.

(101) Ritter: a.a.O., S.200.

(102) Hofmannsthal: Ad me ipsum. GWRAIII, S.611.

(103) Hofmannsthal: a.a.O., S.602.

(104) Hofmannsthal: a.a.O., GWRAIII, S.599.

(105) Hearn, a.a.O., S.248. 小泉、前掲書、五八七頁。

(106) Lafcadio: Kokoro.Hints and Echos of Japanese inner life, S.244. 小泉「前世の観念」（前掲書）、五八二頁。

(107) この概要は、ホフマンスタール批判版全集第三四巻の「スカンジナビア講演成立史」にもとづく。Hofmannsthal: SWXXXIV, S.1181-1187.

(108) 『エレクトラ』はスウェーデンでは、一九〇九～一〇年にAnders Österlingによってスウェーデン語に翻訳された。

一九一二年マルメでKnut Lindrothsの劇団で上演され、同年一一月一九日にはストックホルムでTor Hedbergの演出で上演。一九一六年このホフマンスタールの訪問を機に再演され、一九二一年まで続いた（Hofmannsthal: SWXXXIV, S.1185.）。

（109）批判版全集第三四巻は、本書のもととなった博士論文執筆中の二〇一一年に刊行された。しかし、そこに本論で使用したリッターの論文の内容、資料が全部所収されたわけではない。したがって資料は批判版全集からではなく、リッターのものを使用した。

（110）Hofmannsthal: Aufzeichnungen zu Reden in Skandinavian. Aus dem Nachlass. SWXXXIV, S.320.

（111）Hofmannsthal: a.a.O., S.320. 原文中の〈 〉は自筆原稿にはなかったものを批判版全集編集者が補足したものである。

（112）Ritter: a.a.O., S.199.

（113）Hearn: Kokoro.Hints and Echos of Japanese inner life, S.245. 小泉八雲、前掲書、五八四頁。

（114）ホフマンスタールの蔵書、Hearn: Kokoro.Hints and Echos of Japanese inner life, S.246.

（115）Hofmannsthal: SWXXXIV, S.320-321. 原文中の〈 〉は、自筆原稿にはなかったものを批判版全集編集者が補足したものである。

（116）Hearn: a.a.o., S.248f. 小泉、前掲書、五八八頁。

（117）Hofmannsthal: SWXXXIV, S.303. 原文中の［ ］は自筆原稿にはなかったものを批判版全集編集者が補足したものである。

（118）Hofmannsthal: a.a.O., S.297.

（119）Hofmannsthal: a.a.O., S.313.

（120）Hofmannsthal: a.a.O., S.314.

（121）Pache, Walter: Das alte und das neue Japan. Lafcadio Hearn und Hugo von Hofmannsthal. a.a.O., S.232.

（122）二〇一一年に発行されたホフマンスタール批判版全集第三四巻では、„Über die europäische Idee“というタイトルになっているが、これは覚書のタイトルであろう。講演のタイトルそのものは„Die europäische Idee“なので「ヨーロッパの理念」と訳す。旧全集および一〇巻版全集では、„Die Idee Europa“となっている。なお、批判版全集第三四巻には、それまでの二つの全集に未収録のものも合わせて一〇個のメモが収録された。

（123）Hofmannsthal: Über die europäische Idee. SWXXXIV, S.333.

（124）Hofmannsthal: a.a.O., S.329.

（125）Hofmannsthal: a.a.O., S.326.

（126）Hofmannsthal: a.a.O., S.3266-327.

（127）Schuster, Ingrid: China und Japan in der deutschen Literatur. 1890-1925, Bern, München 1977, S.160.

（128）Hofmannsthal: a.a.O., S.327.

（129）Schuster: a.a.O.,S.160.

（130）Okakura, Kakasu: The Ideals of the East with special refference to the art of Japan. London 1903, S.236-237. 岡倉天心（富原芳彰訳）『東洋の理想』講談社学術文庫、一九八六年、二〇四－二〇五頁。

（131）Hofmannsthal: a.a.O., S.327.

（132）Schuster: a.a.O.,S.160.

（133）Okakura: a.a.O., S.5. 岡倉、前掲書、二〇頁。

（134）初版は、The Ideals of the East with special reference to the art of Japan, London 1903. 邦訳は一九二九年で、天心の生前には出版されていない。

（135）木下長宏は、「アジアは一つ」という言葉の真意はこの書の副題“with special reference to the art of Japan”（特に日本の美術に関して）が示唆するように、「日本の美術が東洋の理想態の一つだ」という意味だと主張する。日本を東洋の盟主とするような考えが「アジアは一つ」と安直に結びつけられ、「天心」讃仰の風潮に利用されたのは、昭和一〇年代から大東亜戦争にかけての時代だという（木下長宏『岡倉天心――物ニ観ズレバ竟ニ吾無シ』ミネルヴァ書房、二〇〇五年、二四一－二四二頁）。

（136）Okakura: a.a.O., S.236-237.

（137）木下、前掲書、二五〇頁。

（138）松本三之介「解説」岡倉天心（富原芳彰訳）『東洋の理想』、二一二頁。

（139）Schuster: a.a.O., S.161.

（140）Ruprechter, Walter: Griechisches Japan. Haimatkonstruktionen der Japan Exilanten Bruno Taut und Kurt Singer. In: Passagen. Studien zum Kulturaustausch zwischen Japan und dem Westen. München 2015, S.175-187.

（141）ブルーノ・タウト（篠田英雄訳）『日本美の再発見』岩波新書、一九三九年、一七四頁。

（142）Hofmannsthal: GWRAIII, S.602.

（143）Hofmannsthal: a.a.O., S.606.

（144）Hofmannsthal: a.a.O.I, S.611.

（145）Hofmannsthal: a.a.O., S.603.

（146）Hofmannsthal: a.a.O., S.603.

（147）Hofmannsthal: a.a.O., S.610.

（148）Hofmannsthal: a.a.O., S.610.

（149）Hofmannsthal: Über die europäische Idee. SWXXXIV, S.325.

（150）これは、一九一一年七月中旬にホフマンスタールがR・シュトラウスに宛てた書簡の一部であるが、のちにシュトラウスの求めに応じて加筆され、『ナクソス島のアリアドネ』初演の直前の一九一二年一〇月一二日『ノイエスターゲスブラット Neues Tagesblatt』紙に公開書簡として発表された。この書簡は、詩人みずからが作品の理念を述べたものとして著名になり、「アリアドネ書簡」と呼ばれている（ヴィリー・シュー編、中島悠爾訳『リヒャルト・シュトラウス、ホーフマンスタール往復書簡集』音楽之友社、二〇〇〇年、一二二頁）。

（151）シュー、前掲書、一一九－一二〇頁。原文は、Richard Strauss/Hugo von Hofmannsthal: Briefwechsel. Schuh,Willi（Hg.），München 1990, S.134ff.

（152）たとえばホフマンスタールは、『アド・メ・イプスム』のなかで、『影のない女』について、「アロマーティッシュなものの勝利」と書いている（Hofmannsthal: GWIII.S.603.）。これはホフマンスタールが所持していたFerdinand Maak著『Zweimal gestorben（二度死んだ）』にある表現である。マークによると、薔薇十字会の原則を書き換えるとAllomatischとなる。概して allomatisch なものの融合とは、相反するもの同士が融合することと解釈できる（Pape, Manfred: Aurea Catena Homeri.

Die Rosenkreuzer-Quelle der „Allomatik“ in Hofmannsthals „Andreas“. In: Deutsche Vierteljahresschrift für Literaturwissenschaft und Geistesgeschichte 49,1975, S.680-693.）。

（153）Mayer, Mathias: Die Versteinerung der Liebe und der belebende Schatten des Todes. Die Kaiserin als Hauptfigur in der《Frau ohne Schatten》In:（Hg.v. der Bayerischen Staatsoper）Programmheft zur Münchner Premiere. Die Frau ohne Schatten von Richard Strauss am 7. Juli 1993 im Nationaltheater München1993.

（154）Hofmannsthal: GWRIII, S.603-604.

（155）この公演は、当初の企画では、一九九二年一〇月にミュンヒェン・バイエルン国立歌劇場で初演、一一月にそのまま日本公演されることになっていたが、予期せぬオペラハウスの改修工事が入ったため、愛知県立劇場で初演されることになった。

第Ⅳ章
非西欧的身体表現

第1節「未知なる言語」を求めて

1. 日本人の釣り人の身体性

第I章で考察したように、『(チャンドス卿の)手紙』(以下、『手紙』と略記)で予告された「未知の言語」の可能性を探すかのように、言語危機以後のホフマンスタールは、上演を前提とした戯曲、音楽と結びついたオペラ、身体表現と結びついた演劇やバレエやパントマイムの台本、映像と結びついた映画シナリオなどに創作領域を拡げていった。

それらのなかで、戯曲やオペラ台本についてはこれまでにも多くの研究が行われてきたが、パントマイムを含む舞踊作品および舞踊に関するエッセイは、とかく等閑視されがちであった。ようやく一九九〇年代になり、ブラントシュテッターらの研究によって[1]、これらの身体表現芸術はホフマンスタールが新たな表現の可能性を模索する過程に少なからぬ影響を与え、さらにその可能性を探る試みに、日本を含む「東洋」の身体表現が大きく関わっているということがわかってきた[2]。

とりわけ、『手紙』以後の約一〇年間に集中して書かれた舞踊に関するエッセイや架空の書簡・対話等が、その指摘に当てはまる。それらには、身体表現と言語表現とを比較した記述が目立ち、統一体としての人間の「全体」を表出する可能性を見出そうとする際、東洋人の身振りが引き合いに出されている。「パントマイムについて Über die Pantomime」(1911) では、ギリシア人とオリエントの人々の儀式における身振りを比較している。

ルキアーノス曰く、敬虔なインド人は日の出を拝む時、ギリシア人のように自分の手に接吻するだけではよしとしない。東を向いて神に黙祷を捧げながら、激しく体を動かし続ける。その動きは天穹をめぐる神の一日をなぞっている。このパントマイムの身振りは、私たちの祈祷や生贄、合唱に当たるもので、神の一日の運行の始まりと終わりに、神の寵愛を手に入れようとしているものだ。エチオピア人の場合はもっと極端で、戦の間も踊っている。エチオピア人が箙《えびら》の代わりの頭の羽根飾りから矢を引き抜き放つ手練の手さばきには、己が力の自覚と敵を威嚇する殺意を忍ばせた踊りのリズムが乗り移っている。(3)

ホフマンスタールは、ギリシアの儀式で中心を占めた「祈祷や生贄や合唱」に代わるものとして、インド人やエチオピア人など「オリエント」の人々の生活に溶け込んだパントマイムに着目している。言葉よりも感情を繊細に表現できる彼らの全身を使った身振りは、日常生活のみならず、戦争、祈りなどの宗教行為にも根ざしているという。そこには、文明的には未開であるが、言葉よりも身振りを重要な表現手段としているという、言葉に支配されない人間本来の姿があるとしている。

第Ⅲ章で述べたように、ホフマンスタールは、このエッセイの一〇年前にすでに、ハーンの著書に描かれた日本人の身振りに関心を持ち、ハーンの「ある保守主義者」から影響を受けて草案した「若きヨーロッパ人と日本人貴族との対話」(1902)の第一断片で、冒頭に“The whole man must move at once.”(人間全体が同時に動かなければならない)という句をモットーに掲げた。

ホフマンスタールがこの言葉を使ったのは、ドイツ人の悟性重視で、二元論的、合理的な分析的思考を批判してのことだと思われる。そして、その対極の典型として、日本人を中心とした東洋人の身振りを取り上げた。

「若きヨーロッパ人と日本人貴族との対話」の第六断片には、次のような件がある。

日本人の釣り人は、全身全霊で魚を釣る。川べりの風景に溶け込んでしまいながら(4)

ホフマンスタールは、日本人の釣り人の様子に自己と自己を取り囲む自然との幸せな融和を、すなわち、日本人が釣りをする表情に、内面の表出がそのまま身体の表現と一致する、"The whole man must move at once"の実現を見ている。さらにそのような全体と一体になった人間が、外界の自然とも同化しているというのである。

このような考えは、第I章第2節で考察した一九〇八年に書かれた『帰国者の手紙』でも明らかである。『帰国者の手紙』では、このモットーは、二箇所で使われ、「ドイツ人が肝に銘じておかなければならない箴言だ」(5)と述べられており、また『ドイツの作家 Deutsche Erzähler』(1912)でも引用されている。(6)

ここで留意したいのは、一九〇七年に書かれた『帰国者の手紙』の「第一の手紙」では、この釣り人がマレー人として出てくることである。

釣り人が糸のかすかなぴくつきを見つめて獣のようにじっと目を据えて動かずにいる顔、マレー(シア)人にしかできない全身全霊をこめて待ち伏せする表情……そこにはある偉大な相貌が表れることがありうるのだ。……こうしたものの相が僕の眼前にあらわれるごとに、僕は思ったものだ。わが故郷はここにこそ!と(7)

(小堀桂一郎訳参照)

日本人がマレー人に簡単に入れ替わってしまうところに、画一化された「オリエント」認識が見られるが、それは意図的なことだったのかもしれない。なぜなら、第Ⅱ章で述べたように、一九〇五年の日露戦争後、ヨーロッパでは、それまでの古き良きユートピアとされていた「日本」のイメージが崩れ、「軍国主義国家」日本のイメージが急速に大きくなっていた。つまりホフマンスタールは、そのような状況を鑑みて、あえて「日本」を避けた可能性がある。また次の節と関わるが、一九〇二年に貞奴の踊りを見たと思われるホフマンスタールは、日本人の身体表現に関心を持ち、その後、セント・デニスの『インドの踊り』を見たり、彼女との親交を深めたりする過程で、情報の少ない日本だけではなく、日本以外の東洋的な身体表現にも興味が拡がったと考えられる。「若きヨーロッパ人と日本人貴族との対話」と『帰国者の手紙』の二作品に共通する、心身が全的に統一されている「東洋」の人間、顔の表情という外面に心という内面が表出している「東洋人」についての記述こそ、ホフマンスタールがヨーロッパの人々に欠落していると感じている点であった。

2.「ヒエログリフ」の表出

『帰国者の手紙』で、長いことヨーロッパを離れていた「帰国者」は、訪れたさまざまな国では人々の顔にその人独自の「存在の徴《しるし》」があったが、ヨーロッパ人にはそれがないことに気づく。この「存在の徴」は、第二の手紙では「ヒエログリフ」と呼ばれている。「ヒエログリフ」は通常「象形文字」という意味であるが、ここでは少し違う。近代ヨーロッパの言語＝記号においては、内的表現意識がもとにあり、そこに外的な記号表象が結合される。この内的表現意識と外的記号表象の結合こそが、内なるものが外に出される表現なのである。それに対してホフマンスタールは、内面意識と外的記号が融合して分離不可能な状態となっているものを「ヒエログリフ」

と呼び、その「ヒエログリフ」を、釣りに集中している日本人やマレー人、すなわち「東洋人」に見出している。つまり彼は、東洋人の身振り、身体表現に、「存在の徴」を読み取った。次の例もその証左となるだろう。

人間の顔、それはある種のヒエログリフであり、神聖なる特定の記号だ。そこには、心の現在が現れる。(8)

『帰国者の手紙』のうち「第一の手紙」では、体験や内面を表すのに「言葉なんてなんと無力なものだろう」と嘆き、「第二の手紙」では「ヒエログリフ」という概念が持ち出され、人間の顔の表情に、ヒエログリフと同様の心の現在が現われるといっている。これは、ホフマンスタールの関心が、言語という間接的記号による表現だけでなく、内面を直接表現するさまざまな非言語表現に拡がったことを示しているだろう。

ホフマンスタールが、いわゆる言語危機やヨーロッパの危機と呼ばれるものの対極に、人間を全体的把握とその個人的な表現を置いていたことは、遺稿の『覚書』の一九〇七年の箇所を読むとわかる。ここには、本章第3節で述べるデニスと思われる踊り子にふれながら、「人格全体のヒエログリフを読み取る」という言葉が出てくる。

踊り子がその身体を使って作り出すものは、到底真似のできない、想像を絶するほどすばらしいものである。それは全存在をかけてのみ初めて生まれてくるものだ。個々の言葉や、個々の身振りは価値がない。全存在が伝わってこなければ意味がない。これは精神の領域にもいえる。たとえばベートーヴェンやニーチェでもそうだ。人格全体のヒエログリフを私たちは読みたいのである。(9)

ベートーヴェンの音楽には、一フレーズを聴いただけでもベートーヴェン固有のヒエログリフが、あるいはニーチェの思想には一文を読んだだけでもニーチェ固有のヒエログリフが表われてくる。音符一つや単語一つにも一人の統一体としての人間が表出している。同様のことを、先にふれたエッセイ「パントマイムについて」でも述べている。

言葉による言語は個人的なようだが、本当は種族的なものだ。身体言語は、一見一般的でありながら、本当は極めて個人的だ。(10)

ホフマンスタールが「未知の言語」として求めていたのは、そのような全体的表現だった。それを彼は、日本人を含む「東洋人」の身体表現に見出したのである。

第2節　貞奴の印象

1．ケスラー伯の絶賛

前節で引用したホフマンスタールのエッセイ「パントマイムについて」では、川上貞奴（1871-1946）の演技をヴァスラフ・ニジンスキーの踊りと並べて称賛している。本節では、貞奴の演技がホフマンスタールの日本観と身体表現についての考えにどのような影響を与えたかを考察する。

興行師の川上音二郎（1864-1911）率いる川上一座は、一八九九年から一九〇〇年にかけてのアメリカ公演に続いて、同年のパリ万博でも約四ヶ月にわたって毎日三、四回の公演を行うほど人気を博した。そのため、一九〇一年六月から翌〇二年の四月にかけて第二次ヨーロッパ公演を行った。この時はロンドンを皮切りにパリ、ベルリン、ブレーメン、ライプツィヒなどを経てウィーンにまで巡業した。

演目は『芸者と武士』『袈裟』『将軍』『ヴェニスの商人』『椿姫』から適宜二本が選ばれた。音二郎たちは、アメリカ公演の頃から歌舞伎の演目で西洋人に受けのいいものを選んで上演しており、これらヨーロッパ公演の演目も、時代を超えて愛され、かつ西洋人が異国情緒を感じるとの予想をもとに選ばれた。特に音二郎は、フランス遊学とアメリカ公演の経験から西洋人の好みをよく知り、観客が理解できない日本語の台詞を短くし、西洋人にはパントマイムと映る「だんまり」を多めに取り入れた。また演目に貞奴の舞踊『道成寺』を挿入し、できるだけ踊りや殺陣や滑稽な間狂言、「ハラキリ」といった派手な場面を多く取り入れて、視覚的に楽しめる要素を増やしていた(11)。

各国の新聞批評を細かく分析すると、イギリス、フランスでは批判的な意見が多いのに対して、ドイツ語圏では特に好意的に評されていることがわかる(12)。

ホフマンスタールがいつ、どこで貞奴の踊りを見たのかは定かでない。もっとも可能性が高いのは一九〇二年二月、ウィーンのテアター・アン・デア・ウィーンでの川上音二郎一座による一四晩にわたる公演中だと推測される。ベルリン在住の親友ハリー・ケスラー伯の勧めでこの公演を見たと考えられるが、ケスラーは、一九〇〇年七月五日にパリのロイ・フラー劇場で貞奴の『芸者と武士』を見て感動し、次のように日記に書いている。

芸者に扮した彼女（筆者注：貞奴のこと）が恋人を訪ねて寺に来る。恋人は花嫁と一緒に寺に隠れていたのだ。

芸者はまず僧侶たちを踊りで魅了し、寺のなかに侵入、恋人たちの歌声で彼らの居場所を知る。芸者と、彼女が入ってくるのを阻止しようとする僧侶たちとの戦いになる。逃げだそうとした花嫁は芸者に殺される。そして芸者も恋人の腕のなかで死んでいく。寺の書き割りから転げ落ちてきたあとの、髪を振り乱した貞奴の演技は本当に恐ろしかった。そして死んでいく様子、息を引き取る時の、小刻みに胸を震わせながらの呼吸。顔の表情からはだんだんと力が抜けていき、焦点は定まらなくなっていく一方で、血の気のない手を首もとに当てて痙攣している。最後の瞬間、彼女は白目しか見えなくなるほど目玉を上に動かした。どんなぴくつきも踊りのように規則的だ。顔の筋肉の動きによって見せる表情は、観客に三分間、この死との戦いをともに経験することを強いる。この共通体験の充実度は独自のものであり、ザッコーニやドゥーゼなどヨーロッパの女優たちの写実的な死の戦いよりもはるかに激しく、瞬間的な感覚のものなのだ。[13]

ケスラー伯による貞奴の演技についての報告はたいへん具体的である。貞奴扮する「芸者」が恋人の腕のなかで死んでいく時の描写からは、彼女が歌舞伎の時代物のような演技をしていたことがわかる。

さらにケスラー伯は、一九〇二年四月一七日の日記では、ドゥーゼを褒めながらも次のように貞奴を称賛している。

あのドゥーゼをフランチェスカで見た。彼女は純粋に叙情的な手段で、内的な情調で演技している。だが、激しく劇的な話の流れのなかでの身振りとなると、彼女を見ていて心を動かされることはほとんどない。(…)我々はひときわ叙情的で成熟した時代にいる。しかし、劇的という点では貞奴のほうがドゥーゼより偉大だ。

彼女は感情と合った身振り表現をもっている。彼女は心の変化をより大きな流れで表現できる。貞奴の演技のほうが、より豊かで、スケールが大きく、多様性にも富んでいる。(14)

ケスラー伯の二つの記述に共通しているのは、貞奴の顔の表情や身振りによる演技において、心という内面が身体という外面の動きで表現されていること、それはヨーロッパの大女優ができないスケールの大きなものであるということ、この二点である。これは前項で述べたホフマンスタールの言う「ヒエログリフ」「存在の徴」と同種の視点である。日記の記述によると、ケスラー伯は少なくとも六回、貞奴の公演を見ている。これだけ親友のケスラー伯が貞奴を絶賛したとなれば、ホフマンスタールも貞奴を見にいかずにはいられなかっただろう。ケスラー伯だけでなく、ウィーンにおける川上一座の人気ぶりは各種新聞記事からも伝わる。(15)

2.「存在」の徴

では、ホフマンスタールはいったい貞奴の踊りのどこに魅了されたのだろうか。彼はエッセイ「パントマイムについて」において、踊りのなかの儀式性に関する件で、次のように貞奴に言及している。

偉大なダンサー、ニジンスキーの場合も同じである。ニジンスキーは泉で水を掬う手の仕草に、堕落していない人間の純粋さ、高貴さを表現することができた。貞奴の儀式も同じだった。それは、筋のわからない長たらしい劇のなかで、見知らぬ言語による台詞の合間に挟まっていた。それにもかかわらず我々は、ヨーロッパの大女優と同じ瞬間を体験したのではないだろうか。その瞬間には『椿姫』のつまらない芝居とまったく違った、本来の舞台があった。それは真に悲劇的な踊りの瞬間であり、月並みな舞台作品にはない、永遠普遍の人間的内容がつまっていた。(16)

このエッセイで、ホフマンスタールはルキアノス（Lucianos, 120年頃－180年以後）の『踊りについて』をもとにして、舞踊の本質を、古代の宗教的な儀式のなかで行われる抑制された身振りに見出している。その身振りは、内面が横溢してくることにより、「存在が真に満たされた瞬間」を得るという。『インドの踊り』で脚光を浴びたデニスや、『牧神の午後』でそれまでのクラシックバレエにはない、手首、膝、足首を曲げたり、真横の運動などオリエント的な身体の動きを取り入れてセンセーションを巻き起こしたニジンスキーと並べて、貞奴の踊りのなかに、このような「存在」の真の充溢が表されているのを認めている。(17) この三人に共通するのは、東洋的な踊りだということである。ホフマンスタールは、東洋的な踊りに踊り手のヒエログリフを読み取ったのであろう。

貞奴の踊りの儀式的な身振りに精神性を見ているのは、ホフマンスタールやケスラー伯だけではない。ホフマンスタールと同世代で辛辣な批評で知られるアンドレ・ジッド（André Paul Guillaume Gide, 1869-1951）も、貞奴の演技を六回も見たと告白し、次のように述べている。

三度も薄い衣装を脱ぎすてて変身するこのシーンの貞奴は実に見事です。彼女の激情、蒼白の顔、振り乱した髪、狂気を映す瞳、はだけた着物などが生み出す混乱のなかにふたたび彼女が現れたときはいっそう美しい。(18)

ダウナーによると、ジッドも貞奴のほとばしるパトスの表現に感動している。ただしそのパトスは直接流出されたものではなく、高い美の観念に押さえられつつも表出されたものであった。[19] 尾澤良三は、ジッドが友人への手紙で「貞奴の技芸を一つの完成された芸術作品だと呼び、傑れた芸術作品は不自由や束縛というものがあることに依って、予め考えられた美の観念にリアリズムを屈従させることに依って、得られる」と結んでいることから、貞奴の日本舞踊が、歌舞伎芸術に見られる虚構美や空想美や感覚美を内包していたとしている。[20]

ホフマンスタールはまた、この「パントマイムについて」の最後で「身体の言語」は「全人格が全人格に語りかけるもの」と考えている。前節の終わりで引用したように、ホフマンスタールは、一見すると言語は個人的ものに見えるが、実はその言語を使う種族のものであるのに対し、「身体の言語」は一見普遍的でありながら、実際にはきわめて個人的なものだと述べている。[21] つまり貞奴の抑制された踊りは、真の存在に通じる儀式の身振りであり、言葉を介さずに人格全体から人格全体に伝わる「身体の言語」だと言っている。このことは、先に引用したケスラー伯が貞奴の身振りを「感情に合った」ものと評価しているのと重なる。彼女の身振りは、まさに「ヒエログリフ」「存在の徴」なのである。

3. セルフ・オリエンタリズム

このように貞奴の演技はヨーロッパの人々を感動させたのだが、オリエンタリズムの助長という点では批判的に見なければならない点もある。川上一座は、公演を重ねるにつれ、さまざまな変更・工夫を加え、多くの西洋人が抱いていた、「ゲイシャ」や「サムライ」、エキゾチシズム、外見の優しさに潜む野蛮さなど日本についてのステレオタイプの浸透に加担していった。というよりも、音二郎は、日本についてのこのようなステレオタイプを利用し、成功を収めたともいえよう。彼は、「日本人がこの芝居を観たら、非常に奇妙に感じたことだろう。しかしこれは外国人向けにつくったもので、これはこれでよかったのだ」と述べている。(22)

音二郎だけではない。ダウナーによると、のちの外務大臣で当時ワシントン駐在の日本公使だった小村寿太郎さえも、音二郎に客が「日本式のハラキリ」を所望していると伝え、自分の主催するパーティの余興で出した『曽我兄弟』で、赤い布海苔の袋詰めを腹の周りに忍ばせて血のりとして使い、ハラキリを演じさせたという。(23) また貞奴は、舞台化粧をする際には、西洋人にはデスマスクのように見える真っ白な白粉は避け、厚くドーランを塗ったほかの女形より白粉をずっと薄く自然に塗り、彼女自身の愛らしい顔立ちを強調させたという。(24) 彼女は、さらに西洋の人々に受け入れられるよう、公の席では必ず優美な着物を着るなど、エキゾチックな印象を保ち続ける努力をしていた。(25)

貞奴は、このような西洋人の受けを狙うための表面的な工夫をする一方で、演技面では欧米の技術を学びながら実践していたようである。彼女は詩人でジャーナリストのヨネ・ノグチ（野口米次郎 1875-1947）(26)にこう語っている。

私は、アメリカでたくさんのことを学びました。日本では、踊っている最中に、笑顔を見せてはいけません。でもアメリカでは笑顔で出てきて、踊っているときも嬉しそうにしていなければならないのです。日本の芸術は、女を人形にするものなのです。アメリカの舞台では私たちは生きた女性として自分を見せるのです。(27)

貞奴の発言は、それまでの日本の演劇の本質を突いていると言えるだろう。一九〇〇年の時点では、日本にはまだ本格的な女優はいなかった。詳細は第Ⅴ章で述べるが、能や歌舞伎の伝統に従って、明治時代の日本の演劇では、女性が女性の役を演じるということはほとんどなく、西洋演劇を上演する際も、歌舞伎の女形が女役を演じていた。歌舞伎では、女形によって、女性でも男性でもない「女形」という性が演じられていた。[28]つまり、そこで目指されていたのは、実際の「女」ではなかった。貞奴は、このことに気づいたのであろう。アメリカで演技をしなければならなくなった時、彼女は、芸者時代に習った日本舞踊の技法と、それよりも写実的な演技法の両方を用いることで、彼女独自の新しい「女」を作り出そうとした。

ともあれ、川上一座によって意図的に作られたステレオタイプの「日本」は、美術におけるジャポニスムの発祥地パリにおいて、舞台人や舞踊家によって利用された。ダウナーによるとパリで『袈裟』[29]を見たモダン・バレエの創始者の代表的な一人であるロイ・フラー（Loie Fuller, 1862-1928）は、ハラキリはパリの観客に必ず受けると確信し、音二郎に会った際、『袈裟』に派手なハラキリを挿入することを提案した。フラーは「盛遠は罪のない女性を殺した。ハラキリ場面をすることでしか彼の犯ちは償われず、また誠実な人間であることを証明できない。フランスの観客は、この不可思議な風習の実演を見ないうちは決して賛嘆の声をあげないだろう」と言って、音二郎を説得した。

フラーの要請に対しては、さすがの音二郎たちも困惑した。盛遠は実在した歴史的な人物であり、実際には、彼は悲劇的な過ちの罪を償うために僧侶になった。史実としての盛遠は、その後人生をまっとうし、その聡明さで知られている。音二郎は日本人の誰もが知っているこの話が、ハラキリを挿入することで歪曲されてしまうのではないかと躊躇した。するとフラーは日本大使館に出向き、粟野慎一郎公使に調停を迫り、公使の仲介でようやく音二郎を説得した。

フラーは「今日はハラキリあり」という告知をして宣伝し、公演は大入りで大成功を収めた。そうした出来事を受けてか、貞奴はみずから積極的に『芸者と武士』に、短刀で自身の喉を突くという武家の妻の自害の作法――いわば女性の「ハラキリ」も加え、しまいにはすべての演目の出演者ほぼ全員がハラキリをしたという。[30]

川上一座の提示した歌舞伎の様式性、儀式性の高いハラキリなどの演技が含まれた演劇は、世紀末的感覚で刺激を求めていたパリの人々には、残酷でありながら格調高く映ったのだろう。ある日本人記者は、「哀れな盛遠は、ただハラキリをするだけで、パリで全面的に支持されたのだ」[31]と皮肉を込めて批評している。このように川上一座は、現在も続いているステレオタイプ的な日本像の浸透に大きく加担したといえる。その意味で彼らの行為は、第Ⅰ章第2節で述べたセルフ・オリエンタリズムに当てはまるだろう。

4．『道成寺』と『サロメ』

パリの人々を熱狂させたハラキリだが、貞奴には、この行為が呼び起こすヒステリックな受容には、フランス人の性格が表われているように映った。

フランスでは違うのです。血が多く流れれば流れるほど、観客は歓呼します。虫も殺せないような若い女性が、私たちの「ハラキリ」を信じられないほど冷静な表情で観察し、それを見て喜ぶのです。優雅さと美しさの裏で、あらゆるフランス人は血と涙に飢えているのです。[32]

貞奴の発言は、当時パリで流行していた世紀末的、退廃的な芸術の本質を突いている。ヨハネの生首を見て残酷な喜びを覚え、恍惚としてヴェールの踊りを舞うオスカー・ワイルド（Oscar Fingal O'Flahertie Wills Wilde, 1854 -

1900）の『サロメ Salomé』（1896）のセンセーションに代表されるように、[33]芸術界では、自然主義、写実主義と対立する印象主義、象徴主義的な繊細かつグロテスク、残酷な表現が強調されていた。

上演演目のなかで特に人気が高かったのが貞奴の踊る『道成寺』だったことは、当時『サロメ』が流行していたことと無関係ではないだろう。[34]

この演目の最初の部分では、貞奴は人間の姿をしているが、彼女は境内の門の前にふたたび現れたとき、着物の中身は蛇に変身している。女性は寺の中に足を踏み入れることが禁止されていたため、彼女はサロメのように、僧たちを魅惑的な踊りで誘惑する。貞奴は、花々が散りばめられた深紅の着物を着ていた。彼女の裾の縁は優美な舞を舞うたびに弧を描く。次に彼女はいちばん上の着物をするりと脱ぎ、帯から下に垂れ下げて、ちょうど二重のスカートのようにする。脱いだ着物の下には花模様の白い着物を着ていたが、一枚、また一枚と脱いでいく。貞奴は蛇と同じように九回も変身し、そのたびにだんだんと怒りの形相を増しながら踊ったのである。貞奴が着物を次々脱ぎ捨てるにつれて、僧たちは恐怖で動揺し、震え上がる。ついに蛇になった貞奴は、髪を振り乱し、風になびかせながら、怒りと激情に狂乱し、大きな鐘のもとで悲しみに打ちひしがれて死んでいく。[35]

九回も衣を脱ぎ捨てて蛇に変身していく踊りは、当然のごとくヨーロッパの人々にサロメを連想させた。

彼女の踊りはサロメの芸術の魔術性を具現化したもので、その演技力は文句のつけようがない。（…）この

世のものとは思えない踊り手であるだけでなく、現実の力を持った悲劇女優でもあるのだ(36)

貞奴がサロメの流行を意識して『道成寺』を踊っていたかどうかはわからない。しかし、先に引用した「フランス人は血と涙に飢えているのです」という発言からは、貞奴が一九世紀末芸術の特徴を看取していたことを物語っている。またヨーロッパの人々は、『道成寺』に、「近東」のサロメと「極東」の日本の娘に共通する「蛇」に象徴された倒錯的な女性像を見て、エロスと結びついた「オリエント」像をさらに膨らませていったのだろう。この『道成寺』で娘が最後に鐘のもとで死んでいくという演出は、ホフマンスタールの松葉宛ての書簡にあった「もしあなたが劇が盛り上がる重要な瞬間に、あなた方の悲劇で普段使われているような音楽（ドラやその類のもの）を挿入すれば、作者の真意に適うと思います。また、死にゆくエレクトラの踊りは、きっとどんなヨーロッパの女優よりも日本人女優のほうが（日本人男優でも）上手に表現するでしょう」という文面を想起させる。ホフマンスタールの脳裏には、貞奴の踊る『道成寺』の印象があったのかもしれない。

しかし、川上一座の公演が本来の日本を表現していたのではないこと、彼らが一流の芸術家ではないことを承知で魅了された知識人もいた。たとえば、『芸者と武士』をフランス語に翻訳したゴーティエ父娘（父 Pierre Jules Théophile Gautier, 1811-1872　娘 Louise-Judith Gautier, 1845-1917）がそうである。ダウナーによると、彼らはいわゆる高い芸術性を求めていたわけではなく、貞奴の独特で個性的な演技力を賞賛した。古典的な西洋劇の長々しい一人芝居で、四、五時間ずっと座りっぱなしでいるのに慣れている彼らにとって、事実上、言葉のない身振りや踊りを通じて、素朴な情念や苦悩が伝わってくる三〇分の演劇は新鮮なものだった(37)。また彼らは、万国博覧会の日本館で、芸術や工芸品に加え、日本製のボイラーや溶鉱炉、装甲板、銃といった工業製品が展示されているのを目にして、新旧入り交じった日本というものを知っていた。川上一座を見た観客たちは、それが非現実の日本だと承知で楽しんでいたに違いない。オスカー・ワイルドは傲慢な調子で述べている。

実際、日本社会がまったくの作り物なのだ。そのような国もなければ、そのような人々もいないのだ。日本人というのは、様式の一形式であり、絶妙な芸術的幻想以外の何物でもないのだ。(38)

ダウナーは、ワイルドの意見は的を射ていたという。第Ⅲ章で述べたように、ジャポニスムは歴史主義の一種だという考え方があり、そこから考えると、「日本人」という様式は、地球の向こう側で急速に近代化し工業化しつつある現実の日本とは無関係であるヨーロッパ人が抱いていた幻想だった。彼らは、古くて風変わりなものはなんでも敬愛し、近代化の証拠となるようなものはすべて非難した。(39)

ホフマンスタールもまた、ゴーティエやワイルドと同様、川上一座の演技が現実の日本ではないことを承知していたのかもしれない。けれどおそらく、ホフマンスタールにとってそのことはどうでもよかった。現実の日本、日本人は関係なく、彼がその身振りに求めていたのは、彼らが喪失してしまった「統一された人間」像だった。ホフマンスタールはそれを、貞奴の演技に見出していたのだ。

第3節　モダン・バレエの先駆者たちからの影響

1．セント・デニスとホフマンスタール

世紀転換期には舞踊の世界にも大きな変革が訪れた。それはこれまで述べてきたような、理性が持つ客観性が優越していた合理的思考偏重への反省から、それらの対立項としてそれまで低く見られていた主観、感情、身体性への関心が復活した時代といってもよい。またニーチェやホフマンスタールのように、言語危機、認識の危機からの脱出を模索したり、堕落した文明の救済のために、古代への回帰、ないしは新しい広義の「言語」が求められた時代ともいえるだろう。舞踊界は、思想界のこのようなパラダイムの転換の影響を直接受けた。

踊り手の肉体は、魂を伝える「媒体（メディア）」であるとともに、魂そのものであり、また観客にあらゆる自然の動きを伝え、さらにそれらの動きを天に伝える「祈り」の「霊媒《れいばい》」でもある。（…）動く肉体こそ「魂の自然な言語」であり、人間を取り巻く宇宙のリズムをも体現しているのだという、ダンカンらモダンダンスの創始者たちの主張は、裏を返せば、狭義の言語が持つ表現や伝達の機能に対する強烈な異議申し立てであったと言える。世紀転換期から一九三〇年代にかけてのモデルネの時代は、舞踊による身体表現が「舞踊の言語」（マリー・ヴィグマン）として認識されるようになった時代である。(40)

伝統的な「クラシック」バレエのトウシューズによるポアント技法（sur les pointes）に代表されるような、身体

に過酷で不自然な動作を要求するものに対し、筋肉に緊張を強いない「生体のエネルギーにそった動作」が求められるようになった。[41] これらの主張を前面に押し出した舞踊改革の動きを、自由舞踊という。この自由舞踊、すなわちモダンダンスの中心はドイツだった。

アメリカ出身のルース・セント・デニス（Ruth St. Denis, 1879-1968）[42] は、ロイ・フラーやイサドラ・ダンカン（Isadora Duncan, 1878-1927）と並び、この自由舞踊の代表的な存在であった。彼女は、一九〇〇年のパリ万博で貞奴の演技を見て、[43] その東洋の神秘性に惹かれた。のちにデニスは貞奴の踊りを回想して、次のように述べている。

日本芸術の厳粛な美しさを初めて凝視し、理解できた。貞奴の踊りには、私たちアメリカの軽業が持つ、派手で誇張されたあふれんばかりの華やかさに対するアンチテーゼがあった。彼女の演技は何年も私の脳裏を離れず、芸術における繊細でとらえどころのないものへの憧れとなって私の魂にこみ上げ、芸術家としての私がまず目指すべきものとなった。私は彼女から初めて「驚かせること」と「呼び起こすこと」の違いを学んだ。[44]

デニスはその後、神秘主義や神智学を勉強し、東洋学者エドマンド・ラッセルの影響を受け、インドの踊りをもとにした『ラーダー、五感の踊り』を発表し、ヨーロッパで知られるようになった。この舞踊は、デニスがラッセル主催の朗読会で聞いたエドウィン・アーノルド（Edwin Anold, 1832-1904）の仏教詩「アジアの光」のラーダーというインドの娘をモチーフにして創作したものである。[45]

ホフマンスタールはケスラー伯の勧めで、[46] 一九〇六年一一月初旬、ベルリン滞在中にデニスの公演を見た。そして、一一月二六日付けの『ツァイト』誌上に、彼女についてのエッセイ『比類なき踊り子 Die Unvergleichliche Tänzerin』を発表している。ケスラー伯は一一月一八日にデニスと面識を得て、その時の会話をウィーンに帰ったホフマンスタールに手紙で報告し、彼女のためにバレエ『サロメ』の台本を書くように勧めている。(47)

ホフマンスタールがデニスの『ラーダー、五感の踊り』にいかに魅せられたかは、『比類なき踊り子』(48)に詳細に語られている。このエッセイは文字通りデニス讃歌であると同時に、非言語による表現についてのホフマンスタールの思索の所産でもある。「言語危機の問題に直面していたホフマンスタールは、セント・デニスの踊る身体を、言語の彼方にある根源的なもの、日常生活とは別の位相にある『比類なきもの』として詩学的に読み解こうとした」(49)。ホフマンスタールは彼女に、それまで求めていた根源的でユートピア的な東洋を見出した。彼は、デニスが「東洋にある永遠なものを、尋常ではない目で見た」(50)と言い、彼女が示した「まったくもって見知らぬもの」は、「民族誌学的な尊大さもなく、美しさだけを追求していた」(51)と賞賛する。

この少女と彼女の寺院の踊りは、あらゆる瞬間の申し子である。すなわち、バラモンの息子たちがケンブリッジとハーバードの実験室で資料から太古の知恵を探り出す瞬間、ベナレスやカルカッタの出版物を通じて、インド人や日本人が英語で見事にまとめた、すばらしく密度の濃い多くの書物が、私たちの図書館を充実させる瞬間。さらにギリシア人の母を持つ一人のアメリカ人が、たいへん有名な一連の著作のなかで、私たちに日本の内面生活を露わにし、その際私たち自身の古代と現代を、魔法のように新鮮に照らし出す瞬間。また一人のドイツ系ユダヤ人がタタール人やツングース人のテント仲間になり、東洋のすべての聖典のなかでもっとも難解で高尚なものから、まずフランス語、次にドイツ語へと二ヶ国語の翻訳を完成し、それぞれが感嘆に値するほど簡潔な文体であり、『根源の言葉――オルフォイスの秘詞』に匹敵するような瞬間である。[52]……

ここからはホフマンスタールが、デニスが見せる舞踊のあらゆる瞬間に、長年抱いていた憧れのオリエント像や、西洋と東洋の理想的な結合を見出したことが読み取れる。しかしそれと同時に、サイードが指摘した、西洋による東洋研究から生み出された知識が、権威・権力となった一例ともいえるだろう。第I章で考察したように、たしかにホフマンスタールにとって「オリエント」とは、インドも中国も日本もイスラム世界もひとまとめになった理想郷である。この引用箇所においても、「ケンブリッジとハーバードの実験室」が象徴するような博物学的な知識だとか、「ベナレスやカルカッタの出版物を通じて、インド人や日本人が英語で見事にまとめた」という件は、ホフマンスタールのオリエントへの憧れも、西洋の東洋に対する知識権力の優位性の意識と無関係ではないということを物語っていよう。

「日本人が英語で見事にまとめた、すばらしく密度の濃い多くの書物」というのは、具体的には岡倉天心の『東洋の理想』であり、「ギリシア人の母を持つ一人のアメリカ人」で「日本の内面生活を露わにし」たというのはラフカディオ・ハーンのことである。また「ドイツ系ユダヤ人」というのはゲオルク・フート[53] (Georg Huth, 1867-1906) のことで、彼の翻訳した聖典はギリシア神話と同等の価値を持つと述べられている。このように、デニスの踊りには、まさにホフマンスタールの理想とした、日本からインド、イスラム、古代ギリシアまでをまとめた壮大なオリエント空間の精神性が宿っていた。

またここでは文化の混合だけでなく、「ギリシア人の母を持つ一人のアメリカ人」「ドイツ系ユダヤ人」など、混血性が強調されている点も興味深い。ホフマンスタールは、この評論の冒頭でデニスのことも「混血の踊り子」[54]と呼んでいる。

フランス系とアングロサクソン系の血が混じったカナダ人、さらにもっと異質な血も混じっている。インディアンの血を引く祖母の血が入っていることもあり得る。滅亡した種族の秘密や力と混ざっている。また彼女は、ほとんど似たところはないが、あのサハレット[55]同様、もしかしたらオーストラリア人なのかもしれない。もっと確実なことは、彼女がインドを知り、インドの背後にあるもっと暗い国々を知っているということ、あるいはジャワの踊り子も何度と見たことがあり、ラングーンのパゴダや名状しがたいほど胸を打つ微笑をたたえて横たわる仏陀や、その他の数々の聖地を知っていることである。[56]

実際には、デニスはアングロサクソン系である。したがってこの冒頭に書かれた、彼女の血筋についての冗舌な推測は、ホフマンスタールの妄想に近い。この混血性の強調について、山口庸子は以下のように分析する。

彼は、セント・デニスのダンスが持つ異種混淆性と、その背景となる地球規模の一体化を見抜き、それを彼女の身体自体が持つ混血性として提示して見せたのである。ただしそこには『ラーダー』という作品が生まれた文化的背景を、実証的にたどろうという姿勢はない。まるで踊り子の身体が白地図でもあるかのように、民族や土地の名前が、セント・デニスの身体に書き込まれていく。〈異邦の女〉の身体に、思いのままに「東洋の夢」を書き込むというオリエンタリズム的なホーフマンスタールの身振りは、彼個人の思想の表現というよりも、むしろ、様々な文化の「図像の収蔵庫」[57]から身体表象を引き出しつつあった、モダンダンスその

ものがもつ身振りの反復なのである。(58)

次にホフマンスタールは、デニスの『ラーダー、五感の踊り』の内容を報告している。

私は、ある晩一五分間、彼女を見た。舞台はインドの寺院の内部だった。お香が焚かれ鐘が鳴らされた。僧侶たちは地面にしゃがみこみ、額を祭壇にすりつけ、暗闇で何か儀式を行っていた。照明全部が、青く、強い光も女神の立像に注がれていた。
彼女の顔は青い象牙からできているようで、衣は青く光る金属のようだった。彼女は座っていた。仏陀のような神聖な姿勢で蓮華台の上に座っていた。両足を組み、膝を大きく開き、両手を体の前で合わせ、手のひらをぴったりとつけて合掌していた。微動だにせず、眼は見開いていたが、まばたきはしなかった。何か言うに言われぬ力が全身にみなぎっていた。それはせいぜい一分ほどのことだったが、この不動の姿は、その一〇倍の時間、目の前で見ていたいと思わせるものだった。人間が単に仏像を模倣しているのとは、まったく似ても似つかぬものだった。わざとらしい技巧的な堅苦しさはなく、内面的、精神的な必然性があった。(59)

インドの寺院の内部を模倣した舞台、そこに仏像のように座るデニスの姿は、さぞかしホフマンスタールのオリエントへの憧れを満たしたものだったのだろう。私たち日本人が読むと、ヨーロッパ人が好む材料の集合体のように感じられ違和感がある。しかし、まだテレビやインターネットなどの普及していなかった二〇世紀初頭には、万博やこのような東洋的な道具を集めたテーマパークのような舞台装置は、彼らの非西欧的世界への関心や憧れをますます高めた。

演出の一環として「鐘が鳴らされた」という表現は、ホフマンスタールが松葉宛ての返信で、「もしあなたが劇が盛り上がる重要な瞬間に、あなた方の悲劇で普段使われているような音楽（ドラやその類のもの）を挿入すれば、作者の真意に適うと思います」と述べたことを思い出させる。ホフマンスタールは、デニスのこの舞台の印象から、松葉に対して助言したのではないか。

ラーダーは、本来はヒンドゥー教の伝説に登場する男性神クリシュナの愛人で乳搾りの女性の名前である。クリシュナ伝説では、ラーダーとクリシュナとの間の官能的な愛が重要なテーマであるが、デニスは、本来人間として描かれるラーダーを女神に設定し、クリシュナは登場させない。作品は三部から成り立ち、第一部は、五感を象徴する「視覚の踊り」「聴覚の踊り」「嗅覚の踊り」「味覚の踊り」「触覚の踊り」で構成され、これに第二部「感覚の譫妄《せんもう》」、第三部「感覚の断念」が続く。(60)

ホフマンスタールがデニスの演技の前半でもっとも惹かれているのは、彼女の仏陀を模して座る姿に「技巧的な堅苦しさはなく、内面的、精神的な必然性があった」(61)ところだろう。

やがて、デニスの扮する女神の踊りは、だんだんと動きを伴っていく。

この座っている少女の内奥から、硬直した四肢へ、何か流体が流れ込む。それはあのドゥーゼの大きな身振りをはるかに凌駕するものであった。そして、この位置から彼女は立ち上がる。その立ち上がる仕草が奇跡のようだ。それはじっと動かずにいた蓮の花が、私たちに向かって身を起こしたようだった。

彼女は立ち、祭壇の階段を下りていく。彼女の顔の青さは消え、褐色を帯びてくるが、体よりは明るい。彼女の衣装は、宝石が散りばめられた流れるような金模様で、美しい、彫像のような足の踝には、銀の鈴がつけられている。彼女の静止した目には、常に不変の秘密めいた微笑が宿っている。仏像の微笑だ。この世のものではない微笑であり、まったく女性的なほほえみでもない。それはレオナルドの絵画に見られるような不可思議な微笑である。稀なる人々の魂にしか届かない微笑でありながら、最初の瞬間からずっと、女性たちの心と多くの男性たちの性的な好奇心を遠ざけてしまう、そんな微笑だ。
彼女の踊りは動きを伴ってくる。絶え間ないリズムの流れに乗った動きだ。それは、一八八九年にパリで見たジャワの踊り子たちの踊りや、今年カンボジア王の踊り子たちに見たものと同じだった。もちろん、それはあらゆるオリエント的な舞踊が求めているものとも同じだ。人間の体の無言の音楽と同じような、踊りそのものである。ロダンが言うように、止まることのないリズムの流れであり、真実の動きである。(62)

静止した女神の状態から、彼女に流動的なものが流れ込み、命を吹き込まれたかのようにゆっくりと動き出す。デニスが立ち上がる振舞いは、蓮の花が身を起こす動きにたとえられている。衣装に関していえば、デニスの写真を見る限り、薄く透き通った揺れ動く金色の生地でできた露出度が高い衣装に、胸や腰のラインに沿ったように流れ落ちるアクセサリーなどは、エロティックな効果があったことは否定できない。しかしホフマンスタールは、ここでデニスの流動的な踊りに潜むエロスを否定している。(63) 第I章第2節4で述べたように、ホフマンスタールはデニス扮する「オリエント」の女性の流動的でありながら躍動感溢れる生き生きとした動きに、エロスを超越した、人間の身体に宿る宇宙的なリズムが感じられたことを強調している。そのリズムとは、私たちが能の舞の最小限の動きに見る、あるいはインドネシアのガムラン音楽のゆるやかな流れに通じるものだったのだろう。

ホフマンスタールがデニスの踊りに感じたこと、また報告した内容が、いかに普遍性を持っていたかは、三五年後の一九四一年に、ニューヨークでこの『ラーダー、五感の踊り』が再演された際のダンス批評家ウォールター・テリー（Walter Terry, 1913-1982）の記述が証明している。

舞台上のデニスは静謐さと威厳を備えて彫りこまれた青銅の女神であった。香が焚かれ、香煙が女神を柔らかく包み込み、その絶え間に、宝石がきらら星の如く光り輝く。僧侶と信徒たちは、祈祷のために身を屈めて崇拝の儀式を行う。次第に、彼らの信仰心によって、女神デニスはゆっくりと生ある存在に変容していく。まぶたが動きだし、脈動する生命の息吹きが胸部を動かし始め、脈動は四肢へと伝わっていった。やがて女神は、祀られた祭壇から静かに降りてくる。そして予言者のお告げを啓示する。（…）この世に君臨した女神は、漸増する速度にあわせて踊りだす。スカートは女神のまわりに銀色に輝く焔の揺らめきをつくり、胴体を筋肉の限界までしなやかにそらし、床を滑るような旋回は無限の展開を繰り広げ、絶頂に達する。（…）やがて祭壇に戻り、再び聖堂の女神になって踊りは終了した。(64)

テリーの記述においても、静の仏像からゆるやかな脈動を持った生への変化、そして再び静なる仏像へと戻っていく展開の儀式的な美しさが強調されている。ほかにも「見慣れない芸術表現が魂を揺さぶった。（…）彼女の存在から創り出された自然で技巧的でない舞踊であった。定型的なステップやピルエットはなかった(65)」とあるように、当時ヨーロッパの人々は、クラシック音楽に合わせたバレエの規則正しいリズムの反復を伴う動きに慣れていたため、デニスのこのような連続的、流動的で、リズムのないオリエント的な動きが新鮮に感じられたよ

図版4　ラーダーを踊るデニス

うである。

また、「胴体を筋肉の限界までしなやかにそらし」という表現は、おそらく図版4の瞬間に適合するものであろう。『比類なき踊り子』には、この身振りに関する記述はないが、おそらく、エレクトラが最後に見せるマイナス[66]のように上半身をそらせた踊りのイメージとも重なるのではないだろうか。

ホフマンスタールはデニスを、「様式形成力のなかに、感傷性の痕跡さえ認めていない」と評し、それが彼女を「比類なき（Unvergleichlich）もの」にしているという。ホフマンスタールは、ハーンの著作にも、「センチメンタル」や「わざとらしさ」はないとしている。彼が求めたのは、センチメンタルとは無縁の内面性が現われたオリエント的な踊りだった。

また、ホフマンスタールは、デニスに「ヨーロッパのファンタジーとアジアの美が溶け合う姿」を見出している。つまりデニスがアジアそのものなのではなく、あくまでもデニスの作品はヨーロッパの想像力が創り出したものとして認めている。つまりそこに、アロマーティッシュな結合を見ていたのである。

このエッセイを書いてまもなくの一九〇六年一二月に、ホフマンスタールは、ベルリンでケスラー伯を介してデニスと知り合った。ホフマンスタールは、親交のあった作家のヘレーネ・フォン・ノスティッツ（Helene von

Nostitz, 1878-1944）宛ての手紙（一九〇六年一二月一二日付）で次のようにデニスを賞賛し、彼女となんらかの協同作業を始めることを伝えている。

まったくあり得ないような協力者と、一風変わった種類の協同作業（もちろん小規模な作品ですが）をすることになりました。なんとダンサーのセント・デニスとです。私たちは、朝食会――誰の？　ハリーのです――に招待されてからというもの、頻繁に彼女に会いにいっています。彼女はたいへん賢く、感じがよく、すばらしい踊り手で、審美眼のある人の心を虜にしてしまいます。（…）天才的な身体に、これほどの頭脳を持ち合わせた人なんて、そう滅多にいるものではありません。(67)

ホフマンスタールがデニスの身体能力だけではなく、その聡明さにも惹かれていたことがわかる。それゆえ彼女の演技には、内面と外面が一致した全体的、統一的な美が見出されたのであろうし、だからこそホフマンスタールは協同作業を行う気持ちになったのであろう。

一方、デニスからすれば、当時モダンダンスの中心地であったドイツで、著名な作家ホフマンスタールからお墨付きをもらえるとあれば、それは光栄なことだったに違いない。

第Ⅱ章で考察した架空の対話『恐れ』(68)も、エレオノーラ・ドゥーゼをモデルにしたといわれる文明化された古代の踊り子ヒュムニスと、デニスを想定したと思われるライディオンとの対話である。ライディオンも古代ギリシアの文明社会の踊り子ではあるが、未開社会のバッコス的な踊りに魅せられている。そして、全身全霊を投じて自己と踊りと畏怖の念との統合を求め、やがて夢遊状態となる。この対話のなかの「非西欧的世界」は、東洋ではなく未開のギリシアである。このことも、ホフマンスタールが古代ギリシアを大きな意味でのオリエント（東洋）の始まりとみなしていることの証左となる。そしてインドの『ラーダー、五感の踊り』と同様、非西欧的な踊りに全的把握とその表現の可能性を探している。(69)

デニスは、その後も「東洋舞踊による精神の表現」を生涯にわたって追求した。たとえば一九〇八年、ロンドンでハーン作の『芸者』のなかの「白拍子」を踊っている。これはデニスが、ハーンの愛読者だったホフマンスタールから示唆を得て創作したものではないかと推測されている。(70) また、「白拍子」というからには、『娘道成寺』の白拍子花子、つまり、貞奴のイメージも重ねられていたのかもしれない。片岡康子の報告によると、『コブラ The Cobra』（1906）、『香 Incense』（1906）、『インドの踊り子 Nautch』（1908）、『ヨガ行者 Yogi』（1908）、『黒と金のサリー Black and Gold Sari』（1913）、『観音 Kuan Yin』（1916,17,19）などには、東洋の神秘的で儀式的な舞踊をアメリカの舞踊に取り入れることによって、人間精神を日常の低俗さから解放し、本来の高貴さを回復させようとする神秘的な志向が見られるという。(71)

デニスはアメリカに帰国後、一四年にテッド・ショーンと結婚し、二人でデニショーン舞踊団を組み、活躍した。

2. グレーテ・ヴィーゼンタール

デニスが去ったのち、ホフマンスタールに舞踊作品を書くモティベーションを与えたのはグレーテ・ヴィーゼンタール（Grete Wiesenthal, 1885-1970）である。

ホフマンスタールには、もう一つ舞踊に関する架空の手紙断片『踊り子への手紙 Brief an eine Tänzerin』（1910）がある。これはデニスではなく、ヴィーゼンタールを想定して書かれたものだが、(72) この作品も踊り子を通して東洋的なものを見ていたことの裏付けとなる。ホフマンスタールはヴィーゼンタールを想定して、舞踊作品『蜂 Die Biene』（1914）とバレエ・パントマイム『緑の笛 Die Grüne Flöte』（1916）を書いているが、どちらも中国の伝説をもとにしたものである。(73) シュースターは、『蜂』のもとになった物語は、プー・サンリン（Pu Sung-ling）の『夢』と、マルティン・ブーバー（Martin Buber, 1878-1965）編纂の『中国の精霊と愛の物語集 Chinesische Geister- und Liebesgeschichten』（1911）をヘルマン・ヘッセ（Hermann Hesse, 1877-1962）とパウル・エルンスト（Paul Ernst, 1866-1933）が書評したものから示唆を得たのではないかと推測しているが、ホフマンスタールはハンス・ベトゲ（Hans Bethege, 1876-1946）の編纂した『中国の笛 Die chinesische Flöte』（1907）も読んでいることをミストリーが報告しているので、(74) どちらからもインスピレーションを得て創作したと考えられる。

ホフマンスタールがヴィーゼンタールの踊りにも東洋的なものを期待していたことは明らかである。ただし、ヴィーゼンタールはデニスほど自分の舞踊に東洋的なものを取り入れなかったので、ホフマンスタールの期待にどれほど応えられていたかは疑問である。さらにこの二作品は、演出家ラインハルトとの共同作業から生まれたため、シナリオ上でもホフマンスタールの関与がどこまでなのかが明確になっていない。ホフマンスタール自身も舞踊作品に、台本作家がどこまで意思を反映できるか、あるいは反映するべきか疑問を抱いていた。後年の舞踊作品の台本が匿名の場合が多いのは、このような事情からであろう。(75)

以上述べてきたように、人間全体の統一的表現を目指して言語危機を克服しようとしていたホフマンスタールに、貞奴の神秘的で儀式性が強く、内面が外に表出した舞踊は、少なからぬ影響を与えている。さらにやはり、貞奴の演技を見て影響を受けた舞踊家セント・デニスに非西欧的な身体表現を見出したものも、このような内外の自然が一体となった全体的表現、そして西洋と東洋のアロマーティッシュな融合を感じたからである。ただしここでも「オリエント的」という語の範囲は未分化で、それは、古代ギリシアからインド、中国を経て日本までの広大な東洋として捉えられている。松葉に宛てたホフマンスタールの返信に見られる、日本人俳優によるエレクトラの踊りへの期待の背景には、このような精神性の高い非西欧的身体表現への大きな関心が潜んでいたのだ。

第4節　『エレクトラ』の踊り

1.　輪舞が象徴するもの

ここまで幾度か提議したように、ホフマンスタールは、松葉宛ての手紙で「死にゆくエレクトラの踊りは、きっとどんなヨーロッパの女優よりも日本人女優のほうが（日本人男優でも）上手に表現するでしょう」と確信を持って述べている。この節では、『エレクトラ』の台本から、ホフマンスタールのイメージした踊りがどのようなものであったかを読み解いていく。そして、これまで考察してきたホフマンスタールの東洋的な身体表現に関する知識や関心をもとにして、彼が日本人による「エレクトラの踊り」に何を期待していたのかを検討する。

だがその前に、女優による「踊り」が演劇に導入されたのは、『エレクトラ』だけではなく、一九世紀末から二〇世紀転換期のヨーロッパ全体の傾向であったことにふれておかなければならない。代表的なのは、オスカー・ワイルドの『サロメ』であるが、マーシャルの研究によると、それにマックス・ハルベ（Max Halbe, 1865-1944）の『青年 Jugend』（1893）、ライナー・マリア・リルケ（Rainer Maria Rilke, 1875-1926）の『お母さん Mütterchen』（1897）、ヘンリック・イプセン（Henrik Ipsen, 1828-1906）の『人形の家 Nora oder Ein Puppenheim』（1897）など数多くの作品があとに続く。[76] おもしろいことに、男性俳優による踊りが演劇に挿入されている例はない。『サロメ』が代表するように、当初、劇中での「踊り」とは、女性の身体によるエロティックな表現への注目が高かったからであろう。しかし女優による踊りは徐々に、エロティックなものだけでなく、抑圧されていた心身の発露の表象へと変化したようだ。

ホフマンスタールの『エレクトラ』には、踊りに関する表現が三ヶ所出てくる。すなわち、（1）エレクトラが登場する際のモノローグ、（2）エギストとの対話場面、そして、（3）エレクトラが踊りながら死んでいく最終場面である。この三ヶ所の「踊り」の意味合いは、それぞれ違うものであるが関連し合っている。実際に踊られるのは最後の踊りだけであるが、どれも父アガメムノンの復讐の実現を心に秘めたエレクトラの言語を超えた内面の表出と考えられる。ここで一つずつ見ていこう。

（1）エレクトラが登場する際のモノローグ

エレクトラ：すべてやり遂げて、血しぶきで染められた深紫[77]の天幕が張られ、

太陽がそれを照らす時に
私たち、あなたの血縁が、
あなたのお墓の周りを、踊りながら回るのです。
私は一歩一歩、膝を屍たちの上に高く振り上げて踊り回りたい。
こんな風に踊る様子を見る人たちは、そう、
遠くから、私がそんな風に踊る影だけを見た者はきっと言うわ。
「どこかの偉大な王様のために、

血肉を分けた子孫たちが盛大にお祭りをしている。
幸せだろうなあ
子どもたちが、立派な墓の周りで、勝ち誇った王者の踊りを踊ってくれる者は！」と。(78)

このように、エレクトラは最初のモノローグで、復讐が果たされた暁に輪舞が踊られることを想像している。輪舞は、「統一」や「調和」をイメージするものとしてよく使われ、(79)また、円環になって踊る輪舞は再臨の象徴であり、父親の権力の復権とも考えられる。生の調和の象徴である輪舞が、ここでは死や権力の象徴に変化しているという意見もある。(80)たしかに、権力を象徴する「深紫（purpur）」の天幕が張られたなかで踊られる輪舞は王の権力の復権であり、それは引用した台詞の数行前で、エレクトラが殺された父親の亡霊を見ながら、「額の回りには、深紫の王者の冠をつけて ein königlicher Reif von Purpur ist um deine Stirn」(81)と言っていることも証左となろう。これらの見方を総合すると、エレクトラが父親の復讐が成就された時に踊ると言っている輪舞は、王であったアガメムノンの復権とその父親を中心とした共同体の再生を象徴している。

この踊りは、どんな種類のものであろうか。シュレッテラー（Reinhold Schlötterer）によれば、この輪舞は、古代ギリシアの二つの踊り、コレウオ（choréuo）とオルケオマイ（orchéomai）のうち、ギリシア悲劇で使われたコレウオに当たるものだという。(82)コレウオは、皆で手をつなぎ円になり、上半身を少し動かしながら合唱する歩行中心の踊りである。また、「一歩一歩、膝を屍たちの上に高く振り上げて踊り回りたい」という踊りの振りの表現にも注目したい。この膝を高く振り上げ、大地を踏みしめる踊りは、いわゆる膝を伸ばして踊る西洋のバレエ的なものというよりも、オリエントの共同体社会の儀式的な踊りである。生け贄の儀式の踊りというと、ストラヴィンスキー作曲、ニジンスキー振付による『春の祭典 Le sacre du printemps』（1913）が想起されるが、その初演は一九一三年なので、この『エレクトラ』の踊りのほうが先行していることになる。ホフマンスタールが何を参考にしてこの原始的な踊りを着想したかは不明だが、モダンダンス界の流行よりも一〇年も早く、古代ギリシアの原始的な踊りを想像させるト書きを書いたことは注目に値するだろう。

エレクトラは父の復讐が果たされたのちに踊られる輪舞を夢見て語っているが、それは幻想にすぎない。生の連鎖からはみ出した孤独なエレクトラは、たとえ父の復讐が果たされても、共同体で踊る勝利の輪舞には加われないのだ。

2．炎のエロス

（2）エギストとの対話場面

次に母の愛人であるエギストが帰宅した際に、エレクトラが迎えるシーンの会話を見てみよう。

エギスト：（入り口の右側で）誰も灯りを持ってくる者はいないのか？　使えない奴らめ、誰も来ないのか？　いくらしつけてもダメな奴らだ！

エレクトラ：（鉄輪から松明を抜き取る。階段を駆け降り、エギストにかざしながらお辞儀をする）

エギスト：（皓々とゆらめく灯りのなかに彼女の乱れた姿を見て驚き、あとずさりする）なんと気味の悪い女だ。見知らぬ者を近くに寄こすなと言っているのに！

（エレクトラを認めて、怒って）

なんだ、おまえか。
誰がおまえに俺を迎えにこさせた？

エレクトラ：私が灯りをともしてはいけませんか？

エギスト：まあ、たしかに今日の知らせは、特におまえに関係があることだからな。

オレストの消息を知らせにきたよそ者たちは、いったいどこにいるんだ？

エレクトラ：なかにいらっしゃいます。優しい女主人様とお会いになって、くつろいでいらっしゃいます。

エギスト：それで本当にオレストが死んだという知らせを持ってきたのか？　疑う余地のない証拠を持ってきたのか？

エレクトラ：まあ、ご主人様、彼らが持ってきたのは、言葉だけの証拠ではありません。まさに疑う余地のない、当のご本人という証拠を持ってきたのですよ。

エギスト：その声はなんだ？　それにどうしてまた俺と話を合わせる気になったのだ？　松明を持って、どうしてそんなにおぼつかない足取りで歩くのだ？

エレクトラ：私もやっと利口になって、強い方のお力にはすがろうという気になったからにほかなりません。先に立って足下を照らさせていただいてよろしいでしょうか。

エギスト：ドアのところまでだ。何を踊っている？　気をつけろ！

エレクトラ：（不気味な踊りを踊りながらエギストの周りを飛び回り、突然腰をかがめて）ほら、ここ！　段がありますよ。お転びになりませんように。

エギスト：（戸口のところで）

どうしてここには灯りがないのだ？　あそこにいる者らは何物だ？

エレクトラ：あなた様に、じきじきにお仕えしたがっている者たちです。ご主人さま、私のようにしばしば厚かましくもお側に寄りすぎてご気分を害させた者は、いよいよ引き際と察しておりますので、このへんで失礼させていただきます。

エギスト：（家のなかに入る。少しの間、静寂。その後、なかで物音。すぐにエギストが右側の小窓に姿を現わしてカーテンを引き裂き、叫ぶ）

助けてくれ！　人殺しだ！　助けてくれ！　主人を助けてくれ！　人殺しだ！　人殺しだ！

殺される！

（エギストは引き戻される）

聞こえないのか？　誰も聞いていないのか？

（もう一度、彼の顔が窓に現れる）

エレクトラ：（すっと立って）

アガメムノンが聞いているわ！(83)

エギストは、「皓々とゆらめく灯りのなかに彼女の乱れた姿を見て」、あとずさりするほど恐怖を覚える。エレクトラは、すでに復讐が成就されるのを目前にして、喜んで「不気味な踊りを踊りながらエギストの周りを飛び回」っている。

ホフマンスタールの『バッソンピエール元帥の体験 Das Erlebnis des Marschalls von Bassonpierre』（1900）には、

愛し合う男女のエロスの高まりと、壁に映った炎のゆらめきを効果的に関連させた描写がある。しかし、『エレクトラ』では、炎は男女のエロスというよりも、彼女のヒステリー症状の一種であるエクスタシーと関連づけられている。ヒステリーは、エロスの欲求不満からくる一症状とも解釈されており、父親の復讐のために、あるいは母親の愛人に父を殺されたことで、「獣のような行為」である性愛を拒絶しているエレクトラには、その代替としてヒステリー症状が現れているのではないか。彼女は、残酷な殺害による復讐が成就される直前で、エロスによって達することのできるエクスタシーと同種のものを感じ取っており、これはその暗喩としての「炎」とも考えられる。

エクスタシーは、それがエロスの高揚によって導かれるものであっても、復讐の成就による狂気めいた歓喜によって導かれるものであっても、その先に死があるということでは大差はない。やがて燃え尽きる炎の揺らめきは、激しいパトスとそれが燃え尽きる寸前の恍惚状態を表すための象徴として最適であろう。復讐成就後のエレクトラには、妹クリゾテミスと違って、生きていく目標がなく、したがって死も近い。

ブラントシュテッターは、次のように述べている。

すでにこの悲劇が進行するなかで、炎の踊りによるパトスの常套的表現は、身振りの典型や動きのイメージとして、また同時にエネルギッシュなものの象徴として出てきている。火の持つ意味多様性はその際、ホフマンスタールの悲劇構想上の効果に適合して、過激な意味表象を持たされている。そこには「暖かい」という中間領域はない。すなわち燃え尽きていく炎は、極度な興奮状態の ek-stasis（安定－外）を表すパトスの表現である。火という存在は、『エレクトラ』研究で頻繁に着目されている血のモチーフと同様に、エクスタシー

の瞬間に、生と死、愛と憎しみ、自己発見と自己喪失とを結びつけているモチーフでもある。(84)

このような激しく暗いパトスの表現は、ディオニュソス的なものである。ここでもホフマンスタールは、ギリシア悲劇のオリエント的な面を強調することで、その現代的復興を試みているといえよう。

3．マイナスの踊りと輪舞の幻影

(3) エレクトラが踊りながら死んでいく最終場

次に最後の踊りのシーンを見てみよう。

エレクトラ：(敷居の上にしゃがみこんで)
聞こえないのかって？　あの音楽が聞こえないのかって？
あの音楽は私のなかから湧いている。
数千もの松明をかざした人々の、彼らの果てしない足踏みが
大地の至るところに響き渡っている。
彼らは皆、私を待っている。
彼らが待っているのは私だとわかっている。
だって私は輪舞を先導しなければならないのだから。
それなのに私にはそれができない。

大洋が、おそろしい、何重にも重なる大洋が
私の手足を覆い尽くそうとしていて、その重みで
私は立ち上がることができない。

クリゾテミス：（興奮のあまり、ほとんど叫び声で）
聞こえないの？　彼らはお兄様を担ぎ上げているわ。
彼らはお兄様を胴上げして
みんな、顔がすっかり変わって
みんなの目や年老いた頬が涙でうっすらと光っている。
みんな泣いている。
お姉様には聞こえないの？　ああ。

（クリゾテミスは外へ走っていく）（エレクトラは立ち上がり、彼女は敷居から下に降りる。女祭司マイナスのように頭を後ろにそらせて降りてくる。膝を振り上げ、腕を広げて、名前のない踊りを踊りながら前へ出てくる）

クリゾテミス：（再び戸口に現れる。彼女の背後には松明、人混み、男たちや女たちの顔）　エレクトラ！

エレクトラ：（立ったままで、じっとみんなの顔を見つめる）
さあ、黙って踊りなさい。みんなこちらへ来なきゃ！　みんな手をつないで！
私は幸福の荷をしょっているのよ。
みんなの前で踊ってあげる。私たちのように幸せな者たちにふさわしいことは
一つだけ、黙って踊ることよ！

（勝利の真っただ中で数歩歩き、くずれ落ちる）

クリゾテミス：（そばにかけ寄る。エレクトラはじっと横たわったまま動かない。クリゾテミスは、宮殿の戸口に走り寄り、扉をたたく）

オレスト！　オレスト！

（静寂　幕）(85)

エレクトラの最後の台詞には、「黙って踊る schweigen und tanzen」という表現が、二度出てきている。クリゾテミスとは対称的に、過去を忘れて生きることのできないエレクトラがこの瞬間言葉を放棄し、「黙って踊」ろうとする。彼女は言語を放棄し、全身で喜びを表現しようとする。生と死の境界の隠喩と解釈できる「敷居（das Schwelle）の上にしゃがみこんだ」エレクトラには共同体の人々が「みんな手をつないで」一つになって喜ぶ様子が映っている。しかし彼女は、「おそろしい、何重にも重なる大洋が（…）手足を覆い尽くそうとしていて、その重みで」「立ち上がることができない」。そして、その後「女祭司マイナスのように頭を後ろにそらせて降りてくる。膝を振り上げ、腕を広げて、名前のない踊りを踊」る。

この「名前のない踊り」が、大きな意味を持っている。「名前をつける」ということは、言葉によって固体化が進むことである。したがって「名前がない」ということは、言語による固体化の連続から解放され、人や物のすべてが融解し、一つの「全体」が形成されることが示唆される。ここには、ニーチェが『悲劇の誕生』で提示したコロスによるディオニュソス的な踊りがイメージされている。

シュレッテラーが指摘しているように、エレクトラは一人で踊るオルケオマイ、すなわち物語のあらすじや状態を模倣する現代の一般的な舞踊を踊っているが、[86] 同時に彼女には、前述のコレウオのような勝利・再臨の象徴である輪舞を皆と一緒に踊る幻影が見えている。なぜホフマンスタールは、この最後のシーンに共同体の踊りとソロの踊りを重層的に描いたのだろうか。この点に関しては、ホフマンスタール研究者の間で、ほぼ意見が一致しているように、エレクトラは、本来輪舞＝共同体を導く立場にありながら、それができないためである。[87]

4. エレクトラの死の理由

そもそも彼女はなぜ踊りながら死ななければならなかったのか。

第Ⅰ章第1節で引いたように、ホフマンスタールは『エレクトラ』について、ほかの二つのギリシア悲劇翻案同様、個の概念の解消がテーマとなっており、特にエレクトラは個がみずからの解消を経験することで、全体のなかの個となり得ると述べているからである。また第Ⅱ章第1節で引用したように、彼は『エレクトラ』草案当時から、「蜜蜂の体内から針と一緒に内蔵も命も抜け落ちていく」という比喩でエレクトラの運命を決めていた。復讐という「過去の時間」の清算のためにだけ生きてきた彼女は、復讐後という「現在」は無い。つまり死が不可避なのである。

またここに、エレクトラとクリテムネストラ、エレクトラとアガメムノンというフロイト的な親子関係が関わってくる。第Ⅲ章第6節で考察したように、エレクトラの二律背反は、父に忠実であることによって、母を否定しなければならないことにある。

第Ⅴ章第2節で述べるが、松葉もホフマンスタール宛ての書簡で質問しているように、エレクトラは、自分から父親を奪った憎悪する敵でありながらも、「大洋 Ozean」と比喩する母親に、断ち切ることのできない血のつながりを感じてきた。その母親がオレストによって殺された今、エレクトラ自身が大洋から飲み込まれることは逃れられない。つまり彼女にとって、母との関係は、憎しみにも、また愛にも満ちたものだった。復讐が実行された今、彼女は親との絆の犠牲にならなければならない。過去に留まったまま、真の自己を見つけておらず、社会における他者とつながることができていないエレクトラは、第Ⅲ章で見てきたように、「プレエクシステンツ」に留まっている。すなわち「生の連鎖」に呑み込まれていくエレクトラは、輪舞が象徴する「社会」に到達することができないのだ。

オペラ版に挿入された最後のエレクトラの台詞に「愛は生命を奪う」とある。それは「輪舞の大いなる力を知る者は、死を恐れない。その人は愛が生命を奪うことを知っているからだ」[88]と言った一三世紀ペルシャのイスラム教神秘主義者スーフィーで詩人だったジュラルディーン・ルーミー（Dschelladedin Rumi, 1207-1273）の言葉にヒントを得ている。[89]スーフィーには、「スーフィーダンス」という自転で旋回しながら、全体に溶け込み、忘我の境地に至り、神との合一を願う踊りがある。「輪舞の大いなる力」という表現には、このような意味が含まれているのだろう。ホフマンスタールは、愛に潜む個と共同体の問題を、古代ギリシアや聖書さらにイスラム的世界の融合した古代オリエントのイメージを借りて表現しようとした。つまりエレクトラは、海のような強大な母への、憎しみと幾重にも絡まった「愛」によって絶命する。

だが、エレクトラを死へと導いたのは母のみではない。

彼女は父アガメムノンの復讐のためだけに、すなわち死者への忠実を守るためだけに生きてきた。復讐が完遂された今、彼女は自分自身の「生」の意味を失っている。

マイアーは、松葉に宛てたホフマンスタールの返信からの「死者への絶対的な忠実」という表現を引用して、エレクトラの踊りを解釈している。

この「王の勝利の踊り」は、アガメムノンの墓や彼を殺した犯人たちを生贄にすることのみ、死と結びついているのではなく、エレクトラの「死者への絶対的な忠実」によってその目標に達する、つまり復讐が貫徹されるやいなや、やってくる彼女自身の不可避の死によっても死と結びついているのである。(90)

マイヤーが指摘するように、エレクトラの踊りには「死者への絶対的な忠実」、すなわち先祖とのつながりという非キリスト教的、オリエント的な思想が織り込まれている。すなわち、エレクトラは母のみならず、「死者」=父への「絶対的な忠実」のためにも命を落とす。

そんな死にゆくエレクトラが踊る「名前のない踊り」にホフマンスタールが求めたものは、ギリシアの壺に描かれた、ディオニュソスに仕えるマイナスの踊りだといわれている。(91) 批判版全集の解説には、一八世紀の新プラトン主義者トーマス・テイラー(Thomas Taylor, 1758-1835)の『エレシウスとバッコスの密儀 The Eleusinian and Bacchic Mysteries』(1790, 1895)で紹介された酒、陶酔、豊穣の神バッコスに仕えるマイナスたちが、頭を後ろにそらせ、膝を高く上げ、ディオニュソス的な踊りを舞っている絵は『エレクトラ』のト書きの指示と一致するとある。ホフマンスタールは、一八九四年から九五年にかけての冬、『第六七二夜のメルヒェン』執筆中に、友人アンドリアンが所持していたこの本を意識していたという。第I章第1節5でふれたように、短編小説『第六七二夜のメルヒェン』は、世間知らずで社会性がなく、四人の召使に囲まれ、自宅の庭で読書をしながら「美しい死」に憧れる美的主義生活者の主人公「商人の息子 Kaufmanns Sohn」が、東洋的母権制の匂いを感じさせる女性たちによって破滅していく話と解釈できる。またホフマンスタールは、『アド・メ・イプスム』で、自分自身が反映された「商人の息子」を「プレエクシステンツ」に留まる登場人物と記し、作品のなかで醜い死という形で断罪している。[92]『エレクトラ』と『第六七二夜のメルヒェン』には、直接的な関係はないものの、「プレエクシステンツ」に留まっていた主人公が最後に死に至る過程で、オリエンタルなものが関わるという点で共通点がある。ホフマンスタールは、『エレクトラ』の最終場面を執筆するにあたり、テイラーの本に描かれたマイナスの絵を思い出したのだろう。ブラントシュテッターによると、マイナスはヒステリー女性の同意語だという。[93]特に上半身をのけぞるポーズは、ヒステリーの女性がコントロールが利かなくなり、訳のわからない情動に駆り立てられている状態と似ているとされ、無意識、非合理性とも結びついた概念だった。

ギリシア文化のディオニュソス的な側面を重視していたニーチェやバッハオーフェン、さらに次世代であるウォルター・ペイター（Walter Pater, 1839-1894）やエルヴィン・ローデたちにとって、バッコスやマイナスのエクスタシー的な踊りは、それまでの秩序からの脱却、解放を意味するディオニュソス的な動きのモデルだった。[94]前述したように、エレクトラは「名前のない踊り」によって、すべての秩序からも解放され、自己も消失し、全体に融合する瞬間を経験するのである。さらにそこに、ブロイアーとフロイトの心理学研究によるヒステリー状態に陥っている女性の形姿が重なる。

最後の踊りを踊るエレクトラのマイナスのように上半身をのけぞらせたヒステリー的な踊りは、フロイト流に考えれば父親への忠実のあまり抑圧されてきたエロスの爆発とも、また、エロスと結びついた死の予兆とも解釈できるだろう。

一九〇三年一〇月三〇日、ベルリンの小劇場で『エレクトラ』の初演を見たケスラー伯は、エレクトラが宮殿の敷居を足を引きずって降りてきて踊る最後のシーンで、エレクトラ役を演じたゲルトルート・アイゾルトの動きに、「貞奴の魂」[95]が乗り移っていたと書いている。ケスラー伯はそこに、歌舞伎的な様式美やヒエログリフを見たのであろう。ケスラー伯はそのことをホフマンスタールに伝えたに違いない。そのように考えると、ホフマンスタールが松葉宛ての書簡で「死にゆくエレクトラの踊りは、きっとどんなヨーロッパの女優よりも日本人女優のほうが（日本人男優でも）上手に表現するでしょう」と高い期待を綴った背景にはこのような根拠があったのである。

このように、ホフマンスタールの『エレクトラ』の踊りに関する三つのシーンには、どれもギリシアのオリエント的な側面が色濃く出ている。エレクトラがマイナスのように「黙って踊る」ということは、『恐れ』のライディオンが、理性を放棄してディオニュソス的な陶酔の世界に身を委ねるシーンを想起させる。『恐れ』と『エレクトラ』の踊りの例は、言語危機後のホフマンスタールが、ヨーロッパの人々が取り戻さなければならないと考えた統一的、人間全体から生まれる表現を「オリエント」に求めていたことの証左となる。こうした経緯があったからこそ、ホフマンスタールは、この作品が日本で上演されること、オリエンタルなエレクトラの踊りが、日本人によってどのように踊られるかに高い関心を持ち、期待をかけていたのだ。

注

（1）たとえば以下のものがある。Brandstetter, Gabrielle: Tanz Lektüren. Körperbilder und Raumfiguren der Avantgarde. Frankfurt am.Main 1995, Marschall, Susanne: Text Tanz Theater. Eine Untersuchung des dramatischen Motivs und theatralen Ereignisses „Tanz" am Beispiel von Frank Wedekinds „Büchse der Pandora“ und Hugo von Hofmannsthals „Elektra“. Frankfurt am Main 1996, Rutsch, Bettina: Leiblichkeit der Sprache: Sprachlichkeit des Leibes. Wort, Gebärde, Tanz bei Hugo von Hofmannsthal. Frankfurt am Main 1998. 山口庸子『踊る身体の詩学——モデルネの舞踊表象』名古屋大学出版会、二〇〇六年。

（2）関根裕子「ホーフマンスタールと非西欧的身体表現——言語危機克服の試み」『オーストリア文学』第一七号、オーストリア文学研究会、二〇〇一年、二六–三三頁。

（3）Hofmannsthal: Über die Pantomime, SWXXXIV, S. 13.

（4）Hofmannsthal: Gespräch zwischen einem jungen Europäer und einem japanischen Edelmann. SWXXXI, S.42.

（5）Hofmannsthal: Die Briefe des Zurückgekehrten. SWXXXI, S.153.

（6）Hofmannsthal:Deutsche Erzähler, GWRAI,S.429

（7）Hofmannsthal: SWXXXI, S.153.

（8）Hofmannsthal: a.a.O., S.159.

（9）Hofmannsthal: GWRAIII, S.490.

（10）Hofmannsthal: GWRAI, S.505

（11）ペーター・パンツァー、ユリア・クレイサ（佐久間穆訳）『ウィーンの日本』サイマル出版会、一九九〇年、六三頁。江崎惇『実録　川上貞奴——世界を翔けた炎の女』新人物往来社、一九八五年、一二四頁以下。レズリー・ダウナー（木村英明訳）『マダム貞奴——世界に舞った芸者』集英社、二〇〇七年、一一九頁。なお『芸者と武士』は、『鞘当』と『道成寺』を合わせて一つの劇にしたものだった。これにはスリル満点の立ち回り、ユーモア、衣装の早変わり、豪華な舞台背景など、川上一座の得意とする要素すべてが入っていたという。ダウナーは、外聞をはばからない大向うの受け狙いであり、精神的には、ミュージカル作曲家アンドリュー・ロイド＝ウェーバーの作品に近いものだと評している。

（12）英国における不評には、第Ⅰ章第2節で考察したように、英国が植民地政策によって、サイードが捉えた意味でのオリエンタリズムを発展させた中心国であることが影響しているのではないかと思われる。すなわちサイードが対象としたいわゆる「オリエンタリズム中心国」とドイツ語圏との差、すなわち植民地政策の利害関係がもたらした国民感情の差が現われていると考える。

(13) ハリー・ケスラーの日記、一九〇〇年七月五日、FDH内ホフマンスタール資料室資料。

(14) ハリー・ケスラーの日記、一九〇二年四月一日、FDH内ホフマンスタール資料室資料。

(15) „Neue Freie Presse"（一九〇二年二月一日付）、„Wien Illustriertes Wiener Extrablatt"（一九〇二年二月一日付）、„Tagsblatt"（一九〇二年二月一日付）、„Neues Wiener Tagsblatt"（一九〇二年二月一日付）、„Arbeiterzeitung"（一九〇二年、二月二日付）などの新聞に、川上音二郎一座の公演の告知や文芸記事が掲載されている。

(16) Hofmannsthal: SWXXXIV, S.15.

(17) Hofmannsthal: a.a.O., S.15.

(18) Gide, André: ,Lettre VIII', Letteres á Angéle, p.134. ダウナー、前掲書、二二六頁。

(19) ダウナー、前掲書、二二六頁。ダウナーは、川上一座の公演、特に貞奴の演技に関するさまざまな批評を分析し、ほかの女優と比較して次のように述べている。「彼女の演技は、歌舞伎のようなメロドラマ的な定型化された演技と、同時代のヴィクトリア朝の熱情的で劇的なスタイルの、どちらとも異なっていた。サラ・ベルナールの華麗さや、エレン・テリーの惑わすような魅力や、エレオノーラ・ドゥゼの知的な輝きにくらべて、貞奴はうっとりするほど静的であったと同時に、驚くほどに現実的であった。彼女はその演技が控えめだったので、なおさら強く観客に一体感を抱かせることができたのである」（ダウナー、前掲書、一九九頁）。

(20) 尾澤良三『女形今昔譚』筑摩書房、一九四一年、四頁。

(21) Hofmannsthal: a.a.O., S.15.

(22) ダウナー、前掲書、一五八頁。東洋人自身が、西洋人の求める東洋の神秘性、異国趣味通りに自己を他者化し、演出することを小暮修三はセルフ・オリエンタリズムと呼んでいる（小暮修三『アメリカ雑誌に映る〈日本人〉――オリエンタリズムへのメディア論的接近』青弓社、二〇〇八年、一三頁、五六頁）。

(23) ダウナー、前掲書、一七八頁。

(24) ダウナー、前掲書、一四八頁。

(25) ダウナー、前掲書、一八二頁。
(26) 野口米次郎は、一八九三（明治二六）年に単身渡米、放浪生活ののち英語で詩を書き、世紀転換期の英米文壇にセンセーションを巻き起こした。
(27) Noguchi,Yone,'Sada Yacco' in New York Dramatic Mirror, 17 February 1908. ダウナー　前掲書、一九九頁より援用。
(28) 渡辺保『歌舞伎のことば』大修館書店、二〇〇四年、二三頁。
(29) 歌舞伎『袈裟と盛遠』から取り、それを簡略化して西洋風に改めたもので、山賊に捕えられた若い女性の物語である。芝居の冒頭で貞奴が演じる袈裟は山賊のために無理やりではあるが、このうえなく美しく、白い絹布をなびかせながら踊っている。そこへ音二郎演じる堂々としたサムライ、盛遠が通りかかる。激しい刀の斬り合いや、バレエのような柔道の投げ技をともなった勇ましい戦いの末、山賊の一団はラグビーのスクラムの如く盛遠の上に折り重なる。山賊たちが彼らの下にいる男をさかんに殴り続けている合間に、盛遠は下からすり抜けてしまい、袈裟を腕にかかえて逃げる。盛遠は袈裟の母のもとに彼女を送り届け、母の手を取り結婚の許しを請う。しかし式を挙げる前に、盛遠には最後にやり遂げなければならない武士の使命があった。三年後、彼が戻ってくると、袈裟は彼の敵である渡辺と結婚していた。怒った盛遠は不実な袈裟の母を殺そうとしたものの、袈裟が彼を止める。盛遠は袈裟に一緒に逃げてくれと懇願する。彼女は盛遠の妻になると応えるが、まずは盛遠が彼女の夫を殺さなければならない。盛遠に門の鍵を渡し、袈裟は布で覆った提灯を使い、渡辺が寝ている小屋の場所を知らせると盛遠に伝える。夜になり、盛遠は庭に忍び込み、小屋を見つける。彼はそっと近づき、刀を抜いて振り下ろし、寝ている人物の首を切り落とす。だが盛遠は、袈裟が夫と入れ替わっていたことに気づき恐怖を覚える。袈裟はその命を夫に捧げたのである（ダウナー、前掲書、二一〇頁）。
(30) ダウナー、前掲書、二一一頁。
(31) ダウナー、前掲書、二一三頁。
(32) Noguchi, a.a.O. ダウナー、前掲書、二一三頁。
(33) 一九世紀末の倒錯的な女性像については以下を参照。ブラム・ダイクストラ（富士川義之ほか訳）『倒錯の偶像――世紀末幻想としての女性悪』パピルス、一九九四年。フランソワーズ・メルツァー（富島美子訳）『サロメと踊るエクリチュール

——文学におけるミメーシスの肖像』ありな書房、一九九六年。イ・ミョンオク（樋口容子訳）『ファム・ファタル』作品社、二〇〇八年。

(34) アメリカ公演の舞台の記録によると、舞台背景は日本の寺を連想させるもので、舞台装置は、塔や瓦葺屋根の鐘撞き堂に収められた巨大な鐘などが描かれた背景画だった。貞奴は桜の花びらを作り、それを舞台の両側にちらちらと舞い散らした。最初に剃髪の僧たちが導入の踊りを舞う。続いて貞奴がすすっと出てきて舞台の中央に立つ。ある乙女が若い美男子と恋に落ちるが、その男は禁欲を誓った僧である。男が彼女を拒んだ時、娘は怒りと嫉妬のあまり、火を吐く蛇になってしまう。僧は寺の鐘のなかに隠れるが、娘は鐘に体を巻きつけ、僧を焼き殺してしまう（ダウナー、前掲書、一四七―一四八頁）。

(35) ダウナー、前掲書、一四八頁。

(36) Edwards, Osaman: Japanese Plays and Plaufellows, William Heinemann, London, 1901 ,P.66. ダウナー、前掲書、一九八頁。

(37) Fouquier, Henri: 'Sada Yacco' ,Le Theatre, October 1900, p.9. ダウナー、前掲書、二一五頁。

(38) Wilde, Oscar: 'The Decay of Lying', originally published in The Nineteenth Century, January 1889. ダウナー前掲書、一九五頁。

(39) ダウナー、前掲書、一九五頁。

(40) 山口、前掲書、二頁。

(41) 田辺素子「ホフマンスタールと舞踊に関する研究状況」『上智大学ドイツ文学論集』第三五号、一九九八年、一一六頁。

(42) ルース・セント・デニスは、一八七九年一月二〇日、ニュージャージー州ソマーヴィルで発明家の父と内科医の母との間の長女として生まれた。知的で、芸術に対して関心が高く、宗教的な家庭に育ったデニスは、三歳の頃からタンバリンを持って踊り、母親からデルサルト身体表現法を学んだ。知的関心も高く、一一歳で聖書、一二歳でカントを読んだという。一五歳の時にニューヨークから来たサーカスの「ローマの火」や「数世紀のエジプト」というスペクタクルを見て刺激を受け、ニューヨークに行き、デルサルト派の舞踊家ジュネヴィーヴ・ステビンの舞踊を見る。この時彼女は、「個人の表現の可能性と人間の身体の尊厳と真実を初めて見せつけられ、芸術生命は芽生えた」と言う。一六歳からモード・ダヴェンポートとカール・マーウィッグに師事し、本格的に舞踊を習い、ボードヴィル・クラブにも出演したり、アクロバット・ダンスとトウ・ダンスを踊るようになる。一九〇〇年にはベラスコ劇団の「ザザ」に出演。同年八月四日、ロンドン公演中のロイ・

フラー劇場を訪れ、オリジナルな発想にあふれたフラーの演技や川上貞奴の神秘的な動きに感動した。〇五年にベラスコ劇団を離れ、ベラスコがつけた愛称セント・デニスを芸名にして、舞踊家として独立する。片岡康子は、このような成長・発達過程のなかに、デニスの舞踊思想を形成する要因がすでに存在していることを認めている。すなわち、第一にサーカスやベラスコ劇団から受けたスペクタクルの影響、第二にステビンから受けたデルサルト体操の影響、第三にフラーから学んだ照明や衣装、第四に貞奴から受けた東洋の神秘性の影響である（片岡康子編『二〇世紀舞踊の作家と作品世界』遊技社、一九九九年、四〇-四一頁）。

（43）パリを訪れていた二三歳のイサドラ・ダンカンも、「一九〇〇年の博覧会でもっとも印象的だったのは、優れた日本の悲劇舞踏家である川上貞奴の踊りだった」と回顧している（ダウナー、前掲書、二一九頁）。

（44）ダウナー、前掲書、二一七頁。

（45）海野弘『モダンダンスの歴史』新書館、一九九九年、八九-一二八頁参照。

（46）ケスラー伯は、一九〇六年一〇月二六日付けの手紙で、「君に、今当地にいるもう一人のダンサーを薦めたい。セント・デニスという名前で、パリから来ている。ダンカンがやりたかったことを彼女は実現している。あたかもギリシアの花瓶から舞い降りてきたかのごとく、動きや美しさ、リズム感が桁外れだよ」と書いている（Hofmannsthal,Hugo von, / Graf Kessler, Harry: Briefwechsel 1898-1929.（Hg.v. Hilde Burger）. Frankfurt am Main 1968, S.130.）。

（47）Hofmannsthal, Hugo von/ Graf Kessler, Harry: Briefwechsel, a.a.O., S.135ff. ケスラー伯は、この書簡に先立つ一九〇六年二月に、ホフマンスタール夫妻や、演出家マックス・ラインハルトなどと一緒に、イサドラ・ダンカン姉妹の設立した舞踊学校、ベルリンのグリューネヴァルト校を訪れている。このような経緯があって、ケスラー伯はホフマンスタールに、ダンカンと比較して、デニスを薦めていたようである（山口、前掲書、一二九頁）。

（48）Hofmannsthal: Die Unvergleichliche Tänzerin. GWRAI, S.496ff.

（49）山口、前掲書、一二八頁。

（50）Hofmannsthal: a.a.O., GWRAI, S.496.

（51）Hofmannsthal: a.a.O., S.497.

（52）Hofmannsthal: a.a.O., S.497.

（53）山口庸子は、「ドイツ系ユダヤ人」が東洋学者ゲオルク・フートであると、彼の業績にホフマンスタールの記述とほぼ合致する『ツァガーン・バイジン碑文──チベット語およびモンゴル語原典』（1894）や、仏訳の『モンゴルの碑文』（1895）があることから推察している（山口、前掲書、一五一頁）。

（54）Hofmannsthal: GWRAI, S.496.

（55）オーストラリアのメルボルン出身のヴァリエテダンサー。

（56）Hofmannsthal: a.a.O., S.496.

（57）Brandstetter: a.a.O., S.60.

（58）山口、前掲書、一四七頁。

（59）Hofmannsthal: a.a.O., S.498.

（60）山口、前掲書、一三〇頁。Schelton, Susanne: Ruth St. Denis. A Biography of the Divine Dancer. Austin 1990, S.63.

（61）Hofmannsthal: a.a.O., S.498.

（62）Hofmannsthal: a.a.O., S.498

（63）そもそもホフマンスタールは、当時巷に流行していたエロスと結びついた「オリエント風」には反対していた。R・シュトラウスとのオペラ『エジプトのヘレナ』の共同制作中にも、シュトラウスに宛てて次のような注意を促している。「けっして『近代的』なイスラム的オリエントをご想像なさいませんように。今、流行の安っぽい『オリエント』音楽にはけっしてしないでほしいのです。古代ギリシア以外の地理的概念はここには一つも持ち込まなかったのですから」。ホフマンスタールは、表面的な異国情緒を醸し出す演出には反対していたのだろう（一九二五年六月三〇日付、ホフマンスタールのR・シュトラウス宛書簡。ホーフマンスタール／R・シュトラウス〈中島悠爾訳〉『往復書簡集』音楽之友社、二〇〇〇年）。

（64）Terry, Walter: The Dance in America, Harper & Row Pub., 1956 P.45. 片岡康子編、前掲書四四頁より引用。

（65）『ウィーン日刊 Wiener Tageblatt』一九〇八年二月一〇日。片岡康子編、前掲書四四頁より引用。

（66）マイナスとは、ディオニュソスを信奉する女性のこと。名称の語源は「わめきたてる者」。複数形はマイナデスとなる。

（67）Hofmannsthal: SWXXXI, S.461.

（68）Hofmannsthal: Die Furcht. SWXXXI, S.118ff.

（69）もう一つの『踊り子の会話』（Hofmannsthal: Gespräche der Tänzerin. In: SWXXXI, S.175ff.）は、短い断片が八つあるだけで、全体像は不明である。ロダウンの自宅を始めとしてデニスに会ったさまざまな機会に、心に留めたデニスの言葉や印象をまとめたものと思われ、いまだ作品の形を成してはいない。しかし、一九〇七年に同タイトルの作品を計画していたことだけはわかる。

（70）Brandstetter: a.a.O., S.17.

（71）片岡、前掲書、四五頁。

（72）Hofmannsthal: a.a.O., S.477.

（73）Schuster, Ingrid: China und Japan in der deutschen Literatur 1890-1925. a.a.O., S.135.

（74）Mistry: Hofmannsthal's oriental Library. a.a.O., S.187.

（75）Hirsch, Rudolf: Ein Vorspiel zum Ballet „Grüne Flöte". In:（Hg.v.Leonhard M.Fiedler, Nobert Altenhofer）: Hofmannsthal-Blätter. Heft. 8/9, 1972, S.95-112., Fiedler, Leonald M.: Hofmannsthals Balletpantomime, „ Die Grüne Flöte". Zu Fassungen des Librettos. In: Hofmannsthal-Blätter. Heft. 8/9., a.a.O., S.113-147.

（76）Marschall: Text Tanz Theater, S.65.

（77）深紫色Purpurは、国王や皇帝、枢機卿が纏う衣の色で、権力、地位の象徴といわれる。

（78）Hofmannsthal: SWVII, S.67-68.

（79）山口、前掲書、一二三頁。

（80）Zit.n.Marschall, Susanne: a.a.O., S.247.

（81）Hofmannsthal: a.a.O., S.67.

（82）Schlötterer, Reinhold: Elektras Tanz in der Tragödie Hugo von Hofmannsthals. In: Fiedler, Leonhard M.（Hg.）Hofmannsthal-Blätter, Heft 33, Frühjahr 1986, S.47f.

（83）Hofmannsthal: a.a.O., S.107.
（84）Brandstetter: a.a.O., S.279f.
（85）Hofmannsthal: a.a.O., S.109.
（86）Schlötterer, Reinhold: a.a.O., S.47f.
（87）代表的なものに以下のような研究がある。
Schlötterer, Reinhold: Dramaturgie des Sprechtheaters und Dramaturgie des Musiktheaters bei „Elektra“ von Hugo von Hofmannsthal und Richard Strauss. Berlin 2005., Dahlhaus, Carl: Die Tragödie als Oper, „Elektra“ von Hofmannsthal und Strauss. In:（Hg.v. Winfried Kirsch, Siegehard Döhring）: Geschichte und Dramaturgie des Operneinaktes. Laaber 1991.
Mayer, Mathias: Der Tanz der Zeichen und des Todes bei Hugo von Hofmannsthal. In:Franz Fink（Hg.）: Tanz und Tod in Kunst und Literatur. Berlin 1993.
（88）ブラントシュテッターは、エルヴィン・ローデの『プシケー――古代ギリシア人の魂の儀礼と不死への信仰 Psyche. Seelencult und Unsterblichkeit der Griechen』（1925）からホフマンスタールがこの文を引用したのではないかと推測し、さらに、オスカー・ワイルドについての研究「セバスティアン・メルモース Sebastian Mermoth」（1905）の最後でこの文を引用していることも指摘している。Vgl.Brandstetter: a.a.O.,S.288.
（89）Brandstetter: a.a.O., S.282.
（90）Mayer: a.a.O., S.360
（91）Hofmannsthal: SWVII, S.493.,Schlötterer, Reinhold: a.a.O. S.47ff.
（92）関根裕子「避難所としての『庭』――H.v.Hofmannsthal の『第６７２夜のメルヘン』と L.v.Andrian『認識の園』」『Rhodus Zeitschrift für Germanistik』第一四号、筑波ドイツ文学会、一九九八年、五五－七〇頁。
（93）Brandstetter: a.a.O., S.182.
（94）Brandstetter: a.a.O., S.185.
（95）ハリー・ケスラーの日記、一九〇二年一〇月三〇日付、ＦＤＨ内ホフマンスタール資料室資料。

第V章

松居松葉による『エレクトラ』日本初演

ここまで、ホフマンスタールにとっての「オリエント」、その極東に位置する「日本」の意義を考察し、各章のテーマに沿って『エレクトラ』を分析してきた。本章ではそれを踏まえて、一九一三年一〇月に、演出家、翻訳家の松居松葉[1]が指導した公衆劇団によって上演された『エレクトラ』がいかなるものだったのか、そしてその公演がホフマンスタール側、日本側の双方にとってどのような意義があったかを考える。そのためにまず、明治・大正期の日本におけるホフマンスタール受容を整理し、その後『エレクトラ』公演の内容、公演前後の反響を考察していく。

第1節　明治・大正期のホフマンスタール受容

1. 印象主義詩人ホフマンスタール

この節では、『エレクトラ』日本公演が実現するまでの日本における明治・大正期のホフマンスタール受容史を確認しながら、一九一三（大正二）年時点の日本におけるホフマンスタールの位置づけ、松居松葉が公衆劇団の旗揚げ公演に『エレクトラ』を選んだ経緯、理由について考える。

日本で初めてホフマンスタールの名前が紹介されたのは、一九〇五年に片山正雄（孤村、1879-1933）[2]が『帝国文学』第一一巻第六～九（第一二七号～第一三〇号）に連載した「神経質の文学」[3]だといわれる。[4]この紹介文は、ヘルマン・バールの『モデルネ批判研究 Studien zur Kritik der Moderne』(1894)[5]にもとづいて書かれた。[6]

片山は、『帝国文学』第一一巻第七において、「一九世紀末 Fin de siècle」の特徴である象徴派、デカダンス、神経質などの風潮について述べ、バールの小説『善き学校 Die gute Schule』（1890）を紹介している。

ここで片山は、「一九世紀末」を「文明史上空前とも謂つ可き過渡の時代である乱調子を極めた混沌時代」としている。

> 斯の如き紀季（Fin de siècle）は実に文明史上空前とも謂つ可き過渡の時代である乱調子を極めた混沌時代である、（ママ）葬式と誕生祝いを一時にするやうな時代である。一方に意気天に冲する許りの興隆の気運が見えるかと思へば、他方には、世を果なみ生を厭ふ腐敗堕落《デカダンス》の暗潮が現はれて居る。夫れで此の時代の人間も同様に過渡の人間で有る。一方には智を重んじ、健康を損なふまでに学問に凝り、神経衰弱を起し、為めに名状すべからざる種々雑多の情緒のために心を掻き乱されて居るかと思へば、他方には万事実用を旨とし、勤勉で、利口で、現世的な栄誉、財産、地位を求めむ為めには、進んで退くことを知らぬ程な強大なる意力を示して居る。又一面に理性を尊び、迷信を排け、明晰透るが如き頭脳を有つて居るかと思へば、他面には神秘的妄想に感染し易く、深奥不可思議な思想に耽り、科学を迷信の用に供し、若くは迷信を組織して科学の衣を着せるやうな事まで仕出来かすと云ふ風に有らゆる矛盾や相反が調和なく入乱れて、人の魂を奪合つて居る。[7]

片山の「世紀末」の特徴や現象についての捉え方は正確であるが、どこか否定的な印象が漂っている。「神経衰弱」という言葉は、当時、世紀転換期文学の特徴にふれる場合には頻繁に使われていた。片山はさらに物質的、経済的進歩によって生活レベルが高くなったおかげで、人間の欲望がますます激しく複雑になり、その結果神経質になると述べる。このような「時代病に罹った文学者の病理的状態」として、次のような世紀末文学の特徴を挙げている。

> 今まで自然主義（…）の為めに抑圧せられて居た形而上の事物を好む一種の本能が頭を提げ出して、幽霊や妖怪など怖いものが見たくなり、青天白日の現実世界に居堪まらず、薄暗い陰気な空想世界を怖々ながら覗いては、物好きにも怪物の影を深めて、一種の快感を得んとした其有様は、恰もこの世の有らゆる肉欲を逞うして早老した人間が、早や普通の快楽には感じが無く成って、刺激の強いもの〳〵と注文して、僅かに生存の価値を得て居る様子と少しも違わぬ。憂鬱患者《ヒポコンデル》は日々新たな病気を妄想して、其病苦を以て却て楽みとすると云ふ話であるが、この文学者等はこの世に生きて居る甲斐には、一分間でも楽んで見たいと云ふことを、唯一の願望として居るのであるから、用《つか》ひ古した神経でも、出来る丈け刺激し、興奮して微かながら一種の快感を起すものは、何でも関はぬ、夢でも現でも何でも御座れと云ふ風に、神経質特有の痙攣的な性急でもって探し廻ったので有るが、通例の健康体に快感を与へるものは、これ等の病人には少っとも効力《ききめ》が無いので、已むを得ず空想界に走って、漸く活路を見付け出した。この活路とは即ち色彩の感覚で、赤、緑、青、紫、黒、白等は皆深刻な悲壮《トラーギッシュ》の記号となり、思想も感情も嗅覚も味覚も皆色から出来上って緑色の歌、青色の感覚、血紅色の思想、さては響く色や鳴る感情が出来て、概念も感覚もごっちゃまぜになった。[8]

片山が引用文の最後で述べている「概念も感覚もごっちゃまぜになった」状態は、世紀末芸術の特徴の一つとも言われる「共感覚（Synästhesie）」のことと考えられる。「共感覚」などという言葉が生まれる前に片山が世紀末芸術の特徴を正確に把握している、その理解力には目を見張らせるものがある。しかし、彼にとって世紀末文学とは、自然主義の反動で非現実的なものを好み、あらゆる快楽を経験した人間が、さらに強い刺激を求める傾向と似たものであり、頭で理解していてもけっして共感しているわけではない。そのことがはっきり読み取れるのが、次の文章である。

此等の文学者は其思想や感情を発表するに記号（象徴）を用ひるから「象徴派」（Symbolistes）と称し、外界から来る印象の奴隷となって居るから「印象派」（Impressionistes）と称し、神経衰弱の患者の常として道徳的意思が全く麻痺して居るから、到底「腐敗堕落」の人たることを免れぬ所よりして、自称して「デカダン」（Décadents）と云ひ其原因を紀季と云ふ時代に帰して居る。(9)

片山の筆致には世紀末の文学者に対する無理解がはっきりと出ていて、最後には「自分の無気力は棚に上げて、自己の堕落を時世の罪として弁解せむとして居る。すべて意志薄弱な人間の言草と見て差支は無い(10)」とまで冷たい調子で突き放している。

片山は、同じく『帝国文学』第一一巻第九のなかで、バールがウィーンのカフェで「ロリス」（ホフマンスタールの少年期のペンネーム）、すなわちホフマンスタールに初めて会った時の彼の早熟ぶりをうかがわせる有名な逸話を紹介している。しかし片山は、ホフマンスタールが「年少文士を集めて『新詩社』を組織」し、「三か条の綱領」にもとづいた『芸術新誌（Blätter für die Kunst）』という草紙を刊行していると書いているが、これは同名の同人誌を発行したシュテファン・ゲオルゲと間違えている。ホフマンスタールも同誌のメンバーだったので勘違いしたのだろう。そして、「新詩社」のメンバーが重視したものは「情緒」だと述べる。

> 詩文に於て最大価値を有するものは思想（Gedanke）質料でも無い、ただ情緒のみである。人間が或る出来事に遭遇すると、一種の情緒を生ずるのである。この情緒を写しとるのが詩文の任務である。この出来事其物を描写するのは詩人の役目では無くて記録掛や通信者の仕事で有る。彼の自然派の文士は云はば記録掛のやうなもので、決して詩人では無い。又詩に於て哲学や倫理上の思想を叙述することは、哲学者思想家の仕事である。最後に詩形も短くなくてはならぬ。——一言にして云へば詩は即ち情緒より外には無い。即ち詩を解体して朦朧たる情緒とせうと云ふのが此新詩社の主義である。或る人は之を情緒芸術（Stimmungskunst）と命名して居る。[11]
>
> （原文では引用した部分はすべて傍点が振られている）

ここで片山は、抒情詩（Lyrik）の重要な概念であるStimmungを「情緒」と訳している。これは第3節で検討するが、評論家・独文学者の小宮豊隆が松葉の翻訳した『エレクトラ』を批判する際に、ホフマンスタールの詩の本質として「感じ」を挙げているのと重なる。片山はこのような「情緒芸術」である象徴詩の一例として、バールが傑作と賛美したホフマンスタールの詩「私の庭 Mein Garten」を翻訳紹介している。片山はホフマンスタールについて「叙情詩の範囲に於て、多少の適用を得るに過ぎ無い理論を、戯曲に応用して、二三の戯曲を作ったので有る」が、それらの戯曲すなわち『窓辺の女 Frau im Fenster』[12]（1897）や『ティチアンの死』は「盡く失敗した」と言っている。次に、『窓辺の女』のあらすじを紹介し、「総て朦朧として居って、明快《はっきり》したことは一向解からぬ。ただ此女の独白に含まれて居る叙情詩的の部分の美にうたれるのみで有る」とし、『ティチアンの死』については、「主人公は舞台の表面に現はれて来ぬ、たゞ其死を悼む弟子たちの詞によりて、一種凄愴な情緒を起すのみで、芝居を見るやうな気にはしない」と言う。そして、この二作品とも「舞台に登ぼすことは出来無い一種の叙情的Lesedrama（読む戯曲）で有る」とし、失敗作だと述べている。[13]

片山は結論として、ホフマンスタールを次のように評価している。

> 文芸上の立脚地や理論が創作に如何程の利益を齎すか、又若し其等が誤まつて居る場合には、如何程の害毒を流すか、ホーフマンスタールの戯曲が手鑑を示して居るでは無いか。文芸に於て新主義新理論を唱道せむとするものは、余程考へてからにしないと、自縄自縛に堕るやうなことに成る。かの実験小説の主唱者ゾラの如きは最も著しい例である。唯ゾラは本来大詩人の質をそなへて居たから、あれほどの大事業が出来たので、ゾラよりも小なる詩人は下らぬ理論に頭を悩まし、手足を縛られむよりも、寧ろ人生自然そのものより詩を作らむ事を考へて然るべしだ。幸にホーフマンスタールは其後自ら作つた桎梏を脱せむとする傾向が有るそうだ。[14]

最後にある「ホーフマンスタールは其後自ら作つた桎梏《しっこく》を脱せむとする傾向」というのは、第Ⅰ章第1節で述べたように、ホフマンスタールが『（チャンドス卿の）手紙』以降、抒情詩から喜劇やオペラなど舞台作品を中心とした創作に活動の重点を移していることを述べているのだろう。片山は、ドイツ象徴派の詩人でホフマンスタールが影響を受けたゲオルゲについても紹介している。[15] そして、このフランスの影響を受けた「神経質の文学」一派を、「独逸文壇における消極的功績[16]」とし、新しいフランス仕込みの技巧は輸入したものの、それは試みにすぎず、独逸詩壇に一時期を画するほどのものではなかったと以下のように述べている。

> ゲーテ以来下り坂になつた独逸文壇の詩的形成力は茲に至つて、卑濕の「沼地《ズムプ》」に堕つた。尤もこれは新ロマンチックの主義理論によつて論断して得た最後の極端な帰結《コンセクエンツ》で、是等の文学者が徹頭徹尾形成力を欠いて居るのだと言ふのでは無い。バール一輩の所論は仏蘭西仕込みでは無いか、彼等の個人的好尚に基いた一種の理論、技巧では無いか。彼等を以て真のデカダン、即ち神経病患者だとすることは出来ない。少くともか丶る傾向を有つて居る文学者、少くとも神経病患者の模倣者と云はるべき資格は有る。[17]

シラー、ゲーテなどドイツ古典主義文学の系譜を神格化して崇拝する片山はここで、ドイツ語圏とはいえフランス仕込みのウィーン世紀転換期文学を感覚的に受け入れることができず、「神経病患者の模倣者」とし、また戯曲における印象的自然主義[18]は、動作の発展や性格の描写を主としていないので、舞台にかけることは難しく一種の読み物だと評している。

　このように片山がホフマンスタールの文学を「神経質の文学」と称したことで、この後しばらく日本におけるホフマンスタール受容には、「神経質」「神経衰弱」という言葉がつきまとう。その傾向はその後『エレクトラ』を翻訳した松葉にまで続いている。松葉は、「エレクトラ公演覚書」で『エレクトラ』に出てくる人物は皆「神経衰弱」だと述べている。[19]

　片山はホフマンスタールをあまり好意的に紹介しなかったが、その翌年の一九〇六年に日本における積極的なホフマンスタール受容が始まる。森鷗外がホフマンスタール作品の梗概や翻訳を発表し始めたからである。鷗外は同年、弟三木竹二（1867-1908）が主宰する雑誌『歌舞伎』のなかの「観潮楼一夕話」で、ホフマンスタールの„Ödipus und Sphinx“を『オエディプスとスフィンクスと』という訳題であらすじを記している。次に、断片的ではあるが、一九〇八年五月『帝国文学』の「独逸文壇消息」に、「シュトラウスの新楽劇」という小見出しのもと、「ホフマンスタールの原作に基づいた新曲」として『エレクトラ』を紹介した。[20]

ホフマンスタールに対して、はっきりと好意的な見方を最初にした人物は、評論家で独文学者だった櫻井天壇（正隆、1879-1933）である。櫻井は、〇八年『早稲田文学』第三一号の「独逸の叙情詩に於ける印象的自然主義」という紹介文[21]において、客観的な徹底自然主義とは一線を画した自然主義の一種として、島村抱月（1871-1918）の主張した情趣主観の印象的自然主義を支持し、ドイツにおけるその代表者としてホフマンスタールの名を挙げ、詩「早春 Vorfrühling」を訳している。興味深いことに櫻井は、ドイツの最近の叙情詩が実験していることは、日本の叙情詩がすでに実験しているため親密な感じがすると述べている。これは第Ⅲ章第2節で考察したように、バールが日本の絵画を見て、「ヨーロッパにとって初めてのことではなく、ただ忘れていたことだ」と記したことと重なる。この時期、ヨーロッパと日本側の双方で、本来自己にあったものを他者のなかに再発見しているのだ。

以上のように、日本におけるホフマンスタールの紹介は、片山正雄、櫻井天壇など、『帝国文学』『早稲田文学』といった読者層が大学関係者や知識人に限られた雑誌において始まった。それに対して、先にふれたように、森鷗外は、『歌舞伎』『昴』『しがらみ草紙』など、さらに広い一般の読者層を持つ雑誌でホフマンスタール作品を紹介することになる。

2. 森鷗外による紹介

森鷗外が日本にドイツ文学を紹介した代表者であったことはいうまでもない。鷗外は大きく分けて二つの時期に、演劇に関する論文を積極的に発表し、外国の戯曲の翻訳を集中的に行っている。最初は、ドイツ留学から帰国した直後の一八八九（明治二二）年からの二年間である。この時期は、八六年に始まった演劇改良会が中心となった日本の演劇改良運動が、ヨーロッパの宮廷劇場を模範にした洋風の大劇場の新建設を推進しようとしていたのに対して、鷗外は「演劇改良論者の偏見に驚く」（1889）[22]や「演劇場裏の詩人」（1890）[23]などの評論において、インマーマン（Karl Leberecht Immermann, 1796 - 1840）によるデュッセルドルフの演劇改革やミュンヒェンの新しい演劇改革を紹介した。井戸田総一郎は、鷗外がヨーロッパ文化の表層的な模倣でなく、その核心を意味する「外粋」（鷗外の造語）を輸入し、「国粋」と並立させる可能性に言及し、この二つの関連において当時もっとも論争的な領域であった演劇に、帰国後まず勢力的に取り組んだと分析している。[24]鷗外は、ドイツ留学中の一八三二年、デュッセルドルフで始まったインマーマンによる演劇改革の影響を受け、「演劇場裏の詩人」では、ドラマトゥルク（「演劇論者」井戸田によると鷗外は、「演劇論者」に「ドラマソルグ」というルビを振って使用している）や今で言うところのインテンダントの必要性を説いた。彼らこそ劇場の中核的「頭脳」の役割を果たし、舞台上の「作品の再生産」に対してのみ助言するのではなく、「再生産」を恒常的に支える劇場の組織・管理の全体を統括する中心的存在になるべきだと、鷗外は主張していた。[25]このように、日本の演劇改良運動に対して積極的に関わった時期に、彼はレッシングの『折薔薇（エミーリア・ガロッティ）Emilia Galotti』（1772）などの戯曲を翻訳し、『しがらみ草紙』に八九年第一号以下、八回にわたって連載している。[26]

鷗外が外国の演劇移入に積極的に関与したもう一つの時期は、日露戦争後の一九〇六（明治三九）年から一四

(大正三)年頃で、この時期に「若きウィーン派」に特別な興味を持ち、ヘルマン・バール、アルトゥール・シュニッツラーやホフマンスタールの作品の翻訳活動を集中して行っている。鷗外が翻訳した「若きウィーン派」の作家の翻訳は、最初はほとんどが『歌舞伎』に、「観潮楼一夕話」の副題とともに発表された。バールの『奥底 Die tiefe Natur』(1906)は一九〇八年七月一日発行の『歌舞伎』第九六号、第九七号に、[27] シュニッツラーの『猛者 Der tapfere Cassian』(1904)は一九〇八年一一月一日発行の『歌舞伎』第一〇〇号に、『恋愛三昧 Liebelei』(1895)は一二年四月一日発行の『歌舞伎』第一四二号、五月一日発行第一四三号、六月一日発行第一四四号、七月一日発行第一四五号、八月一日発行第一四六号、九月一日発行第一四七号の六回にわたり連載されている。[28] シュニッツラーでは、『みれん Sterben』(1892)だけが『歌舞伎』ではなく、一二年一月から『東京日日新聞』に五五回にわたって連載されている。[29] また、ホフマンスタールの戯曲『痴人と死と Der Tor und der Tod』翻訳は、一九〇八年一二月一日発行の『歌舞伎』第一〇一号に発表されている。[30]

ほかには、『昴』(一九〇九年九月号)「最近独逸脚本梗概」においてシュニッツラーの『猛者』『短剣を持ちたる女 Die Frau mit dem Dolche』(1902)、『耶蘇降誕祭の買入 Weihnachtseinkäufe(『アナトール Anatol』(1893)から)』、『恋愛三昧』、バール『奥底』、ホフマンスタールの『救われたる Venezia Das gerettete Venedig』(1902)、『昨日 Gestern』(1891)、『白扇 Der weiße Fächer』(1897)、『窓辺の女』『SOBEIDE《ママ》の婚礼 Die Hochzeit Sobeide』(1897)、『あやしき男と歌姫と Der Abenteurer und die Sängerin』(1898)、『FALUN《ママ》の鉱穴 Das Bergwerk zu Falun』(1899)、『帝と魔女と Der Kaiser und die Hexe』(1897)、『宇宙小劇場——名幸ある人々 Das kleine Welttheater oder die Glücklichen』(1897)、リヒァルト・ベーア=ホフマン(Richard Beer-Hofmann, 1866-1945)の『シャロレエ伯 Der Graf von Charolais』(1904)、フェリックス・ザルテン(Felix Salten, 1869-1945)の数作品の翻訳あるいは梗概を発表している。[31]

鷗外がウィーンを訪れたのは、ドイツ留学中の一八八七年一〇月の一〇日間ほどで、当時はまだ「若きウィーン派」の文学運動の兆しも見えていなかった。小堀桂一郎は、鷗外も、その時は特に、ウィーンの文学界の現状を見ておこうとは思っていなかったと推測している。(32)「若きウィーン派」の本格的な活動が始まるのは一八九三年以降であり、最盛期は日本の日清戦争から日露戦争にかけての時期に当たる。軍医として出征した日露戦争から凱旋帰国(一九〇六年一月)した直後の数年間、鷗外は陸軍医総監、陸軍医務局長に就任しており、彼の公生涯では絶頂期だった。しかし文学者としての鷗外は、出征中一旦「死んで」おり、そこからの復活を試み、文学活動を再開した。ホフマンスタールが第一次世界大戦に直面した時も同様だが、末延芳晴が述べているように「文学者は戦争に直面した時、最も根源的に文学者たるゆえんを問われることになる」(33)のだろう。無条件で個人が国家の意志に服従することを求めてくる戦争に、軍医とはいえ、指導的立場の一人として関わった鷗外は、戦争中、個人が国家と対峙し優越性を主張しようとすることで成り立つ文学者としての存在意義を、もっとも深刻な形で問われたのだった。末延は、鷗外は日清・日露戦争の時代、最後まで個人より国家を優先し続け、戦争そのものの構造的「悪」と非人間的な現実を見据え、戦争と戦争を遂行する国家の「悪」を暴き批判することを避けてしまったと指摘する。そんな鷗外は、日露戦争後、戦争中に背負った文学者としての「背信の罪」を胸に、文学者としての「死」から再生を試みたのである。

末延によれば、その際に鷗外が取った方法は二つあった。一つは、文学作品のなかで匿名や変名を使い、隠喩や韜晦、風刺、パロディなどの形式によって、間接的に国家や戦争の「悪」を指摘し、批判するやり方。もう一つは、国家や戦争の「悪」と十二分に対抗、ないしは陵駕できるだけの質量を持った文学的宇宙、具体的には小説的時空間を創出することだという。

ただし鷗外は、戦争からの帰国直後にこのような創作活動を始めたわけではなく、まず、詩歌の創作や翻訳や梗概による物語の紹介に取り組む。末延や中野重治は、のちに鷗外は自分が詩や歌でなく、もっと大きな世界（小説）に向いていることを自覚し、それが『半日』『ヰタ・セクスアリス』などの小説を書くことにつながったと分析する。[34]

それでは、鷗外が一九〇九年頃から「若きウィーン派」の文学者たちの翻訳に集中したことは、どのように考えられるだろうか。一つの理由として、彼は本格的な創作活動を再開する前に、同時代のヨーロッパの新しい風潮を掴むために、いわば文学への「リハビリ」のつもりで、「若きウィーン派」の紹介に専心したのではないか。特に、鷗外と同年（一八六二年）生まれで同じく医者であるシュニッツラーに特別の興味を持ち、その作品を続けて翻訳した。また、「若きウィーン派」の指導者的立場だったバールの著作を、単行本（初版）で一二冊も所蔵していたが、そのなかでも『奥底』を翻訳に選んだことについて、小堀は、「一幕物で新劇開拓の一実験例として適しているといった手軽さ」からではないかと推測している。[35]

ホフマンスタールの作品では、一九〇六（明治三九）年、雑誌『歌舞伎』で戯曲『オエディプスとスフィンクスと』の梗概を紹介していることはすでにふれた。[36] 鷗外は、一四年にこの作品の全訳を試み、『謎』という訳題で出版する。この『謎』の翻訳は、本章第3節4で検討するが、彼がホフマンスタール宛てに書簡を送る動機になったものでもある。

鷗外は一一年、ホフマンスタールの『痴人と死と』を新時代劇協会のために翻訳、これは、同年四月一三日から八日間、新時代劇協会の第三回公演（舞台監督：小山内薫　クラウディオ：井上正夫）として有楽座で上演された。[37] 井戸田は、鷗外は、ドイツのインマーマン的存在を、日本では小山内薫に見出したのだろうと推測している。[38] この『痴人と死と』の公演については、和辻哲郎（1889-1960）が雑誌『昴』（一九一一〈明治四四〉年六月一日号）に発表した「幻影と舞台」[39]のなかで次のように述べている。

演じた役者が、一人として確からしい芸を持っていないにもかかわらず、またホフマンシタール(ママ)の白《せりふ》が必ずしも僕たちを魅するだけの内容を有していないにかかわらず、何故に僕は強烈な印象を受けたのであろうか。もちろんレシーが勝利を占めたからである。[40]

和辻は、舞台の配色や照明を「調和と統一のある有機的な舞台構成」と称賛し、レシー（演出）の力だと小山内薫の演出を高く評価している一方、ホフマンスタールのテクストについては、「ぼくはあの戯曲を読んだ時に決してあれだけの効果を予期していなかったのだ」と積極的に認めていないような書き方をしている。[41]

3. なぜ『エレクトラ』か

さて、松居松葉はなぜ公衆劇団の旗揚げ公演作品に『エレクトラ』を選んだのだろうか。ホフマンスタールの『エレクトラ』が日本で初めて紹介されたのは、一九〇八年、雑誌『帝国文学』（五月号）の「独逸文壇消息」（執筆者「迷羊」）内「シュトラウスの新楽劇」という紹介記事内である。これはオペラの作曲者、R・シュトラウスについてが主体の記事で、出だしは次のようになっている。

ワグネル以後の天才と称せられ現に楽劇界の栄光を一身に鍾《あつ》めているリヒャルト・シュトラウス Richard

> Strauss（今年四十六歳）は、近頃日本でも大分評判になって来た独逸詩人 Hugo von Hofmannsthal の原作に基づいた新曲『エレクトラ』（Elektra）を発表した。これが彼の最近の作である。エレクトラと言えばオイリピデスの希臘劇で人も知る如く、兄のオレストと共謀して母親（クリュテムネストラ）を殺す恐ろしい女だが、これが二十世紀の今日、新時代の傑れた詩人と第一流の作曲家との霊腕によって如何に独逸楽劇界に時ならぬ華を咲かせたかは想像するに難しからぬ。[42]

この記事からは、ホフマンスタールが新しい時代を担うドイツ詩人として日本でも注目され始めたことが伝わる。

『エレクトラ』の詳細な内容は、二年後の一九一〇年、萱野二十一《はたいち》によって、『白樺』第一号（一九一〇年四月）と、続く第二号（同年五月）誌上で紹介された。「萱野二十一」とは白樺派の作家、郡虎彦（1890-1924）[43]のペンネームである。次節で述べるように、松葉はこの萱野をホフマンスタール宛ての第二信で紹介するほど親しい関係であることから、松葉が萱野の梗概を読むか、萱野から内容を聞くかして、『エレクトラ』に興味を持った可能性は高い。『白樺』内で、萱野は、「エレクトラ梗概」と「歌劇としてのエレクトラ」と冠して二回にわたり執筆したが、この題名が示す通り、これはホフマンスタールの戯曲『エレクトラ』と、R・シュトラウスがホフマンスタールの台本に作曲したオペラ版『エレクトラ』の紹介である。

萱野は『白樺』第一号で、戯曲『エレクトラ』の梗概に入る前に、ホフマンスタールのこれまでの人生と創作活動を紹介している。ただし萱野は、ホフマンスタールの生年月日を一八四七年二月一日と書いているが、これは正しい生年の「一八七四年」のおそらく誤植なのであろう。また、ホフマンスタールを「猶太《ユダヤ》人」と断定しているが、これは片山正雄が一九〇八年に、『帝国文学』の「フーゴー・フォン・ホーフマンスタールに就て」でその出自について、次のように書いているのを受けていると考えられる。

曽祖父イザーク・レヴホーフマンは一七八〇年貧乏なる神学生として維納に来たり、猶太族の富商の孫娘の家庭教師となり、後之れと結婚し、一八三五年維納のイスラエル人会の代表者として貴族に列せられたのである。（…）ホーフマンスタールの生涯を通じて間断なく響ける太古文明（猶太文明）の遺伝なる根調を理解せしめる唯一の鍵たる、彼がセミチック人の系統については、不思議にも一語をも費さずして、ホーフマンスタールの血液には「ロマン民族の血液が加味されてある」とほのめかして居るが、これは実に虚構の甚しきものである[44]

片山は、この評論の大半をシューリヒ（Arthur Schurig, 1870-1929）の"Hugo von Hofmannsthal"[45]から借用していると明記している。たしかに片山の評論の、二〜五頁、そして六〜一〇頁は、シューリヒから正確に翻訳、引用している。しかし右に挙げた引用部分は、シューリヒの論文には見当たらない。片山はホフマンスタールの父方の祖母がイタリア人であるにもかかわらず、「ロマン民族」をラテン系という意味で使用していながらそのことを否定している。片山がどこからこのような誤った情報を得たのかも不明であるが、萱野は片山のこの文章から影響を受けたのであろう。

萱野の『エレクトラ』紹介は、たいへん緻密である。特に、第一号に掲載された戯曲版『エレクトラ』の梗概は、一三頁にもわたって作品のあらすじが丁寧に紹介され、萱野の正確なドイツ語読解力も伝わってくる。[46]

第二号掲載の「歌劇としてのエレクトラ」は、題名通りR・シュトラウス作曲の『エレクトラ』（1908）の紹介となっている。当時、R・シュトラウスは、『サロメ』に続き、この『エレクトラ』で無調に近づき、前衛的な作曲をして、ヨーロッパのオペラ界でセンセーションを巻き起こしていた。萱野の紹介文でもシュトラウスのオーケストレーションの斬新さ、規模の大きさが強調されている。萱野の音楽分析についての内容も正確であるが、彼はこの時期まだ渡欧しておらず、実際のオペラは見ていないはずで、この分析についてもどの文献を参考にしたのかは不明である。特に、当時のヨーロッパの一般聴衆も、この薄暗い不気味な雰囲気が一時間四五分も続くオペラを深くは理解しておらず、無調の音楽について「極端な人はシュトラウスは単に調子外れの音を無意味に並べ立てて譜を作り上げたに過ぎないとまで言って居る」(47)と報告しているのは興味深い。

松葉はのちに、「『エレクトラ』上演覚書」の「『エレクトラ』の諸記録」(48)という項で、『エレクトラ』戯曲版およびR・シュトラウス作曲のオペラ版のヨーロッパにおける主な上演記録を紹介し、オペラ版が「ドレスデンの王立歌劇座で封切をして以来といふものは、『エレクトラ』といふと歌劇に極ったものの様になってしまった。それを微力なわれわれが、極東の此の国の首都で、本然の形式に復興して上場する事となってしまったのは、心ひそかに嬉しい様な気がしないでもない」と書いている。その理由として、オペラ版『エレクトラ』は、音楽面で、たとえばオーケストレーションや和声が革新的すぎてグロテスクになり、失敗色が濃いことを挙げている。当時の日本ではオペラ版の上演が技術的に不可能だったというのが本音だろうが、そうとは書けず、オペラ版が失敗だから戯曲版を上演できて幸いだったと解釈しているのは、負けず嫌いの松葉らしい発言である。

また第二節で検討するが、松葉は、ホフマンスタール宛ての書簡第三信で「私は英国第一流の劇評家ウィリアム・アーチャア先生から、先生について種々伺ひましたし、其年の一〇月に出版された『エヂンバラ評論』によつて、『エレクトラ』の一部の抜抄すらも読みました」[49]と書いているように、以前から『エレクトラ』について多少の知識はあったようである。しかし、上演に踏み切るまでに至った動機づけは、やはり萱野による梗概にあったのだろう。

さらに一九一一年の『帝国文学』一二月号では、和辻哲郎が「自由劇場の演技」という評論で、当時の日本の歌舞伎出身の俳優にとってはいかに西洋演劇用の声や体の修練が困難でありながらも重要かを説き、ハウプトマンやメーテルリンクよりもホフマンスタールのほうがいくらか容易だとし、「舞台監督のやりようによっては『エレクトラ』さえも不可能ではあるまいと思われる」[50]と述べている。推測の粋を出ないが、松葉がこの和辻の文章に触発されて、『エレクトラ』を上演する気になった可能性もある。ここで和辻が舞台監督と言っているのは、自由劇場の小山内薫を意識していることだと思われるが、もしそうだとしたら、なおさら負けず嫌いの松葉は刺激されたに違いない。あらゆることに好奇心旺盛な松葉としては、ヨーロッパで話題になっており、かつ日本でも注目され始めたこの作品に飛びつきたくなったのではないだろうか。

第2節　松葉の『エレクトラ』公演

一九一三（大正二）年一〇月一日、ホフマンスタールの『エレクトラ』が、松葉率いる公衆劇団によって、東京帝国劇場において日本で初めて上演された。イタリア人舞踊家、振付師のヴィットーリオ・ローシーが演技指導し、女形河合武雄がエレクトラを演じたこの公演については、のちの演劇史関連書では、その翻訳や演技の技術的レベルについて否定的な意見が多く見られる。しかし、公演の前後に交わされた松葉や鷗外、作者ホフマンスタールとの書簡や、当時の演劇雑誌や舞台美術雑誌に掲載されたこの公演に関する活発な批評や論争の激しさ

は、当時の演劇界の状況を伝える資料として大きな意味を持つ。(51)

本節ではこの『エレクトラ』公演の全容をできるだけ明らかにしていく。

1．松葉とホフマンスタールの往復書簡

『エレクトラ』を日本で上演するにあたり、松葉は、表1のように、公演以前にホフマンスタールに宛てて、少なくとも三通の手紙を送り、演出上の指示を仰ぎ、ホフマンスタールから一通の返信を受け取っている。(52)

表1　松居松葉とホフマンスタール（HvH）の往復書簡

松葉⇒HvH	HvH⇒松葉	松葉の行動	書簡の現在の保管場所
第一信			不明
	返信一九一三年六月二九日	翻訳書にこの返信の写真を掲載	不明
第二信 一九一三年八月			FDH内ホフマンスタール資料室
第三信 一九一三年八月二五日		日本語文を翻訳書に掲載	不明

松葉の第一信の所在は不明である。しかし、序章で一部を引用し問題提起した六月二九日付のホフマンスター

ルから松葉に宛てた書簡からは、第一信で松葉がホフマンスタールに『エレクトラ』上演の許可を願い出るとともに、演出上の留意点を訊ねたことがわかる。以下はそのホフマンタールが松葉に宛てた返信全文である。

【ホフマンスタールの松葉宛ての返信　一九一三年六月二九日付】

（…）mit grossem Vergnügen autorisiere ich den Verein Koshu- Gekidan, mein Drama »Elektra« in japanischer Sprache aufzuführen und diese Aufführung beliebig oft zu wiederholen.

Ich glaube, dass irgend welche dramaturgischen Bemerkungen zur Aufführung nicht nötig sein werden, ausser jenen »stage-directions«, welche das Buch selbst enthält.

(A)Der Stoff ist ein ewiger menschlicher-einer der wenigen, scheint mir, der über den grossen Abgrund hinüber auch ein japanisches Publicum direkt und unmittelbar ergreifen kann: denn es handelt sich um die unbedingte Treue dem Todten gegenüber. Hieraus wird unter den Händen eines neueren europäischen Dichters (der auf antikem Boden, aber nicht nach antikem Grundriss gebaut hat) freilich ein Gedicht, in welchem es sich, mehr als dem östlichen Gefühl fasslich sein dürfte, um das heroische Geschick der einzelnen Seele handelt: und das, was vielleicht für japanische Auffassung das selbstverständliche ist, wird als das Ausserordentliche gezeigt, das fast im Gefüge des Menschenlebens–wie Chrysothemis, die unheroische Schwester, es repräsentiert–nicht existieren kann–aber immerhin, es werden nicht ganz unfassliche Töne angeschlagen, und so hoffe ich, dass Ihr Versuch mehr sein wird, als ein blosses literarisches Experiment.

Für das Scenische habe ich nichts zur Hand oder in meinem Besitz, obwohl das Stück an Hunderten von Bühnen gespielt worden ist. (B) Aber ich glaube, man sollte das Scenische so einfach als möglich halten: eine Mauer, die Rückwand eines Palastes darstellend, ohne Säulen, aus kyklopischen Urzeiten, mit einer Tür in der Mitte, von welcher Stufen hinabführen, und kleinen, schmalen Fensteröffnungen. Ich habe mich selbst hierbei nicht an den historischen Stil gehalten, denn das antike griechische Haus hatte ja keine Fenster. Sie werden also nicht fehl gehen, wenn Sie diese Decoration selbst in einem alten märchenhaften japanischen Stil halten, oder so, wie in einem japanischen Stück aus alter Zeit etwa der Palast eines Zauberers oder eines Dämonen dargestellt würde.

(C)Auch im Spiel wird von selbst ganz das Richtige getroffen werden, wenn Sie mehr das altertümliche[53] als das occzidentalische suchen; denn der Dichter hat darin ein allgemein Alterthümliches, Menschliches und Orientalisches, vom Westen aus, darzustellen gesucht. So entspricht es nur den innersten Absichten der Dichtung, wenn Sie wichtige und erregende Momente der Handlung mit der in **Ihrem Trauerspiel** üblichen Musik begleiten lassen（Gong oder ähnlichem）und den Tanz der sterbenden Elektra wird sicher eine[54] japanische Darstellerin (oder sogar ein Darsteller) besser zum Ausdruck bringen als jede europäische Schauspielerin ...

（下線は著者による）

私は喜んで、公衆劇団に、私の戯曲『エレクトラ』の日本語上演を許可いたします。何度再演なさってもかまいません。

本自体に記されているト書き以外に、演出上特別に申し上げるべきことはないと思います。

（A）題材は永遠に人間的で、遥かなる海溝をも越えて日本の観客の心も直接掴めるような数少ないものの一つだと、私には思われます。なぜなら死者への絶対的な忠誠が扱われているからです。これはもちろん現代のヨーロッパの詩人（古代を土台にしていますが、古代の設計図に従って構築したものではありません）の手から生まれた詩です。東方の感覚からするとおわかりになりにくいかもしれませんが、個人の魂の英雄的な運命を扱ったものです。そして日本の方の考え方からすれば、当たり前かもしれないことが、特異なものとして示されています。それは非英雄的な妹のクリゾテミスに代表されるような人間生活の枠組みのなかでは、ほとんど存在しないものであります。いずれにいたしましても、まったく理解できないようなトーンが打ち出されているわけではありません。したがいまして、あなたの試みが単なる文芸上の実験を超えたものになることを祈ります。

舞台装置に関して、この作品は何百回も上演されたにもかかわらず、何も手元には残っていません。（B）しかし舞台はできる限りシンプルにするべきだと思います。たとえば、柱のない太古のキュプロプスの宮殿の裏壁があり、その中央には入口があり、そこから階段が下に続いている、そして小さな、狭い窓用の開口部があるぐらいでよいでしょう。古代ギリシアの家に窓はありませんでしたが、ここでは歴史的な様式を重視していません。ですから、あなたがこの装置を日本の昔話風の様式にしたり、昔の日本の芝居にあった魔法使いや悪魔の住む城のようにしたとしても、間違いではありません。

（C）また芝居においても、もしあなたが西洋的なものというよりも古代的なものを求めれば、おのずと正鵠を得るでしょう。なぜなら、作者の私はそこで、西洋から見て普遍的に古代的、人間的で、東洋的なものを表現しようとしたからです。したがって、もしあなたが劇が盛り上がる重要な瞬間に、あなた方の悲劇で普段使われているような音楽（ドラやその類のもの）を挿入すれば、作者の真意に適うと思います。また、死にゆくエレクトラの踊りは、きっとどんなヨーロッパの女優よりも日本人女優のほうが（日本人男優でも）上手に表現するでしょう。
（下線およびA、B、C加筆は筆者による）

松葉はこのホフマンスタールからの書簡を翻訳し、翻訳書『エレクトラ』[55]および本章第3節1で考察する村田実の雑誌『とりで』に書簡のファクシミリ写真とともに公開した。このような行動は日本の文学・演劇界の人々を大いに刺激し、公演以前からたいへんな話題になった。

ここではホフマンスタールがこの『エレクトラ』日本公演に抱いた高い関心について、序章で問題提起した点を中心に、第Ⅰ章から第Ⅳ章までのホフマンスタールにとっての日本観についての考察を踏まえ分析する。

ホフマンスタールは、書簡の（A）の部分で「題材は永遠に人間的で、遥かなる海溝をも越えて日本の観客の心も直接掴めるような数少ないものの一つだと、私には思われます。なぜなら死者への絶対的な忠誠が扱われているから」だと述べている。これは第Ⅲ章で考察したように、ハーンの著書からの影響であろう。また第Ⅰ章第2節でも述べたように、ルドルフ・カスナーの『インドのイデアリズム』と『インドの思想』を読み、仏教思想の「忠実」や「忠誠」について何度も読み返し印をつけていたホフマンスタールは、日本人が、現世の自分が前世の集合体であり、前世からの業《カルマ》を背負って生きているという考えを持っていると捉えていたため、彼らに『エレクトラ』は理解しやすいと考えた。その流れで、エレクトラの父アガメムノンへの忠誠は、「日本の方の考え方からすれば、当たり前かもしれないことが、特異なものとして示されています」と述べている。

また同じく（A）で、『エレクトラ』は「もちろん現代のヨーロッパの詩人（古代を土台にしていますが、古代の設計図に従って構築したものではありません）の手から生まれた詩です」と述べているが、これは第Ⅰ章第1節5、6で考察したように、ギリシア悲劇そのままでも、またゲーテなどのアポロ的なギリシア観でもなく、ニーチェに発する第二次ギリシア復興の流れを汲んだホフマンスタールが、二〇世紀初頭時点でのギリシア悲劇の現代的再生を試みた作品であるという意味での記述であろう。

（B）でホフマンスタールは、舞台装置について「舞台はできる限りシンプルにするべきだと思います。たとえば、柱のない太古のキュプロプスの宮殿の裏壁があり、その中央には入口があり、そこから階段が下に続いている、そして小さな、狭い窓用の開口部があるぐらいでよいでしょう」と助言している。これも、第Ⅱ章第1節で「夢の情景としての舞台」から引用して考察したように、写実的で具体的なギリシア神殿の大道具ではなく、「夢の経済的節約」のため、舞台に置く道具はシンプルかつ最小限にして観客の想像力を喚起するようにしたラインハルトやホフマンスタールの意図が示されている。

（C）では「芝居においても、もしあなたが西洋的なものというよりも古代的なものを求めれば、おのずと正鵠を得るでしょう。なぜなら、作者の私はそこで、西洋から見て普遍的に古代的、人間的で、東洋的なものを表現しようとしたからです」と述べている。ここには、ホフマンスタールにとっての古代ギリシア観が凝縮されている。第Ⅰ章第2節で「オリエント」および「オリエンタリズム」について、キリスト教の発展過程でキリスト教徒によって「オリエント」が生成されたと述べたが、ホフマンスタールはここではっきりと、自分にとってキリスト教以前の古代ギリシアは、西洋的ではなくオリエンタルな世界なので、近代ヨーロッパが失ってしまった人間的で普遍的なものを表現すればよいとしている。

次に「したがって、もしあなたが劇が盛り上がる重要な瞬間に、あなた方の悲劇で普段使われているような音楽（ドラやその類のもの）を挿入すれば、作者の真意に適うと思います。また死にゆくエレクトラの踊りは、きっとどんなヨーロッパの女優よりも日本人女優のほうが（日本人男優でも）上手に表現するでしょう」という部分には、第Ⅳ章で考察したヨーロッパの人々を魅了した川上一座、貞奴の影響がはっきりと表れているといえよう。ホフマンスタールは、西洋のドゥーゼのような女優よりも東洋の貞奴の演技を高く評価していたからである。

このようにホフマンスタールは、遥か遠くの日本で自分の作品が上演されることに、単なる社交辞令ではなく、心底強い関心を持ち、松葉からの書簡に懇切丁寧に答え、助言をしたのである。

2．松葉の書簡分析

では、松葉のほうは、ホフマンスタールの高い期待をどのように受け止めていたのだろうか。彼は、一九一三年八月のホフマンスタール宛て書簡のなかで、次のように伝えている。

松葉のホフマンスタール宛て書簡（第二信）　トランスクリプション

Tokyo, den August 1913.(sic)

Hochwohlgeborner Herr !

Meinen verbindlichsten Dank für Ihren liebenswürdigen Brief vom 29. Juni 1913 ! Mit dem Sie den Verein Koshū-Gekidan freundlichst autorisiert haben Ihr wertes Drama „Elektra“ in japanischer Sprache aufzuführen und diese Aufführung beliebig oft zu wiederholen. Ihre dramaturgischen Bemerkungen über die Probleme des Dramas „Elektra“ habe ich auch mit grossem Dank in Kenntnis genommen, und bin fest überzeugt, dass schon der Stoff das Publikum

unmittelbar ergreifen wird, da uns diese dramatischen Probleme, wie Sie in Ihrem Brief bemerkten, ziemlich zugänglich sind, zumal die unbedingte Treue den Todten gegenüber als eine der schönsten Tugenden unter den hiesigen Buddhisten und Schintoisten seit Alters noch geschätzt wird; auch das heroische Geschick der Heldin wird auf das allgemeine Publikum gute Wirkung haben. Infolgedessen hoffen wir, dass unser Versuch mehr als ein blosses literalisches Experiment sein wird. Bezüglich des Scenischen habe ich auch die Meinung, die Bühnenausstattung so einfach als möglich, im antiken Tone zu halten: Wir beabsichtigen bald die Partitur allen Teilnehmern, die aus den ersten Schauspielern von Japan bestehen, zu verteilen und das Stück auf der Schulbühne hundertmal üben zu lassen.
Bei dieser Gelegenheit erlaube ich mir eine philologische[56] Frage an Sie zu richten, für deren freundlichste Erklärung ich Ihnen höchst dankbar sein werde. Sie haben im Dialog der Elektra mit Klytämnestra Seite 28 Zeile 15–18 eine Metapher zur Schilderung Klytämnestras ungeheuerer Charaktereigenheit benutzt, dass Klytämnestra wie das Meer der Elektra ein Leben, einen Vater und Geschwister ausgespien und hinabgeschlungen habe. Wenn ich nicht mißverstehe, so bedeutet dieses Meer so viel als der Koloss, das Ungeheuer, das mit dem Schicksal der armen Elektra spielt; aber ich kann nicht begreifen.

Ich erlaube mir die Freiheit Ihnen Herrn Kayano-Hataichi, den Verehrer Ihrer Dramen, ergebenst zu empfehlen, der in einigen Monaten bei Ihnen einen Besuch abzustatten gedenkt, um unter Ihrer Leitung meine Übersetzung Ihres geschätzten Dramas „Elektra“ zu revidieren, wann Sie es ihm erlauben wollen; hierüber werde ich Ihnen noch einmal schreiben wenn er die Reise von Japan austreten wird.

Zum Schluss spreche ich Ihnen meinen aufrichtigsten Dank für Ihr freundliches Entgegenkommen, das mir meine

Unternehmung vielfach erleichtert hat noch einmal aus.

Ihr ergebener

S.M. Matsui (57)

（段落は筆者による）

【訳】

一九一三年八月　東京にて

謹啓

一九一三年六月二九日付けのお手紙ありがとうございました。御作『エレクトラ』の公衆劇団による日本語上演を許可していただいたばかりか、再演の自由までお認めいただき心より御礼申し上げます。また、戯曲『エレクトラ』の演出に当たっては注意すべき点をご指摘いただきまして、まことにありがとうございます。題材は必ずや観客の心をじかに掴むであろうと思います。おっしゃる通り、このドラマのテーマは私たち日本人にとって身近なものです。なかでも死者に対する絶対の忠誠は、日本の仏教徒と神道信者には昔から最高の美徳として尊重されてきたものです。ヒロインの高潔な運命も一般の観客に訴えるでしょう。私たちの上演は、単なる文学的実験を超えたものです。舞台に関しましては、私も装置はできる限り単純にして、古代の雰囲気を醸し出すつもりです。近々それぞれの役を、日本の第一線で活躍する俳優たちに割り振り、一〇〇回以上の稽古をつける予定です。

この機会に内容の質問をさせていただきます。お答えいただければたいへんありがたく存じます。先生は二八頁一五～一八行のエレクトラとクリテムネストラとの対話で、クリテムネストラのたいへん特異な性格描写に隠喩をお使いになりました。クリテムネストラが海のように、エレクトラの命と父親と兄弟を吐き出し、また飲み込んでしまうところです。私が間違って理解していなければ、この海は哀れなエレクトラの運命を翻弄する巨人像、怪物と同じような意味で使われているのでしょうか。私にはここがよくわからないのです。

失礼とは存じますが、先生の戯曲の賛美者である萱野二十一氏をご紹介させていただきます。先生のお許しが願えれば、氏は数ヶ月後に先生を訪問し、ご指導のもとで御作『エレクトラ』の拙訳を改訳したいと望んでいます。この点につきましては、氏が日本を出発する時に改めてご連絡させていただきます。(…)最後になりましたが、先生のご厚意に今一度心からの感謝を申し上げたいと思います。おかげさまで私の仕事が何倍も楽になりました。

敬具
S・M・松居

手紙の前半で松葉は、ホフマンスタールからの返信にあった助言をそっくり受けて、鸚鵡返しのように答えている。松葉は第Ⅰ章から第Ⅳ章にかけて考察したようなホフマンスタールのこの公演への高い関心の背後にあった彼のオリエント観、ならびに日本像を、どの程度感じ取っていたのだろうか。

本書簡の中間部で松葉は、「海」が象徴するものがクリテムネストラの「特異な性格」、ならびにエレクトラの運命を翻弄する巨人像や怪物と同意味なのかと尋ねている。すべてを呑み込んでは吐き出す海は、第Ⅱ章第1節で述べたように、母の象徴である。これとすべてを破壊する巨人像や怪物が同じ意味かと尋ねる質問は少々幼稚だと言わざるを得ないが、当時まだバッハオーフェンは日本に紹介されていなかったため、松葉は「太母」や『母権制』を知らなかったのであろうから、このような質問をするのも無理もないかもしれない。

書簡の最終部分で松葉がホフマンスタールに紹介している萱野二十一とは、前節で述べたように白樺派の郡虎彦である。

次に、松葉の第三信の内容の要点を述べる。ドイツ語で書かれ、ホフマンスタールに宛てたはずのこの第三信は所在不明である。果たして本当にこの書簡をホフマンスタールに送ったかどうかはわからないが、松葉が日本語文を翻訳書『エレクトラ』に掲載しているため、内容は知ることができる。(58)

第二信の文中、萱野二十一の名前が出てくるが、松葉は、ホフマンスタールの作品を敬愛する若き作家が原作者の教えを乞いながら『エレクトラ』翻訳を改訳することを夢見ていたようである。彼は第二信で約束した通り、一九一三年八月一六日に萱野が神戸からヨーロッパに出発した直後の八月二五日に、ホフマンスタールに第三信を送っている。そこでは、萱野のこれまでの活動をさらに詳しく紹介し、ホフマンスタールの指導のもとで『エレクトラ』の完全な日本語訳を作り上げるのは、ホフマンスタールと同様に早熟な詩人でもある萱野が一番ふさわしいと述べている。萱野は二〇年一〇月に帰国するまでミュンヘン、ロンドン等を拠点にして執筆活動を行った。

ただ、萱野がホフマンスタールを訪問したという記録は見つかっていない。一九一四年の第一次世界大戦勃発前まで、萱野はミュンヘンとベルリンに滞在していたが、大戦中は戦争の難を避けてロンドンに滞在していたので、ホフマンスタールの指導を仰ぐ機会を失ってしまったのだろう。

松葉はこの第三信でみずからの経歴をこまごまと書き、いかに自分が苦労してここまできたかをホフマンス

2.

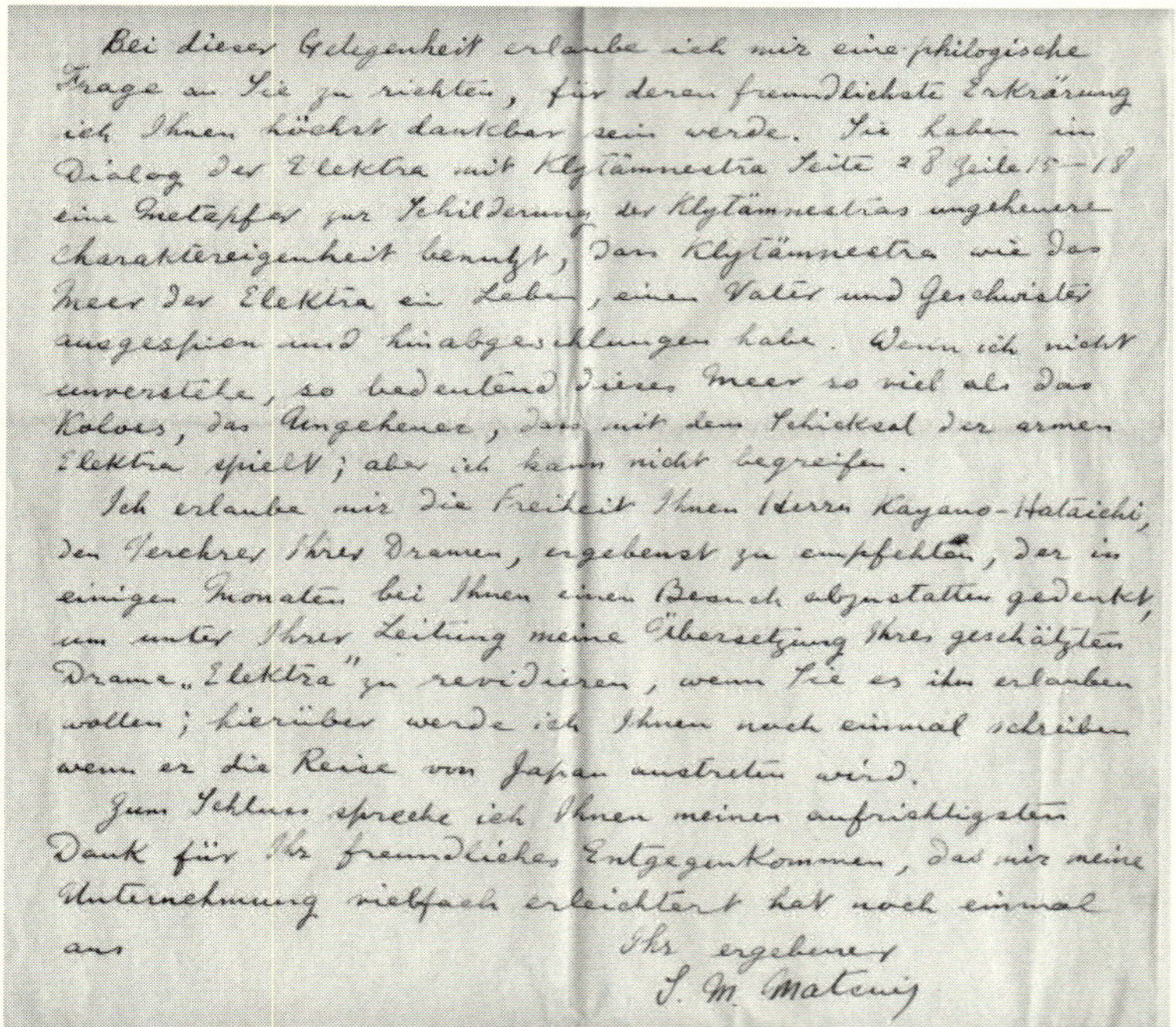

Bei dieser Gelegenheit erlaube ich mir eine philogische
Frage an Sie zu richten, für deren freundlichste Erkrärung
ich Ihnen höchst dankbar sein werde. Sie haben im
Dialog der Elektra mit Klytämnestra Seite 28 Zeile 15–18
eine Metapfer zur Schilderung der Klytämnestras ungeheuere
Charaktereigenheit benutzt, dass Klytämnestra wie das
Meer der Elektra ein Leben, einen Vater und Geschwister
ausgespien und hinabgeschlungen habe. Wenn ich nicht
unverstehe, so bedeutend dieses Meer so viel als das
Koloss, das Ungeheuer, das mit dem Schicksal der armen
Elektra spielt; aber ich kann nicht begreifen.

Ich erlaube mir die Freiheit Ihnen Herrn Kayano-Hataichi,
den Verehrer Ihres Dramen, ergebenst zu empfehlen, der in
einigen Monaten bei Ihnen einen Besuch abzustatten gedenkt,
um unter Ihrer Leitung meine Übersetzung Ihres geschätzten
Drama „Elektra" zu revidieren, wenn Sie es ihm erlauben
wollen; hierüber werde ich Ihnen noch einmal schreiben
wenn er die Reise von Japan austreten wird.

Zum Schluss spreche ich Ihnen meinen aufrichtigsten
Dank für Ihr freundliches Entgegenkommen, das mir meine
Unternehmung vielfach erleichtert hat noch einmal
aus

Ihr ergebener
S. M. Matsuiy

【松葉のホフマンスタール宛て書簡】

1913 年 8 月（Freies Deutsches Hochstift, Frankfurt am Main, Hs-30784）

1.

Tokyo, den August 1913.

Hochwohlgeborner Herr!

Meinen verbindlichsten Dank für Ihren liebenswürdigen Brief vom 29 Juni 1913! Mit dem Sie den Verein Koshū-Gekidan freundlichst autorisiert haben Ihr wertes Drama „Elektra" in japanischer Sprache aufzüführen und diese Aufführung beliebig oft zu wiederholen. Ihre dramaturgischen Bemerkungen über die Probleme des Dramas „Elektra" habe ich auch mit grossem Dank in Kenntnis genommen, und bin fest überzeugt, dass schon der Stoff das Publikum unmittelbar ergreifen wird, da uns diese dramatische Probleme, wie Sie in Ihren Brief bemerkten, ziemlich zugänglich sind, zumal die unbedingte Treue den Todten gegenüber als eine der schönsten Tugenden unter den hiesigen Buddhisten und Shintoisten seit Alters noch geschätzt wird; auch wird das heroische Geschick der Heldin wird auf das allgemeinen Publikum gute Wirkung haben. Infolgedessen hoffen wir, dass unser Versuch mehr als ein blosses litterarisches Experiment sein wird.
Bezüglich des Scenischen habe ich auch die Meinung, die Bühnenausstattung so einfach als möglich, im antiken Tone zu halten. Wir beabsichtigen bald die Partitur allen Teilnehmern, die aus den ersten Schauspielern von Japan bestehen, zu verteilen und das Stück auf der Schülbühne hundertmal üben zu lassen.

タールに綿々と伝えている。

また松葉はドイツ語が不得手なため、『エレクトラ』翻訳に当たっては、アーサー・シモンズ（Arthur William Symons, 1865-1945）の英訳から訳したこと、これまでのドイツ語の手紙も自分のドイツ語の教師に翻訳してもらったことなども伝えている。

また興味深いことに、松葉は一九〇七年に二代目市川左團次とヨーロッパ演劇視察旅行に出かけた際、ウィーンでシュニッツラーを訪問したにもかかわらず、ホフマンスタールを訪問しなかったことを後悔していると書いている。松葉のこの訪問は以下のシュニッツラーの日記で確認することができる。

シュニッツラーの日記（一九〇七年四月二日）

2/4（…）Nm. zwei Japaner bei mir, von Granville-Barker empfohlen: Dramatist S. N.《ママ》 Matsui und Schauspieler Schikame(59) Sadanji. Engl. Conversation. Nur 3 Tage in Wien; die erste deutsche Stadt (außer München). Erkundigung nach Theaterumständen Oesterreich —Deutschland(60).

四月二日（…）午後、二人の日本人がグランヴィル＝バーカーの紹介で訪問してきた。S.N.松葉と俳優市川左團次だ。英語で会話。ウィーンには三日のみ滞在。ミュンヘン以外では初めてのドイツの都市。オーストリアとドイツの演劇界の現状調査。

以上、松葉が『エレクトラ』公演前にホフマンスタールに送った手紙は、どれも熱意に溢れていて、多少冗長ではあるが、尊敬するホフマンスタールから返信がもらえたことをたいそう嬉しく光栄に思っていたことがわかる。その喜びようは、当時の日本の文学界や演劇界の状況を思えば当然のことであり、その嬉しさに松葉の大言壮語的な性格が重なり、訳書『エレクトラ』や舞台関係の雑誌で、ホフマンスタールと交した私信を公開せずにはいられなかったのだろう。

3．松葉の『エレクトラ』理解

前項で述べたように、第二信で松葉は、ホフマンスタールの助言を鸚鵡返しして遜り、できる限りよい上演になるように誓っている。作品理解についていいえば「死者に対する絶対の忠誠は、日本の仏教徒と神道信者には」わかりやすいと言っているものの、クリテムネストラとエレクトラの間の複雑な母子関係については理解が及んでいないように見える。しかし松葉は、ウィーン世紀末文学の特徴である神経過敏については把握していたようだ。その特徴をもって、ギリシア悲劇を翻案しようとしたホフマンスタールの意図も理解しようとしていたはずである。そこでここでは、松葉が『エレクトラ』をどのように理解し、日本公演に臨んでいたかを考察する。

松葉は、自著『続劇壇今昔』のなかの「『エレクトラ』上演覚書」の「神経衰弱の維也納詩人[61]」という項で、ホフマンスタールの『エレクトラ』の作品解釈をしているが、そのなかで、『エレクトラ』を公衆劇団の公演演目に選んだ理由を次のように述べている。

私が公衆劇団の第一回公演に、此詩人の『エレクトラ』を上場したのは他の欧米諸国の劇団に於ける野次馬運動から遠く離れて居る、此維也納詩人の高踏的態度が羨ましかったからだ。『東京毎日』の浩々歌客先生は[62]、近代劇とか名乗りながら三千年前の昔譚を持出したと嘲って居られたが、私は此戯曲に向かつて近代劇などといふ因習的な部類分けをしたくない、全独逸を震撼した自由劇場騒ぎや、イプセン運動にさへ、其若い血の一滴を燃されずに、静に北から吹いて来たラインランドの風を背に向けて、伊太利の穏やかに澄み切った遠くの空をはるかに眺めて居た此の青年詩人をば、二十余年おくれて起った日本の新劇運動の御祭騒ぎの中へ樽御輿としてかつぎ入れるには忍びない。わがホフマンスタール先生は、日本の小賢先生方からかつぎ上げられるには、余りにユニツクな地歩を占めて居る。(63)

「二十余年おくれて起った日本の新劇運動」とあるが、この「二十余年」とはヨーロッパの自由劇場運動を意識しての表現だと思われる。しかし、明治以来西洋の演劇を移入した日本の演劇界とドイツの演劇界を、たった二〇年の差と見て比較すること自体に無理があるだろう。

また、この文章の直前にも「伯林詩人と、維也納詩人との間には何等の共通点をも有さない(64)」と言い切っているがこれは、ホフマンスタールが抒情詩や叙情的戯曲を書いていた初期のイメージを語っているようである。だが松葉は、ホフマンスタールについて初期の情報しか持ち合わせていなかったわけではない。この先の段落で、ホフマンスタールを「十歳で神童と唄われた彼は四十歳で普通の人に堕せんとするといふ京童のしりう（マヽ）言を聞かぬでも無いが、私の観察ではゲーテ、ハウプトマン及びシルレルと共に、独逸語の四大詩人として、近いころ独逸の或地方の劇場のプロシエニアムの上に其名を彫刻されたのにも、然るべき理由がないと考へるわけには行かないと思ふ(65)」として、ホフマンスタールの近況と、ゲーテと並んで格づけされる位置にあると述べている。

次に松葉は、現在自分が一生のうちで一番多忙な時期にあり、思う存分ホフマンスタールについて勉強する時間がない、また、ホフマンスタールについての知識がもともとないうえに、『エレクトラ』についての知識もきわめてわずかしか持ち合わせていないので充分語れないと釈明している。[66] しかし松葉らしいのは、そう言いながらも次のように豪語していることである。

> 別項に載せたる作者が私に贈られた手紙によつて、作者の作に対する考へは分かつて居る。が、其翻訳者なり、舞台上のプロヂューサアなりとしては、あの解釈だけでは十分ではない。私はまづ翻訳者として、此詩人のアテツク（ママ）、ドラマに対する位置をば研究する必要を認める。[67]

幾分はったりの利いた言い回しにも感じられるが、松葉がギリシア悲劇に対するホフマンスタールの考えを研究する必要性を述べていることには驚かされる（「アテツクドラマ」とはアンティーク・ドラマのことであろう）。その後松葉は、エスキラス（ママ）（アイスキュロスのことと思われる）、ソフォクレス、エウリピデスの各『エレクトラ』とホフマンスタールの『エレクトラ』を比較し、ホフマンスタールがそれぞれのギリシア詩人から少しずつ表現を借用していることを指摘する。[68] 特に、ホフマンスタール自身が「ソフォクレスからの自由な翻案」と但し書きをつけているのを受けて、ソフォクレスの『エレクトラ』は細かく読んだようである。そのうえで、「維也納の詩劇は何の必要があつて、ソフクルス（ママ）の新代化《モダアニゼーション》などと看板を上げたものか、私には不思議でならない」[69] と疑問を投げかけている。この文面からは、松葉がギリシア悲劇のなかでソフォクレスの位置、ならびにホフマンスタールが松葉宛ての書簡で「古代的なものを求めれば、おのずと正鵠を得るでしょう。なぜなら作者の私はそこで西洋から見て普遍的に古代的、人間的で、東洋的なものを表現しようとしたからです」と助言した意味を深いところでは理解していなかったことがわかる。第Ⅰ章第1節6で述べたが、つまり松葉は、ゲーテやヴィンケルマンが推進したような人道主義的ギリシア古典主義の作品を窮屈に感じていたホフマンスタールが目指したギリシア悲劇の現代的復興の真意がわかっていない。しかしこれは、大正期の日本におけるギリシア劇の受容状況を考慮すればやむを得ない。それよりも、松葉がアイスキュロス、ソフォクレス、エウリピデスの『エレクトラ』を比較しようとしたという点を評価すべきではないだろうか。

松葉はこのように、一応ギリシア悲劇の『エレクトラ』とホフマンスタールの作を比較検討したうえで、ホフマンスタールの『エレクトラ』が「アテックドラマ」の踏襲ではなく、「維也納の劇詩」であることを強調し、「維也納詩人の目を以って希臘の事件を見るのに過ぎない」(70)と述べている。

この「維也納詩人の目」とはなんだろうか? 松葉は、「維也納詩人」の描き出す人物に共通する特徴として「神経衰弱」を挙げている。同じくウィーンの神経衰弱性を描き出した作家として「病理学を修めたシュニッツラー」(71)を持ち出し、そのうえで同じ傾向を持ってホフマンスタールが『ティチアンの死』や『痴人と死と』を書いたとしている。このあたりの記述は的を得ているといえよう。さらに、京都の人々と維納の人々は神経衰弱的だという共通点がある、と述べ、(72)ベルリンがブルジョワ的なのに対して維納は貴族的だと分析しているあたりは興味深い。さらに松葉は、自分も「西洋から帰った直後、神経衰弱に陥ったので、神経衰弱の人の気持ちがよくわかる」(73)とも述べている。

松葉が、ホフマンスタールの『エレクトラ』をアンティーク・ドラマの流れを組むギリシア劇ではなく、むしろヘレニズム期のドラマの流れにあるものだとしていることは、第Ⅰ章から第Ⅳ章で考察したことから多少ずれているとはいえ、大筋では外していない。さらに、松葉はホフマンスタールはヘレニック・ドラマからも離れて、「神経衰弱的眼光をもって、エレクトラを見て」[74]いると解釈している。このあたりは、前ヘレニズム期のギリシアをウィーンで現代的に復興しようとしたホフマンスタールの意図を掴んでいる。ただし、この「ヘレニック」なる概念が、ホフマンスタールの場合、日本までも含む広大な「オリエント」像につながっているということを、松葉は知る由もない。

以上をまとめると、松葉は、ホフマンスタールの手紙を充分理解できずに幼稚な質問をしたことなど軽率なところもある一方、この上演に賭ける気持ちが真剣なものであったことは、「『エレクトラ』上演覚書」の情熱的な文体からも感じられ、実際、『エレクトラ』に対する解釈は、「神経衰弱」的でヘレニズム的と判断している箇所などは的を得ている。また彼は、営利上、演出の技術的な理由からローシーに振り付けを頼んでしまい、維也納風の情緒を求められなくなってしまって、今回は当初の目的を達成できないが、いつかきっと再演したい、といったことを述べており、[75]ここからも自分自身の能力や環境が追いつかないことを充分承知したうえで奮闘していた演劇人、松葉の人間性が伝わってくる。

このように彼は、ホフマンスタールの『エレクトラ』について深い解釈こそできなかったものの、ウィーン世紀転換期の特徴である神経過敏性を本質的に感じ取っていた。ただし後述するが、演出や振りつけ能力などの実践的な技術が追いつかず、演技指導をローシーに頼んでしまったことで、「女形」にバレエの動きを振りつけをするという奇妙な事態が生じてしまったのである。

4. 公演に向けての稽古

公演に向けての稽古は、主役エレクトラを演じた河合武雄の手記によると、七月から六〇日間、朝の六時から

図版5　ローシーの稽古風景（河合武雄『女形』双雅房）

夜の六時まで行われた。演技指導は、松葉の通訳でローシーが行った。河合は練習の模様を、自著『女形』（双雅房）のなかで、ローシーが「太い棒をもつて床を叩き、鞭を振って団員に懇切丁寧なる稽古をして下すつた」(76)と伝えている（練習風景については図版5参照）。河合はまた「公衆劇団劇――ローシー氏の指導法とエレクトラの性根《しやうね》」という寄稿(77)で、ローシーからクラシック・バレエの基礎に基づく身体表現法を学んだと述べている。たとえば歩き方の練習の際、女形の河合が膝を曲げて内股で歩いてしまうと、「その歩き方は何だ、人間の歩き方ではない。人間の歩き方は身体の何処の部分をも、決して曲げる事もなく、整然たる形を以て、最も活発に歩くべきである」(78)と注意されたという。歩き方に続いて、指や腕の使い方、眼差しを中心とした顔の表情の作り方の練習がされた。それらはすべて従来の日本の表現法とはまったく反対だったと河合は言う。また、それらの教えを踏まえたうえで、ローシーは、本番ではすべて忘れて、役の精神から自然と出た挙動を行うようにと教えた。

　ローシーは、芝居の稽古の前に「体操のように、俳優としての一挙一動にある定まった約束、動作の稽古をするよう」指導した。ローシーによる「動作の稽古」は、河合の記述に詳しい。

一同は二列乃至一列になつて、場内を縦横に歩かせます。然るに二十人近い同人とは申せ、また俳優とは名は付きこそいたせ、一人として、かういふ格式に依って整然として歩き方をいたしたものはありませんので、それはもう他愛のない事は、お羞しい位でございます。就中《なかんづく》私は、御案内の通り、是まで女方をいたしてあつたので、女方としての約束といたしましては、足を内輪にして歩く事。腰を据えて、内股を左右とも接近《くっつ》けて居なければ、女にならぬといふ所から、また自然の節《せつ》を偸《ぬす》む為にも、膝が曲るといふやうになります。是は永年の経験で、膝を曲げて内輪で歩くのは、少しも苦痛でないまでになつて居りますので、右のローシー氏の前で、同人と列になつて歩くのにも、つひ是が出ます。ローシー氏は一目之を見られまして『ジヤ《へマ》、ラ《マこ》、マドンナ』と罵つて、その歩き方は何だ、人間の歩き方ではない。人間の歩き方は身体の何処の部分をも、決して曲げる事もなく、整然たる形を以て、最も活発に歩くべきである。もう一度歩け、もう一度歩け、歩きに歩いて、不自然な人間の歩き方ではない遣方を全部打破せよと言はれました。ローシー先生のお言葉は、最も厳密であつたので、その命令に服従して、所謂不自然なる歩き方の矯正を試みますのに、中々容易な事では、ローシー先生のご機嫌に叶ひません。（…）歩き方に続いては、同人皆、指名指《ひとさしゆび》を以て、腕を真直に、正面を指す方法なのです。身体は勿論真直に、その指までの腕は直線に、身体とは直角に遣らなければならないので、この時身体の曲り《まがり》、腰の据え方脚部《あし》の曲がり塩梅などを直されなかつたのは、一人としてありませんです。（…）この仕方で以て、拳の握り方、一歩前に、足を出して、意気組む形、受ける形、腕を組む形など、凡てローシー先生の指導法に基づいて、個々別々に教へられましたのでございます。而してローシー先生の御説といたしまして、例えば前の人を打たうと思います。うんと意気組んで、拳を握って振り上げる右の腕には、精神をも血をも、一つに集めて、その活きて居る腕を中心にして、他には心も何もなくて可いとの仰《おおせ》です。その振り上げた拳、腕に力が入って居ても、左の腕の方は、ぶらりとして居なければいけない。この左の腕に力が入るやうでは、その前の人を打つといふ精神は一切出やう筈はないとの御説でございます。なほローシー先生の表情に就いての御説は、丁度日本従来の俳優の遣り方とは全く反対で、俳優は眼である。眼こそ活きたものである。表情はこの「眼」に依って現すべきである。表情を出すのに、動《やや》もすると頬から下、口を曲げたり、歯を食ひしばつたり、いろ〳〵な段《きた》ない真似をしたいのが常であるが、あれは真正の表情法の採らざる所だと仰せです。それゆえ眉から鼻の上までに、芝居はしなくてはならないとお教へになるので、この眼づかひの遣り方も一応はお教へに預かったのでございます。要するにローシー先生の指導法は、精神的なのです。(79)

女形の河合の苦労が手に取るように伝わってくる文章であるが、ここからは重要なことが読み取れる。一つは、ローシーによる公衆劇団の指導は、ヨーロッパ演劇の身体表現技法をそれとは無縁だった東洋の俳優に教え込むことであり、河合が歌舞伎出身の新派俳優だという点を完全に無視して、ヨーロッパの身体表現を叩き込もうとしていることである。一方、河合ら公衆劇団側は、これまで培ってきた日本の古典的な身体技法を一切捨てて、ヨーロッパの演技法をゼロから受け入れようとしている。河合が気づいているように、歩き方一つにしても、それは正反対のものである。たとえば日本の古典芸能では、基本的に内股で腰を落として歩く。それに対してローシーの指導は、クラシックバレエの基本にもとづき、股関節から外側に開き（アンデオール）、歩く際は膝もできる限り曲げない。この点だけでも、河合にとっては今まで習得してきた技法とまったく違い戸惑ったことであろう。また、顔の表情について、顔全体で表現する技法を身につけていた河合は、眼だけで物を表現するというヨーロッパの表現法を「精神的」だと評している。つまりここでは、第Ⅳ章第1節で述べたようにホフマンスタールが日本人の釣り人を「全身で獲物を狙う」と表現したような「全体的表現」とは正反対のものが強要されている。したがって、ホフマンスタールが『エレクトラ』で求めたオリエント的な全体的表現は、ローシーの指導により相殺されてしまった。歌舞伎を基礎とした古典的な身振りが身体に沁み込んだ俳優たちに、俄仕立てのクラシックバレエ技術を用いた表現法が一〇〇パーセント身についたとは考えにくい。結果的には、西洋のバレエと日本舞踊の身体表現が中途半端に混合されたものになっていたと推測される。

一方、松葉はローシーに対して、常に好意的な評価をしている。松葉はホフマンスタールに「舞台に関しましては、私も装置はできるかぎり単純にして、古代の雰囲気を醸し出す」つもりだと書いているにもかかわらず、作者の真意をどこまで理解しているかわからないローシーに指導を依頼した。しかし、松葉とローシーの間には言葉の問題もあり、意志疎通があまりうまくいっていなかったのではないか。日本語ができないローシーは、おそらく松葉が『エレクトラ』翻訳の際使用したアーサー・シモンズの英訳の『エレクトラ』を借りて読んだのだろう。果たしてそのローシーが、ホフマンスタールの意図した「古代」を理解していたのだろうか。イタリアのチェケッティ派の教えを受けたローシーは、クラシックバレエの表現法を基本として教えたと思われる。ローシーの来日以前の活動拠点がイタリアとロンドンであったことから考えて、彼が、ダンカンや、ニジンスキーの所属したバレエ・リュスなど、ベルリンやパリで活躍していたモダンバレエの新しい潮流の影響を受けていたとは考えにくい。もしローシーが、この公演の前年に発表されたニジンスキーの『牧神の午後』(1912) などの「古代ギリシア」の壺絵をヒントにしたモダンバレエ的な動きを知っていたなら、河合に向かって、「人間の歩き方は身体の何処の部分をも、決して曲げる事もなく、整然たる形を以て、最も活発に歩くべきである」「不自然な人間の遺方を全部打破せよ」などというような指導は行わなかったであろう。

もちろん松葉にしても、ヨーロッパのモダンバレエについてどの程度の知識を持っていたかはわからない。しかし、当時の日本にどの程度モダンダンスの潮流について情報が入っていたかは、以下の坪内逍遥の「外国の舞踊劇と将来の振事」という座談（一九一〇年五月）が一つのヒントとなる。

舞踊に関する話？　別段思ひ附いたことも無いよ。近頃は踊や芝居を見ても根っから興を覚えないからね。さうさ、その興を覚えないといふ理由か？　成る程、それを話して見てもよい。併し其前に此外国の演劇雑誌の挿絵を見たまへ、これが一時評判になりかかったミッス・フラーの新趣向の舞踊で、自称して希臘式といふのだ。此女と同時にミッス・ダンカンだのミッス・デニスだのといふ女が何れも同じやうな形式の舞踊を工夫し、最初亜米利加で旗を揚げ、それから慥かヨーロッパへも渡った筈だ。ダンカンの如きは現に今年の初めにボストンで興行したと、彼方に居る者からの手紙に見えた。是等は普通に言ふ西洋の舞台踊とは異ふもので、其名の示す如く二千年の昔盛んに希臘に行はれた一種のシンボリック・ダンス（象徴式舞踊）に擬したものである。尤も希臘の古い舞踊は纔かに画や彫刻風の物に伝はっている許りで、書物以外では誰れも其詳細を知っている者もなからうから、斯う名宣るのは大分怪しいものだ。故にダンカンらが初めて之れを唱へ出した時分には、或批評家は評して、寧ろ日本舞踊からインスピレーションを得来つたものだと言ったさうな。或ひは貞奴の「道成寺」なぞを見て思ひ附いたのでは無いかとも疑はれる理由が無いでもない。まだつい近年の成立で、勿論未製品の程度にあるものだが、其抱負は絵画や詩歌や音楽やの外に立って、寧ろ彼等を利用する位置に立って、一の独立芸術たらしめることを望むものであるらしい。ある多少複雑なる感情もしくは或単純な奇異な事件を巧みな四肢五体の運動に由って表象的に表出せんとするのであるといふ。此点が日本の振事と多少相触れる所である。(80)

坪内逍遥のこの文で興味深いのは、ダンカンらモダンダンスの先駆者たちが古代ギリシアの陶器や絵、さらに日本舞踊からもインスピレーションを得て創作したという情報が伝わっていたことである。さらに、貞奴の『道成寺』から彼らが影響を受けたであろうと推測している点には、逍遥の読みの鋭さを感じる。第Ⅳ章第2節、第4節で述べたように、ホフマンスタールも貞奴の『道成寺』を見て、エレクトラの「名前のない踊り」のインスピレーションを受けたと考えられるからだ。

5. 女形の『エレクトラ』

河合の手記にあるような過酷な六〇日間の練習を経て、『エレクトラ』は、地方興行でのリハーサルのあと、東京の帝国劇場で初演を迎えた。興行日数は一九一三年一〇月一日から二〇日までの二〇日間にわたった。公演は午後五時から始まり、今では考えられないような長時間の四本立てで、『エレクトラ』の前に、ベアリングの『マクベスの稽古』、大久保二八子（松居松葉のペンネーム）の『茶を作る家』、そして『エレクトラ』、最後に森鷗外の『女がた』が上演された。

この公衆劇団による『エレクトラ』公演の特徴として、第一に男優だけで演じられたことが挙げられる（三〇九頁の表2参照。公演の模様については図版6、7、8参照）。

公衆劇団は、新派の俳優で結成された新劇の劇団であり、女優がいなかった。そのためクリテムネストラ、クリゾテミスなど主要な女役はもちろん、婢女たちの役も全員、男優によって演じられた。歌舞伎の世界で「女形」が発展した日本では、明治以降、新劇の誕生により女優が必要とされたが、すぐに使えるレベルの女優がいなかったのが問題となっていた。この時期は、一九〇六年に川上貞奴による帝国女優養成所が設立され、[81]一一年に松井須磨子がイプセンの『人形の家』のノラを演じ脚光を浴びた直後に当たる。『演芸画報』など演劇雑誌では、「女優か女形か」をめぐって特集が組まれるなど、[82]活発な議論がなされていた。

このような状況で、エレクトラを女形の河合に演じさせることについては、松葉も悩んだようである。松葉は「エレクトラ上演覚書」のなかで、女形をエレクトラにした理由を三つ挙げている。第一に公衆劇団に女優がいなかったこと、第二に当時の女優の演技が水準に達していなかったこと、第三に「性のない女」としてエレクトラを描き出したかったからだと述べている。ただし松葉は、激情のあまり河合が本来の男に戻ってしまわないかと心配していたとも書いている。[83]

そのような事情があったことを踏まえて、『エレクトラ』のあとに、鷗外の『女がた』[84]が上演されたことにも着目したい。『女がた』は、女形役者の男性性を活かした戯曲である。金持ちの好色爺が温泉場で破廉恥な遊びをするのを宿でも黙認しているが、ある時、女形の俳優を女に仕立て好色爺を騙し、その様子を周りで見て笑うという軽喜劇である。あらすじから、ホフマンスタールの台本にR・シュトラウスが作曲したオペラ『ばらの騎士』(1911)の第三幕で、好色なオックス男爵を女装したオクタヴィアン(女性歌手が男役を演ずる、いわゆるズボン役 Hosenrolle)が騙すのをみんなでおもしろがるシーンを連想させる。鷗外はこのオペラ『ばらの騎士』について、一九一一年の『昴』の「椋鳥通信」や『朝日新聞』の文芸欄で『薔薇の使』として言及している。その点からも、これまでにも指摘されていることだが、[85]この『女がた』が『ばらの騎士』の影響を受けていることは、ほぼ間違

表2　公衆劇団『エレクトラ』の配役

クリテムネストラ	武村　新	侍女と碑女の一	上田史郎
エレクトラ	河合武雄	侍女と碑女の二	谷澤時之介
クリゾテミス	英　太郎	侍女と碑女の三	川村桂一
エジスタス	岡本五郎	侍女と碑女の四	中尾米次郎
オレステス	小織桂一郎	侍女と碑女の五	加藤桂二郎
オレステスの養父	久保田甲陽		

図版6　『演芸画報』1913（大正2）年第11号（早稲田大学演劇博物館所蔵）

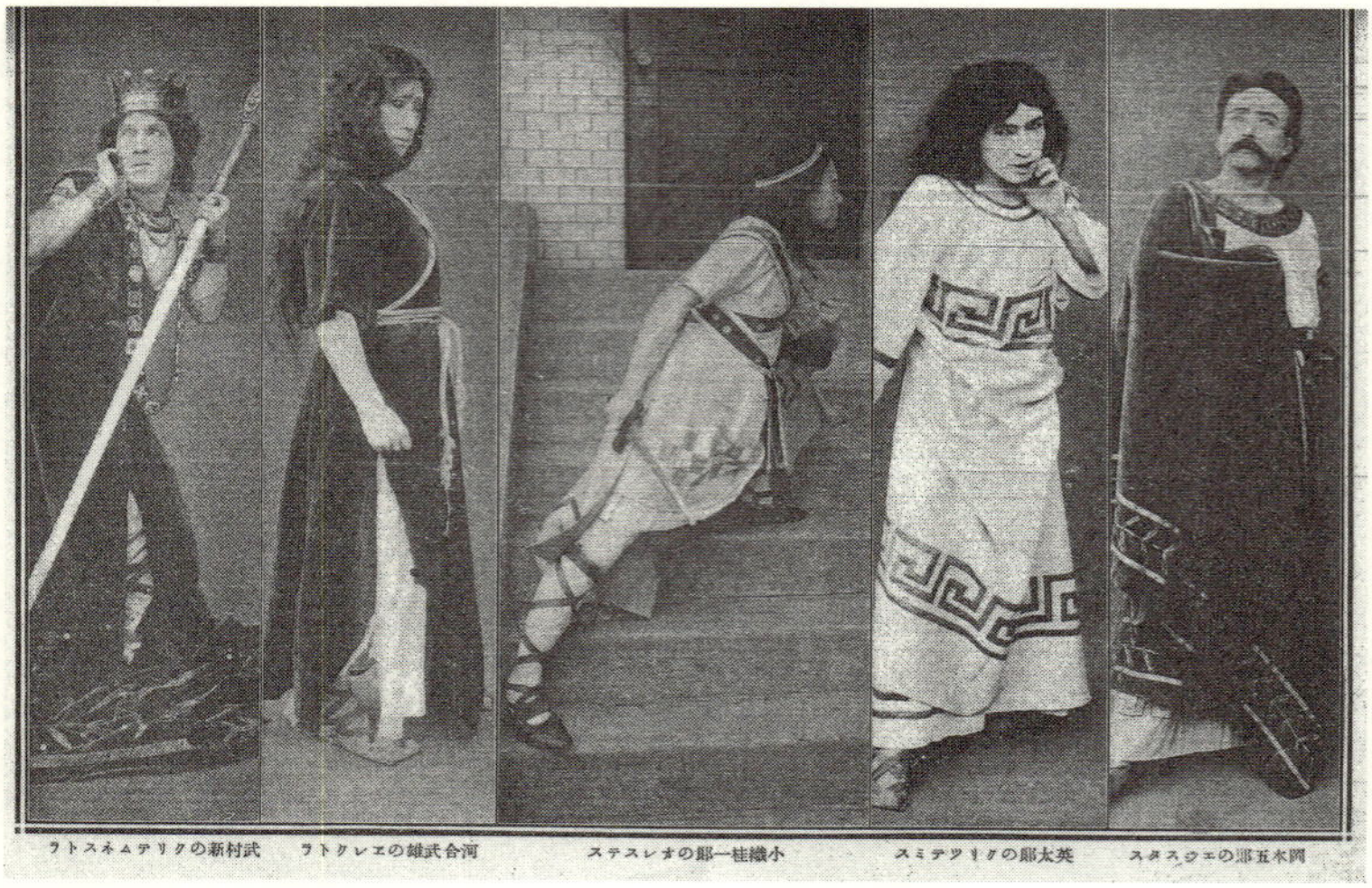

図版 7 『演芸画報』1913（大正 2）年第 11 号（早稲田大学演劇博物館所蔵）

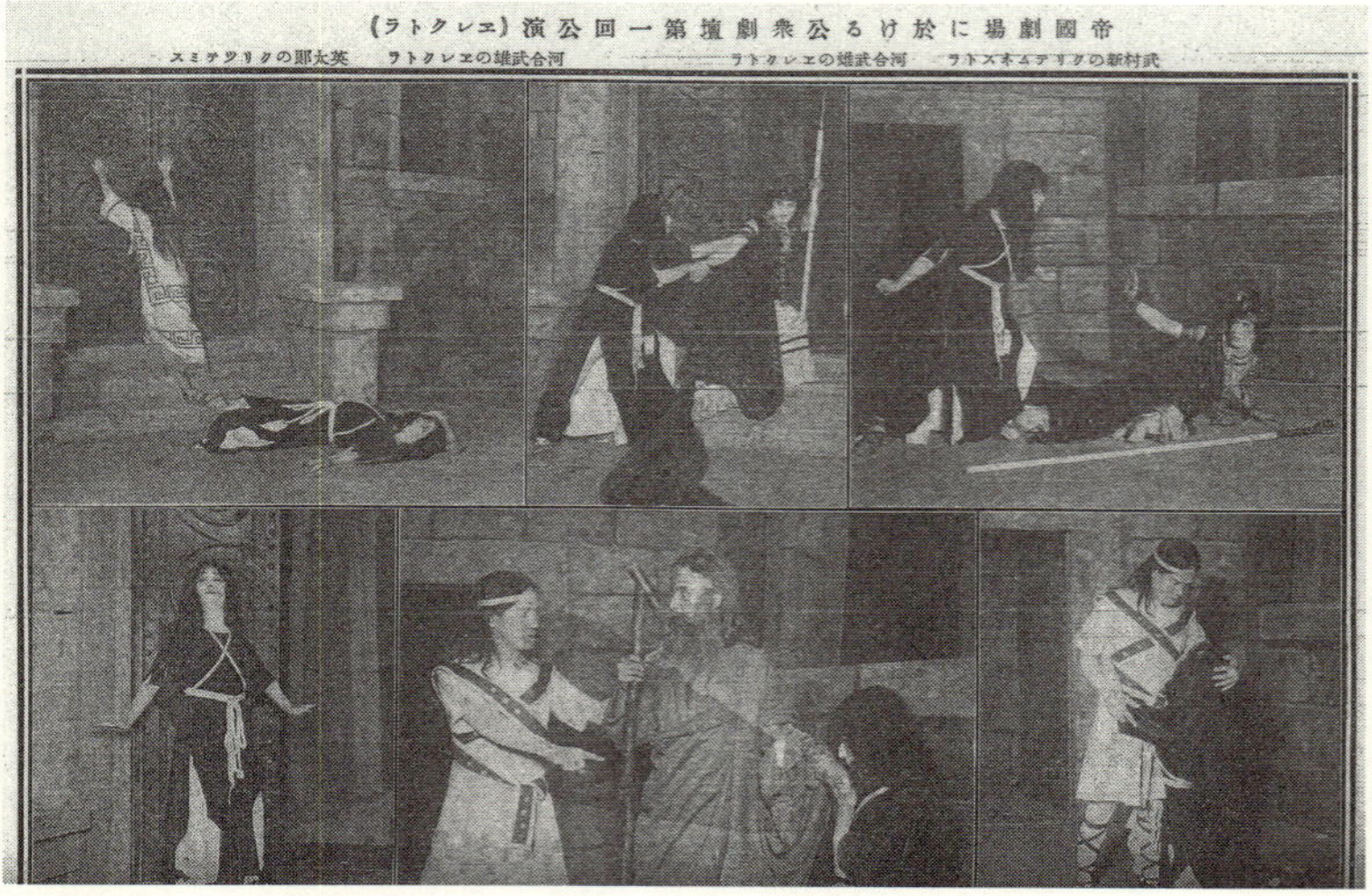

図版 8 『演芸画報』1913（大正 2）年第 11 号（早稲田大学演劇博物館所蔵）

いないだろう。

『女がた』の上演成績については、「あまり上出来ではない[86]」とか「河合が旅稼専門の女形役者に扮して笑はせたにとどまる[87]」という低い評価が多い。しかしながら、女形か女優かをめぐっての議論が盛んに行われていた明治末期から大正初期にかけてのこの時期に、女形ばかりで演じられた『エレクトラ』のあとに、女形が主題として扱われた鷗外の喜劇が上演されたことはまことに興味深い。前述のように、エレクトラを女優か女形に演じさせるかで悩んだ松葉が、同じ公演の演目に『女がた』を選んだということには、彼のユーモアセンスさえ感じる。

ホフマンスタールが日本の歌舞伎における「女形」の存在を知っていたかどうかははっきりしない。おそらくオペラにおけるズボン役のように、作品によって女性が男性役を演じるものの一種と思っていたのであろう。しかし、六月二九日付のホフマンスタールの松葉宛ての書簡に「死にゆくエレクトラの踊りは、きっとどんなヨーロッパの女優よりも日本人女優のほうが（日本人男優でも）〔eine japanische Darstellerin（oder sogar ein Darsteller）〕上手に表現するでしょう」とあることからも、松葉は第一信で、女優ではなく男優がエレクトラを演じることを、おそらく伝えていたと考えられる。日本人の身体表現に高い関心を持っていたホフマンスタールは、歌舞伎において女役を演じる男優である「女形」がエレクトラ役を演じることを知って、さぞかし興味を抱いたに違いない。

6．河合武雄によるエレクトラの踊り

では実際、河合はどのようにエレクトラの「名前のない踊り」を踊ったのであろうか。これに関する河合の手

記は次のようになっている。

「何も云わずに踊れ、もう思ひおく事はない。唯、残っているのは黙って踊ることぢゃ」とエレクトラは云って、ふらふらと立ち上がり両手を高く上げ、足を踏みならしつつ狂喜雀躍《(ママ)》舞台一つぱいに乱舞して廻り、最後に踊り疲れて打倒れる。(…)私はもう興奮しきつて居た。心臓の破裂を覚悟して踊つた。さうして失心したやうに打倒れていると、ローシー先生は私を抱き起こすやうに、背を軽く叩かれて、『河合さん、大変よろしい』と云って下すった。(88)

この文面からは「踊り」の詳細はわからないが、「足を踏みならして」など、歌舞伎に近いオリエンタルな踊りが表現されており、それが相当激しかったことだけは伝わってくる。「心臓の破裂を覚悟して」踊り、最後に「失心したやうに打倒れ」たという記述からは、「踊り」は最後に向かって加速していったようである。ローシーもその激しい踊りに満足した。しかし、ホフマンスタールの抱いたオリエンタルな踊りのイメージを、河合の踊りがどこまで表現しようとしていたのかが気になる。第Ⅳ章第4節で考察したエレクトラの踊りのうち(3)で訳出した最後の踊りについてのト書きを、松葉は次のように訳している。

エレクトラは自ら起上がり、入口の上より下る。かくてメナアドの如く頭を後にあげ、さてその膝を投上げ、その双腕をさし延す。そのさま一箇の奇怪なる舞踊なり。(89)

第Ⅳ章第４節では、この「名前のない踊り」という言葉の持つシンボリックな意味を、言語危機後のホフマンスタールが全体的表現を求めた現れとして解釈した。次節で松葉の翻訳の問題について述べるが、ドイツ語の得意でなかった松葉はシモンズの英訳から日本語に訳している。シモンズ訳の該当箇所を調べると"an incredible dance"（信じがたい踊り）となっており、シモンズがすでにホフマンスタールの原文を意訳していることがわかる。したがって、松葉がシモンズの"incredible"と、前後のト書きにある、マイナスのように頭を反り返り、両手を差し出しながら膝を高く上げる、という指示を考慮して「奇怪な」と訳したのも無理はない。

このように、「名前のない踊り」という言葉や、そこに託された意図は伝わらなかったようであるが、松葉訳で踊りのイメージを膨らませた河合は、エレクトラが「ふらふらと立ち上がり両手を高く上げ、足を踏みならしつつ狂喜《(ママ)》雀躍舞台一つぱいに乱舞して廻」った。これは歌舞伎役者の河合にとって自然な発想だったろう。ニジンスキーの『牧神の午後』やセント・デニスの『ラーダー』、『五感の踊り』など、非西欧的な動きを賞賛したホフマンスタールにとっては、貞奴の日本舞踊も、感覚的に同種のものだったと考えられる。河合が「心臓の破裂を覚悟して」激しく「足を踏みなら」しながら狂ったように踊ったということは、結果的にはホフマンスタールの期待していた踊りのイメージに意外と近いものになっていたのではないか。後述するように、生田長江も河合の白熱した演技を絶賛しており、鷗外のホフマンスタール宛て書簡でも「エレクトラを演じた女形の河合はなかでも全力投球で、難しい役柄の主役になり切ろうとしていました。また実際、それに成功していた部分もあります」とあるため、観客が圧倒されるような熱演であったことは間違いない。

第3節　『エレクトラ』の反響

1．松葉と村田実の論争

次に、観客は『エレクトラ』公演をどのように受け止めたのだろうか。

公演後の反響について述べる前に、この公演は、とりわけ舞台美術をめぐって、公演前に激しい論争があったことにふれておきたい。これはある意味では、松葉自身に責任があるといえよう。というのも、松葉は、この公演が注目されるように、意図的に論争を起こさせた節がある。行動的で直情型、ずけずけとものを言って敵を作りやすい性格の松葉は、前述した通り、ホフマンスタールと自分との往復書簡を翻訳書に掲載した。原作者との手紙のやり取りを公開するという自慢めいた行動は、多くの演劇関係者や文学関係者を刺激したようである。

なかでも演劇関係者が反応したのは、松葉が『エレクトラ』の二つの先行訳に対して雑誌上で粗探しをしたことである。先行訳については、ホフマンスタールに宛てた松葉の第三信でも、すでに二人の若手が『エレクトラ』を翻訳しているが、どちらの翻訳も出来が芳しくなく使いものにならないので、みずから翻訳することにしたと書かれている。

その一つは、私の日頃尊敬して居る、日本最大の劇場の作者主任をして居られる青年文学士の手に成るものでございます。が、此人の翻訳はむね《（ママ）》と上場を目的とせられたため、余りに御作を省略して居るといふことを発見致しました。而してもう一つの青年文士の手に成る翻訳も、直ちに台本とするには、ちと躊躇しなければならない事情がありました。[90]

この手紙文を翻訳書上で公開したのだから、翻訳者名こそ書かれていないものの、当の本人たちが怒るのも無理はない。松葉はさらに雑誌『大正演芸』に寄稿した「エレクトラに就て」でも、先行する二つの訳の欠点を指摘している。[91]この先行翻訳が誰のものか、松葉は具体的には名前を挙げていない。しかし、一つは帝国劇場脚本主任、二宮行雄（生没年不詳）による『女ハムレット』と題された抄訳[92]で、もう一つは、のちに映画監督として名を成した村田実（1894-1937）が、主宰する『とりで』[93]という演劇芸術雑誌に「満寿治」というペンネームで発表したものだと考えて間違いないだろう。二宮と村田の二人は、松葉に批判されたことで反撃に出る。特に激しいのは村田主宰の『とりで』誌上で行われた『エレクトラ』論争である。

図版9　『とりで［マイクロ資料］』第二号（早稲田大学図書館所蔵　請求番号S00281）口絵掲載、岸田劉生によるホフマンスタールの肖像

『とりで』は演出家、舞台装置家のゴルドン・クレイグに心酔していた村田が、その舞台思想を紹介しながら日本の舞台美術をリードする意図で、一九一二年の九月から翌一三年一一月までの一年二ヶ月の間発行された雑誌である。岸田劉生(1891-1929)も参加し、創刊号表紙[94]（一九一二年九月）のイラストや第二号（一九一三年一月）にホフマンスタールのイラスト（図版9）を書いており、内容的にもたいへん水準の高い芸術雑誌だったといわれている。[95]こ

の『とりで』の第二号付録では、村田が「満寿治」というペンネームを使い『エレクトラ』の訳を発表した。

ここで着目したいのは、松葉が、村田批判を展開した寄稿文において、「舞台装飾術はその国の言葉と関連が深いので、日本で外国劇を翻訳上演する場合には、日本語にふさわしい装飾をしなければならない」と主張していることである。

> 私はゴルドン・クレーグやマックス・ラインハルト等の尻馬に乗って、其模倣をする丈古い頭にはなりたくない。彼等の舞台装飾の力は欧州に居る間に余程研究して来た。彼等の舞台装飾術は彼等の国の言葉と相待つ所が余程多い。私が外国劇を翻訳して其背景を作ろうと言うには日本の国語に相応しい装飾をしなければならない。又即ち日本の言葉の抑揚高低、言葉の曲折変化、そう言う物に必適し、並に其演ずべき舞台の深さ見物席の大きさ、及びプロシニヤムの幅と高さとに適合したる装飾術を考えなければならぬ。[96]

これに対し、一九一三年四月発行『とりで』第三号では、橘満寿治こと村田が松葉に対して「松葉先生に呈するの書」で、松葉に指摘された「翻訳の至らなさ」に対して皮肉たっぷりな表現で抗議をし、別記事「豚に真珠」では以下のように反論している。

> 「犬に聖物を興ふ勿れ、また豚の前に爾曹の真珠をふる勿れ恐らくは足にて之を踏み、ふりかへりて爾曹を噛みやぶらん」私は、決してマックス、ラインハルトを畏敬して居りません。何となれば私は、まだ彼自身の云っている所も知りませんし、又彼の舞台装置を写真等で見ますと、彼れ《（ママ）》は決して私の尊敬に値する人

ではありませんから。然し私はゴルヅン、クレーグを敬愛します。私が彼れの著作を読み、彼れのデザインを見て私自身で、えがいて居るゴルヅン、クレーグを敬愛します。彼れの理想は私の理想と同じ道にあります。そして彼れは私よりもづつと先きの方を歩いて居ます。私はどうかして彼れが五歩進む間に八歩進んで彼れを追ひ越したいと思って居ます。私の彼に対する考へは、それだけなのです。
尻馬にのると云ふ意味はどう云ふ意味かは、知りませんが貴下の云ふ「其模倣をするだけ……」と云ふように私がクレーグの模倣をして居るとお思ひになるならそれは誤解です。私は彼れを尊敬して居るまでです。（…）貴下は「彼等の舞台装飾の力は欧州に居る間に余程研究して来た」と云ふ。然し実際に見て来たと云ふ事は、裁判所に立つ人殺しの証人ではあるまいし、芸術上の問題に於いては何の権位もありません。唯その人の人格によるのです、その人が演劇を解し芸術を知って居る人か否かによつてその権位があるのです。豚に真珠の価値がわからないように、低能の人間がクレーグの舞台装置を見たからと云っても何の役にもたちません。また芸術と云ふものは、善い作品をよけい見たからと云ってその見た人が偉い芸術家であるとは申せません。芸術は創作にあるのです。偉大なるものを作ると云ふ事にあるのです。見ると云ふ事は、唯自分より先きを歩いて居る人の足跡を知ると云ふ事なのでそれによつて、自分の向上心を刺激して行くだけの事です。それから芸術は研究する程科学的の（ママ）ものではありません。(97)

村田も松葉と同様、激しい性格だったようで、その反撃もかなり苛烈である。将来、映画監督になった村田らしい発言と思われるのは、最後の件で、あくまでも芸術の本質は創作であり、芸術は学問するものではないと述べている点である。この先で村田は、松葉の率いる公衆劇団が新派出身の俳優ばかりであることから、「明治維新の壮士芝居」と「日本人特有のチョコチョコした動作から成り立っている型で養われた」新派の芝居による「奇抜な」「エレクトラ」を楽しみにしていると皮肉たっぷりに述べている。

ホフマンスタールの戯曲の一役に扮した新派役者が現われる――その奇抜な日が思ひやられます。『思ひ出』の舞台監督をした人が世話役で、艶物語の丁山に扮して、みえをきつた人が主役に扮し、明治維新の壮士のするような形と、日本人特有のチョコチョコした動作から成ってる型に養はれて来た新派役者を使って、そして「月日は毎日毎日あなたと私の顔に其記念を彫り込んで行く」と云ふように、まわりつくどい非演劇的の《ママ》セリフ。若い物《ママ》やさしいクリソテミスが「乳首にくひ下らせ、そして我子の育つのを見て居るのじぢや」と云ふような奇抜な翻訳の修辞法――その翻訳者は、作者の主題を重んじないで「二十世紀」等とやつつけた程無責任な人、――エレクトラもことによると「女仇討」とでも云ひそうだ――ともかかう奇抜なその日を待つています。[98]

自分の翻訳をこき下ろされた村田は、松葉の翻訳を非演劇的だと批判している。

ではここで、松葉訳と村田訳を比較してみよう。例として、エレクトラ登場のシーンを取り上げる。これは第Ⅱ章第1節ですでに引用した箇所であるが、原文、松葉訳、村田訳は以下の通りである（以下、下線は筆者による）。

Elektra: Allein! Weh, ganz allein. Der Vater fort,
hinabgescheucht in seine kalten Klüfte.

Gegen den Boden

Wo bist du, Vater?[sic] hast du nicht die Kraft,
dein Angesicht herauf zu mir zu schleppen?
Es ist die Stunde, unsre Stunde ist's!
Die Stunde, wo sie dich geschlachtet haben,
dein Weib und der mit ihr in einem Bette,
in deinem königlichen Bette schläft.
Sie schlugen dich im Bade tot, dein Blut
rann über deine Augen, und das Bad
dampfte von deinem Blut, dann nahm er dich,
der Feige, bei den Schultern, zerrte dich
hinaus aus dem Gemach, den Kopf voraus,
die Beine schleifend hinterher: dein Auge,
das starre, offne, sah herein ins Haus.
So kommst du wieder, setzest Fuß vor Fuß
und stehst auf einmal da, die beiden Augen
weit offen, und ein königlicher Reif
von Purpur ist um deine Stirn, der speist sich

aus deines Hauptes offner Wunde.

Vater !

Ich will dich sehen laß mich heut nicht allein!(99)

松葉訳

エレクトラ：

たゞ一人！　かなしいはたゞ一人の身ぢゃ！　父上は彼世《あのよ》へ行つてしまふた、冷たい墓穴につき落とされて。（地面を見つめて）あなたは何処に居られる、父上。尚一度《もいちど》顔をあげてわたしを見てくださる御力《おちから》はないか。今こそ時が来た、父上、その時が来た。あの二人があなたを殺した時が来た、あなたの妻とそれからあなたの寝て居られた王者の閨《ねや》に一緒に寝て居たあの男とが、二人で殺した時が来た。二人はあなたを浴室《ゆどの》で打殺した。すると、あなたの血潮は双《そう》の目から流れ出して、寝床は一面血煙に咽《む》せかへつた。あの男、あの卑怯者はあなたの肩に手をかけて、あの室《へや》から引摺り出した、はじめは頭を、それから両足を引摺り出した。するとあなたは濶《くわつ》と目を開いて、二人を睨《ね》めつけ、あの家を御覧なされた。お、還《かへ》つて来られましたな、（父王の姿を見る。）しづかに足を運ばれて、不意にこゝに姿を現す、双《そう》の目を濶《くわつ》と見ひらき、額にいただく紫の王冠は、其傷口に食ひ入るばかり。父上！　逢ひたうござります。(100)

村田訳

エレクトラ：

天にも地にもたった一人、ああ孤独と云ふものは悲しいもの。お父様は逝て終はれた、あの冷たい墓場へ逝って終はれた。（地面を見つめて）お父様何処にどうして居らっしゃるのだろう。あのなつかしいお顔をあげて又妾に逢ひに来て下さらないのかしら。おおもう時が来た。お父様、いつもの時が来ました。お母様とあの男と両人《ふたり》企んでお父様を亡き者にした、あの時刻が来ました。あの男は王者の眠るあの御父様の寝床に、御母様と一所に寝《やす》んで居ます。両人《ふたり》力を合せてお父を御湯殿に殺めた、あの恐ろしい御最後、流る血潮はお父様の両の目に流れて、四園《あたり》の床は血煙で蒸さるるばかりでした。あの男、あの卑怯者はお父様を肩にかけて室の外へ運んだのです。先ず御頭首をそれから御足を引き摺ったのでした。お父様は屹と眼を見開いて二人を、あの邸の中《うち》を睨みつけられた。今宵も然《そ》うしてお入てなさるのだ、一足宛徐々《ゆるゆる》と（父の幻を見付けて）おお、お父様もう入らっしゃしたの、目を屹と開いて、紫色の王冠を戴いて、其残酷《むごた》らしい傷口を痛はって居らっしゃるお姿、おおお父様、お目に掛り度うございました。[101]

村田が「非演劇的」だと批判した松葉訳は、たしかに古風で大時代な語調であり、村田訳のほうが現代の私たちにとっては読みやすい。また、ここで留意しなければならないのは、松葉がシモンズの誤訳をそのまま踏襲してしまっている点があることである。本来なら「血が溢れ出て、浴室のなかは血の湯気が立ち込めました」と訳すべき箇所が、シモンズ訳では、

and your blood ran over both your eyes,
And all the bed steamed with the blood;[102]

となっている。原文のドイツ語の Bad（浴室）を、シモンズが bed とし、松葉もそれに倣い「寝床」と訳し、「寝床は一面血煙に咽《む》せかへつた」となってしまった。

また村田が、「奇抜な翻訳の修辞法」と皮肉たっぷりに批判したクリゾテミスの「乳首にくひ下らせ、そして我子の育つのを見て居るのじぢや」という台詞は、松葉の翻訳では、「自分の身体《からだ》から甘い乳を走らせて若い命の小兒達にそれを吸はせて、食ひ下らせ」となっている。ここの原文は、„und auf einmal sind sie entbunden ihrer Last und kommen zum Brunnen wieder und aus ihnen selber rinnt süßer Trank und säugend hängt ein Leben an ihnen, und die Kinder werden groß.[103]“であり、直訳では、「彼女たちは突然お産で重荷を下ろし、再び井戸のところにやってくる、彼女たち自身から甘い飲み物が溢れ出て、命を受けた子どもは吸いつきながらぶらさがる。そして子どもたちは大きくなっていく」となる。たしかに、村田にはこの動物的な光景の描写が奇妙に感じられたのかもしれないが、ここは、命の連鎖を授乳という母性的行為を通して描いた箇所で、松葉訳は間違ってはいない。村田はそれを理解できず、ここでは「あの水を呑むと若々しい命が湧くのです。そうして自分たちの子供の大きくなるのを楽しんで居りますわ」と、意訳どころか誤訳をしている。

村田は松葉の歌舞伎調の訳の奇妙さを指摘したものの、ホフマンスタールが意図的に、母権制の色濃かった古代ギリシアを描き、ギリシア悲劇の現代的復興を図っていたという本質を理解していないところがある。その点では、さまざまな『エレクトラ』を比較したと主張し、ヨーロッパを視察してきている松葉のほうが、テキストに内包される現代性を読み取っていたといえよう。

しかし、松葉、村田間でこのような激しい論争が繰り広げられたにもかかわらず、意外にも、一九一三年一〇月の公衆劇団の『エレクトラ』公演とほぼ同時に発行された『とりで』第八号では『エレクトラ』特集が以下のように組まれている。

『とりで』第八号　目次

目次を見てみると、一見多くの執筆者がいるように見えるが、橘満寿治による『エレクトラ』解釈を述べた論考「エレクトラ所感」と河合の「エレクトラと芸妓と」以外は、松居駿河町人も大久保二八子もすべてが松葉の住所にちなんだペンネームで、つまり、ほとんど松葉の独壇場だったということがわかる。さらに松葉は、翻訳書で発表したホフマンスタールとの書簡のやりとりを、またここでも掲載しており、彼がホフマンスタールからの返信を、どれほど誇りに思っていたかが、ここからも伝わってくる。

第三号と第八号の間の五ヶ月間に、松葉と村田の間に何があったのか不明であるが、ほとんどまるごと一冊分の頁を松葉に許すということ自体、二人の間になんらかの和解あるいは妥協があったのだろう。和解どころか、松葉は『とりで』を、『エレクトラ』の宣伝、あるいは自己主張の場として利用しているかのように映る。

2. 女形のエレクトラについての批評

このように演劇界では前評判の高まっていた『エレクトラ』公演には、では実際どのような反響があったのだろうか。東京での初演について劇団内部では「成功した」という感触だったようである。河合の手記によれば、松葉も、エレクトラの死の踊りのあと、見物席から慌しく舞台へ飛んできて、彼の手を固く握って、「河合君、大丈夫だ、大丈夫だ、大成功、成功成功」と言った。(104) しかし、のちの諸雑誌に書かれた劇評には、生田長江などの、河合の白熱した演技を評価した一部の好意的な劇評を除けば、否定的な意見が目立つ。その生田も、公衆劇団の俳優たちの懸命さは認めながらも、「その一生懸命さが普段の『女形』としての矯飾を殺してしまい、女声とも男声ともつかない奇妙な声を出させたのは止むをえないとしても、不慣れなゼスチュアと日本語のセリフとが往々別々になるのも止むをえないとして、とにかくエレクトラ劇の中心生命であるライデンシャフトは補足されていた」(105)と歯切れの悪い褒め方をしている
清見陸朗（1896 - 没年不祥）は、「公衆劇団の初演」という劇評で併演された『茶を作る家』の舞台装置が細やかな自然主義にもとづいているのに対して、『エレクトラ』を酷評している。

女形と女優の長短損失は、もう幾度か論じ書かれて、議論の余地はなくなってしまった。河合のエレクトラは、かういふ役割が到底在来の女形の能く演出し得る所でない事を、事実の上で立証したものであった。精神と肉体とのいづれをも強ひて抑圧して、常に控え目にのみ語り且つ動いた古い日本の女性を表出する上に於ては、今までの女形でも別に差支えはなかった。併しエレクトラはその種の生やさしい女性ではない。父を殺された怨恨と悲憤に圧倒された彼女は、全く女性特有の優しさを失って、髪乱れ衣破るるをも知らず野獣のやうに地上に這ひつくばって物狂ほしい叱哮を日夜に続けている。人間が持っている野獣性を最高度にまで興奮せしめたこれらの挙姿動作を演ずる時、半ば女性化された河合の声音を以ってしても、遂に演者の真の性を暴露せしめずにおかなかったのは巳むを得ない。(106)

清見の批評からは、松葉が当初憂慮していた通り、「激情のあまり河合が本来の男に戻ってしまった」ように見えたことがわかる。松葉の意図した「性のない女」は実現できなかったようである。おそらく河合は、ローシーの指導によって、それまでの様式性を持った所作を半ば崩されてしまったのだろう。この最終場面では、ケスラー伯やホフマンスタールが貞奴の踊りに魅了されたように、日本の古典の様式美が活かされれば、河合のエレクト

ラは半狂乱になりながらも、「本来の男」には見えなかったかもしれない。

3．小宮豊隆の批評と松葉の反撃

『漱石全集』の刊行で知られ、大正期教養派を代表する評論家で独文学者の小宮豊隆（1884-1966）は、ドイツ語能力がないままホフマンスタール作品を翻訳し、どの程度勉強してきたかもわからない「ヨーロッパ演劇視察」を振りかざし、見様見真似で舞台を作ってしまう人間が許せなかったようである。小宮の批評は、いくつかの否定的な『エレクトラ』公演批評のなかでも、もっとも厳しいものである。彼は『新小説』一一月号に、「『エレクトラ』の上演」という批評文を発表しているが、これは、まず小宮自身のホフマンスタール理解表明から始まる。

「言葉」に「魂」を与へ「魂」を与へむとして焦るもの、殆どホーフマンスタールに如くものはない。「現象」に内在する各固特有の「音楽」を識得し、「言葉」夫自身に依つて此「音楽」を描き上げむと藻掻くもの、亦殆んどホーフマンスタールに如くものはない。ホーフマンスタールの手になつた凡ての作品は、悉く是事物の中核に迫らむとする執念の結晶である。ホーフマンスタールは最近独逸の文壇に於いて、新しい「言葉」の創造者であると共に新しい「感じ」の世界を開拓したものであると言はれている。豊富な感情と細緻な官能と透徹な頭脳との継起的なる共働を最も活発に最も新鮮に経験する此作者は、今迄残骸を抱いて宇宙に彷徨していた多くの「言葉」に生命を与へ、更に此蘇生へりたる「言葉」に依つて、あらゆる現象の上に漂ふ処の陽炎のやうな影に、的確なる表現を齎らした者である。[107]

小宮のホフマンスタールへの強い愛着と同時に彼自身の「言葉」に対する敏感さ、言語表現へのこだわりが現れている。小宮がここで「感じ」と言っているのは、Stimmung のことだろう。本章第1節で述べたようにホフマンスタールを日本に初めて紹介した片山正雄は「神経質の文学」で、この Stimmung を「情緒」と訳している。Stimmung は「パンの会」などの創作活動でキーワードとなった言葉である。この Stimmung を、小宮はこの文の少し後ろでは、「感じ」のほかにも「気分」と言ったり、さらに音楽の「音階」に喩えたりして、ホフマンスタールの言葉の背後にある重要な要素としている。小宮は、ホフマンスタールを理解するには、それぞれの「現象の上に漂ふ処の陽炎」を受け入れ、このような「現象に内在する音楽」を感得し得るだけの「感情と官能と頭脳を所有」しなければならないと考えている。

小宮の二〇頁にも及ぶ批判は、松葉がいかにこのホフマンスタール理解の条件を満たしておらず、翻訳や上演する資格がないかを、具体的な例を挙げて証明しようとしている。松葉の訳文に関して、小宮は、ホフマンスタールの原文と、さらに松葉が使用したというシモンズ訳とを照らし合わせて検討し、上演については、ホフマンスタールが松葉に抱いた希望がどれほど理解されていなかったかを、公衆劇団の舞台のいくつかのシーンを例に取り批判している。

小宮の松葉批判を要約すると次のようになる。

（1）翻訳面

・松葉はソフォクレスの『エレクトラ』を知ることもなく翻訳している。

・松葉は言葉や動きに内在する「気分」を看取できないので、ホフマンスタールの『エレクトラ』を理解しておらず、したがって、ホフマンスタール作品を扱う資格がない。
・シモンズ訳の誤訳を指摘しているが、シモンズに引きずられてみずからも誤訳をしている。

（2）演出面

・ホフマンスタールが舞台装置を「単純」にと助言したのを曲解して、「粗末で貧弱でぞんざいなもの」にしてしまった。
・本来一幕の作品を二幕にしている。
・原作のト書きや話の流れを無視している。例として、本来エレクトラがオレストに背をむけて穴を掘って、弟だと知らずに話しているシーンにもかかわらず、階段に座ってオレストと向き合っている。掘り出すはずの斧が不自然にオレストに渡されていることなどを挙げている。

小宮の憤りは、「公衆劇団が、最も芸術的なホフマンスタールの『エレクトラ』を最も非芸術的に表現してしまったこと」に対して爆発している。たとえば、舞台装置の貧弱さに対する批判一つを取ってみても、小宮が松葉の公開したホフマンスタールの書簡をかなり意識して精読していたことが、次の文からもわかる。

ホーフマンスタールが松居松葉に与えた書簡によれば、ホーフマンスタールは自己の作物が日本の首都の最も大なる帝国劇場に於て演ぜられると言うことを非常に喜んでいるものらしい。日本の役者は「将に死なんとするエレクトラの舞踊に対し、あらゆる欧羅巴の女優よりも、すぐれたる表情をなし得べきとを確信す」と迄も言っている。ホーフマンスタールは『エレクトラ』に於て描かむとした「死者に対する無限の忠実」

と言ふ様な「西洋より見たる東洋的性質」が、今の日本にも猶溌剌として生動していると思惟し、日本の舞台に於て初めて恰好なる表現を見出し得るものと信じたのであろう。然しながら今の日本の文明はかかる徹底的な理想主義を許用するには余りに物質主義に流れていた。縦令乃木将軍の様な理想主義者が遇出したとは言っても、夫は寧ろ時代思潮が生む（ママ）だ結果にあらずして、寧ろ時代思潮の逆行したものである。殊に役者と言う様な特殊の階級が設けられていた日本の社会制度は多くの役者に理想主義の芽を芟除して只管に現実に順応し謳歌することを迫っている。かかる空気に浸って来た役者とかかる空気に親しんで来た上に算盤球許りを弾いている舞台監督と――、最も理想主義に遠ざかり最も詩の国に遠ざかった二つのものの結合が、どう『エレクトラ』の精髄を攫《つか》み出して人に示すことが出来やうぞ。ホーフマンスタールは余りに日本を買被っている。買被られた日本人の中の一人として、私は『エレクトラ』の上演が私の予想通りであるに基づいて、ホーフマンスタールの言葉の前に忸怩たらざるを得ない。[108]

小宮が指摘するように、ホフマンスタールの日本人の身体表現への高い評価には、たしかに「買い被り」があることは否定できない。ヨーロッパで高い評価を受けた貞奴は、日本ではけっして一流の舞踊家や女優ではない。しかし第Ⅲ章で考察したように、ホフマンスタールは現実の日本に関心を持っていたのではない。彼は、ユートピア的「日本」という幻想のなかに、文化危機に陥ったヨーロッパに欠落していた心身のバランスがとれた統一的人間とその表現、個と全体が矛盾なく存在している理想の状態を見て、作品の素材に利用していた。ホフマンスタールにとって「日本」は、幻想というヴェールのかかった美化されたものであることに小宮は気づいている。小宮の鋭い批判の矛先は松葉のみならずローシーにも向けられている。彼は中途半端な西洋の物真似なら歌舞伎の型のほうがまだよいと言っている。

ローシーといふ人は、詩のことなぞまるで分からない人と見える。また英語（全然と迄は言はずとも）のよく読めない人と見える。滑稽なのは、松居松葉の誤訳した箇所を、誤訳した通りに「型」をつけている事である。然してローシーの型は、凡て「お芝居」の型であつて、芸術の域にまで醇化されていない。ローシーの型よりも、日本舞踊の型や、乃至は日本の歌舞伎の型の方が、どの位芸術的であるか分からない。(109)

しかし、小宮のホフマンスタール理解にも限界があることが、この批評文からはわかる。小宮はホフマンスタールが『エレクトラ』において、古代ギリシアのオリエント的な側面が強調されていることがわかっていない。なぜなら小宮は、松葉の舞台について、本来「必要」な「宮殿と云ふものの持っている感じ、宏壮とか雄大とかの感じ、換言すれば『背後の壁』から暗示される舞台の『深さ』の感じ」(110)がなかったと批判している。しかし第Ⅱ章第1節で考察したように、ホフマンスタール自身による舞台についての指示には、「閉塞感」が感じられるようにと書かれている。おそらく小宮は、ゲーテやヴィンケルマンの復興したギリシア古典劇のイメージしか持ち合わせていなかったのであろう。

では、松葉はこのような意見をどう受け止めたのだろうか。小宮の批判の一つとして、ローシーの起用の是非があるが、『とりで』派との論争において、クレイグの舞台装置の無批判な受け入れに対して否定的で、日本に適合する舞台があるはずだと主張していたはずの松葉は、なぜローシーに演技指導を依頼したのだろうか。そして松葉は、ローシーの指導の成果をどのように見ていたのだろうか。

松葉は『続劇壇今昔』のなかの「『エレクトラ』の舞台監督」という項で、ローシーに演技指導を頼んだことに対する批判を受け止め、彼についての考えを述べている。松葉は自分が舞台監督をやったら、「もう少しホーフマンスタール先生の覘った情調は出せたかも知れない」と、小宮の指摘を意識したと思われるようなことを述べ、「けれどもそれは日本人にのみ首肯れる情調だ」と続ける。松葉は西洋のものを日本人の感覚で解釈したら、完全に日本的になってしまうので、それがホフマンスタールの望んだことであるにせよ、一度は日本を捨てて、西洋的なものを学ばなければならないと考えた。彼は、自分には個々の役の理解を表現させる資格はないし、表情抜きの朗読法くらいしか指導できないと述べ、ローシーに依頼した理由やローシーについての考えを説明している。

日本人の演技法は、その日本劇なると洋劇なるとを問わず、もう少しわれわれとは従来交渉のなかった新しい劇術から刺激を受けねば、とても進歩しないと思って居る。ところが幸ひにも帝国劇場にはローシー氏の様に泰西芸術――われわれとは交渉のなかった劇術の根底から知り抜いて居る人がある。私は此人の西洋劇の理解力は最新な物でない事を知って居る。併し理解の力は one thing で、劇術は another thing である。この二つが相合して一つの力になる場合もあるが、修養時代にはわれわれは劇術だけを引離して修練する事が出来る。われわれ公衆劇団の人間は、西洋術に対してはまだ修養時代といふ程度までにさへ達して居ない。(…)で、私共は今の所小心翼々、ローシー氏に唯命唯従って一向に氏の芸術を貰ってしまはふと思ふ。私共は舞台にその習得した演技を上げる時、もっと氏の演技を離れた日本人向の科をやる事を知らぬでもない。ローシー氏は或る場合には頑固極まる事もあるが、俳優が真の理解力を以て、其俳優のテムパラメント

> に相応する演技をやることについては、極めて自由な考へをもって居る。だからいつも私共の一団の俳優が、氏の模倣に陥って居るなれば、それは氏の罪ではなくして、我々の一段の俳優の罪である。若し今の中から、――折角ローシー氏の教示を受けはじめた当初から――われわれの思ふままに直し直ししたら、我々は西洋劇術の堂奥に入る機会を失うてしまふことになるであらう。われわれは一日も早く西洋劇術の（少なくともローシー氏のもってる丈のものでも）蘊奥を知ってしまはねばならぬ。劇術は或意味においては練磨である。われわれ一団の俳優は、西洋劇術の演技に慣れ盡して、それをば日本の劇術と同じ容易さと、同じ滑らかさを以て操使しなければならぬ。（…）私は勿論ローシー氏を以て至上のプロヂューサアとは思はず、舞台監督の第一人者とも思はぬ。併し私自身と比較すると、それでも富士の山と庭前の築山位の相違がある。私共の階級では、まだまだ此の人から学ぶべきものが沢山ある。[11]

松葉の本音がよく表れた文章である。当時ローシーは、帝国劇場の歌劇部の指導者という地位にあった。松葉も帝劇開場時に新劇主任を務めたことがあり、帝劇で公演する予定の公衆劇団にとっては頼みやすかったという事情もあるだろう。彼は、ローシーがダンサーとしても演劇指導者としても一流でなかったこと、演劇に関する知識や理解力に限界があったことは充分承知していた。しかしそれでも、自分に比べれば雲泥の差があり、彼から西洋演劇の表現法を学ぶことが大切だと主張している。小宮と違い、いわゆる現場の人間である松葉は、理解力と表現術は別だと考えている。松葉の説明は重複も多く冗長だが、ここには大正初期の西洋演劇に取り組み始めたばかりの日本の演劇界で、実際に舞台に携わった人間の苦労がよく表れている。

松葉は、日本の古典技法を身につけた役者がいったんそれを忘れたうえで、ヨーロッパの身体表現、演技法を学び、舞台ではその日本とヨーロッパの演技法の二つが高いレベルで融合することを願ったのであろう。しかし実際には、どちらも身につくまでには長い年月を要するものである。数週間、数ヶ月という短期間の特訓で体に染み込むものではない。結果的に河合武雄始め公衆劇団の演技は、それらが低い段階で中途半端に混ざり合ったものになってしまったからこそ、あまり好評を得ることができなかったのではないか。

学識派の小宮は、松葉のように原作者との書簡のやり取りを公開したり、表面的に作品のあらすじを追うだけの舞台を作るような人間を徹底して批判した。たしかに松葉の態度にも不徹底なところがある。たとえば、クレイグの舞台装置を無批判に受け入れた村田実を批判しながら、自身はさまざまに抗弁しつつ、イタリア人ローシーに振りつけを頼んでいる点等である。しかし、こうした小宮と松葉の戦いには、知識や理想で形作られた規範をもとに舞台の出来を評価する評論家と、たとえ高い理念は抱いていても準備に費やせる時間、費用、技術的水準などの制限によって、その理念を実現できないジレンマに立つ現場の人間の、現在でも見られる葛藤が集約されているといえよう。

4. 鷗外の反応

森鷗外は、本章第1節2で述べたように、一九〇六（明治三九）年に『歌舞伎』第七八号の「観潮楼一夕話」でホフマンスタールの『オエディプスとスフィンクスと』を取り上げて以来、『昴』の「椋鳥通信」で、作品の梗概やドイツでの批評を熱心に紹介するとともに翻訳も積極的に行っている。また一九一二年には、鷗外の翻訳したホフマンスタールの『痴人と死と』が有楽座で上演されている。

鷗外は一四年五月、顧問をしていた「新古典劇場」という松本苦味《くみ》（圭亮、1890-?）[112]率いる劇団の第一回公演のために、『オエディプスとスフィンクスと』を改訳し、その上演と出版の許可を求めてホフマンスタールに手紙を送り、返事を受け取っている。この公演は実現しなかったようだが、鷗外はホフマンスタールからの返信に応えて、五月二七日付けで再び彼に書簡を送り、そのおよそ三分の二を、前年行われた松葉の『エレクトラ』公演についての感想と報告にあてている。残念ながら鷗外の第一信とホフマンスタールからの返信は消失しているが、鷗外の第二信の内容から、『エレクトラ』公演後、松葉からの報告がなかったため、ホフマンスタールが鷗外に公演の模様と松葉の近況を尋ねたことが推測できる。

トランスクリプション

鷗外のホフマンスタール宛て書簡　一九一四年五月二七日付

Tokyo, d. 27. Mai 1914

Sehr geehrter Herr!

Ihr gütiges Schreiben vom 5ten dieses Monates habe ich soeben erhalten. Ich danke Ihnen für die mir damit erteilte Genehmigung von ganzem Herzen und hoffe, Ihnen ein Exemplar des japanischen „Ödipus“ in Bälde senden zu können. Was die Aufführung betrifft, so hat die Gesellschaft angezeigt, sie wegen des Todes der Kaiserin-Witwe vertagen zu wollen. Ich vermute aber, dass sich hinter diesem Vorwande der augenblickliche Mangel an Geld versteckt, das die zur Aufführung unumgängliche Vorbereitung kostet, und werde nicht verfehlen, Ihnen ferneren Bericht zu erstatten. Ihre „Elektra“ wurde im vergangenen Winter mit zwei anderen Stücken zusammen auf die Bühne gebracht. Zuerst spielte man einen Einakter von Matsui, dem Übersetzer Ihres Trauerspiels. Dann kam Elektra. Den Schluss bildete ein Lustspiel in einem Akte von mir, betitelt „Onnagata“, d.h. der Damenrollenspieler. Matsui, der neben dem Dichterberufe zugleich erfahren im Bühnenwesen ist, behielt im Ganzen die Leitung des Unternehmens in der Hand, während Rossi, ein Italiener, als Regisseur wirkte. Die von Matsui gemietete Bühne war das sog. Kaiserliche Schauspielhaus, das hier weder vom Staate unterstützt noch irgendwie vom Hofe beschirmt wird. Es ist das grössere der beiden hier im europäischen Stile gebauten Theater und gilt als eine Sehenswürdigkeit der Stadt, obwol《ママ》 es dem Repertoire nach nur ein Variété zu nennen ist. Ihr Stück erwies daher dem Hause eine unverdiente Ehre mit seinen ca. 10 tägigen Aufführungen. Letztere verliefen im Allgemeinen gut. Die Schauspieler spielten ihre Rollen, die ihnen ihrer Natur nach fremd waren, mit einer Hingebung, die die jüngere Generation unter den Zuschauern zwang, ihnen den Beifall zu zollen, während die Mehrzahl den für sie seltsamen Vorgang auf der Bühne verständnisslos angaffte. Besonderes gab sich der Frauenrollenspieler Kawai als Elektra redlich Mühe, dem schwierigen Charakter der Titelrolle gerecht zu werden, was ihm auch stellenweise gelang. Sie werden kaum begreifen können, warum hier derartige Theater-Vorstellungen trotz des nicht selten ausverkauften Hauses den Unternehmern niemals zum Gelde verhelfen. Um Geld zu verdienen, müssen entweder einheimische Stücke im herkömmlichen Stil oder einfach Variété gespielt werden. Ich glaube nicht, dass Matsui durch seine Elektra-Aufführungen Geld verdiente, und gerade hierin scheint zum Teil der Grund zu liegen, warum sich Matsui Ihnen gegenüber ins Schweigen hüllt, denn undankbar ist er nicht, auch die Schauspieler seiner Gruppe nicht. Kawai, der auch die ~~Heldin~~ Hauptfigur[113] meines Lustspiels darstellte, besuchte mich eines Abends und dankte mir herzlich. Ausserdem muss es Matsui beschwerlich fallen, einen deutschen Brief zu verfassen, da er nur das Englische zu beherrschen vermag. Seiner Übersetzung der Elektra lag ein englischer Text zu Grunde. Glauben Sie nicht, dass ich Matsui bei Ihnen anschwärze, denn um sein Stillschweigen zu rechtfertigen, muss ich ein wenig indiskret sein! Auch glauben Sie nicht, dass ich diesen Brief mit Leichtigkeit schreibe! Meine Feder macht sehr oft Halt auf dem Papier wie ein müder Wanderer, so dass ich mich ihrer erbarme und sie hier ruhen lasse.

Hochachtungsvollst

Ihr

Dr Rintaro Mori

（書簡は Freies Deutsches Hochstift 所蔵）

東京、一九一四年五月二七日

拝啓

たった今、今月五日付のお手紙を拝受いたしました。ご許可を賜りましたことを心より感謝いたしますとともに、『オイディプス』の日本語訳を近々お送りできるようになればと思っております。上演につきましては、延期の見込みにいたっています。劇団側によりますと、皇太后の崩御のためです。しかし崩御は口実で、上演準備に必要な資金の不足が本当のところではないかと思います。今後の経過につきましては、必ずご報告いたします。

御作『エレクトラ』は昨年の冬に、ほかの二つの戯曲と一緒に上演されました。最初の演目は『エレクトラ』の翻訳者である松葉の一幕物で、その次が『エレクトラ』でした。最後に私の『女がた』という一幕喜劇が続きました。タイトルは女役の男優という意味です。イタリア人ローシーが演出家として起用されておりましたが、この企画全体は、作家であり舞台人としても経験豊かな松葉が指揮を取っていました。

松葉が借りた劇場は帝国劇場というところですが、国家から補助金が出ているわけでも、皇室に庇護されているわけでもありません。当地に二つある西欧建築様式の劇場のうちの大きなほうで、東京の観光名所にはなっていますが、レパートリーから見ますと単なるヴァリエテとしか呼べない代物です。したがいまして、御作品を一〇日間ほども上演できましたことは、この劇場にとって身に余る光栄と申さなければなりません。公演期間の終わりのほうはだいたいうまくいっていました。しかし、俳優たちは慣れない役柄ながら熱演していましたので、若い世代の観客たちは拍手を送っていました。多くは舞台上で繰り広げられる見慣れぬ光景についていけず、呆然としていました。エレクトラを演じた女形の河合はなかでも全力投球で、主演として難しい役柄になり切ろうとしていました。また実際、それに成功していた部分もあります。

ご理解いただけないと思いますが、我が国におけるこの種の劇場公演は、切符の完売が珍しくないにもかかわらず、興行側には利益が出ません。利益を上げるためには、伝統的な様式の日本の芝居か、もしくはヴァリエテを上演しなくてはなりません。私には松葉があの『エレクトラ』の上演で利益を出したとは思えません。松葉がご無沙汰を続けている理由も、一つにはまさにこの点にあるのではないかと思います。松葉はけっして恩知らずではありませんし、劇団の俳優たちにしてもそれは同じです。河合は私の喜劇の主人公を演じていて、ある晩私の家に来て、丁寧に礼を述べていきました。

それに松葉は英語しか自由に使えませんので、ドイツ語の手紙を書くことが負担になっているに違いありません。松葉の『エレクトラ』翻訳も英語版をもとにしています。松葉のことを中傷しているとは思わないでください。彼のご無沙汰を弁護するためには、少しプライベートな点に踏み込むほかないからです。また、私にしてもこの手紙をいとも簡単に書いていると思わないでください。私の筆は疲れた旅人のように紙の上で何度も止まります。筆もかわいそうですので、そろそろこのあたりで休ませてやろうと思います。

敬具

博士　森　林太郎

（段落は著者による）

ここで鷗外書簡を分析する。まず鷗外がこの手紙で、およそ三分の二の量を『エレクトラ』公演についての感想に当てていることに注目したい。鷗外が翻訳し、ホフマンスタールから公演許可を得た『オエディプスとスフィンクスと』が上演延期になったことを連絡するための書簡にもかかわらず、これだけの分量を『エレクトラ』公演の報告に当てていることは、ホフマンスタールの書簡から、彼が松葉の消息や公演の結果について知りたがっていることを読み取ったからであろう。

しかしまず、『エレクトラ』公演の鷗外の感想に入る前に、手紙の前半で述べている『オエディプスとスフィンクスと』の上演計画とその延期の事情について述べておきたい。

鷗外が『オエディプスとスフィンクスと』の全文翻訳を始めたのは、日記によると一九一四年二月一六日で、三月四日にこの出版に関して松本苦味と話し、六日に現代社の鶴岡五郎に約束している。四月四日の日記には、「Oidipus《（ママ）》 und die Sphinx を訳し畢る。Hugo von Hofmannsthal に書を遣る」と書かれている。(114) この書簡は見つかっていないので具体的な内容はわからないが、本書簡（五月二七日付）がなんらかの許可をもらえたことに対する感謝で始まり、訳書を近々ホフマンスタールに送付したいと述べていることから推測すると、『オエディプスとスフィンクスと』の日本での翻訳出版ならびに上演の許可を求めたものと思われる。そして「今月五日付のお手紙を拝受いたしました」とあるところからすると、四月四日付の鷗外からの書簡に対して、ホフマンスタールは五月五日に許可する旨の返信をしたのであろう。

『オェディプスとスフィンクスと』の鷗外訳の題名は『謎』といい、一九一四年五月五日に現代社より出版された。日記によると鷗外は、六月一〇日にホフマンスタールにこの訳書を送っており、(115) 鷗外からの献辞つきの贈呈本は、フランクフルトのＦＤＨ内ホフマンスタール資料室に保管されている。

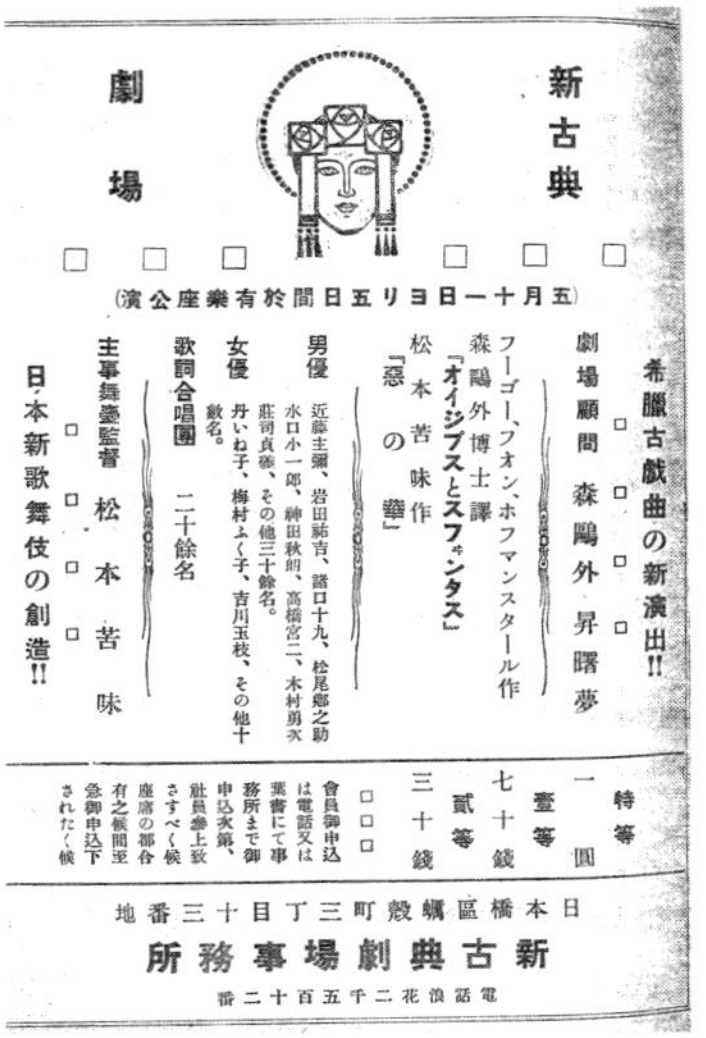

図版10　『演芸画報』1914（大正3）年4月（早稲田大学演劇博物館所蔵）

『演芸画報』には、この上演に関する全頁広告（図版10）が載っている。これによると苦味によって当時創立されたばかりの「新古典劇場」という劇団が、第一回公演として鷗外訳の『オエディプスとスフィンクスと』(116) を準備していたことがわかる。

同誌「消息」欄にも、この劇団の創立と第一回公演の告知が掲載され、広告と「消息」欄の双方に、

5.

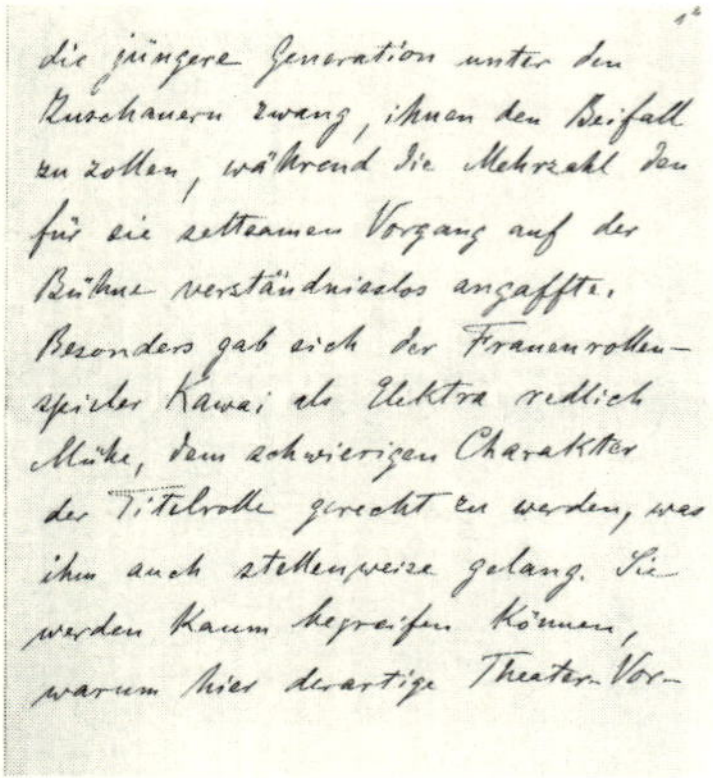

die jüngere Generation unter den
Zuschauern zwang, ihnen den Beifall
zu zollen, während die Mehrzahl der
für die seltsamen Vorgang auf der
Bühne verständnisslos angaffte.
Besonders gab sich der Frauenrollen-
spieler Kawai als Elektra redlich
Mühe, dem schwierigen Charakter
der Titelrolle gerecht zu werden, was
ihm auch stellenweise gelang. Sie
werden kaum begreifen können,
warum hier derartige Theater-Vor-

6.

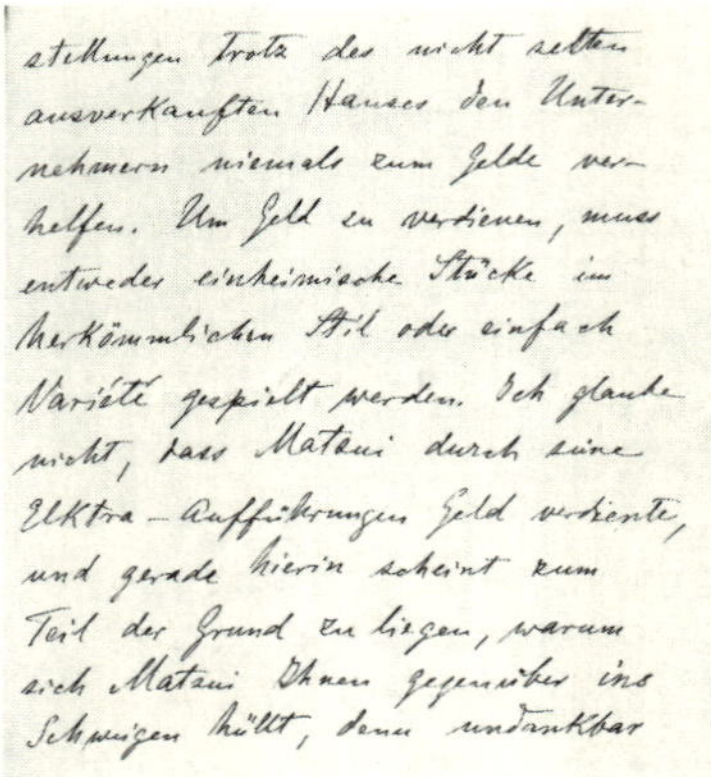

stellungen trotz des nicht selten
ausverkauften Hauses den Unter-
nehmern niemals zum Gelde ver-
helfen. Um Geld zu verdienen, muss
entweder einheimische Stücke im
herkömmlichen Stil oder einfach
Variété gespielt werden. Ich glaube
nicht, dass Matsui durch seine
Elktra-Aufführungen Geld verdiente,
und gerade hierin scheint zum
Teil der Grund zu liegen, warum
sich Matsui Ihnen gegenüber ins
Schweigen hüllt, denn undankbar

7.

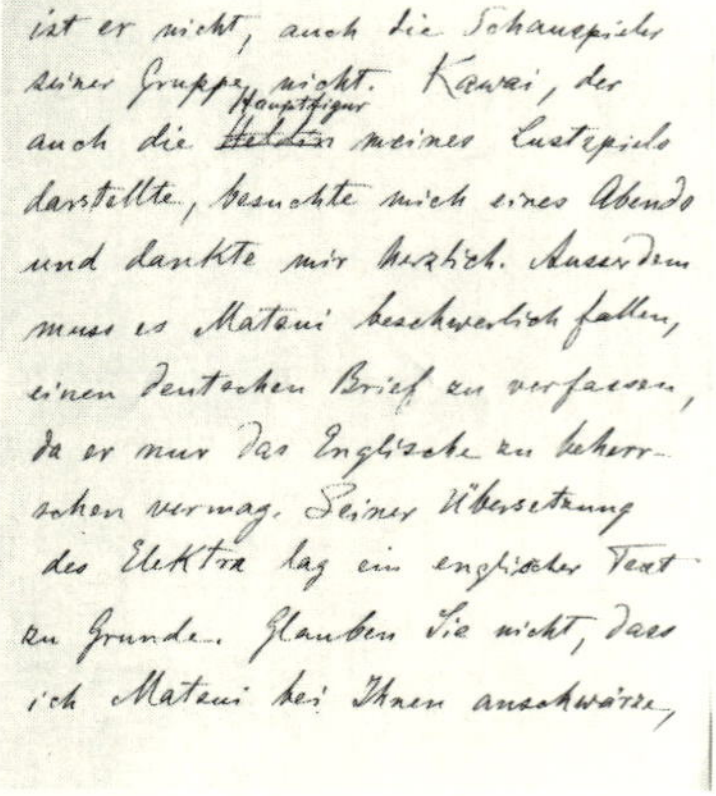

ist er nicht, auch die Schauspieler
seiner Gruppe nicht. Kawai, der
auch die ~~Heldin~~ Hauptfigur meines Lustspiels
darstellte, besuchte mich eines Abends
und dankte mir herzlich. Ausserdem
muss es Matsui beschwerlich fallen,
einen deutschen Brief zu verfassen,
da er nur das Englische zu beherr-
schen vermag. Seiner Übersetzung
des Elektra lag ein englischer Text
zu Grunde. Glauben Sie nicht, dass
ich Matsui bei Ihnen anschwärze,

8.

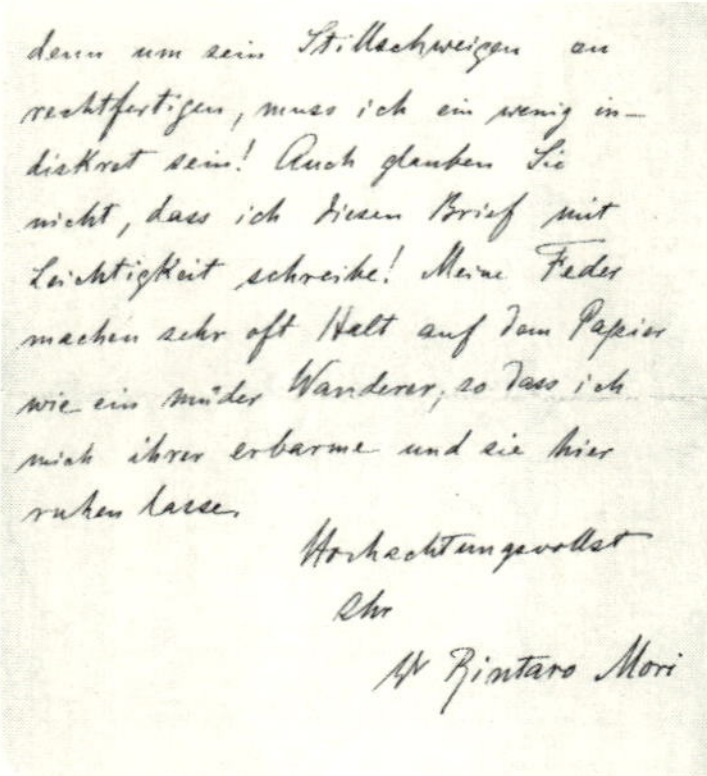

denn um sein Stillschweigen zu
rechtfertigen, muss ich ein wenig in-
diskret sein! Auch glauben Sie
nicht, dass ich diesen Brief mit
Leichtigkeit schreibe! Meine Feder
machen sehr oft Halt auf dem Papier
wie ein müder Wanderer, so dass ich
mich ihrer erbarme und sie hier
ruhen lasse.

Hochachtungsvollst
Ihr
Dr Rintaro Mori

※書簡は、やや緑がかったベージュの用紙（縦 17 cm × 横 29・57 cm）が 2 枚で、それぞれを 2 つに折り、両面を使用して、8 頁にわたって書かれている。

【鷗外のホフマンスタール宛て書簡】
1914年5月27日付（Freies Deutsches Hochstift, Frankfurt am Main, Hs-30797）

1.

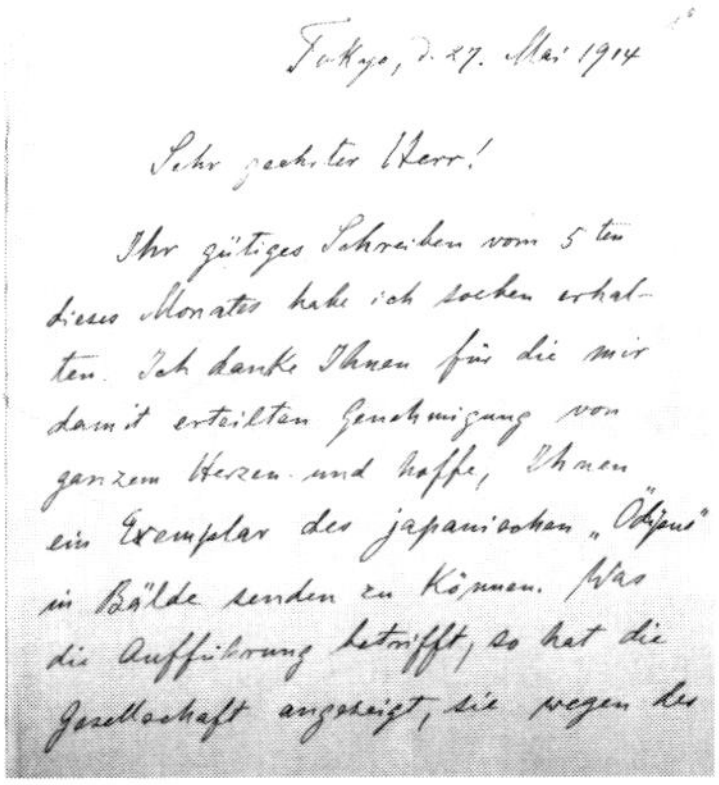

Tokyo, d. 27. Mai 1914

Sehr geehrter Herr!

Ihr gütiges Schreiben vom 5ten dieses Monates habe ich soeben erhalten. Ich danke Ihnen für die mir damit erteilten Genehmigung von ganzem Herzen und hoffe, Ihnen ein Exemplar des japanischen „Ödipus" in Bälde senden zu können. Was die Aufführung betrifft, so hat die Gesellschaft angezeigt, sie wegen des

2.

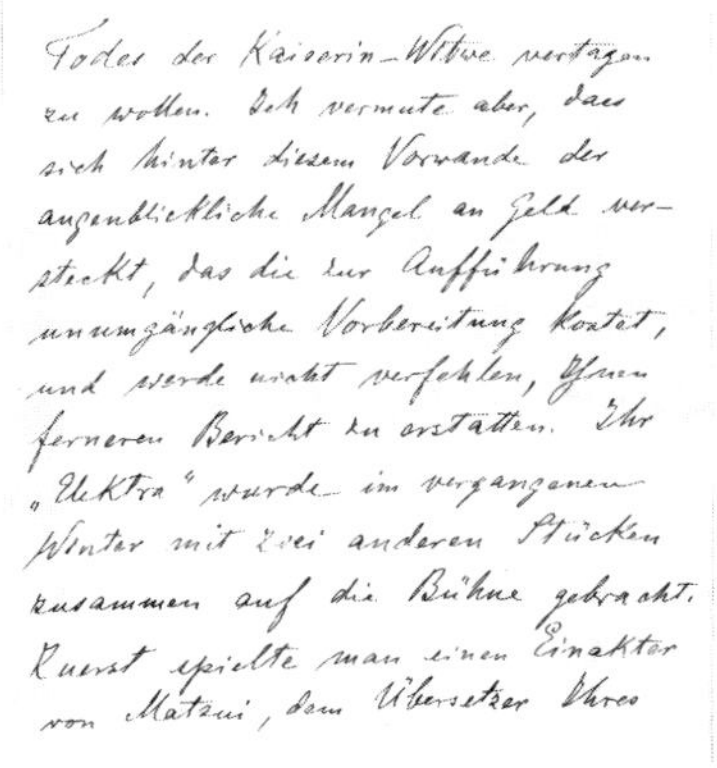

Todes der Kaiserin-Witwe vertagen zu wollen. Ich vermute aber, dass sich hinter diesem Vorwande der augenblickliche Mangel an Geld versteckt, das die zur Aufführung unumgängliche Vorbereitung kostet, und werde nicht verfehlen, Ihnen ferneren Bericht zu erstatten. Ihr „Elektra" wurde im vergangenen Winter mit zwei anderen Stücken zusammen auf die Bühne gebracht. Zuerst spielte man einen Einakter von Matsui, dem Übersetzer Ihres

3.

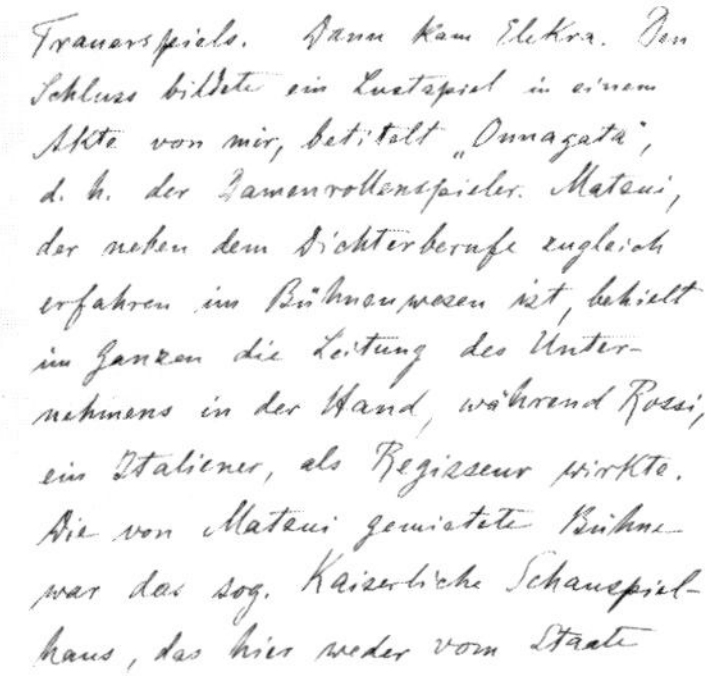

Trauerspiels. Dann kam Elektra. Den Schluss bildete ein Lustspiel in einem Akte von mir, betitelt „Onnagata", d. h. der Damenrollenspieler. Matsui, der neben dem Dichterberufe zugleich erfahren im Bühnenwesen ist, behielt im Ganzen die Leitung des Unternehmens in der Hand, während Rossi, ein Italiener, als Regisseur wirkte. Die von Matsui gemietete Bühne war das sog. Kaiserliche Schauspielhaus, das hier weder vom Staate unterstützt noch irgendwie vom

4.

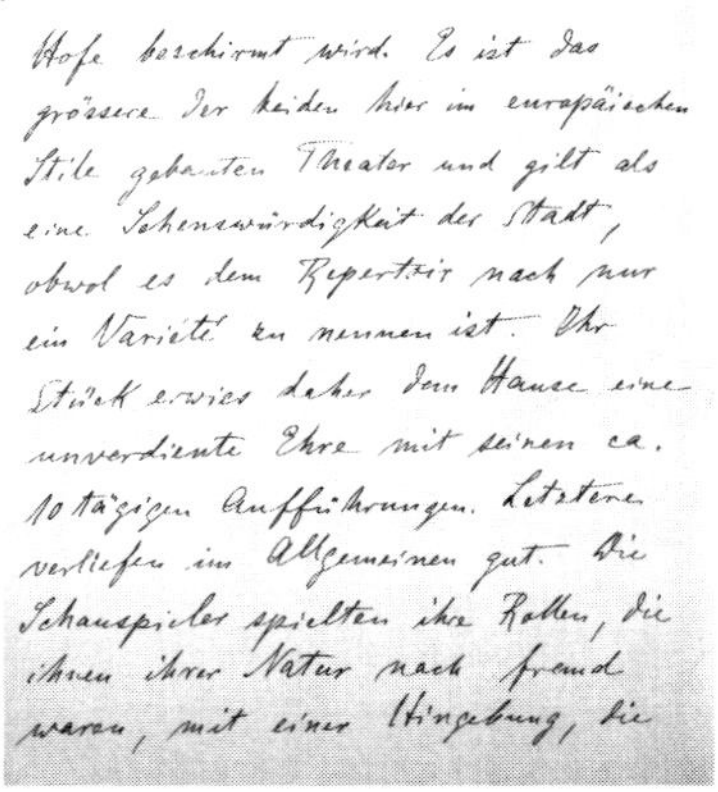

Hofe beschirmt wird. Es ist das grössere der beiden hier im europäischen Stile gebauten Theater und gilt als eine Sehenswürdigkeit der Stadt, obwol es dem Repertoir nach nur ein Variété zu nennen ist. Ihr Stück erwies daher dem Hause eine unverdiente Ehre mit seinen ca. 10tägigen Aufführungen. Letztere verliefen im Allgemeinen gut. Die Schauspieler spielten ihre Rollen, die ihnen ihrer Natur nach fremd waren, mit einer Hingebung, die

同劇団の顧問として「森鷗外博士」の名が記されている。ただし公演予定日について、広告には「五月一一日ヨリ五日間於有楽座公演」とあるのに対して、「消息」欄では「四月下旬」とあり、同じ雑誌のなかにもかかわらず違っている。また、次号（大正三年五月一日発行）の「消息」欄では、「五月一一日より五日間有楽座にて」となっている。(117)

訳出した書簡には、上演の延期は「劇団側の発表によりますと、皇太后の崩御のため」であるが、「崩御は口実で、上演準備に必要な資金の不足が本当のところではないかと思います」と書かれている。この件に関しての真相は不明であるが、小堀桂一郎も『森鷗外——文業解題、翻訳篇』で推測している通り、この鷗外訳『オエディプスとスフィンクスと』は結局、上演の機会を得られなかったと思われる。(118)『演芸画報』には、その前月に行われた主たる劇場公演の写真や劇評が掲載されているが、同誌六月号から半年間に、この公演についての記録はない。鷗外が顧問を務めた新設劇団が、第一回興行で鷗外訳の翻訳劇を有楽座で催したとしたら、劇評を始めとするなんらかの記事が掲載されたはずである。

上演予定が、昭憲皇太后の崩御（大正三年四月一一日）による五〇日間の第一期喪（四月一一日〜五月三〇日）期間中であったのは事実である。帝国劇場や有楽座は皇太后が危篤に陥った四月九日から、「皇太后陛下御不例につき」休演している。さらに、皇太后崩御翌日の四月一二日からの三日間と、御大喪の儀が執り行われた五月二四日よりの三日間は、歌舞音曲を停止する旨の公示が内閣より出されたので、各劇場は休演している。しかしこれらの期間を除くと、各劇団や劇場とも、第一喪中期でもほぼ通常通りの公演を行っている。

『演芸画報』の「消息」欄に「四月下旬」上演とあったことから推測すると、当初四月下旬に予定されていた第一回公演は、広告にある五月一一日に延期され、その後なんらかの事情で立ち消えになった。鷗外が推測しているように、おそらく経済的な理由であろう。いずれにせよ『オエディプスとスフィンクスと』は上演されず、苦味の「新古典劇場」という劇団は、いかなる上演記録にも記載がないところからすると、一回も公演を行わず解散したと推測される。

では、書簡の『エレクトラ』関連部分に戻ろう。

鷗外は、『エレクトラ』が「ほかの二つの戯曲と一緒に上演されました」と述べているが、これは間違いで、実際には四演目が上演されている。上演順に書くと、

（1）ベアリング作　駿河町人（松居松葉のペンネーム）訳『マクベスの稽古』

（2）大久保二八子作『茶を作る家』

（3）ホフマンスタール作　松居松葉訳『エレクトラ』

（4）森鷗外作『女がた』[119]

である。また『エレクトラ』は「一〇日ほども上演」されたと書かれているが、正確には、帝国劇場では一〇月一日から二〇日までの二〇日間上演されている。

鷗外はさらに、『エレクトラ』公演が行われた帝国劇場を、「帝国」とは名ばかりの組織で、中身は「ヴァリエテ」のようだと批判している。[120] これは演劇改良運動時から、渋沢栄一らによる大劇場構想に反対であった鷗外らしい言葉といえよう。『しがらみ草紙』で論じているように、鷗外はオペラ劇場のような装飾華美な大劇場ではなく、演劇中心の小劇場の必要性を主張していた。帝国劇場開場直前の一九一〇年一二月に「毎日電報」に掲載された談話「帝国劇場の未来は人を得ると否とにあり」でも、「帝国劇場たるものが目下取らねばならぬ策は唯一つである。それは立派なレジツシヨオナルたる人を得ることである」[121]と述べている。鷗外は、「簡樸なる劇場」[122]を主

張し、劇場という「箱」ではなく、戯曲水準の向上や演出家登用の必要性といった「中身」の充実を主張していた。井戸田総一郎によると、鷗外の言う「簡樸な」という語は、ドイツ語のEinfachheit（単純さ・簡素さ）からの訳語で、一八八九年にミュンヒェンで始まったドイツの演劇改革のキーワードである。[123] 井戸田は、鷗外の主張した「簡樸」の三つの重要な点を、

1. 観客の想像力を誘発するための「単純化・抽象化」した舞台構成
2. 演技と観客の「親密」な関係の構築
3. 「動的」で「軽快」な場面転換[124]

とする。1の「単純化・抽象化」した舞台構成というのは、第Ⅱ章第1節で述べたように、ホフマンスタールやラインハルトが求めていた「シンプルで象徴的な舞台」と一致する。ドイツのアクチュアルな演劇改革の思想を日本に紹介し、優れた脚本家、演出家や舞台監督の必要性を主張していた鷗外には、帝国劇場の建設そのものに対する懐疑があり、中身を伴わない劇場運営は、さぞかし苦々しいものであっただろう。

鷗外は「当地に二つある西洋建築様式の劇場」と述べているが、一つは帝国劇場で、もう一つは一九〇八年に建てられた我が国最初の洋風劇場、有楽座のことであろう。有楽座では、一九〇九年には小山内薫の自由劇場の旗揚げ公演が行われたり、前述したように鷗外訳の『痴人と死と』も上演され、帝国劇場に比べれば、鷗外の目指した内容の充実した小規模劇場に近かったと思われる。

鷗外は、『エレクトラ』公演の内容について、俳優たちの熱演や河合が全力投球で演ずるエレクトラは若者の

心を掴んだようだが、多くの観客は「見慣れぬ光景についていけず、呆然としてい」たとあるように、日本の観客が西洋演劇に、慣れていなかったことを伝えている。当時は、このギリシア悲劇についての予備知識があった観客も限られていたはずで、ホフマンスタールの『エレクトラ』のような「神経衰弱」の登場人物ばかりの芝居には、さぞかし驚かされたであろう。鷗外は、公演プログラムについての批判はしていないが、まったく傾向の違う四つの演目を歌舞伎の見取り狂言のように並べた演目構成で、当時の日本の観客にこの『エレクトラ』の本質を伝えることは難しいと思っていたに違いない。

概して、鷗外は松葉のことだけでなく、清見や小宮らをも超越して、日本の演劇界を冷めた目で見ている。ドイツ留学の経験からドイツの演劇水準や劇場環境、さらに当時最新の演劇改革を知っていた鷗外は、日本の現状は比較するにも値しないことをよくわかっていたはずである。と同時に、松本苦味などの若い演劇人との付き合いを通し、実際の舞台を創作する人々が、資金繰りや質の高い脚本の不足に困っていることも理解していたのだろう。

ところで、手紙の末尾にある「疲れた旅人のように」という比喩を用いた筆の置き方は、どこかわざとらしい。手紙の前半では、一応松葉のホフマンスタールへの不義理をいろいろと弁解し、松葉の人間性を擁護している。しかし手紙の最後で、その不義理の理由に松葉の語学力不足をつけ加えたあと、逃げるかのように手紙を終わらせている。これは、松葉のドイツ語力や演劇、演出に関する知識や能力不足を承知していたが、他人の弱みを告げ口するような行為は避けるべきという心情ゆえか、また同時に、『エレクトラ』日本公演を期待していたホフマンスタールに対して、これ以上日本の恥ずかしい現状を伝え、彼の期待を壊したくないという思い、あるいは今後、再びホフマンスタールに作品の上演許可や翻訳を依頼する際に日本側が不利にならないようにしたいという思いが働いたとも考えられる。

いずれにせよ晩年、日本の文学界、演劇界とは距離を置いてしまい「沈黙」[125]を守った鷗外の「レジグナチオン Resignation 諦観」[126]に近い感情が、この手紙にも見え隠れしている。

以上考察してきたように、松葉は、ホフマンスタールの意図をある程度は理解していた。しかし、松葉自身の翻訳能力、演技指導能力の欠如、そして当時の俳優たちの西洋演劇を演ずる技術力の欠如により、実際にはホフマンスタールが望んだ水準の舞台を作ることはできなかったようである。しかし、公演前のホフマンスタールと松葉の興味深い書簡のやりとりおよび公演前後に起こった他に類を見ないほどの激しい『エレクトラ』論争からは、明治・大正の西洋文化移入期の特徴や、西洋文化に関わる日本人が、この時代のみならず、現在までも抱えている問題点が見えてくる。たとえば、いわゆる現場派と教養派の間に起こる、理解の深さや、理論と実践の違いからくる確執、また、ホフマンスタール側と日本側の双方に見る異文化を通しての自己発見の模索、西欧に対する遜った感情とそれを否定する感情、西洋的なものと東洋的なものを融合させる実験的な芸術作品を創造する難しさなどである。

松葉の一見矛盾した場当たり的、折衷的な言動には、西洋演劇を取り入れたばかりの日本の演劇界の模索、西洋の技術を習得しながら日本本来の文化と融合させようとしていた苦労が集約されている。そのような意味でこの公演は、ホフマンスタール受容史上および演劇史においても、その意義はけっして小さくない。

この『エレクトラ』日本上演は、ヨーロッパ側（ホフマンスタール）と日本側（松葉）の相互に共通した、ヨーロッパとアジアの表現芸術の融合という理想が、実際の出来栄えではなく、理念上で交差しているという点を重視すべきである。

注

（1）松居松葉の経歴については、序論注14で紹介した。松葉は努力家で、エネルギーに溢れ、速筆だったことも知られる。饗庭篁村から批評をもらったことがないことを気にして手紙で抗議した（しかしその後も黙殺され続けたらしい）エピソードに見られるように、熱血漢で短気で行動家だったことは、多くの人々の回想から伝わる。
（2）ドイツ文学者、九州大学教授。『双解独和辞典』を編纂した。
（3）片山正雄「神経質の文学」『帝国文学』第一一巻第六－九（第一二七号－一三〇号）、一九〇五年。
（4）富士川英郎・小堀桂一郎編（日本独文学会編）「日本におけるフーゴー・フォン・ホーフマンスタール翻訳・研究書誌（1905-1945）」『ドイツ文学』第五二号、一九七四年、一五三頁－一五七頁。
（5）Bahr, Hermann: Studien zur Kritik der Moderne. Frankfurt am Main 1894.
（6）富士川・小堀、前掲書、一五五頁。
（7）片山正雄「神経質の文学」（承前）『帝国文学』第一一巻第七号（第一二八号）、一九〇五年、一二七頁。
（8）片山、前掲書、三〇－三一頁。
（9）片山、前掲書、三一頁。
（10）片山、前掲書、三二頁。なおこの引用した部分には全文に傍点が施されているが、ここでは省略した。
（11）片山正雄「神経質の文学」（承前）『帝国文学』第一一巻第九号（第一三〇号）、一九〇五年、一二二頁。
（12）片山は『窓の女』と訳している。
（13）片山、前掲書、二四－二五頁。
（14）片山、前掲書、二四－二五頁。
（15）片山、前掲書、二六頁。
（16）片山、前掲書、三二頁。
（17）片山、前掲書、三二頁。
（18）インプレッショニスト（印象派）についての言及でもっとも早いとされるのは、鷗外の「現代諸家の小説論を読む」

(『しがらみ草紙』第二号、一八八九年一一月)である。これは、フランスで印象派絵画の真価が正しく評価され始めた一八八九年に書かれたにもかかわらず、鷗外がまだ印象派を異端視する立場から抜け出していないことがわかるといわれている。しかしその後、鷗外は印象派に対するよき理解者、紹介者になっていく。インプレッショニストに「印象派」という訳語を当てたのも鷗外であり、「我国洋画の流派に就きて」(一八九五年一一月執筆『月草』所収)のなかで「印象派」という言葉を使っている。その後鷗外は、「再び洋画の流派に就きて」でも「印象派即ち我に云へる南派」とか「三十年前の仏蘭西は印象派が抑圧に堪へざりし時代なり。……今の日本は南派が意を得たる天地なり」と日本において印象派が認められていると記している。さらに、一八九〇年一月の「洋画南派」『めさまし草』巻の一では、「印象派とは物を写すに、その当面に人を撲つ印象を再現せんことをつとむといふ意にて、特にManetが率ゐる一団体に附せられし名なり。『毎日新聞』にて此語に貶する義ある様に思ひて、外光派の語を以てこれに代へむとするは、何の拠ありてなるか、解すべからず」と記している。鷗外は南派と印象派を同じものとも捉えておらず、あえて区別もつけていないという。それは黒田ら南派は純粋な印象派ではありえず、フランス官展派や日本的なロマン主義などの混淆があったとされるからだという(横井博『印象主義の文芸』笠間書房、一九七三年)。

(19) 松居松翁(松葉)「『エレクトラ』上演覚書」『続劇壇今昔』中央美術社、一九二五年、一五〇-一五二頁。

(20) 筆者不詳「独逸文壇消息」『帝国文学』五月号、一九〇八年、一〇〇頁。

(21) 櫻井天壇「独逸の叙情詩に於ける印象的自然主義」『早稲田文学』第三二号、一九〇八年、一一-一三四頁。

(22) 一八八九(明治二二)年一〇月二五日発行『歌舞伎』第一号に掲載された。

(23) 一八九〇(明治二三)年二月二五日発行『しがらみ草紙』第五号に「演劇場裏の詩人(日本演芸協会にての演説)」と題して掲載された。日本演芸協会は、一八九〇年日本演芸矯風会を改組し、新しい規定のもとに発足した。日本演芸協会は、演劇改良会の西洋化推進に対して「日本固有の演芸を保存し、(…)発達せしむる」を規約第一条に掲げている。井戸田によると、鷗外は、日本演芸協会の文芸委員に就いているが、全面的に賛同していたことを意味するわけではないという(井戸田総一郎「森鷗外と演劇——比較演劇史の視点の重要性」『国文学』二月号、学燈社、二〇〇五年、四三頁-五一頁)。

(24) 井戸田、前掲書、四四頁。

（25）井戸田、前掲書、四七－四八頁。
（26）森林太郎（鷗外）『鷗外全集』第四巻、岩波書店、一九七二年、六五一頁。
（27）鷗外が翻訳原本としたのは、Bahr, Hermann: Grotesken.（Der Klub der Erlöser, Der Faun, Die tiefe Natur.）Wien, Verlag Carl Konegen 1907. である。鷗外は、一九〇七（明治四〇）年七月一日発行の雑誌『歌舞伎』第九六号および八月一日第九七号に「戯曲　奥底」と題し、「観潮楼一夕話」の副題を付し発表した（森、前掲書、六三六頁）。
（28）鷗外が翻訳原本としたのは、Schnitzler, Arthur: Lieberei. Schauspiel in drei Akten. 6. Auflage. Berlin, S.Fischer Verlag 1905である（森林太郎『鷗外全集』第一〇巻、岩波書店、一九七二年、六一三頁）。
（29）鷗外が翻訳原本としたのは、Schnitzler, Arthur: Sterben. 5.Auflage. Berlin, S.Fischer Verlag 1906. で、一九一二年一月一日から三月一〇日まで途中断続しながら五五回にわたって連載された（森林太郎『鷗外全集』第九巻、岩波書店、一九七二年、五八三頁）。
（30）森林太郎『鷗外全集』第四巻、岩波書店、一九七二年、六四一頁。
（31）森林太郎『鷗外全集』第二六巻、岩波書店、一九七三年、三五一－三七四頁および六四三頁。
（32）小堀桂一郎『森鷗外――文業解題、翻訳篇』岩波書店、一九八二年、二一八頁。
（33）末延芳晴『森鷗外と日清・日露戦争』平凡社、二〇〇八年、三三二頁。
（34）末延、前掲書、三二六－三三九頁。中野重治『鷗外――その側面』筑摩書房、一九五二年、一九二－一九三頁。
（35）小堀、前掲書、二二九頁。
（36）森鷗外「観潮楼一夕話」『歌舞伎』第七八号、一九〇六年、八二頁。
（37）『痴人と死と』は、さらに一九一二年五月には、有楽座の土曜劇場（舞台監督：小山内薫　クラウディオ：井上正夫）で上演されている。
（38）井戸田、前掲書、四九頁。
（39）和辻哲郎「幻影と舞台」『和辻哲朗全集』第二〇巻、岩波書店、一九六三年、三三七－三四五頁。
（40）和辻、前掲書、三三七－三四五頁。

(41) 和辻、前掲書、三三七－三四五頁。

(42) 著者不詳「独逸文壇消息」『帝国文学』一九〇八年五月号、一〇〇－一〇一頁。

(43) 郡虎彦は、養祖父の姓、萱野と年齢とを組み合わせて萱野二十一というペンネームを名乗った。雑誌『白樺』には『エレクトラ』のほかに『ペスト』を発表。血の匂いのする物語や病的な心理の推移に興味を持ち、白樺の異色作家として耽美派系の人々に迎えられた。ホフマンスタールやワイルドを特に好み、デカダンのボヘミアンで、後年、三島由紀夫などからも才能を評価されたという（小田切進編〈日本近代文学館編〉『日本近代文学大事典』第二巻、講談社、一九七七年、二二頁）。

(44) 片山正雄「フーゴー・フォン・ホーフマンスタールに就て」『帝国文学』第一四巻、一九〇八年、五頁。

(45) Schurig Arthur: Hugo von Hofmannsthal.（1908）, In: Fichtner, A. Helmut（Hg.）: Hugo von Hofmannsthal. Die Gestalt des Dichters im Spiegel der Freunde. Wien 1949, S.299-304.

(46) 萱野二十一「エレクトラ梗概」『白樺』第一巻第一号、洛陽堂、一九一〇年四月、三八－五一頁。
萱野二十一「歌劇としてのエレクトラ」『白樺』第一巻第二号、洛陽堂、一九一〇年五月、四二－四七頁。

(47) 萱野、前掲書、四六頁。

(48) 松居松翁（松葉）「『エレクトラ』上演覚書」『続劇壇今昔』中央美術社、一九二五年、一六六頁以下。

(49) 松居、前掲書、一八〇頁。

(50) 和辻、「自由劇場の演技」前掲書、四三九頁。

(51) 筆者には、松葉の『エレクトラ』公演に関して、以下のような論文・研究発表がある。
①「松居松葉による『エレクトラ』の日本公演」『Rhodus』第二〇号井上修一先生退官記念号、筑波ドイツ文学会、二〇〇四年、一一－二八頁。
②「新出　鷗外のホーフマンスタール宛書簡（翻訳・解説）」『文学』一・二月号、岩波書店、二〇〇五年、二一四－二三〇頁。
③「松居松葉による『エレクトラ』日本初演――ホーフマンスタールの期待と現実」関口裕昭編『日本文化におけるドイツ文化受容――明治末から大正期を中心に』日本独文学会研究叢書０５３、二〇〇八年、一五－三七頁。
④'Die erste Aufführung des Dramas „Elektra“ von H.v.Hofmannsthal in Japan. Anhand der Briefe von Shoyo Matsui und Ogai Mori an

Hofmannsthal': In: Distelrath, Günther（Hg.）: Referate des 13.Deutschsprachigen Japanologentages. Kultur-und Sprachwissenschaft. Reihe: Bonner Asienstudien Band 8/I, Japanforschungen,Berlin 2009, S.125-140.

（52）『エレクトラ』日本公演に関する松葉のホフマンスタール宛て書簡のうち、第二信（一九一三年八月付）および森鷗外のホフマンスタール宛て書簡（一九一四年五月二七日付）は、フランクフルトのゲーテハウス内 Freies Deutsches Hochstift（以下、ＦＤＨと略記）のホフマンスタール資料室に保管されている。

（53）原文通り。一行下の Alterthümliches には h が挿入されている。

（54）原文のトランスクリプションは以下に掲載されている。Hofmannsthal, H.v.: SWVII, Dramen 5, S.462. オリジナルは、Faksimile in Zeitschrift für deutsche Sprache, Jg.6, Tokio, September 1913.

（55）ホフマンスタール（松居松葉訳）『エレクトラ』鈴木書店、一九一三年。

（56）松葉の手紙原文では philogisch となっている。

（57）ミドルネームのＭは、松葉の本名「真玄（まさはる）」のイニシャルと思われる。

（58）ホフマンスタール（松居松葉訳）、前掲書。

（59）Schikame というのは、左團次が署名したローマ字 Ichikawa（市川）の綴りを、おそらくシュニッツラーが読み間違えたのだと思われる。

（60）Schnitzler, Arthur: Tagebuch 1903-1908,（Hg.v. Werner Welzig）, Wien 1990, S.265.

（61）松居、前掲書、一四五－一八九頁。

（62）詩人、北欧文学者、文芸評論家の角田《かくだ》浩々《こうこう》歌客《かきゃく》（1869-1916）のこと。本名角田勤一郎。

（63）松居、前掲書、一四六頁。

（64）松居、前掲書、一四五頁。

（65）松居、前掲書、一四六頁。

（66）松居、前掲書、一四七頁。

（67）松居、前掲書、一四七頁。

(68) 松居、前掲書、一四八頁。
(69) 松居、前掲書、一四八頁。
(70) 松居、前掲書、一四九頁。
(71) 松居、前掲書、一五〇頁。
(72) 松居、前掲書、一五〇頁。
(73) 松居、前掲書、一五一頁。
(74) 松居、前掲書、一五二頁。
(75) 松居、前掲書、一五六頁。
(76) 河合武雄『女形』双雅房、一九三七年、二七四頁。
(77) 河合武雄「公衆劇団劇(ローシー氏の指導法とエレクトラの性根《しやうね》)」『新小説』第一八年第一〇巻、春陽堂、一九一三年、一九頁以下。
(78) 河合、前掲書、二〇頁。
(79) 河合、前掲書、二〇-二三頁。なお、河合は「女形」ではなく「女方」と記している。この「方」は、立方(踊り手)、地方(伴奏者)などの「方」と同じで、その部署を担当する者という意味で使われていたという。いつ頃から「女形」と書くようになったかは不明である(渡辺保『歌舞伎のことば』大修館書店、二〇〇四年、二〇頁)。
(80) 坪内逍遥「外国の舞踊劇と将来の振事」(明治四三年五月座談)『逍遥選集』第三巻、第一書房、一九七七年(復刻版)、七〇八-七一三頁。
(81) 貞奴はすでに一九〇〇年のアメリカ公演の際、「差別された女性のための演劇協会」である「十二夜(トウエルブスナイト)倶楽部」の午餐会のゲストとして「日本に戻りましたら、アメリカの女優と同じような地位を日本の女優も保てますように努力したいと思います」と、女優の養成、地位の向上についての抱負を語っている(レズリー・ダウナー『マダム貞奴——世界に舞った芸者』集英社、二〇〇七年、一八三頁)。
(82) たとえば『演芸画報』一九一四年第七号では「女形観」という特集を組み、小山内薫、松居松葉、長谷川時雨、楠山正雄、岡本綺堂、内藤鳴雪などが寄稿している。『大正演芸』一九一三年第三号では、「女形と女優」という特集も組まれている。同誌には高村光太郎も「芸術家としての女優」という論考を寄せている。また松居松葉は『続劇壇今昔』（前掲書）のなかの「女優論」「女優のいろいろ」で女優についての考えを述べている。

(83) 松居、「エレクトラ上演覚書」前掲書、一五六－一六〇頁。

(84) 日記によると鷗外は、一九一三年五月五日に鷗外宅を訪れた松葉から公衆劇団用の脚本を以来され、七月一日に『女がた』を書き終え、二日に松葉に渡している。『女がた』は同年一〇月一日発行の『三越』第三巻第一〇号に掲載された。

(85) 小堀、前掲書、二七九頁。

(86) 生田長江「『マクベス』と『エレクトラ』」『演芸画報』第一一号、一九一三年、六六－七七頁。

(87) 秋庭太郎『日本新劇史』下巻、理想社、一九五六年、三三二頁。

(88) 河合武雄『女形』双雅房、一九三七年、二七五頁。

(89) ホフマンスタール（松居松葉訳）、前掲書、一四一頁。

(90) ホフマンスタール（松居松葉訳）、前掲書、一五頁。

(91) 松居松葉「エレクトラに就《つい》て」『大正演芸』第一巻第三号、一九一三年、大正演芸社、一四－一六頁。

(92) 二宮行雄「女ハムレット（エレクトラ）」『新小説』第一七年第四巻、春陽堂、一九一二年、七九－一一〇頁。

(93) ホフマンスタール（満寿治《村田実》訳）「エレクトラ」『とりで』第二号付録、一九一三年。

(94) 村田実編『とりで』第一号、とりで社、一九一二年九月。

(95) 紅野敏郎「解題」［マイクロフィッシュ版　早稲田大学図書館編　精選近代文芸雑誌集104『とりで』］三－六頁。

(96) 松居、前掲書、一五頁。

(97) 村田実「豚に真珠」『とりで』第三号、一九一三年、一〇九頁以下。

(98) 村田、前掲書、一一〇－一一六頁。

(99) Hofmannsthal: SWVII, S.66.

(100) ホフマンスタール（松居松葉訳）『エレクトラ』鈴木書店、一九一三年、一二頁。

(101) ホフマンスタール、(満寿治《村田実》訳)「エレクトラ」『とりで』第二号付録、一九一三年、八二頁。
(102) Hofmannsthal: Elektra, (transleted by Arthur Symons), New York 1908, S.13.
(103) Hofmannsthal: SWVII, S.70.
(104) 河合、前掲書、二七六頁。
(105) 生田長江「マクベスとエレクトラ」『演芸画報』第一一号、演芸画報社、一九一三年、六六―六七頁。
(106) 清見陸朗「公衆劇団の初演」『新小説』第一八年第一一巻、春陽堂、一九一三年、一七―二五頁。
(107) 小宮豊隆「『エレクトラ』の上演」『新小説』一一月、春陽堂、一九一三年、九一―一一〇頁。
(108) 小宮、前掲書、九八―九九頁。
(109) 小宮、前掲書、一一〇頁。
(110) 小宮、前掲書、一一〇頁。
(111) 松居松翁(松葉)「『エレクトラ』上演覚書」『続劇壇今昔』中央美術社、一九二五年、一六二―一六五頁。
(112) 松本苦味は、脚本家、翻訳家、ロシア文学者。関東大震災後消息不明である。
(113) 鷗外は Heldin から Hauptfigur に修正している。
(114) 森鷗外『鷗外全集』第三五巻、岩波書店、一九七五年、六二四頁。
(115) 森、前掲書、六二九頁。なお鷗外の日記によると、五月二〇日に「鶴岡五郎を呼び、謎の装丁を改めしむ」とある。鷗外は初版ではなく装丁を改めた版をホフマンスタールに送っている。
(116) 広告では「オイヂプスとスフィンクス」と記されている。
(117) 『演芸画報』第八年第五号、一九一四三年五月一日発行、二二二頁。
(118) 小堀、前掲書、二四〇頁。
(119) 秋庭太郎『日本新劇史』下巻(理想社、一九五六年)、三三九頁以下、および『演芸画報』第十一号(一九一三年一一月一日発行)に掲載された生田長江の観劇評「『マクベス』と『エレクトラ』と」(六六―七七頁)から、四演目だったことがわかる。
(120) 帝国劇場の創設の経緯については、以下の資料を参照。嶺隆『帝国劇場開幕――「今日は帝劇 明日は三越」』(中公新書、一九九六年）。横川民輔「帝国劇場創設の思ひ出と復興について」『帝国劇場』（帝国劇場編、一九八一年）。

（121）森鷗外『鷗外全集』第三八巻、岩波書店、一九七五年、五一八頁。

（122）井戸田、前掲書、四五頁。

（123）井戸田、前掲書、四五頁。

（124）井戸田、前掲書、四五頁。なお井戸田氏は近年、鷗外の戯曲構成に与えたホフマンスタールの影響（特に『曽我兄弟』に与えられた『オイディプスとスフィンクス』の影響）について、さらに詳細な研究を発表している（「森鷗外とフーゴ・フォン・ホーフマンスタル――架橋のための予備的作業」『慶應義塾大学日吉紀要――ドイツ語学・文学』No. 55、慶應義塾大学日吉紀要刊行委員会、二〇一八年、四九－七四頁）。

（125）小山内薫は「鷗外先生が演劇に就いて、どういふ思想を持ってをられたのか。先生の晩年を見ると、それは『沈黙』の二字あるのみである」と述べている（井戸田総一郎「森鷗外と演劇――比較演劇史の視点の重要性」『国文学』二月号、学燈社、二〇〇五年、四三頁）。

（126）鷗外が「予が立場」（一九〇九年）において自分の心境を表現した言葉であるが、ただの諦めや断念という意味ではなく、断念にして安心立命、諦観、達観であり、鷗外の生地ともいうべき「純抵抗」の脱皮した姿だと言われる（池内健次『森鷗外と近代日本』ミネルヴァ書房、二〇〇一年、一〇五頁）。

結論

憧れと錯覚の文化交流——新たな自己創造のために

ホフマンスタールは、それまでの唯美的な抒情詩の創作と決別した言語危機以降、常に詩人の社会的役割を意識していた。それは、亡くなる二年前の一九二七年の『覚書』に、その役割を「新しい要素によって国民の精神に、さらに一層大きな力を与えるために、未知の世界を運んでくること」（第I章第2節2に引用）と記していることからもわかる。続けて「新しい要素」の一例として、ゲーテにとっての「オリエント趣味」を挙げているが、ホフマンスタールにとっても「オリエント」という「未知の世界」こそが「新しい要素」であった。

本書第I章から第Ⅳ章までは、このような言語危機以降のホフマンスタールの活動で、そのオリエント像がいかにして作られ、とりわけオリエントの東の端にある、日本のイメージがいかに「新しい要素」として、彼の創作に関わっているかについてを考察した。以下、結論をまとめる。

ホフマンスタールは、チャンドス卿の名を借りて言語不信を告白した『（チャンドス卿の）手紙』（1902）（以下、『手紙』と略記）を境に、美しい言葉で綴られた高尚で唯美的な抒情詩中心の創作活動から、アレヴィンの言うところの「寺院から街頭へ」下りていき、喜劇、ギリシア悲劇の翻案、オペラ台本、パントマイム、バレエ、映画台本など、実際に上演されることを目的とした舞台芸術作品を創作した。その創作活動は、理性偏重で個体化の連鎖を招く既成の言語ではなく、心身の統一のとれた、人間全体が「ヒエログリフ」となって表出されるような「未知の言語」の探求だった。

このような活動のなかで彼は、第Ⅲ、第Ⅳ章で考察したように、非ヨーロッパ世界の身体表現に大きな関心を持ち、セント・デニスなどモダンバレエの舞踊家と親交を結び、彼女たちから日本を含むオリエントや古代ギリシアの舞踊に関する知識を吸収した。さらには自然と人間、個人と社会、個人のなかの精神と肉体が対立する二元論的なヨーロッパ文化と違って、それらが融合した統一感のある日本を中心とするオリエントの文化にも強い関心を寄せていた。

言語危機から再出発して全体的表現を求めたホフマンスタールには、第Ⅰ章で考察したように、ニーチェが大きな影響を与えている。ショーペンハウアーの影響を受けたニーチェは『ギリシア悲劇の根源』で、一八世紀の古典主義者たちが理想と仰いだアポロ的なギリシア像に反旗を翻した。そして概念的、道具的、伝達的言語に内在する「個体化の原理」が、人や物をばらばらにし、自己表現も他者との意志疎通も不可能にし、一九世紀後半のヨーロッパにおける合理主義の行きづまりの大きな要因となっていると説いた。彼はばらばらになった人間や社会を再統合する方法として、古代ギリシアの悲劇にあった陶酔、解放などを象徴するディオニュソス的なものの復活を打ち出し、コロスの歌や舞踊のリズムなど、言葉を介さずに身体から直接発する表現手段によって他者と融合する存在のあり方を「高次の共同体」と名づけ、人間社会の理想としている。

ホフマンスタールの言語不信も、言語による事物の個体化の連鎖、理性重視の二元的思考、合理主義等が立ちいかなくなった結果、言語が結ぶはずの人と人、人と物との乖離により事物の認識が困難になったヨーロッパの人々が陥っていた状態への危機意識の表れにほかならない。その意味で、ホフマンスタールの言語危機は「認識の危機」と言い換えられ、ニーチェの危機意識とつながり、何よりも、ギリシア悲劇の現代的再生という創作活動において、ニーチェの思索を継承したといえよう。

ニーチェはまた、ヨーロッパから見て「日の出ずる」方向にある「オリエント」からの視線でヨーロッパを見直しているが、ホフマンスタールも内なる心や精神が外に表出され、全体的表現を可能とするような「未知の言語」を探求するために「オリエント」、すなわちニーチェが考えていた場所よりもさらに東に位置する日本からヒントを得ようとしている。第Ⅲ章でハーンからの影響として考察した未完断片「若きヨーロッパ人と日本人貴族との対話」がその一例である。言語不信の表明である『手紙』とほぼ同時期に書かれたこの作品には、人間と自然の調和のとれた統一的世界を理想と捉え、「人間全体が同時に動かなければならない」というモットーを用い、分析的になりすぎたヨーロッパ精神に警鐘を与えている。残念ながらこの作品は完成されなかったため、このモットーは、『帰国者の手紙』(1907)のなかで用いられることになったが、この表現は彼の求めた全体的表現のキーワードとなる。

ホフマンスタールのオリエント観のもう一つの特徴に、オリエントの女性に対するヨーロッパ人男性にありがちな性的関心を超越していることが挙げられる。バッハオーフェンの『母権制』にも影響を受けたホフマンスタールは、女性たちの持つ根源的な力強さに惹かれていた。『バッコスの信女たち』や、第Ⅱ章第2節で考察した『恐れ』(1906-07)でトランス状態に陥って踊るライディオンがディオニュソス的な表現で描写されていることが、その証左といえよう。

以上のようなホフマンスタールのオリエント観にもとづき、第Ⅱ章第1節ではギリシア悲劇翻案『エレクトラ』をサーボらの論考を参考にして舞台装置、テキストの両面から解釈した。ホフマンスタールの『エレクトラ』には、ギリシア悲劇で一般民衆の声や考えを代弁する役割を担い、ニーチェの言う「ディオニュソス的人間の自己反映」、すなわち「悲劇の原型」であったコロスが不在である。その代わりに五人の召使いが存在するものの、この五人はばらばらで「高次の共同体」を成していない。これは、「悲劇の死」すなわち「悲劇の解体」、つまり個人と社会、個と全体が乖離してしまった状態から物語が始まることを示している。エレクトラが冒頭で発する「一人ぼっち」という台詞は、第Ⅰ章で考察した、言語による個体化の連鎖により、人も物もばらばらになった一九世紀末から二〇世紀初頭のヨーロッパの精神状況を示唆している。

また『エレクトラ』では、女性のキャラクターが前面に出ており、男性の影は薄い。クリテムネストラとエレクトラという母娘の対決や、エレクトラとクリゾテミスの姉妹の対比が強調されており、対してソフォクレスの『エレクトラ』では主役級であったオレストやエギストは少ししか登場しない。バッハオーフェンの『母権制』やフロイトの『ヒステリー研究』に高い関心を示していたホフマンスタールは、キリスト教的父権制社会で抑圧されてきた女性の主体性の危機を描き出すと同時に、生の連鎖の直接の担い手である女性側に焦点を当てることで、父権制、キリスト教、合理主義の行き着いた末の精神文化が迎えた難局の解決の糸口を探ろうとしたのだろう。ここでは、エレクトラがヨーロッパの文化の危機的状況を、クリテムネストラが母権制、異教、非合理的なオリエント世界を体現している。二人は対峙していたが、最後に、エレクトラが犠牲になることによって、オクシデント（エレクトラ）とオリエント（クリテムネストラ）という相反する二つの世界が再融合する、という図式が浮かび上がってくる。ホフマンスタールは、このような「アロマーティッシュな融合」を目指していた。

ホフマンスタールの『エレクトラ』は、本来の古代ギリシアにあったヨーロッパとオリエントの未分化な状態、むしろその「オリエント」的側面が強調された作品といえよう。だからこそ、彼はこの作品が、極東の日本で上演されるのを知ると、松葉に丁寧な返信を送り、そこに並々ならぬ期待を表明した。

日露戦争後一九〇五年以降は、ユートピアとしての日本像は崩れ、ホフマンスタールの関心は、オリエントのなかでもインドの仏教思想や身体表現に移ったと考えられる。第一次世界大戦中は、新しい世界を作るための一時的破壊という名目で戦争を肯定するための全体主義的思想に、ハーンや岡倉天心の著作から得た知識で作り上げられた日本人の死生観を利用した。これらの講演内容に日本という存在の影響が多く見て取れるのは、一九一三年から一四年に行われた松居松葉や森鷗外との往復書簡など日本人との交流によって、忘れかけていた日本への関心が呼び起こされたからかもしれない。しかし、第一次世界大戦後、ハプスブルク帝国は崩壊し、深刻な食糧不足のなかで成立した社会民主党やキリスト教社会党による大連合内閣率いる新しいオーストリア共和国では、ホフマンスタールら文化人の考えに耳を傾ける者はほとんどいなくなり、時を同じくして、ハーンの著作も読まれなくなった。一九二〇年代以降、ホフマンスタールの最後の、およそ一〇年間の活動中に日本との直接・間接的関係は見当たらない。以上、第Ⅰ章から第Ⅲ章までの考察で、ホフマンスタールがこだわり続けた、個と全体の問題に、日本が少なからず関与していることが見えてきた。

第Ⅳ章では、松葉宛てのホフマンスタール書簡で書かれた日本人女優によるエレクトラの最後の踊りへの強い期待の根拠を探るため、ホフマンスタールが抱いていた身体表現への関心を考察した。ホフマンスタールの舞踊や身体表現に関するエッセイは、『手紙』以後の約十年間に集中して書かれている。このことは言語危機以降の彼が、身体表現や身振りに「未知の言語」の可能性を探っていたことを物語っている。「パントマイムについて」では、統一体としての「全体」を表出する東洋人の身振りに着目している。ホフマンスタールが言語表現との比較において身体表現の優位性を認めていたのは、「ヒエログリフ」というキーワードが示すように、「一つの統一体としての人間」というものが、身体表現においてのほうが表出しやすい点だった。『帰国者の手紙』では、ヨーロッパ人が失ってしまった「存在の徴」を東洋人の顔の表情や身振りに見出している。

ホフマンスタールの舞踊への関心に大きな影響を与えたのは、貞奴とセント・デニスである。ヨーロッパ中を一世風靡していた貞奴について、彼はニジンスキーと並べて絶賛したが、まさに彼女の演技に「存在の徴」を読み取っている。また残酷なもの、倒錯的なものが好まれたこの時期、最後に恍惚とした表情でヴェールの踊りを踊る『サロメ』が大流行していたなかで、衣を脱ぎ捨て蛇に変身していく貞奴の『道成寺』がたいへん人気があったこともけっして偶然ではない。そして松葉宛ての書簡で、「死にゆくエレクトラの踊りは（…）日本人女優のほうが（日本人男優でも）上手に表現するでしょう」と期待していたホフマンスタールの脳裏には、貞奴の『道成寺』のイメージがあったと推測される。

『比類なき踊り子』で絶賛したセント・デニスとは、実際に対話を重ねることで舞踊への知識、関心を深め、彼女の非西欧的な踊りの中に、西洋と東洋の理想的な融合を読み取ろうとしていた。

第Ⅳ章の最後では、『エレクトラ』に出てくる三ヶ所の踊りに関するシーンを考察し、特に最終場面、アガメムノンの復讐の貫徹後、エレクトラが「黙って踊るのよ！」と、みずからにも周りの人々にも呼び掛けて、マイナスのような「名前のない踊り」を踊って息絶えることについて詳細に検討した。

死にゆくエレクトラには、勝利・再臨の象徴である輪舞を皆と一緒に踊る幻影が見えている。しかし、本来輪舞＝共同体を導く立場であるにもかかわらず、実際はそれができずに、彼女はディオニュソスに仕えたマイナスのような、エクスタシー的、ヒステリー的な踊りを一人で踊っている。これにはたしかに『サロメ』や『道成寺』同様、最後にヒロインが恍惚として踊る表象が流行していたことも影響しているが、ホフマンスタールにとっては、個が全体に融合する瞬間、つまり「プレエクシステンツ」に留まっていたエレクトラが、死ぬ瞬間に、個を失いながら「エクシステンツ」に到達するという様子を描きたかったのだと解釈した。

第Ⅴ章「松居松葉による『エレクトラ』日本初演」では、明治・大正期の日本におけるホフマンスタール受容を整理し、一九一三年の『エレクトラ』東京公演に向けた松居松葉とホフマンスタールの往復書簡の内容を検討、第Ⅰ章から第Ⅳ章までの考察をもとにして、『エレクトラ』の日本初演に対するホフマンスタールの高い期待を、松葉がいかに受け止め公演に臨んだかを明らかにした。そのうえで、日本公演の反響を分析し、我が国の演劇史的、文学史的視座に立ち、さらには異文化交流の観点からも、この公演の持つ歴史的意義を考察した。

日本でのホフマンスタール作品の受容は一九〇五年に始まったが、当初は否定的な評価ばかりであり、詩「早春」など特定な作品だけが繰り返し翻訳されていた。しかし、〇八年に櫻井天壇が『早稲田文学』で、「ドイツの最近の叙情詩が実験していることは、日本の叙情詩がすでに実験していることで、だから親密な感じがする」と好意的に紹介したのを機に、積極的な受容が開始される。これは、第Ⅲ章第2節で考察した、バールが日本の絵画に親近感を持ったのと同種の感覚で、この時期にはヨーロッパと日本側の双方で、他者のなかに本来自己にあったものを再発見する、という動きが見られる。

松葉が公衆劇団の旗揚げ公演に『エレクトラ』を選んだ要因としては、まず、一九一三年頃、日本でこの戯曲および同名のR・シュトラウス作曲のオペラが話題になっていたことが挙げられる。また、ドイツ文学の代表的な紹介者である森鷗外が一九〇五年から一三年の間に、ウィーン世紀末文学作品を集中的に翻訳紹介したこと、さらに松葉が、ホフマンスタール宛ての書簡で紹介することになる萱野二十一(郡虎彦)が、一〇年発刊の『白樺』誌上にて、『エレクトラ』の概要とオペラ版の解説を書いたこと、これらの出来事も、松葉がこの作品を取り上げるきっかけになったであろう。

松葉は、『エレクトラ』でホフマンスタールがギリシア悲劇の現代的再生を狙ったことは理解していなかった。しかし彼はこの作品を、「維也納詩人の目を以って」、すなわちウィーン世紀転換期文学の特徴である「神経衰弱」の目で「希臘《ギリシア》の事件を見ている」と表しているように、その本質をかなり掴んでいた。

松葉の言動には、西洋化の時代にあって、西洋を一方的に模倣することへの反発と、一方で自分たちの文化を卑下する感情が混ざり合い葛藤した痕跡が見える。彼は、村田実など日本の舞台関係者に対しては傲慢ともいえるほど自慢げな文章を書いているのに対し、西洋の原作者であるホフマンスタール宛ての手紙では、自分が年上であるにもかかわらず、たいへん遜った様子である。とりわけ第三信には、原作者に宛てた仕事の手紙としては異常なほど、自分の苦労話、コンプレックス、心中を思い切り打ち明けるとともに、ホフマンスタールの天才性を賛美している。ここからは、勉強好きで上昇指向が強かったながらも、家の事情で当時の高等教育を受けられず、坪内逍遥などに私淑しながら、当時の文学界、演劇界であがきつつも奮闘していた松葉の心境が読み取れる。同時に、自分と正反対の家庭環境、文化環境に生まれ育ち、天才と賞賛されていたホフマンスタールに対する羨望、そして、西洋に対して盲目的になることを批判しながらも、そこには西洋崇拝がうかがえる。

松葉による『エレクトラ』公演は、実際の技術的な水準から判断すれば、ホフマンスタールの理想からは程遠かった。しかし、これは理念上でいえば、ホフマンスタールが目指したオクシデントとオリエントとの融合、すなわちアロマーティッシュな融合の実現であった。松葉は、新派の女形河合武雄をエレクトラに起用することで「性のない女」をイメージし試みた、という点において、ホフマンスタールの期待したオリエント色の強いギリシア悲劇を目指していたといえるだろう。ホフマンスタールもまた、松葉宛ての書簡で「死にゆくエレクトラの踊りは、きっとどんなヨーロッパの女優よりも日本人女優のほうが（日本人男優でも）上手に表現するでしょう」と述べ、この公演の出来映えを鷗外にまで尋ねたのも、日本人の持つ全体的表現でエレクトラの踊りが表現されれば、それは自分の求めた舞台になったであろうと期待していたからではないか。

だが、日本側にはその理念を実現するための充分な素地ができていなかった。鷗外のホフマンスタールへの返信からは、ドイツ留学の経験からその演劇水準や劇場環境、最新の演劇改革を認知するとともに、西洋の劇場などの外側ばかりを模倣しているだけで、脚本家やドラマトゥルクなど人材の育成といったことまではとても考えの及ばない日本の演劇界の現状をも把握していた鷗外らしい冷めた感覚が読み取れる。

　日本の舞台現場に携わっていた松葉にとって、西洋の技術を盲目的に模倣するだけでなく、いかに当時の日本に適した取り入れ方をするか、和洋の技術を融合するかは、それ以前の日本人が直面したことのない問題であった。たしかに彼の選択は場当たり的で、偶然に任せている面があるのは否めない。当時はまだ女優が育っていなかったからという理由で女形を主役に使う、身近にローシーという元バレエダンサーの振付家がいたのをよいことに、その是非をおそらく検討せず西洋のバレエの身体表現を俳優たちに学ばせる、といった事実にそれは透けて見える。しかし松葉は、単なる和洋折衷ではなく、和洋融合の問題に真剣に立ち向かって舞台を創造しようとしたのだ。

　本書では実際の舞台の出来栄えもさることながら、二〇世紀初頭にヨーロッパと日本、双方の期待や誤解が入り混じる複雑な形でこの公演が成立していた点を重要視した。インターネットを通じて世界中の情報が入ってくる現代とは違い、実際に行けない、この目でその実体をたしかめることのできない時代であったからこそ、逆に相手側に対して自分の思い通りのイメージを膨らませることができた。ホフマンスタールと松葉に共通していたのは、自分たちに欠けていたものを相手側に見出し、それを取り入れることで新しい自己を創造しようとする姿勢である。

　ホフマンスタールのみならず、近代という時代や、そこでの言語の在り方に危機感と閉塞感を覚えた世紀末のヨーロッパ知識人たちは、東西間の異文化理解がまだままならない時代だったからこそ、オリエント憧憬のなかに現状打開のヒントを見た。一方日本側は、西欧化・近代化を目指す過程で西欧文化に接した時に、西洋崇拝と元来の日本的なものに対する完全否定への抵抗との間に揺れ動きながら、精一杯背伸びをして西洋受容を試みていた。その際、西欧のオリエンタリズム的視線に、その意味をわかってか、あるいは評価されたと喜んでか、最大限応えようとしている。双方の思い込み、勘違いのうえに文化交流が成立している点が重要である。『エレクトラ』の日本初演をめぐるさまざまな事象は、今日的視点で見れば、語学力の拙さによる戯曲の誤読や、演出意図の齟齬、俳優たちの表現力の低さ、観客が育っていなかったことに起因する、一見すると茶番劇的な異文化交流かもしれない。しかし、もっとも辛辣な批評眼をもって松葉を突き放した小宮豊隆や、さらに一層高い地点から醒めた目で観察していた鷗外の発言に如実に表れているように、単なる上演レベルの問題を超えた地点に、当時の他国との「出会い」に関する可能性と問題点を見て取ることができるのであり、その基本構造は現在の私たちにまでつながっている。というよりは、交通・情報伝達の利便性が高くなってしまった現代だからこそ見えづらくなってしまっている問題の原点が、ここには集約されているともいえる。

そうした意味でこの『エレクトラ』公演は、当時の日本とヨーロッパの文化理解の状況が凝縮された貴重なドキュメントであると同時に、その一〇〇年後を生きる私たちの立ち位置を考えるうえで、いまだに大きな現代性を持つ出来事である。

現在、演出家によるまったく自由な解釈や現代的読み替えによって、示唆に富んだ、興味深い『エレクトラ』が上演されている。しかし、エレクトラの最後の踊りについては、戯曲版でもオペラ版でも、ホフマンスタールのト書きに従ったディオニュソス的な踊りが振り付けされているものはほとんどないように思われる。百年前にホフマンスタールが松葉宛ての書簡で期待したような、日本人女優によるエレクトラの踊りの入った上演を見てみたいものである。

あとがき

本書は、筑波大学に提出した博士論文「ホフマンスタールと日本――大正の『エレクトラ』公演をめぐって」(二〇一七年度)に加筆・修正を加えたものである。

出版にあたり、公益財団法人ドイツ語学文学振興会より刊行助成金の交付を受けた。心より感謝申し上げる。

二〇〇四年、松居松葉と森鷗外のホフマンスタール宛て書簡と出会い、本格的に本テーマに取り掛かってから一五年の歳月が経った。長年かかってしまったのは、私の気の多さに反した能力不足にほかならない。テーマが「オリエント」「古代から現代まで」という莫大な時間・空間に及び、さらに文学という枠に収まらない音楽や舞踊にも及んでいたため、好奇心旺盛な私が、合唱やバレエなどの実践を通しても論証しようとしたからでもある。そのような意味で、本研究は机上だけのものでなく、ホフマンスタールがモットーとした"The whole man must move at once"を実現しているかもしれない。

「僕の退官までに間に合わないよ」と半分冗談で脅かされた指導教官の井上修一先生(筑波大学名誉教授)の予言は現実のものとなってしまった。しかし、井上先生には退官後も副査として、引き続き懇切丁寧なご指導をいただきながら、論文審査の主査を相澤啓一先生(筑波大学教授)にお願いし、迅速かつたいへん的確なご指導をいただきながら、なんとか提出まで辿り着いた。相澤先生には、私に欠けている、論全体を俯瞰し、それを論理的に組み立て、各章を有機的に関連づける能力を補助していただきながら、ご指導いただいた。審査段階で副査として加わっていただいた濱田真先生(筑波大学教授)は、いつも温かく励ましてくださり、ドイツ古典主義者たちの古代ギリシアへの視線に関する慎重な取り組みを、研究者としての厳しい視線で促してくださった。同じく副査の加藤百合先生（筑波大学教授）には、比較文学の視点から、細かくご指摘・ご指導いただいた。加藤先生の几帳面な文字で付箋に書かれた、時に対話をしているかのようなコメントは、論文完成直前の修正段階で、宝物のようにありがたい道標となった。四人の先生方の温かい励ましとご指導を受けるなかで、研究者としての厳しい視点と姿勢を改めて学ばせていただいた。この場を借りて感謝の意を表したい。

先に書いた通り、この研究は松葉と鷗外のホフマンスタール宛て書簡の発見を契機に本格的に始まったため、本書の構成と研究の成立過程は逆になっている。日本での『エレクトラ』公演に関する全容がどんなものだったのかという、いわば結果についての研究である第V章の執筆が先になり、その後ホフマンスタールの日本への高い関心を跡づけるために、第I章から第IV章を執筆した。そのため、第I章〜第IV章と第V章との間を埋める作業があまりうまくいっていないことは自覚している。

また、一五年を超える執筆期間中、ホフマンスタール批判版全集の刊行が進み、現在、残り一冊を残し完結（全四二巻）間近となった。ホフマンスタール各作品の成立史、関連資料のたいへん詳細な記述を含む、この批判版全集の内容を必ずしもすべて研究に反映できたわけではなく、至らぬ点は今後の課題としたい。批判版全集の編集に携わりながら、松葉・鷗外書簡のトランスクリプション作成段階からホフマンスタール資料の閲覧、写真の掲載まで、常にお世話になった Frankfurt の Freies Deutsches Hochstift 内、Hofmannsthal - Bibliothek の Konrad Heumann 氏、Katja Kaluga 氏に感謝する。

最後になったが、本書の出版を快く引き受け、実現してくださった春風社（三浦衛社長）に感謝したい。編集者の下野歩さんは、音楽と文学の二つの領域を修めたという点で、まさに私と同じ道を歩んだ方で、最初から意気投合し、オペラやミュージカルの雑談もしながら楽しく仕事を進められた。彼女のテキパキと仕事を捌く姿勢と文章力には敬服すると同時に感謝の念で一杯だ。彼女との出会いがなければ、博士号取得から出版まで、ちょうど一年というタイトなスケジュールでの刊行は不可能だったろう。

そして、家事がおろそかになっても文句を言わず、いつも見守ってくれた夫、貴之にもありがとうと言いたい。

今年、二〇一九年は日本とオーストリアの修好一五〇周年である。その記念の年に、本書の刊行が実現したことを嬉しく思う。

人名索引

【あ】

【か】

【さ】

306, 313, 358, 362, 363
ソクラテス（Socrates）36, 71
ソフォクレス（Sophoklēs）36, 43, 76, 88-91, 96-103, 107, 127, 299, 300, 327, 361

【た】

ダヴォー，ドーナル（Donals G. Daviau）26
タウト，ブルーノ（Bruno Taut）188, 189, 208
ダウナー，レズリー（Lesley Downer）222-224, 227, 228, 257-261, 352
武村新 18, 309, 310
田辺素子 260
タロート，ロルフ（Rolf Tarot）26
ダンカン，イサドラ（Isadora Dumcan）229, 230, 261, 305-307
ツヴァイク，シュテファン（Stefan Zweig）145, 201
坪内逍遥 17, 306, 307, 352, 365
鶴岡五郎 339, 354
テイラー，トーマス（Thomas Taylor）254, 255
デカルト，ルネ（René Descartes）29, 36
テューディフム，ゲオルク（Georg Thudichum）90, 102, 125
デュブレイ（Dubray）30
デランク，クラウディア（Claudia Delank）138, 199
テリー，ウォールター（Walter Terry）237, 262
戸板康二 17
ドイッセン，パウル（Paul Jakob Deussen）59, 61
ドゥーゼ（ドゥゼ），エレオノーラ（Eleonora Duse）8, 219, 235, 239, 258, 289

【な】

中野重治 277, 349
中村雄二郎 75, 76
ニーチェ，フリードリヒ（Friedrich Wilhelm Nietzsche）28-41, 44-47, 49, 59, 70-72, 74-78, 83, 85, 91, 96-98, 114, 115, 118-120, 123, 124, 126, 127, 129, 130, 159, 165, 216, 217, 229, 251, 255, 288, 359, 360
西尾幹二 75, 78, 126, 130
西村雅樹 10, 17, 85, 141-144, 200, 201
ニジンスキー，ヴァスラフ（Vaslav Fomich Nijinsky）8, 217, 220, 221, 245, 305, 313, 362
二宮行雄 181, 315, 353

ノイマン，カール・オイゲン（Karl Eugen Neumann）21, 22, 66
ノグチ，ヨネ（野口米次郎）223, 259
ノスティッツ，ヘレーネ・フォン（Helene von Nostitz）238

【は】

ハーフィズ（Shirazi Háfiz）57
ハーマン，ヨハン・ゲオルク（Johann Georg Hamann）56
バール，ヘルマン（Hermann Bahr）10, 17, 23, 45, 46, 61, 72, 78, 141-144, 146, 155, 200, 203, 266, 267, 269, 270, 272, 273, 275, 277, 347, 349, 364
ハーン，ラフカディオ／小泉八雲（Lafcadio Hearn）8, 59, 60, 67, 132, 144-156, 161-167, 169-172, 174-178, 181-183, 186, 188, 189, 195, 196, 201-206, 213, 232, 238, 240, 287, 359, 361, 362
バイアーライン，ソーニャ（Sonja Bayerlein）39, 40, 74, 76-78
ハウプトマン，ゲルハルト（Gerhart Hauptmann）282, 298
橋本智津子 58, 83
バッハオーフェン，ヨハン・ヤーコプ（Johann Jakob Bachofen）40, 41, 72, 77, 91, 103, 112, 121, 124, 255, 293, 360, 361
パッヘ，ヴァルター（Walter Pache）152, 163, 170, 182, 203, 204, 206
林忠正 138
ハルベ，マックス（Max Halbe）242
パンヴィッツ，ルドルフ（Rudolf Pannwitz）30
パンツァー，ペーター（Pantzer, Peter）198, 257
ハンマー=プルクシュタル，ヨーゼフ（Joseph von Hammer-Purgstall）51, 60
ビー，オスカー（Oscar Bie）155
氷上英廣 76
ビュルティ，フィリップ（Philippe Burty）138
平川祐弘 155, 156, 202, 204
平間洋一 145, 201
ヒルシュ，ルドルフ（Rudolf Hirsch）263
ビング，サミュエル（Samuel Bing）138
プーサンリン（Pu Sung-ling）241
フート，ゲオルク（Georg Huth）232, 262
ブーバー，マルティン（Martin Buber）241
フーリッヒ=ライスラー，エッダ（Edda Fuhrich-Leisler）127
ファーレン，ベルンハルト（Bernhard Varen(ivs)）133
フィッシャー=リヒテ，エリカ（Erika Fischer-Lichte）10

フォルスター，ゲオルク（Johann Georg Adam Forster）57
富士川英郎 347
フックス=スミヨシ，アンドレアス（Andrea Fuchs-Sumiyoshi）10, 16, 53, 55, 80-82
プッチーニ，ジャコモ（Giacomo Puccini）69, 70
プフィッツマイアー，アウグスト（August Pfizmaier,）135, 136
フュレップ=ミラー，ルネ（René Fülöp-Miller）66
フラー，ロイ（Loie Fuller）224, 230, 261, 306
ブラーム，オットー（Otto Brahm）92
ブラックモン，フェリックス（Félix Bracquemond）140
フランケンシュタイン男爵，ゲオルク・フォン（Georg Freiherr von und zu Franckenstein）147, 155
ブラントシュテッター，ガブリエレ（Gabriele Brandstetter）10, 200, 212, 248, 255, 256, 262-264
ブリットナッハー，ハンス=リヒァルト（Hans-Richard Brittnacher）78, 96, 97, 112, 126, 127, 129
フリューゲル，グスタフ（Gustav Flügel）80, 133
ブルクハルト，ヤーコプ（Carl Jacob Christoph Burckhardt）121
古田徹也 73
ブロイアー，ヨーゼフ（Josef Breuer）46, 103, 127, 255
フロイト，ジークムント（Sigmund Freud）44, 46, 93, 103, 127, 252, 255, 361
ブローメ，エヴァ（Eva Blome）27, 73, 113, 129
フローレンツ，カール（Karl Adolf Florenz）134
ベーア=ホフマン，リヒァルト（Richard Beer-Hofmann）275
ヘーゲル，ゲオルク・ヴィルヘルム・フリードリヒ（Georg Wilhelm Friedrich Hegel）189
ベーコン，フランシス（Francis Bacon）23-25, 27, 36, 72, 73
ベートーヴェン，ルートヴィヒ・ヴァン（Ludwig van Beethoven）55, 119, 216, 217
ペイター，ウォルター（Walter Horatio Pater）255
ヘッセ，ヘルマン（Hermann Hesse）241
ベトゲ，ハンス（Hans Bethege）241
ヘルター，アンドレアス（Andreas Hörter）26, 73
ヘルダー，ヨハン・ゴットフリート（Johann Gottfried von Herder）56, 81
ボードレール，シャルル（Charles-Pierre Baudelaire）140
ポーロ，マルコ（Marco Polo）53, 132
ホイマン，コンラート（Konrad Heumann）11
ボイムラー，アルフレート・（Alfred Baeumler）41
ボップ，フランツ（Franz Bopp）57
ボラー，アントン（Anton Boller）136
ホルツマン，アドルフ（Adolf Holtzmann）59

【ま】

マーシャル，スザンネ（Susanne Marschall）10, 17, 107, 128, 242, 256, 263
マイヤー，マティアス（Mathias Mayer）209, 254, 264
松井須磨子 308
松居松葉 11-15, 17, 18, 20, 43, 50, 91, 93, 227, 235, 242, 252, 253, 256, 265, 266, 270, 272, 278, 279, 281-284, 287, 289, 291-293, 295-302, 305-308, 311-318, 320-334, 337, 338, 343, 345-348, 350-354, 361-367
マッケンジー，ジョン・M（John M MacKenzie）49, 50, 79
松本苦味（圭亮）333, 339, 343, 345, 354
松本三之介 187, 207
馬渕明子 199
マン，トーマス（Paul Thomas Mann）41, 182
三木竹二 273
三島憲一 74, 76
ミストリー，フレニー（Freny Mistry）9, 16, 61, 62, 65, 66, 68, 83-85, 241, 263
ミュラー，マックス（Friedrich Max Müller）61, 62, 63, 64, 66
村田実 287, 314-318, 321-324, 333, 353, 354, 364
メーテルリンク，モーリス（Maurice Maeterlinck）282
メフメト二世（Mehmet II）53
メル，マックス（Max Mell）162
モーツァルト，ヴォルフガング・アマデウス（Wolfgang Amadeus Mozart）49, 54, 56, 59, 83
森鷗外（林太郎）11, 12, 18, 272- 277, 282, 307, 308, 311, 313, 333, 334, 338, 339, 341-351, 353-355, 361, 364-367

【や】

山口庸子 10, 17, 75, 117, 129, 233, 257, 260, 261, 262, 263
吉水千鶴子 58, 82, 83

【ら】

ラーマクリシュナ（Sri Ramakrishna Paramhansa）62-64, 66, 84
ライスケ，ヨハン・ヤーコプ（Johann Jakob Reiske）55, 81
ラインハルト，マックス（Max Reinhardt）43, 78, 92, 241, 261, 288, 316, 344
リッター，エレン（Ellen Ritter）147, 163, 169, 170, 174, 175, 201, 202, 204-206
柳亭種彦 135
リルケ，ライナー・マリア（Rainer Maria Rilke）242

リンハルト，ゼップ（Sepp Linhart）137, 199
ループレヒター，ヴァルター（Walter Ruprechter）188, 208
ルーミー，ジュラルディーン（Dschellaledin Rumi）253
ルキアノス（ルキアーノス）（Lucianos）213, 221
ルッチュ，ベッティーナ（Bettina Rutsch）10, 17, 257
レッシュ，エーヴァルト（Ewald Rösch）26
レッシング，ゴットホルト（Gotthold Ephraim Lessing）81, 82, 274
レランド，アドリアン（Adriaan Reeland）55
ローシー，ジョヴァンニ・ヴィットーリオ（Giovannni Vittorio Rossi）15, 18, 282, 301-305, 312, 323, 325, 329-333, 337, 352, 366
ローデ，エルヴィン（Erwin Rohde ）44, 77, 91, 121, 255, 264
ロダン，オーギュスト（François-Auguste-René Rodin）236
ロドリゲス，ジョアン（João Rodorigues）135
ロラン，ロマン（Romain Rolland）66, 183

【わ】

ワイルド，オスカー（Oscar Fingal O'Flahertie Wills Wilde）225, 228, 242, 260, 264, 350
渡辺保 259, 352
和辻哲郎 278, 282, 349, 350

参考文献

ホフマンスタール全集

Hofmanntshal, Hugo von: Sämtliche Werke, Kritische Ausgabe. I, Gedichte 1.（Hg.v. Eugene Weber）Frankfurt am Main 1984. この全集については、SWI と略記後、頁数を記す。

Ders.: Sämtliche Werke, Kritische Ausgabe. VII, Dramen 5,（Hg.v. Mathias Mayer）, Frankfurt am Main. 1997. この批判版全集七巻からの引用は、SWVII と略記後、頁数を記す。

ders.: Sämtliche Werke, Kritische Ausgabe. VIII, Dramen6,（Hg.v. Wolfgang Nehring, Klause E. Bohnenkamp）, Frankfurt am Main 1983. この批判版全集八巻からの引用は、SWVIII と略記後、頁数を記す。

ders.: Sämtliche Werke, Kritische Ausgabe. XXXI, Erfundene Gespräche und Briefe.（Hg.v.Ellen Ritter）, Frankfurt am Main 1991. この批判版全集三一巻からの引用は、SWXXXI と略記後、頁数を記す。

ders.: Sämtliche Werke, Kritische Ausgabe. XXXIV, Reden und Aufsätze 3.（Hg.v Klaus E. Bohnenkamp, Klaus Dieter Krabiel und Katja Kaluga）, Frankfurt am Main 2011. この全集については SWXXXIV と略記後、頁数を記す。

Hofmannsthal, Hugo von: Gesammelte Werke in 10 Einzelbänden.（Hg. v. Bernd Schoeller in Beratung mit Rudolf Hirsch）, Frankfurt am Main 1979-1980. この全集は GW と略記し、その後に「講演と論文 Reden und Aufsätze」は RA と略記、「劇作 Dramen」からの引用は D とし、巻数、頁数を記す。

Hofmannsthal, Hugo von: Gesammelte Werke in Einzelausgaben. Prosa IV,（Hg.v. Herbert Steiner）, Berlin 1955. この旧全集は HGW と略記する。

その他の全集

Nietzsche, Friedrich: Kritische Studienausgabe in 15 Bänden.（Hg.v. Giorgio Colli, Mazzino Montinari）Berlin, New York 1999. この全集は、KSA と略記し巻数と頁数を示す。

ホフマンスタール作品翻訳書

ホーフマンスタール、フーゴ・フォン（川村二郎他訳）『ホーフマンスタール選集』全4巻、河出書房新社、1972 － 1974年。

ホフマンスタール、フーゴ・フォン（檜山哲彦訳）『チャンドス卿の手紙』岩波書店、1991年。

ホーフマンスタール、フーゴ・フォン（松居松葉訳）『エレクトラ』鈴木書店、1913年。

洋書

Alewyn, Richard: Hofmannsthals Wandlung. In: Über Hugo von Hofmannsthal. Göttingen 1958.

Austin, Gerhard: Phänomenologie der Gebärde bei Hugo von Hofmannsthal. Heidelberg 1981.

Bachofen, Johann Jakob: Das Mutterrecht. Eine Untersuchung über die Gynaikokratie der alten Welt nach ihrer religiösen und rechtlichen Natur. 2. unveränderte Auflage. Mit 9 Steindruck Tafeln und einem ausführlichen Sachregister. Basel 1897.

ders.: Der Mythus von Orient und Occident. Eine Metaphysik der alten Welt. Aus den Werken von J.J. Bachofen mit einer Einleitung von Alfred Baeumler. Manfred Schroeter（Hg.）, München 1926.

Bahr, Hermann: Japanische Ausstellung. In: Secession. Wien 1900.

Bahr, Hermann: Dialog vom Tragischen. Berlin 1904.

Bahr, Hermann: Studien zur Kritik der Moderne. Frankfurt am Main1894.

Baxmann, Inge（Hg.）: Körperwissen als Kulturgeschichte. Die Archives Internationales de la Danse（1931-1952）. München 2008.

Baxmann, Inge: Mythos: Gemeinschaft. Körper-und Tanzkulturen in der Moderne. München 2000.

Berman, Nina: Orientalismus, Kolonialismus und Moderne. Zum Bild des Orients in der deutschen Kultur um 1900. North Zeeb Road 1994.

Beyerlein, Sonja: Musikalische Psychologie der drei Frauengestalten in der Oper Elektra von Richard Strauss. Tutzing 1996.

Bisland, Elizabeth: The life and Letters of Lafcadio Hearn. Vol.1, Vol 2, London, Achibald Constable&Co.Ltd. Boston and New York, Houghton, Mifflin&Co. 1906.

Blome, Eva: „Schweigen und tanzen“.Hysterie und Sprachskepsis in

Hofmannsthals Chandos „Brief“ und „Elektra“. In: （Hg.v. Gerhard Neumann, Ursula Renner, Günter Schnitzler und Gotthard Wunberg）: Hofmannsthal-Jahrbuch. Zur Europäischen Moderne. 19/2011. Freiburg, S.255-290.

Brandstetter, Gabriele: Tanz-Lektüren. Körperbilder und Raumfiguren der Avantgarde. Frankfurt am Main 1995.

Brittnacher, Hans-Richard: Hofmannsthals „Elektra“, Rückgriff auf den Mythos als Vorgriff auf die Moderne. In: （Hg.v. Rolf-Peter Janz） Faszination und Schrecken des Fremden. Frankfurt am Main 2001.

Dahlhaus, Carl: Die Tragödie als Oper, Elektra von Hofmannsthal und Strauss. In: （Hg.v.Winfried Kirsch, Siegehart Döhring）: Geschichte und Dramaturgie des Operneinaktes. Laaber 1991.

Dörr, Georg: Muttermythos und Herrschaftmythos. Zur Dialektik der Aufklärung um die Jahrhundertwende bei den Kosmikern, Stefan George und der Frankfurter Schule. Würzburg 2007.

Fiedler, Leonald M.: Hofmannsthals Balletpantomime, „Die Grüne Flöte“ Zu Fassungen des Librettos, In: （Hg.v. Martin Stern, Nobert Altenhofer, Leonhard M.Fiedler）: Hofmannsthal-Blätter. Heft.8/9, Frankfurt am Main 1972, S.113-142.

ders. （Hg.） : Der Sturm Elektra.Gertrud Eysoldt, Hugo von Hofmannsthal Briefe. Himberg 1996.

Fischer, Lisa （Hg.）: Die Frauen der Wiener Moderne. Wien 1997.

Frankenstein, Georg: Aus Briefen an meine Geschwister, Erinnerung an Japan, China, Indian. August 1911-März 1913. 出版地不明私家版 1918.

Fuchs-Sumiyoshi, Andrea: Orientalisms in der deutschen Literatur. Untersuchungen zu Werken des 19. und 20. Jahrhunderts, von Goethes „West-östlichem Divan“ bis Thomas Mann „Joseph“-Tetralogie. Hildesheim, Zürich, New York 1984.

Fuhrich-Leisler, Edda: Zur Bühnengeschichte der Dramen Hofmannsthals. In: Mauser, Wolfram （Hg.）: Hofmannsthal Forschungen 6., Wien1981, S.13-26.

Gumpert, Gregor: Die Rede vom Tanz. Körperästhetik in der Literatur der Jahrhundertwende. München 1994.

Günter, Timo: Vom Tod der Tragödie zur Geburt des Tragischen. Hugo

von Hofmannsthals „Elektra". In: Deutsche Vierteljahresschricht für Literaturwissenschaft und Geistesgeschichte. 79. 2005, S.96-130.
Hearn, Lafcadio: Japan. An attempt at interpretation. New York 1905.
ders.: Kokoro. Hints and Echos of Japanese inner life. London 1895.
ders.: Kokoro. Mit Vorwort von Hofmannsthal. Frankfurt am Main 1907.
ders.: Glimpses of unfamiliar Japan. In two Volumes.Vol.1. London 1903.
ders.: Glimpses of unfamiliar Japan. In two Volumes.Vol.2. London 1903.
ders.: Out of the East. Reveries and Studies in New Japan. London 1903.
ders.: Gleanings in Buddha-fields. Studies of hand and soul in the Far east. Boston and New York, Houghton 1900.
ders.: Kyushu. Träume und Studien aus dem neuen Japan. Frankfurt am Main 1908.
ders.: Kwaidan. Seltsame Geschichten und Studien aus Japan. Frankfurt am Main 1909.
Heininger, Konstanze:» Ein Traum von großer Magie «Die Zusammenarbeit von Hugo von Hofmannsthal und Max Reinhardt. (Hg.v.Prof. Dr.Michael Gissenwehrer, Prof.Dr. Jürgen Schläder) Theaterwissenschaft Bd.26. Theaterwissenschaft, München 2015.
Hirsch, Rudolf: Ein Vorspiel zum Ballet, „Grüne Flöte". In: (Hg.v.Leonhard M.Fiedler, Nobert Altenhofer): Hofmannsthal-Blätter. Heft.8/9. Frankfurt am Main1972, S.95-112.
Hofmannsthal, Hugo von / Schnitzler, Arthur: Briefwechsel, (Hg.v. Therese Nickl, Heinrich Schnitzler), Frankfurt am Main 1964.
Hofmannsthal, Hugo von / Graf Kessler, Harry: Briefwechsel 1898-1929. (Hg.v. Hilde Burger). Frankfurt am Main 1968.
Hörter, Andreas: Der Anstand des Schweigens. Bedingungen des Redens in Hofmannsthals Brief. Bonn 1989.
Horkheimer, Max: Zur Kritik der instrumentellen Vernunft aus den Vorträgen und Aufzeichnen seit Kriegsende. Schmidt, Alfred (Hg.), Frankfurt am Main 1967.
Jens, Walter: Hofmannsthal und die Griechen. Tübingen 1955.
Kapitza,Peter: Japan in Europa,Texte und Bilddokumeute zur europäischen Japankenntnis von Marco Polo bis Wilhelm von Humboldt. Bd.1,2, München 1990.
Kerényi, Karl: Dionysos. Urbild des unzerstörbaren Lebens. München

1976.

Koch, Hans-Albrecht: Hugo von Hofmannsthal: Erträge der Forschung. Bd.265, Darmstadt 1989.

Koeler, Wolfgang: Hugo von Hofmannsthal und „Tansendundeinenacht." Frankfurt am Main 1972.

König, Christoph: Hofmannsthal. Ein moderner Dichter unter den Philologen. Marbach 2001.

Marschall, Susanne: Text Tanz Theater. Eine Untersuchung des dramatischen Motivs und theatralen Ereignisses „Tanz" am Beispiel von Frank Wedekinds „Büchse der Pandora" und Hugo von Hofmannsthals „Elektra". Frankfurt am Main 1996.

Meier, M.H. Ch.und Kämtz, L. F（Hg.）: Allgemeine Encyklopädie der Wissenschaft Künste, Dritte Section O Z, Unveränderter Nachdruck der 1834 bei F.A. Brockhaus in Leipzig erschienen Ausgabe, 1987.

Mayer, Mathias: Der Tanz der Zeichen des Todes bei Hugo von Hofmannsthal. In: Fink, Franz（Hg.）: Tanz und Tod in Kunst und Literatur. Berlin 1993.

ders.: Die Versteinerung der Liebe und der belebende Schatten des Todes. Die Kaiserin als Hauptfigur in der „Frau ohne Schatten". In:（Hg. v. der Beyerischen Staatsoper）: Programmheft zur Münchner Premiere. Die Frau ohne Schatten von Richard Strauss am 7. Juli 1993 im Nationaltheater München. 1993.

Mistry, Freny: Hofmannsthals Oriental Library. In: Journal of English and Germanistic Philology. 1972.

Mozart, Wolfgang Amadeus: Sämtliche Opernlibretti. Angermüller, Rudolph（Hg.）, Stuttgart 1990.

Nicolaus, Ute: Souverän und Märtyrer. Hugo von Hofmannsthals späte Trauerspieldichtung vor dem Hintergrund seiner politischen und ästhetischen Reflexionen. Würzburg 2004.

Nietzsche, Friedrich: Kritische Studienausgabe.（Hg.v. Giorgioi Coll, Mazzino Montinari）Berlin, New York 1999.

Okakura, Kakasu: Ideals of the East with special refference to the art of Japan. London 1903.

Pache, Walter: Das alte und das neue Japan. Lafcadio Hearn und Hugo von Hofmannsthal: In: Deutsche Vierteljahrsschrift für Literaturwissenschaft

und Geistesgeschichte 67. Stuttgart 1993, S.218-233.
Pape, Manfred: Aurea Catena Homeri. Die Rosenkreutzer-Quelle der „Allomatik“ in Hofmannsthals „Andreas“. In: Deutsche Vierteljahresschrift für Literaturwissenschaft und Geistesgeschichte 49. 1975.
Riedel, Volker: Antikerezeption in der deutschen Literatur vom Renaissance-Humanismus bis zur Gegenwart. Stuttgart, Weimar 2000.
Ritter, Ellen: Über den Begriff der Praeexistenz bei Hugo von Hofmannsthal. In: Germanisch-Romanische Monatsschrift, Neue Folge. Bd. XXII, Heft 2,1972.
Ruprechter, Walter: Passagen. Studien zum Kulturaustausch zwischen Japan und dem Westen. München 2015.
Rutsch, Bettina: Leiblichkeit der Sprache. Sprachlichkeit des Leibes, Wort, Gebärde, Tanz bei Hugo von Hofmantshal. Frankfut am Main 1998.
Said, Edward, W.: Orientalism. NewYork 1979.
ders.: Orientalismus. (Übers. v. Liliane Weissberg), Frankfurt am Main, Berlin und Wien, 1981.
Schlötterer, Reinhold: Dramaturgie des Sprechtheaters und Dramaturgie des Musiktheaters bei „Elektra“ von Hugo von Hofmannsthal und Richard Strauss. In: Richard Strauss und das Musiktheater. Berlin 2005.
ders.: Elektras Tanz in der Tragödie Hugo von Hofmannsthals. In: Fiedler, Leonhard M. (Hg.): Hofmannsthal-Blätter, Heft 33. Frankfurt am Main 1986.
Schnitzler, Arthur: Tagebuch 1903-1908. (Hg.v.Werner Welzig), Wien 1990.
Schultz, H.Stefan: Hofmannsthal and Bacon. The sources of the Chandos Letter. In: Comparative Literature 13, 1961.
Schur, Ernst: Der Geist der japanischen Kunst. In: Ver Sacrum, 2. Jg.Heft4, 1899.
Schurig, Authur: Hugo von Hofmannsthal. (1908) In:Hugo von Hofmannsthal. Die Gestalt des Dichters im Spiegel der Freunde. : A. Helmut Fichtner (Hg.), Wien 1949.
Schuster, Ingrid: China und Japan in der deutschen Literatur 1890-1925. Bern, München 1977.
Sekine, Yuko: Die erste Aufführung des Dramas Elektra von Hofmannsthal in Japan. Anhand der Briefe von Matsui Shoyo und

Mori Ogai an Hugo von Hofmannsthal. In: Distelrath, Günther（Hg.）: Referate des 13. deutschsprachigen Japanologentages. Kultur- und Sprachwissenschaft. Reihe: Bonner Asienstudien Band 8/I, Japanforschungen, Berlin 2009, S.125-140.

Steffen, Hans: Hofmannsthal und Nietzsche. In: Bruno Hillebrand（Hg.）: Nietzsche und die deutsche Literatur. Tübingen 1978.

Strauss, Richard / Hofmannsthal, Hugo von: Briefwechsel.（Hg.v. Willi Schuh）, München 1990.

Szabó, László V.: „---eine so gespannte Seele wie Nietzsche „ Zu Hugo von Hofmannsthals Nietzsche-Rezeption. In:（Hg.v. Dirk Hohnsträter, András Masát）: Jahrbuch der ungarischen Germanistik 2006, Budapest und Bonn 2007.

Worbs, Michael: Nervenkunst. Literatur und Psychoanalyse in Wien der Jahrhundertwende. Frankfurt am Main 1983.

Zelinsky, Hartmut: Hofmannsthal und Asien. In: Bauer, Roger（Hg.）: Fin de siècle. Zu Literatur und Kunst der Jahrhundertwende. Frankfurt am Main 1977.

Zweig, Stefan: Lafcadio Hearn. In: Das Japanbuch（Übers. v. Berta Franzos）Frankfurt am Main 1911.

和書

青地伯水編、友田和秀、國重裕、恒木健太郎『ドイツ保守革命――ホフマンスタール／トーマス・マン／ハイデッガー／ゾンバルトの場合』松籟社、2010年。

秋庭太郎『日本新劇史』下巻、理想社、1956年。

イ・ミョンオク（樋口容子訳）『ファム・ファタル――妖婦伝』作品社、2008年。

生田長江「『マクベス』と『エレクトラ』」『演芸画報』第11号、演芸画報社、1913年。

池内健次『森鴎外と近代日本』ミネルヴァ書房、2001年。

市川雅『ダンスの20世紀』新書館、1995年。

井戸田総一郎「森鷗外と演劇――比較演劇史の視点の重要性」『国文学』学燈社、2月号、2005年。

彌永信美『幻想の東洋――オリエンタリズムの系譜』上・下、ちくま学芸文庫、2005年。

上山安敏『神話と科学――ヨーロッパの知識社会　世紀末～20世紀』岩波書店、2001年。

ウンゼルト、ジークフリート（西山力也、坂巻隆裕、関根裕子訳）『ゲーテと出版者――一つの書籍出版文化史』法政大学出版局、2005年。

海野弘『モダンダンスの歴史』新書館、1999年。

江崎惇『実録　川上貞奴――世界を翔けた炎の女』新人物往来社、1985年。

エリアーデ、ミルチア（荒木美智雄他訳）『世界宗教史』筑摩書房、1991年。

大石紀一郎、大貫敦子、木前利秋、高橋順一、三島 憲一編『ニーチェ事典』弘文堂、1995年。

大芝芳弘（解説）『ギリシア悲劇全集』4、岩波書店、1990年。

太田雄三『ラフカディオ・ハーン――虚像と実像』岩波新書、1994年。

岡倉天心（富原芳彰訳）『東洋の理想』講談社学術文庫、1986年。

尾澤良三『女形今昔譚――明治演劇史考』筑摩書房、1941年。

日本近代文学館編『日本近代文学大事典』第2巻、講談社、1977年。

オットー、ワルター（西澤龍生訳）『ミューズ――舞踏と神話』論創社、1998年。

笠原賢介『ドイツ啓蒙と非ヨーロッパ世界――クニッゲ、レッシング、ヘルダー』未來社、2017年。

糟谷理恵子「『チャンドス卿の手紙』受容に見るホフマンスタール解釈の揺れ」『上智大学ドイツ文学論集』(32)、上智大学ドイツ文学会、1995年。

片岡康子『20世紀舞踊の作家と作品世界』遊戯社、1999年。

片山正雄「神経質の文学」『帝国文学』帝国文学会、第11巻第6－9号（第127号－130号）、1905年。

片山正雄「フーゴー・フォン・ホーフマンスタールに就て」『帝国文学』帝国文学会、第14巻、1908年。

萱野二十一「エレクトラ梗概」『白樺』第1巻第1号、洛陽堂、1910年4月。

萱野二十一「歌劇としてのエレクトラ」『白樺』第1巻第2号、洛陽堂、1910年5月。

河合武雄『女形』双雅房、1937年。

河合武雄「公衆劇団劇（ローシー氏の指導法とエレクトラの性根）」『新小説』第18年第10巻、春陽堂、1913年。

木下長宏『岡倉天心——物ニ観ズレバ竟ニ吾無シ』ミネルヴァ書房、2005年。

清見陸朗「公衆劇団の初演」『新小説』第11巻、春陽堂、1913年。

桑原節子「ドイツ——ユーゲントシュティールのグラフィックと工芸」、ジャポニスム学会編『ジャポニスム入門』思文閣出版、2000年。

ゲオルギアーデス、T. G.『音楽と言語』（木村敏訳）、講談社学術文庫、1994年。

小泉八雲（平井呈一訳）『全訳　小泉八雲作品集』第7巻、恒文社、1964年。

紅野敏郎「解題」［マイクロフィッシュ版早稲田大学図書館編　精選近代文芸雑誌集104　『とりで』］。

小暮修三『アメリカ雑誌に映る〈日本人〉——オリエンタリズムへのメディア論的接近』青弓社、2008年。

古後奈緒子「生の救済の試みとしての『未来の舞踊』構想——ジャック＝ダルクローズとホーフマンスタールの“リズム”に対するアプローチの比較」『舞踊学』第28号、舞踊学会、2005年。

小堀桂一郎『森鷗外——文業解題　翻訳篇』岩波書店、1982年。

小宮豊隆「『エレクトラ』の上演」『新小説』、春陽堂、1913年11月。

サイード、W. エドワード（板垣雄三、杉田英明監修、今沢紀子訳）『オリエンタリズム』上・下、平凡社、1993年。

櫻井天壇「独逸の叙情詩に於ける印象的自然主義」『早稲田文学』第31号、1908年。

シーガル、チャールズ（山口拓夢訳）『ディオニュソスの詩学』国文社、2002年。

ジャポニスム学会編『ジャポニスム入門』思文閣出版、2000年。

シュー、ヴィリー編（中島悠爾訳）『リヒャルト・シュトラウス、ホーフマンスタール往復書簡全集』音楽之友社、2000年。

シュテークマン、ヴェルナー・フォン［「世界の文学に登場するエレクトラ像」、新国立劇場、文化庁芸術祭執行委員会主催オペラ『エレクトラ』（R. シュトラウス作曲）プログラム、2004年］。

新町貢司「神話学の変遷と非合理の発見」2000年度 筑波大学 博士（文学）学位請求論文。

新町貢司「『第六七二夜のメルヘン』におけるアレクサンダー大王のモチーフと『母権制』」『オーストリア文学』第16号、オーストリア文学会、2000年。

鈴木隆雄編集主幹『オーストリア文学小百科』水声社、2004年。

鈴木忠志「エレクトラ」『劇場文化』No.12、静岡芸術劇場、2008年。

末延芳晴『森鷗外と日清・日露戦争』平凡社、2008年。

スネソン、カール（吉水千鶴子訳）『ヴァーグナーとインドの精神世界』法政大学出版局、2001年。

関田かをる『小泉八雲と早稲田大学』恒文社、1999年。

関根裕子「避難所としての『庭』――H.v.Hofmannsthalの『第672夜のメルヘン』とL.v.Andrian『認識の園』」『Rhodus Zeitschrift für Germanistik』第14号、筑波ドイツ文学会、1998年。

関根裕子「ホーフマンスタールと非西欧的身体表現――言語危機克服の試み」『オーストリア文学』第17号、オーストリア文学研究会（現日本オーストリア文学会）、2001年。

関根裕子「松居松葉による『エレクトラ』の日本公演」『RHODUS』第20号 井上修一先生退官記念号、筑波ドイツ文学会、2004年。

関根裕子「新出　鷗外のホーフマンスタール宛書簡（翻訳・解説）」『文学』1・2月号、岩波書店、2005年。

関根裕子「松居松葉による『エレクトラ』日本初演――ホーフマンスタールの期待と現実――」、関口裕昭編『日本文化におけるドイツ文化受容――明治末から大正期を中心に』日本独文学会研究叢書053、2008年。

仙波礼子「明治日本とオーストリア　一九世紀後半の日墺交渉史」『The ハプスブルク家――華麗なる王朝の700年史』新人物往来社、2009年。

ソフォクレス（大芝芳弘訳）「エーレクトラ」『ギリシア悲劇全集』4、岩波書店、1990年。

ダウナー、レスリー（木村英明訳）『マダム貞奴――世界に舞った芸者』集英社、2007年。

ダイクストラ、ブラム（富士川義之他訳）『倒錯の偶像――世紀末幻想としての女性悪』パピルス、1994年。

田辺素子「ホフマンスタールと舞踊に関する研究状況」『上智大学ドイツ文学論集』第35号、上智大学ドイツ文学会、1998年。

坪内逍遥「外国の舞踊劇と将来の振事」（明治四三年五月座談）『逍遥

選集』第三巻、第一書房、1977年（復刻版）。

デランク、クラウディア（水藤龍彦、池田祐子訳）『ドイツにおける〈日本＝像〉——ユーゲントシュティールからバウハウスまで』思文閣出版、2004年。

戸板康二『演芸画報・人物誌』青蛙房、1970年。

中野重治『鷗外——その側面』筑摩書房、1952年。

中村雄二郎『精神のフーガ——音楽の相のもとに』小学館、2000年。

新関良三『現代のギリシャ悲劇——復活と創作』Ⅰ、東京堂出版、1968年。

西尾幹二編『ショーペンハウアー』中公バックス、1980年。

西村雅樹「ヘルマン・バールが分離派『日本展』に観たもの」『人文知の新たな総合に向けて（21世紀COEプログラム「グローバル化時代の多元的人文学の拠点形成」）』第二回報告書Ⅳ［文学篇1］、京都大学大学院文学研究科、2004年。

西村雅樹「若きウィーン派と日本」『文学と言語に見る異文化意識（21世紀COEプログラム「グローバル化時代の多元的人文学の拠点形成」）』京都大学大学院文学研究科、2004年。

西村雅樹『世紀末ウィーン文化探究——「異」への関わり』晃洋書房、2009年。

ニーチェ、フリードリヒ（塩屋武男訳）『ニーチェ全集（2）——悲劇の誕生』、ちくま学芸文庫、1993年。

ニーチェ、フリードリヒ（西尾幹二訳）『悲劇の誕生』中公クラシックス、2004年。

ニーチェ、フリードリヒ（小倉志祥訳）『ニーチェ全集（4）——反時代的考察』ちくま学芸文庫、1993年。

ニーチェ、フリードリヒ（吉沢伝三郎訳）『ニーチェ全集（10）——ツァラトゥストラ　下』ちくま学芸文庫、1993年。

二宮行雄「女ハムレット（エレクトラ）」『新小説』第17年第4巻、春陽堂、1912年。

橋本智津子『ニヒリズムと無——ショーペンハウアー／ニーチェとインド思想の間文化的解明』京都大学学術出版会、2004年。

パンツァー、ペーター／クレイサ、ユリア（佐久間穆訳）『ウィーンの日本——欧州に根づく異文化の軌跡』サイマル出版会、1990年。

パンツァー、ペーター「特別友国、不平等条約でスタートした一四〇年間のオーストリアと日本の関係」『修交一四〇周年記念

日本と墺太利の友好関係をふりかえって』オーストリア大使館編、2009年。

氷上英廣『ニーチェの顔』岩波書店、1976年。

平川祐弘監修『小泉八雲事典』恒文社、2000年。

平川祐弘『破られた友情——ハーンとチェンバレンの日本理解』新潮社、1987年。

平間洋一『日露戦争を世界はどう報じたか』芙蓉書房出版、2010年。

富士川英郎・小堀桂一郎編「日本におけるフーゴー・フォン・ホーフマンスタール翻訳・研究書誌（1905-1945）」『ドイツ文学』第52号、日本独文学会、1974年。

古田徹也『言葉の魂の哲学』講談社、2018年。

ベーコン、フランシス（桂寿一訳）『ノヴム・オルガヌム——新機関』岩波文庫、1978年。

満寿治（村田実）訳「エレクトラ」『とりで』第2号付録、とりで社、1913年1月。

松居松翁（松葉）『続劇壇今昔』中央美術社、1926年。

松居松葉「エレクトラに就て」『大正演芸』第3号、大正演芸社、1913年3月。

マッケンジー、ジョン・M（平田雅弘訳）『大英帝国のオリエンタリズム——歴史・理論・諸芸術』ミネルヴァ書房、2001年。

馬渕明子「オーストリア——綜合的ジャポニスムの一例」、ジャポニスム学会編『ジャポニスム入門』思文閣出版、2000年。

馬渕明子『ジャポニスム——幻想の日本』ブリュッケ、1997年。

嶺隆『帝国劇場開幕——「今日は帝劇　明日は三越」』中公新書、1996年。

村田実編　演劇美術雑誌『とりで』第1号、とりで社、1912年9月。

村田実編　演劇美術雑誌『とりで』第2号、とりで社、1912年出版月不明。

村田実編　演劇美術雑誌『とりで』第3号、とりで社、1913年出版月不明。

メルツァー、フランソワーズ（富島美子訳）『サロメと踊るエクリチュール——文学におけるミメーシスの肖像』ありな書房、1996年。

森林太郎（鷗外）『鷗外全集』第4巻、岩波書店、1972年。

森林太郎（鷗外）『鷗外全集』第9巻、岩波書店、1972年。

森林太郎（鷗外）『鷗外全集』第10巻、岩波書店、1972年。

森林太郎（鷗外）『鷗外全集』第 26 巻、岩波書店、1973 年。

森林太郎（鷗外）『鷗外全集』第 35 巻、岩波書店、1975 年。

森林太郎（鷗外）『鷗外全集』第 38 巻、岩波書店、1975 年。

森鷗外「観潮楼一夕話」『歌舞伎』第 78 号、歌舞伎発行所、1906 年。

横井博『印象主義の文芸』笠間書院、1973 年。

横川民輔「帝国劇場創設の思ひ出と復興について」、帝国劇場編『帝国劇場』、1981 年。

山口庸子『踊る身体の詩学――モデルネの舞踊表象』名古屋大学出版会、2006 年。

湯田豊『ニーチェ「偶像のたそがれ」を読む』勁草書房、1992 年。

リンハルト、ゼップ「一九一八年～一九三八年の日墺関係」、オーストリア大使館編『修交一四〇周年記念　日本と墺太利の友好関係をふりかえって』オーストリア大使館、2009 年。

和辻哲郎「幻影と舞台」『和辻哲郎全集』第 20 巻、岩波書店、1963 年。

渡辺保『歌舞伎のことば』大修館書店、2004 年。

ネットサイト

Geschichte der Japan-Forschung in Österreich.
http://kenkyuu.eas.univie.ac.at/index.php?id=37
サイトの最終閲覧日　2010 年 9 月

【著者】関根裕子（せきね・ゆうこ）

一九六〇年生まれ。国立音楽大学卒業後、高校の音楽教員を経て、埼玉大学で独文学を専攻、筑波大学大学院博士課程満期単位取得退学。ウィーン大学留学。博士（文学）。専門は、ホフマンスタールを中心としたウィーン世紀転換期文学と文化、音楽文化史。

現在、早稲田大学、明治大学、学習院大学、日本女子大学、武蔵大学、上智大学等で非常勤講師を務める傍ら、合唱指揮者としても活躍。

著書に『世界のミュージカル・日本のミュージカル』（共著・横浜市立大学新叢書、春風社）、『ようこそヴィーンへ！』（白水社）、訳書に『僕は奇跡なんかじゃなかった――ヘルベルト・フォン・カラヤン　その伝説と実像』（音楽之友社）、共訳書に『ブラームス回想録集』（全三巻、音楽之友社）などがある。

黙《だま》って踊《おど》れ、エレクトラ

――ホフマンスタールの言語《げんご》危機《きき》と日本《にほん》

二〇一九年三月二八日　初版発行

著者　関根裕子　せきね ゆうこ

発行者　三浦衛

発行所　春風社　Shumpusha Publishing Co.,Ltd.
横浜市西区紅葉ヶ丘五三　横浜市教育会館三階
〈電話〉〇四五・二六一・三一六八　〈FAX〉〇四五・二六一・三一六九
〈振替〉〇〇二〇〇・一・三七五二四
http://www.shumpu.com　✉ info@shumpu.com

装丁　間村俊一

ジャケット写真　一九〇三年一〇月（初演）『エレクトラ』

印刷・製本　シナノ書籍印刷株式会社

乱丁・落丁本は送料小社負担でお取り替えいたします。
© Yuko Sekine. All Rights Reserved. Printed in Japan.

ISBN 978-4-86110-637-8 C0098 ¥4200E